W0473672

Marianne Tieves

BERTA

Was von den Worten übrig bleibt

BÜCKEN
SULZER

Marianne Tieves

Die Autorin, 1952 in Mönchengladbach geboren, lebt im Bergischen Land, wo sie als Sozialarbeiterin und Therapeutin tätig war. Bisher veröffentlichte sie Gedichte und Kurzprosa in verschiedenen Anthologien.

BERTA ist ihr erster Roman.

Marianne Tieves

BERTA

Was von den Worten übrig bleibt

BÜCKEN
SULZER

Marianne Tieves

Die Autorin, 1952 in Mönchengladbach geboren, lebt im Bergischen Land, wo sie als Sozialarbeiterin und Therapeutin tätig war. Bisher veröffentlichte sie Gedichte und Kurzprosa in verschiedenen Anthologien.

BERTA ist ihr erster Roman.

Marianne Tieves

BERTA

Was von den Worten übrig bleibt

ROMAN

BÜCKEN SULZER

In meinem Kopf das
schönste Zimmer will ich den
Himmeln und Vögeln
richten. Schaut, möcht ich sagen,
das bin ich auch: Lachende
Krähe, tanzender
Wind, das spielende Kind und
sein Hinkelstein, ein
in die Schatten rufendes
Licht, die blätternde Frau und
eine von euch …

M.T.

Impressum
© 2024 Bücken & Sulzer Verlag

Das Werk ist urheberrechtlich geschützt.
Sämtliche, auch auszugsweise Verwertungen
bleiben vorbehalten.

Lektorat: text-factory
Cover: atelier vladi
Abb.:: Kreidezeichnung Marianne Tieves

ISBN 978-3-947438-54-9

Druck und Bindung:
Print Group Sp. zo.o; Szczecin, Poland

Himmelwärts

Sie nennen mich Drömelberta und Transuse. Weil ich angeblich nichts besser kann als drömeln und transusen. Außer Stottern, das kann ich noch besser. Vor allem, wenn es eilt, und das tut es in einer Gastwirtschaft meistens. Nicht, dass ich nicht schnell laufen könnte, ich bin flinker und wendiger als sie. Das sei nicht das Problem, sagen sie. Das Problem sei mein Kopf, der funktioniere nicht richtig.

Die Mutter und die Schwestern vermuten, dass es in meinem Kopf gewittert, bevor ein Gedanke entsteht. Meist würde es bloß grummeln. Wie wenn in der Ferne der Blitz einschlüge, man aber noch massig Zeit fände, um in Ruhe zu zählen: „Eins, zwei, drei, vier, fünf … nee, da passiert nix. Das Gewitter ist noch weit weg."

Manchmal wird mir beim Denken bang. Wolken tummeln sich hinter meiner Stirn. Ich kann sie sehen, wenn ich die Augen schließe, und sie betrachten, wie sie vondannen ziehen, irgendwohin, wo sie im Dunkeln entschwinden.

Doch es drängt sie auch in den Himmel hinauf. Nach Hause sozusagen. Dann reiß ich die Fenster auf, selbst im Winter, und schick die Wolken himmelwärts. Ich kann mich nicht sattsehen an ihrem windschönen Treiben. So frei wie die ineinander fallenden Wolken am Himmel wär ich gern.

Auch an diesem regnerischen Morgen habe ich das Fenster aufgerissen. Vielleicht weht ein wenig Himmel in mich hinein, während lilafarbene Wolken in den Hinterhof hinabsegeln. Der Sommer herbstet schon. Wie verirrt steht das Haus im Wolkennass. Von hier oben sieht es aus, als kniete der Hof vor dem Haus nieder. Oder vor der Küche, die das Herzstück des Hauses bildet und ihre Kinder wie eine Mutter ernährt. Jedenfalls sagt das die Mutter.

Vom Hof aus kann ich direkt in die Küche flitzen und mir den Weg durch die Kneipe sparen, wenn ich vom Einkaufen oder von der Schule nach Hause komme. Vom Kinderernähren kriegen die Küchenwände fleckige Haut und färben sich gelbstichig ein. Aber das kann auch am Zigarettenrauch aus der Gaststätte liegen. Wenn es in der Küche mieft, muss ich den Mief auf den Hof hinausjagen, darf aber die Küchentür nicht lange offenstehen lassen. Das verlangt die Mutter.

Ich lüfte die Küche und fege den Hof. Jeden Morgen. Noch bevor ich zur Schule gehe. Wenn ich mittags nach Hause komme, duftet es nach deftigen Suppen, saftigen Koteletts, frischem Kaffee und manchmal auch nach süßen Sachen.

Das könnte behaglich sein, wenn es zwischen Küche und Kneipe nicht zuginge wie in einem Taubenschlag. Rein. Raus. Rein. Raus. Wobei anstelle von Tauben Menschen und Düfte umherflattern.

Bei jedem Rein und Raus verändert sich das Geruchspotpourri, weht in die Kleider, wirbelt durcheinander, wandert umher, kriecht in Nischen und Ritzen und zieht zum Schluss als ein Geruchsinferno von unten nach oben in unsere Schlafkammern ein.

Wir alle riechen nach Sauerkraut, wenn es Sauerkraut gibt, wir miefen nach Zigarren- und Zigarettenqualm, auch wenn wir nicht rauchen, wir dünsten Bier und Schnaps aus, auch wenn wir nicht trinken, und stinken gelegentlich sogar nach nassem Hund. Je später der Abend, desto herber die Düfte.

Noch ist es früh am Morgen. Aber der Wind fegt schon den Hof. Das Laub fällt beizeiten in diesem Jahr. Ich werde es sammeln und im Winter zum Mulchen nutzen. Oberhalb der kleinen Mauer, die den Hof von den Gärten der Nachbarn trennt, hab ich ein Kräuterbeet angelegt. Für Dill und Petersilie.

Die Kräuter verfeinern Mutters Kartoffelsalat. Sie legt allergrößten Wert darauf, dass ihr Kartoffelsalat den Gästen mundet, wenn sie ihn zu russischen Eiern, Würstchen oder Koteletts serviert. Es bleibt ihr Kartoffelsalat, auch wenn ich ihn zubereite.

Wenn ich in der Küche arbeite, bin ich gleichzeitig zu transusig und zu sehr holterdiepolter. Davon kriegt die Mutter Zustände oder Pimpernellen. Wenn die Mutter Zustände oder Pimpernellen kriegt, würde ich mich gern vom Acker machen. Aber der Acker ist dann vermint. Sie fuchtelt mit dem Messer vor meiner Nase herum und schimpft. Ich muss warten, bis sie mich zum Teufel jagt.

Es ist möglich, dass ich mit dem Teufel besser zu Recht käme als mit der Mutter im Pimpernellenzustand. Wenn sie da drin ist, kann ich nichts mehr richtig machen. Dann hab ich die Kartoffeln schon versalzen, bevor ich sie aus dem Keller holen konnte. Holterdiepolter.

Ich würde gern Kartoffeln anbauen, wenn der Platz im Hof vorhanden wäre. Damit könnte ich der Mutter beim Sparen helfen. Gleichzeitig liefe ich Gefahr, nicht richtig achtzugeben beim Gießen. Es gelänge mir ja nicht mal, mein Kräuterbeet in Schuss zu halten, sagt die Mutter. Möglicherweise kann nur die Mutter Kräuter- und Kartoffelbeete richtig gießen und allenfalls noch Else, die zackigste meiner Schwestern.

Aber für den Kartoffelanbau ist ohnehin kein Platz. Eng schlängelt sich mein Kräuterbeet oberhalb der Mauer an den dahinterliegenden Zäunen entlang. Von den Nachbarn streng bewacht. Damit kein Unkraut hinüberwuchert. Auf dem Mauerwerk selbst gedeiht der Mauerpfeffer.

Gäbe es eine Pflanze, mit der ich verwandt sein möchte, wählte ich den Mauerpfeffer. Das Unkraut, wie die Mutter die gelbblühende Pflanze nennt, hat Feuer im Hintern und ist nicht unterzukriegen. Das erkennt selbst die Mutter an. Und es ist selten, dass sie etwas anerkennt. Von Juni bis Anfang September pfeffert der Mauerpfeffer ein Leuchten in den Hinterhof, dass auch die Augen der Mutter heller und freundlicher schauen, wenn sie hinaustritt.

Ich bin vierzehn Jahre alt. Geboren wurde ich an einem klirrendkalten Februartag Neunzehnhundertdreizehn. Als jüngstes von acht Kindern. Vor Kälte hätte ich gebibbert und geschnattert wie ein Küken ohne Federn, erzählt der Vater. Doch schon im Sommer des Folgejahres seien meine Beinchen mit mir auf den Hinterhof hinausgestakst, um den Mauerpfeffer im Mund verschwinden zu lassen und darauf herumzukauen, als handele es sich um eine Delikatesse.

Heute ist Sonntag. Die Kirchenglocken läuten. Die Mutter, Else und Christel sind unterwegs zur Frühmesse. Wenn Christel zurück ist, stolziere ich mit ihren Schuhen ins Hochamt. Ich hoffe, dass sie keine Zicken macht. In meinen durchlöcherten Galoschen durchs Wasser zu waten, hab ich keine Lust.

Der Vater schläft noch. Er besitzt zwei Paar Schuhe, braune und schwarze, hat aber keine Lust, in die Messe zu gehen. Schon gar nicht in der Früh. Ich höre ihn schnarchen. Das Haus ist sehr hellhörig. „Man hört die Flöhe husten“, klagt Else, obschon sie das Husten von Flöhen nicht stört, wohl aber das Lärmen der zumeist männlichen Gäste.

„Ein Wirtshaus müsste dickwandiger sein“, mault Else, „vor allem nachts.“ Das Palaver ebbt bis spät in die Nacht nicht ab. Oft schwappt einem ein Gequassel in die Ohren, dass man wünscht, man wäre schwerhörig, wenn auch nur vorübergehend.

Auch aus diesem Grund betrachte ich das Haus lieber von außen. Und fliehe himmelwärts. Es gelingt mir, mich wegzudenken, als ob es mich nicht gäbe. Mitunter so lange, dass die Geschwister die Augen verdrehen und mich anschubsen. „Aufwachen, Berta!“

Es ist nicht gut, in etwas drinzustecken. Ich könnte ein Lied davon singen, wenn ich singen könnte. Aber ich kann ja nicht mal richtig sprechen. Man sagt, dass einer in einer Misere steckt. Dabei ist das Drinstecken das Problem. Denn sonst könnte man ja verduften und die Misere eine Misere sein lassen. Ich stecke in einer lärmenden Misere.

Wenn es im Haus ruhig ist, was selten vorkommt, dann grollt und wettert Stille in meinem Kopf. Unwetterartig. Es ist das Alleinsein, vermute ich. Es ist nicht schön, unter vielen Menschen allein zu sein, aber allein mit sich allein zu sein, ist noch schwieriger. Weil die Stille dann in einem herumtobt, von nichts und niemandem abgelenkt. Ich will nicht allein sein. Ich will dazugehören und weglaufen. Bin ich vielleicht verrückt?

Wenn ich wenigstens wüsste, warum ich manchmal stottere und dann wieder fließend sprechen kann. Dieses verdammte Stottern. Muss ich tiefer und ruhiger atmen? Aber das verträgt sich nicht mit der dröhnenden Stille, gegen die ich ansprechen muss. Mit dem, was von den Worten übrig bleibt, stammle ich gegen die Stille an. Meine Stimme steckt in den Silben fest. Wie ich in der Misere.

Mitunter spüre ich mein Stammeln nicht. Ich merke nicht, wie die Worte sich aufbäumen, wie sie im Körper gemartert werden und ihn dennoch nicht verlassen können. Wenn ich himmelwärts unterwegs bin, spüre ich das nicht. Erst die Augen der anderen bugsieren mich in die Wirklichkeit zurück. Wenn ihre Pupillen enger werden und blitzen wie geputzte Messer im glitzernden Sonnenlicht, dann blinkt mein Gestotter, und ich erkenne es. Silbe für Silbe. Zischlaut für Zischlaut. Während die Blicke der anderen noch schmerzen, höre ich schon die eiligen Worte, die mir zeigen wollen, wie man spricht. Wie man richtig spricht.

„Du hast den Kopf kaputt", sagt die Mutter, wenn sie keine Lust oder keine Zeit hat, mich zu Ende stottern zu lassen, was die Regel ist. „Sei still, Berta!"

Die Gäste des Wirtshauses tuscheln oft, dass Adams Jüngste eine komische Motte sei. Mein Vater heißt Adam. Er nennt uns alle Motten. Das, sagt er, habe er in der Militärzeit von einem Berliner gelernt, der ihm in den Schützengräben bei Verdun ein Freund geworden sei. In Berlin riefe man ein hübsches Mädchen einfach Motte. Sein Haus sei voll von Motten, da er sich verpflichtet fühle, zur Schönheit des Rheinlandes beizutragen. Sieben Motten und einen Stammhalter habe er gezeugt, erzählt er mit

Stolz geblähter Brust. Mit Vorliebe beim Bierzapfen. Die Stottermotte sei sein letztes Werk. Danach habe es sich endgültig ausgemottet. Schließlich müsse man die Tierchen auch ernähren können.

„Erzähl nix“, lästern dann die Männer an den Tresen, „dinne General, deine Alte, lässt dich nicht mehr ran. Die kloppt dir auf die Pfoten, wenn du wat von der willst. Von wegen ausgemottet, alter Mottenfreund, wenn du könntest, tätest du motten bis ans Ende deiner Tage.“

Solche und ähnliche Reden höre ich im schallenden Gelächter untergehen, wenn ich in Begleitung einer älteren Schwester in der Kneipe auftauche. Weit weg, wie durch Wattewolken hindurch nehme ich wahr, wie die Männer orgeln: „D-Da ist sie ja, die s-süße k-kleine St-Stottermotte von unserem M-Mottenmacher.“

Die Mutter wird vom Vater *Minne General* und von den Nachbarn *Der General* genannt. Die Schwestern wagen es hin und wieder, sie mit *Frau General Mutter* anzusprechen. Frau General Mutters Anweisungen sind Gesetz. Lediglich vor meinen Stotterattacken und vor der Trinkwut ihres Gatten kapituliere der General, erzählen sich die Nachbarn. Hinter vorgehaltener Hand.

„Red nich mit dich selbst, dat tut man nich, und red vor allen Dingen richtich“, fordert Frau General Mutter mich häufig auf. Mit der deutschen Grammatik verbindet die Mutter eine gepflegte und konsequente Zwietracht. Aber was ansonsten richtig und falsch ist, entgeht Frau General Mutter nicht.

Ich schließe das Fenster des Mädchenzimmers, das ich noch mit Christel und Else teile. Sie können nicht tanzen, wie Antonia tanzen konnte. Früher. Als sie auch in diesem

Zimmer schlief. Wie lange ist das her? Sonntags schwang Antonia das Tanzbein, sang und tirilierte, dass ich mich kringelte vor Vergnügen.

Im Spiegel der Fensterscheibe sehe ich eine kleine, schlanke Gestalt mit mittelbraunen Zöpfen, die samtig schimmern. Das bin ich. Auch in meinen Augen entdecke ich etwas von dem Glanz aus Antonias funkelnden Augen. Ja, ich sehe der schönen Antonia ähnlich. Kleiner, jünger, scheuer und weniger selbstbewusst, aber mit einem ebensolchen Augenleuchten wie sie.

Wieder öffne ich das Fenster und hole tief Luft. Die Fenster sind das Beste an einem Haus. Sie lassen den Himmel hinein. Soll es doch regnen. Auf die nasse Welt und in das weit geöffnete Fenster. Gelegentlich muss sich der Himmel ausweinen. Ich weine lieber heimlich. Nachts unter der Bettdecke.

Else und Christel behaupten, ich schreie im Schlaf. Aber die beiden behaupten viel. Und bemängeln noch mehr: Dass es regnet, dass es schneit, dass die Sonne glüht, die Nachbarn reden, Betrunkene lallen, Hunde kläffen, Katzen miauen und die Welt voller Gesindel sei.

Letzteres behauptet der Vater sogar vom Himmel. „Allerlei Gesindel treibt sich da oben herum“, sagt er, wenn die Wolken unruhig hin und her wandern. So unruhig, dass der Vater viel Schnaps braucht, um sich zu beruhigen. Und noch mehr Bier, das er in sich hineinkippt, weil die Gäste ausbleiben, die sich womöglich fürchten vor dem Himmel und seinem Gesindel.

„Wat weg muss, muss weg“, sagt der Vater dann und prostet mir zu. „Zum Wohlsein, kleine Motte.“ Er schüttet den Schnaps in sich hinein wie der Himmel das Wasser auf die Dächer der Stadt. Manchmal zieht der Vater die Stirnfalten auf eine Weise zusammen, dass ich ein aufbrausendes Gewitter in seinem Gesicht sehen, hören, riechen und fühlen kann, lange bevor es ausbricht.

Von außen betrachtet ist das Haus kein schlechtes Haus. Vielleicht etwas zu grau, zu eng und im Winter arg zugig. Jedenfalls in Nähe der undichten Fenster. Aber mit dem Himmel darüber gefällt mir das Haus. In seinem Lilalicht wirkt es erhaben. In einem solchen Licht möchte ich gern Lieder komponieren, um sie Antonia vorzusingen, die schon verheiratet ist und in einer anderen Stadt lebt. Ein Lied über das Haus unter einem Lilahimmel. Mit und ohne Gesindel.

„Unter einem Himmel muss es auch Gesindel geben", hatte Sophie, meine älteste Schwester, dem Vater zu bedenken gegeben, wenn der meckerte. Damals, als sie noch im Haus lebte. Später floh sie die Familie. Wie ein gehetztes Tier. Mit einem Baby im Bauch. Sie glaubte, dass es ein Junge werde, dem sie den Namen Bert geben wollte. Damit er sie an mich erinnere. Ihn wolle sie lieben wie mich, ihre kleine Schwester, die ja dann Tante sei.

Seither habe ich nichts mehr von ihr gehört. In den Nächten liege ich oft wach und lausche, ob ich Sophies Schritte höre. Wie sie auf leisen Sohlen aus der Kneipe hochgeschlichen kommt, um mich nicht zu wecken. Eines Tages, das hoffte ich lange, würde sie wieder an meinem Bett stehen und mir das Haar aus der Stirn streichen. Zärtlich. Wie früher.

Aber nichts dergleichen geschah. Tag für Tag. Nacht für Nacht. Woche für Woche. Monat für Monat. Jahr für Jahr. Kein Lebenszeichen. Stattdessen suchten Knall auf

Fall weitere Geschwister das Weite. Als könne man nur auf fluchtartige Weise dem Mottenhaus entkommen.

Antonia entkam schon vor Sophies Flucht. Obwohl sie jünger war als Sophie. Als sie schwanger wurde, musste sie nicht vor dem Zorn der Mutter fliehen. Antonia tanzte hinaus. Leichtfüßig, lachend und wild entschlossen. Mit einem Traumtänzer an ihrer Seite. Sophie hingegen lief schweren Herzens davon. Soweit ich weiß, lief sie allein.

Kurz nach Sophies Flucht trat Lene, die frommste der Schwestern, in ein Kloster ein. Jetzt heißt sie Schwester Cleta, verschickt Heiligenbildchen in großen Mengen und beteuert, unablässig für die Familie zu beten. Davon jedoch, zürnt Frau General Mutter bei jeder Postsendung, könne sie sich nix kaufen.

Wenige Monate später verschwand Gerhard, dem der Vater eine Mottenallergie attestierte. Ihn verschlang die nahe Großstadt, in die er zog, um eine Tischlerlehre zu absolvieren. Auf Nimmerwiedersehen sei er in der Stadt verschüttgegangen, bedauert der Vater.

Josefine, die stillste meiner Schwestern, verabschiedete sich in Raten. Anfangs besuchte sie Antonia, die als Prima Ballerina in Essen herumwirbelt, nur gelegentlich. Dann immer häufiger. Bald hieß es, Josefine werde heiraten und ebenfalls in Essen leben. Wo Antonia seit Jahren singt, tanzt und nebenbei drei Kinder zur Welt brachte.

Mit Josefine, meinte Frau General Mutter, habe Antonia eine geduldige und unterstützende Bewunderin an ihre Seite gelockt. Aus purem Egoismus. Statt sie da zu lassen, wo sie hingehöre und wirklich gebraucht werde: Zuhause bei der Mutter. Die schließlich immer älter und kränklicher werde und der Fürsorge bedürfe. Anstelle von Töchtern, die sich ins Kloster verdünnisierten oder sonst wie verdufteten. Eine nach der anderen. Weil der Ofen mal nicht qualme. Wovon denn auch?

Die Haare habe man ihr vom Kopf gefressen. Vor allem der Junge, der Hallodri, habe den Hals nicht vollgekriegt, bevor er bei Nacht und Nebel davonschlich. Wie ein Dieb. Immerhin müsse sie nun einige Hungermäuler weniger stopfen. So sähe sie das: Eine Mutter könne acht Kinder ernähren, aber acht Kinder nicht eine Mutter. Undankbare Geschöpfe, dreckige Pänz.

Alle Jubeljahre starten Antonia und Josefine einen Ausflug ins Mottenhaus. Im Schlepptau zwei Traumtänzer, die mit dem Vater um die Wette saufen, und ein größer werdendes Bataillon schlecht erzogener Blagen, wie Frau General Mutter ihre Enkelkinder nennt.

Die Schlafkammer der Geschwister räumte die Mutter leer, um sie mit einem knarrenden Sofa und einer geheimnisvollen Nachtkonsole auszustatten. Auf dem Konsölchen, wie die Mutter das Möbelstück bezeichnet, thront ein Marienaltar. Viele bunte Heiligenbilder zieren seine Umgebung und lenken von vergilbten Löchern der verschlissenen Tapete ab.

Dorthin zieht sich die Mutter zurück, wenn der Vater säuft, krakeelt oder schnarcht. Was häufig vorkommt. Den Schlüssel des verriegelten Raumes trägt Frau General Mutter stets bei sich.

Wenn ich lange bettele und fest verspreche, vor dem Marienaltar niederzuknien und nichts weiter im Sinn zu führen als zu beten, darf ich kurze Zeit in der Kammer verweilen. Vorausgesetzt, dass Else oder Christel willens sind, darauf zu achten, dass ich keinen Unfug treibe.

Was ich dort treiben könnte, weiß ich nicht. Da ich nie etwas stibitzte, erst recht keine Heiligenbildchen, hege ich den Verdacht, dass die Mutter Briefe von Sophie vor mir versteckt hält. Wahrscheinlich in dem streng bewachten Konsölchen.

Bis heute kann ich mir nicht vorstellen, dass Sophie mich ohne Nachricht lässt. Bestimmt nicht. Nicht so lange. Nicht meine Sophie. Die nicht. Die schreibt. Die schickt Bilder. Von sich und ihrem Sohn, dem Bert, der sie an mich erinnert.

Else und Christel bilden eine von stetem Raunen und Zischeln genährte Zweisamkeit. Eine Art tuschelnde Einheit. So etwas Zusammengeschmolzenes, das von Flüstertönen, Gesten, von Mimiken, Andeutungen und mittels Körpersprache in die Luft gemalten Bildern gespeist wird. Vermutlich bis in alle Ewigkeit.

Klein, kleiner, am kleinsten hocke ich vor der kraftvollen und vielsprachigen Geschlossenheit der Schwestern. Else meint, ich sei inzwischen zu groß, um derart viel Aufmerksamkeit zu verlangen, wie ich es als stotterndes Wesen täte. Und zwar bei Tag und bei Nacht. Wenn ich keine Ruhe gebe und mir die Seele aus dem Leib stammle. Nachts würde ich wie ein Tierchen wimmern oder sogar schreien. Man müsse sich wundern. Denn schließlich spräche ich mitunter so deutlich wie sonst niemand in der Familie.

Else und Christel verbinde etwas Zwillingsartiges, meinen die Eltern. Ähnlich wie siamesische Zwillinge, die an bestimmten Körperteilen zusammengewachsen sind, klebten auch Else und Christel aneinander. Obschon sie verschiedenartiger nicht sein könnten. Wahrscheinlich, so mutmaßt der Vater, habe die vernünftigere Else die zwei Jahre jüngere Christel adoptiert.

Das gehöre sich in einer großen Familie so. Dass die Älteren für die Jüngeren geradestehen. So wie früher die Sophie mein größerer Zwilling gewesen sei. Trotz der vielen Jahre, die zwischen uns lägen. Da spielten Unterschiede des Alters, der Wesensart und des Aussehens überhaupt keine Rolle. Beim Zusammenwachsen und dem Füreinandergeradestehen.

Elses schmaler Linealmund ähnelt dem der Frau General Mutter. Wie sie scheitelt Else ihr Haar streng in der Mitte. Sie presst die krausen Locken auf eine Weise platt, dass es aussieht, als seien sie gebügelt. Am Hinterkopf bezwingt sie das Haar mit dehnbaren Bändern, wickelt den schwanzartigen Zopf um sich selbst, steckt ihn hoch und zurrt ihn mit drahtigen Schnallen fest. Derart umklammert, erprobt kein Härchen mehr den Aufstand. Weder an Elses Kopf noch an dem der Mutter.

Die sechzehn Jahre alte Christel kommt mehr nach dem Vater. Besonders ihr sinnlicher Mund erinnert an seine vollen Lippen. Wenn er zur Sommerzeit den Schnurrbart abrasiert, stelle ich jedes Mal erstaunt fest, dass er Lippen hat und einen schönen Mund.

Christels sonniges Gemüt und ihr kullerndes Lachen verbinden sie mit Antonia. Zum Tanzen und Singen allerdings fehlen Christel Zeit, Muße und Mut. Doch trägt sie das Haar offen wie Antonia.

Da sie weniger leichtfüßig daherkommt als die Schwester, erinnert ihre Haartracht an die Mähne eines scheuenden Pferdes. Christel ist ein Arbeitstier, das die eigene Kraft fürchtet. Aus Furchtsamkeit lernte sie, sich in den

Dienst anderer zu stellen. Sie sucht Halt bei Else und deren erbarmungsloser Strenge.

Seit Kurzem arbeitet Christel in einer zementgrauen Textilfabrik, von der sie tagsüber verschluckt wird, damit sie im Akkord Textilien prüft und stopft. Das verdirbt ihr die Augen und mitunter auch die Laune. Nach der Schicht sputet sie sich, um Else beizustehen, die der Mutter zur Hand geht oder dem Vater in der Kneipe hilft.

Christel kellnert, kocht, spült, fegt, wischt und läuft sich die Hacken ab, um Else und der Mutter gerecht zu werden. Artig belächelt sie die Witze und Sprüche der Männer. Ebenso artig ignoriert sie ihre Müdigkeit.

Spätabends, nach getaner Arbeit, ranzt Else Christel an: „Geh dich jetzt waschen. Denn du stinkst. Und nimm den Schmutzfinken Berta gleich mit.“ Da erst registriert Christel, dass ich auch da bin. Sofern ich nicht von Else oder der Mutter herumgescheucht werde oder bereits zur Bettruhe verdonnert wurde, hocke ich vor dem offenen Fenster, betrachte Wolken und wehre mich: „Ich hab mich schon gewaschen.“

„Haste nicht.“

„Hab ich wohl.“

„Komm mit, Motte“, bittet Christel freundlich. In der Waschküche stehen wir nebeneinander am Zuber. Christel reicht mir einen Lappen, den ich widerwillig annehme.

„Wasch dich, Berta, du stinkst.“

„Nein, du stinkst.“

Ich friere. Es ist dunkel, nass und kalt. Ich hasse den Keller und verabscheue den Zuber.

„Mach voran, Berta, trödel nicht. Wird Zeit, dass du ins Bett kommst. Eine Stinkmotte bist du geworden.“

„Ich stinke nicht. Ich w-will mich nicht w-waschen."

„Wat du willst, dat fragt dich keiner. Sei ein braves Mädchen und wasch dich. Vergiss die Füße nicht. Nun mach schon! Wirst du parieren, oder muss ich Else rufen?"

Danach liege ich im Bett. Katzenwäschekönigin. Kopf unter Wolken. Schäfchenzählzeit. „Bräunliche Ränder an abgerissenen Tapeten sind viel hässlicher als schmutzige Füße", sage ich. Ohne zu stottern. Ziemlich laut. Dabei sehe ich, wie der Teufel durchs Zimmer hinkt. Mitten durch die Zweisamkeit der tuschelnden Schwestern.

Sophie fehlt mir wie eine Mutter. Mehr als Frau General Mutter mir jemals fehlen könnte. Besser, ich verscheuche den Gedanken. Ich habe ihn nicht einmal gedacht. Das Gewitter in mir hat ihn gedacht. Auf seine grummelnde Weise. Dafür kann ich nichts.

Ich erinnere mich an Sophies Ermahnungen, die Mutter zu lieben und zu ehren. Das gehöre sich so. Also muss ich folgen. Schon wegen Sophie, die mir so sehr fehlt, dass es sich anfühlt, als seien wir auseinander operiert worden. Die Wunde heilt nicht, breitet sich aus wie eine Wüste, je länger Sophie wegbleibt und ich nichts von ihr höre.

In meiner Heimatstadt, die ich noch nie verlassen hab, schüttet es oft wie aus Eimern. Trotzdem meine ich, die Wüste zu kennen. In der Schule hab ich gehört, dass sich Wüsten ausbreiten, weil ihnen Wasser fehlt. Mit fehlt es an Sophie. Wobei es mir immerzu an etwas fehlt. Ohne dass ich genau sagen könnte, woran.

Christel und Else plappern unentwegt. Sie zischen, wispern, tratschen, rätseln, bebildern, verschlüsseln, fragen, antworten, donnern und wüten. Nur Sophies Verschwinden kommentieren sie nicht. Auch nicht in Bildern und Rätseln, in denen sie bevorzugt reden. Ich habe sie oft genug belauert und belauscht. Über Sophie schweigen sie. Wie von Frau General Mutter angeordnet. Gleich nach Sophies Flucht hatte die erklärt, Sophie sei für sie gestorben. Sie habe keine Tochter mehr, die Sophie heiße. Das Thema sei abgehakt. Ein für alle Mal. Nicht einmal mehr Sophies Name wolle sie fallen hören. Nicht in ihrem Haus. Niemals mehr zu ihren Lebzeiten.

Als ich wissen wollte, weshalb sie so wütend auf Sophie sei, schlug sie mit dem Handrücken auf meinen Mund. „Halt die Gosche, Berta. Was verstehst du schon?"

Wenn die Mutter Brot schneidet, drückt sie es an den schweren Busen, und es fallen dünne Scheiben in den Mutterschoß. Auf dem ich nie saß. Weil dort das Brot hingehört. Auf den Schoß der Mutter gehört nur das Brot. Es fällt leise hinein. Wann immer die Mutter es schneidet. Ohne hinzuschauen. Stattdessen schaut sie mich böse an. So, dass ich starr und starrer werde.

Es gibt mehr Esser als Brot. Immer noch. Obschon Gerhard mit seinem Mordsappetit verschwunden ist und so viele Schwestern ihre Füße nicht mehr unter den Tisch der Mutter stellen. Man muss sich das Brot verdienen. Ich verdiene kein Brot. Das hat die Mutter öfter gesagt, und dass ich zu nichts tauge.

„Hör nicht hin", hat Sophie mir früher zugeflüstert und mein Haar berührt, als wolle sie es streicheln. Was sie nicht gewagt hätte im selben Raum, in dem Frau General Mutter zuschaut und das Brot in ihren Schoß fällt. Wie die Äpfel auf den Rasen des Nachbarn. Nur leiser.

Weiter prasselt der Regen. Vor und in das offene Fenster. Ich schaue und schaue. Vogelblicke, so nennen Else und Frau General Mutter meine Blicke. Ich habe sie in der großen Spiegelscheibe geprüft, die unten in der Waschküche über dem Zuber hängt. Sie ließen mich nicht an einen Vogel denken. Wohl aber an Hunger. Womöglich steckt in mir ein hungriges Tier? Ein Hungervogel, der himmelwärts fliegen und sich selbst und das Haus von außen betrachten möchte. In mir wohne ich nicht gern. Was immer ich vermisse, ich suche es in den Wolken.

„Ich wäre gern im Himmel", verriet ich der Mutter, als Sophie fort war. „Wat bist du bloß für 'n Kind?", fragte die Mutter. Das wusste ich nicht zu beantworten. Und ich weiß es auch heute nicht. Obwohl ich fast kein Kind mehr bin und mitbekomme, dass Männer mir hinterherpfeifen und mich mit sehnsüchtigen Augen betrachten.

„Ich bin ich", habe ich der Mutter mitgeteilt, später, und es gewagt, mich in ganz aufrechter Haltung und mit herausgedrückter Brust vor ihr aufzubauen. Aber da hatte sie die Frage längst vergessen. Skeptisch musterte sie mich. „Drömelberta is wie et is. Und? Gibt et da wat zum Draufeinbilden? Bild dich bloß nix ein, Frollein. Da gibt et keinen Grund dafür. Weil du nämlich von Nix wat weißt!"

„Ich bild mir nix ein", sagte ich. „Und weiß auch von Nix wat." Das schien die Mutter zu besänftigen. Seither frage ich mich, wer außer ihr mehr als von Nix wat weiß. Und ob die Menschen, die mehr als von Nix wat wissen, sich selbst kapieren. Ob sie die Welt verstehen? Die vorbeirauschenden Wolken und die rätselhafte Zeit?

Ich weiß bloß, dass ich in mir drinstecke. Und da nicht rauskomme. Seit vierzehn Lenzen stecke ich in mir fest.

Schall und Rauch

„Unser Else ist auf Zack“, sagt die Mutter. Ich würde auch gern auf Zack sein. Aber so richtig auf Zack. Elses Zackigkeit kann die Mutter für sich behalten. Weil Else schon gar nicht mehr nach sich selbst riecht. Sie riecht wie die Mutter. Ich würde gern riechen, wie ich rieche. Unter der Bettdecke, alle Luken dicht, hab ich mich beschnuppert und fand meinen Geruch bekömmlich, sogar tröstlich. Auch wenn ich keinen so beruhigenden Duft verströmen kann, wie Sophie das konnte.

Inzwischen bin ich gewachsen und größer als unser Else, die an meiner Seite durch das Laub im Volkspark knarzt. Wegen ihrer Zackigkeit und dem von der Mutter angeordneten Begleitservice für mich, darf Else nicht rascheln, schreiten, schlendern oder lustwandeln, wie sie es vielleicht gerne täte, sondern muss zur Eile drängen.

Wobei Else stets drängt und nichts mit halbem Herzen tun kann; es sei denn, die Mutter ordnet Halbherziges an. Oder Else hat die Tage. Wenn Else die Tage hat, flennt sie. Das klingt, als presse sie Sirenen im Mund aus. Dabei kullern keine Tränen. Nur die Schultern zucken und ihr Körper wackelt, als schüttle Frau General Mutter sie höchstpersönlich durch. Heute schleicht Else beim Knarzen, als hätte sie ihre Tage. Früher nannte sie die Tage ‚rote Sophie‘. Seit der Flucht der richtigen Sophie dürfen die Tage nicht mehr ‚rote Sophie‘ genannt werden.

Den Kommodenbusen hat Else von der Mutter geerbt. Dessen lautloses Stoßseufzen muss sie abgekupfert haben. Ich müsste neue Worte erfinden, um zu beschreiben, wie

Else mit Schlagseite durch den Park rumst und die Mutter imitiert.

Meine Worte reichen nicht aus, um die Welt und die darin Herumwuselnden zu begreifen. Unser Else ist besonders schwer zu begreifen. Weil sie, die mollige Quasselstrippe, gar nicht wirklich zackig ist. Dafür ist sie zu jomerig. Jomern ist eine Art anklagender Singsang, mit dem Frau General Mutter die Welt bejammert.

„Krieg du erst mal Kinder“, rät die Mutter, wenn unser Else jomert, als sei auch sie bereits achtfache Mutter. Dabei ist Else garantiert noch Jungfrau. Ihre Zackigkeit ähnelt der Frömmigkeit eines Ungläubigen. Wie wenn der Papst in den Puff ginge, würde der Vater sagen, wenn er etwas zu Elses Zackigkeit sagen müsste. Doch vielleicht würde er auch nur Elses gutes Herz loben, das bei aller Strenge am rechten Fleck sitze und zuverlässig wummere.

Else fegt durch den Park. Mit belaubten Füßen, ’ner roten Sophie im Bauch, die anders heißen muss, und ’ner Anordnung von Frau General Mutter im Schädel, mich zur Reichsanstalt für Arbeitslosenversicherung und Arbeitsvermittlung zu begleiten.

„Wieso hab ich dich immer am Balg, Berta?“

„Weil du auf Zack bist.“

Else ächzt und zieht Mutters Wolltuch straffer um die Schultern. Ich pfeife vor mich hin und sammle braune Bucheckern.

„Mädchen, die flöten, und Hühnern, die krähen“, krächzt Else, „soll man beizeiten den Hals …“

„Soll ich singen?“

„Verschon mich!“

„Das Wandern ist des Müllers …“

„Berta, hör auf mit dem Gequieke und schmeiß den Kokolores weg!“

„Dat sind Bucheckern, kein K-Kokolores.“

„Bah. Dat ist Futter für Viehzeug, nicht für Menschen.“

„Aber die glänzen so schön.“

„Wer weiß, wat da glänzt. Womöglich Hundepisse. Oder Rasputin hat da drauf gepinkelt auf die Eckern.“

„Wer ist Rasputin?“

„Der Waldschrat.“

„Wer ist das?“

„Der Schrat, der im Wald wohnt. Oder im Park.“

„Hier im Volkspark?“

„Gestern Abend hat der Vater so einen aus der Kneipe rauskatapultiert. Mit Karacho. Weil der kilometerweit zum Himmel stank, der Kerl, hat der Vater nachgefragt, wo der wohnen tät? Im Volkspark hat er gesagt.“

„Wie sah der denn aus?“

„Wie Rasputin.“

„Else! Wie s-sieht Rasputin aus?“

„Wie Rübezahl. Nach einer Mischung aus knorrigem Baum und verwehtem Gestrüpp sah der aus, obschon der jung war. Wie en Künstler oder Penner, tät ich meinen. Zerfleddert, schmutzig, überall Bart, wehendes Haar, Flatterblick …“

„S-Sieht so ein Künstler aus?“

„Ja, manche schneiden sich sogar en Ohr ab und schmeißen dat inne Büsche. Man weiß nie, wat denen einfällt und wat so alles am Boden rumfleucht. Fass nix an.“

„Hat der gesagt, dat der Rasputin heißt?“

„Ja, und dat der im Volkspark auf deine Bucheckern pullert, dat hat der auch gesagt. Drum glänzen die so.“

Else rümpft die Nase und beschleunigt den Schritt.

Um zur Reichsanstalt zu gelangen, sollten wir den kürzesten Weg durch den Park wählen, hatte die Mutter geraten. Das spare die Bahn. Else möge auf keinen Fall den Molli mit sich machen lassen. Ob die Mutter beim Mollimachen an meine angebliche Neigung zum Drömeln gedacht hat oder eher die Beamten der Reichsanstalt im Visier hatte, die einem ein X für ein U verkaufen würden, wenn man nicht auf Zack sei, weiß ich nicht.

Ich halte eine Buchecker in der Hand, lasse sie von der Sonne bescheinen und freue mich daran.

„Wohnen hier noch andere Gestalten?“, frage ich.

„Wer soll hier wohnen? Franz Wurm, Petra Ameise, Fritz Specht, Berta Krähe …?“

„Und die Bäume. Wie heißen die?“

„Bäume haben keine Namen.“

„Doch, Weiden zum Beispiel.“

„Dat sind Sorten. Keine Namen. Namen sind Schall und Rauch, Berta. Außerdem reicht dat, wenn du Nadelhölzer von Laubbäumen unterscheiden kannst, die Obstbäume kennst und die deutsche Eiche nicht verwechselst mit irgend ’nem Gestrüpp.“

Als ich klein war, haben Sophie und ich oft die Trauerweide am Volkssee besucht. Wir liebten es, dorthin zu schlendern, unter ihrem Dach zu verweilen und Steine ins Wasser zu werfen. „Die Äste berühren den See, als wollten sie ihn streicheln“, sagte Sophie damals.

Kann es derselbe See und dieselbe Weide sein, auf die Else und ich jetzt zusteuern? Blätter schaukeln wie kleine Boote auf dem Wasser, andere flattern umher. Der Wind trägt sie, bis sie fallen. Wie Sophie mich trug, wenn ich müde war, und mich in den Schlaf sang, wenn ich nicht einschlafen konnte. Mit brüchig zarter Stimme, von der ich nicht genug kriegen konnte, ehe ich tief weg sank.

„Guck mal, Else, wie die W-Weide das Wasser küsst."

„Quatsch nich so dusselig daher. Weiden können nicht küssen."

„Siehste doch!"

Elses Kommodenbusen rüstet auf: „Halt den Sabbel. Ich hab Bauchweh."

„Aber w-warum sind Namen Schall und Rauch?"

„Weil die nix bedeuten."

„W-Warum habe ich drei Namen, wenn die nix bedeuten?"

„Dat bedeutet auch nix. Nich viel jedenfalls. Nur so viel, dat die Mutter, als du geboren wurdest, nich so recht wusste, wat du für 'n Früchtchen bist. Und erst recht nich, wat du für eins werden würdest. Bei uns anderen wusste die dat, die Mutter. Die sah uns an und wusste, dat ist eine Else, dat ist eine Christel, dat ist eine Antonia und so weiter. Bei dir dachte die wahrscheinlich, dat könnt 'ne Anna werden. Oder 'ne Berta. Oder 'ne Auguste. Bei dir weiß man ja nich, wo man dran is. Nich mal die Mutter kennt sich mit dir aus. Drum heißt du Anna-Berta-Auguste."

„Wat is eine Else?"

„Guck mich an, dann weißte dat. Eine Else is eine, die kleine Schwestern zur Arbeitsvermittlung schleppen muss und Schmutzfinken einen hinter die Löffel gibt, wenn die nicht parieren. Dat Gegenteil von einer Else is en Aas namens Berta, dat seine Stinksocken nicht wäscht und nicht flickt. Damit dat eine Else tun muss. Oder eine

Christel. Auch die kann Strümpfe stopfen, dat die aussehen wie neu. Eine Berta träumt lieber. Und is en richtiger Schmierfink. En stinkfaules Luder, dat lieber rumtrödelt, als wat zu tun. Ne Else is en geborener Dussel, der bei Tag und Nacht schuftet. Ohne Dank versteht sich. Ne Else kann man heiraten. Die funktioniert im Haushalt. Ne Berta heiratet man besser nicht. Und ‘ne Anna-Berta-Auguste ist ‘ne Berta, die gern der Mittelpunkt der Welt wär. Drum stottert die. Und braucht gleich drei Namen.“

„Wat ist eine Sophie?“

„Hau ab mit deiner Sophie! Eine, die ihre Familie verrät. Wegen ein Paar schöner Männeraugen, auf die sie reinfällt, die mannstolle Trulla. Jetzt hat sie en vermurkstes Leben in ‘nem Heim für gefallene und gestrauchelte Weiber. Bitte schön. Wir wollen schweigen von dat Weib.“

Ich beiß mir auf die Lippen. Elses Tonfall ist zu scharf geworden, um weiterzufragen. Weiter trotte ich neben der Schwester her. Namen sind Schall und Rauch. Eine Berta heiratet man besser nicht. Namen sind Schall und Rauch. Die Sätze surren durch meinen Gewitterschädel.

Seit der Schulentlassung im Sommer suche ich Arbeit. Ohne eine Spur von Interesse, wie Else meint. Inzwischen sei der Herbst weit vorangeschritten, und ich wisse immer noch nicht, für was ich mich interessieren solle. Die Kellnerei komme wegen meiner Stotterallüren nicht in Frage. Von Stümpereien und Ungeschicklichkeiten, wie sie für mich typisch seien, ganz zu schweigen. In Küchen und Gaststätten erwarte man geschickte Mädchen. Jedenfalls müssten die geschickter sein als ich.

Ich betrachte das bunte Laub, das Elses blank geputzte Schuhe umspielt, als wolle es sie herausfordern. Heißa, wie sie wirbeln die Blätter, wenn der Wind sie nur antippt, wenn er aufspielt, dass es in den Beinen zuckt und kribbelt. Jedenfalls in meinen.

Ich muss mich arg zusammenreißen. Während Else stänkert, ich könne in die Fabrik gehen und am Fließband vor mich hindösen. Schließlich handele es sich um Routinearbeiten, die meiner Döserei entgegenkämen. Auch müsse ich in 'ner Werkhalle nicht viel reden, und mein Gestotter ginge im Lärm der Maschinen unter.

Ich weiß nicht, ob ich zackig genug sein werde, Arbeit zu finden. Der Vater sprach noch gestern von einem Millionenheer der Arbeitslosen, das nach vorübergehender Besserung wieder ansteige und das Ende der Goldenen Zwanziger einläute. Was in den Zwanziger Jahren für den kleinen Mann golden gewesen sei, verstehe er nicht. Möglicherweise die Hoffnungen. Die glänzten in den trügerischsten Farben. Beim kleinen Mann und seiner Frau.

Den Weg in die neu gegründete Reichsanstalt könne ich mir schenken. Die zahle nix. Die vermittle auch nix. Wenn überhaupt, dann rückten die ein halbes Jahr lang ein paar spärliche Penunzen raus. Und auch nur, wenn einer bereits eingezahlt hätte, weil der an Arbeit schon mal hätte riechen dürfen. Dann erhalte der vorübergehend bescheidene Reichspfennige. Sonst Pustekuchen. Ab zur Wohlfahrt. Weil es nix zu vermitteln gäbe.

Das städtische Wohlfahrtsamt warte auf seine kleine Stottermotte oder ein fleißiger Handlanger. Wenn ich, die Stottermotte, einen fände, mit dem ich Kinder machen könnte, damit denen bei der nächsten Hyperinflation der Abgrund drohe. Oder der nächste Krieg. Für den wir ja schon mal aufrüsten könnten, der Handlanger und ich, um kleine Soldaten zur Welt zu bringen. Das sei leichter als eine Anstellung zu finden.

So unkte der Vater vor einer spärlichen Anzahl nickender Gäste, die wie in einer Andacht dasaßen. Während die Mutter sich bekreuzigte. Vermutlich wegen des Handlangers, mit dem ich kleine Soldaten fabrizieren sollte.

Aber ich will daran nicht denken. Nicht hier und nicht jetzt. Der Tag ist so golden. Ich kann mich nicht entsinnen, dass jemals ein Herbst so viele bunte Blätter um mich herumtanzen ließ.

Leichtfallend und federnd weben sie einen Teppich, breiten ihn aus, wie um zum Herumwirbeln einzuladen. Ein Schuhplattler mit den Blättern. Tanz, Berta, tanz! So raschelt und summt das Laub.

Von weit her höre ich Else schimpfen. „In Nullkommanix ferkelst du dich ein. Wie machst du dat, verdammich. Guck die Schuhe an, wie die wieder aussehen. Hörst du mich? Nimm dat Tuch und putz die Schuhe. Die von der Arbeitsvermittlung wissen Bescheid, wenn die dich angucken, können wir gleich wieder abhauen, Berta!"

Alarmiert durch den scharfen Tonfall, mit dem Else die Mutter nachahmt, lange ich nach dem alten Loden, den sie aus der Tasche zerrt. Doch bevor ich mich bücken kann, um die Schuhe zu wischen, höre ich einen kräftigen Tenor.

Bunt sind schon die Wälder, gelb die Stoppelfelder ...

„Hörst du dat? Da singt einer. Da drüben. Hinter der Weide. Warte, Else. Ich guck mir den mal an. Bin gleich wieder da." Wie ferngesteuert marschieren die Schuhe mit mir los, ungeputzt. Das Schmutztuch in meinen Händen umweht der Wind.

„Verdammich", flucht Else wieder.

Ich weiß nicht, ob ich zu dem will, der singt, oder zu seinem Lied. Vielleicht zieht mich auch die Weide magisch an, die der junge Mann zum Zuhörer gewählt hat. Hochgewachsen steht er dort, hebt stimmgewaltig die Brust und sieht doch klein aus. Vor dem Baum, der ihm freundlich zuzunicken scheint. Ihm und dem kleinen Jungen, der auf einer Bank unterhalb der ausladenden Zweige hockt, die Füße baumeln lässt und leise in die Hände klatscht.

„Berta, komm sofort zurück“, ruft Else.

Der Sänger unterbricht sein Lied und wendet den Kopf in unsere Richtung.

Ich verzögere den Schritt und lege einen Finger auf die Lippen: „Pst!“

Das Gesicht des Sängers hellt auf. Er lacht, winkt mich näher heran und ruft: „Komm, wenn du zuhören magst. Ich sing auch für dich.“ Doch ich wage nur noch wenige Schritte auf ihn zu. Dann bleibe ich auf dem laubbedeckten Rasen stehen, umklammere das Schmutztuch und fühle, wie mein Mut tief und tiefer sackt und sich unterm Laub verstecken möchte.

„Sing”, flüstere ich. Er nickt, als habe er mich gehört, und beginnt sein Lied von vorn.

Bunt sind schon die Wälder,
gelb die Stoppelfelder,
und der Herbst beginnt.
Rote Blätter fallen,
graue Nebel wallen,
kühler weht der Wind.

„Dat is der Josef“, zischt Else. Unmerklich ist sie hinter mich getreten und zerrt an meiner Schulter: „Komm jetzt!“

„Wer ist der Josef?"

„Der Josef ist der Sohn vom Gründer Franz. Der ältere von zwei Jungen, die der hat. De Gründer is bei der Stadt wat Höheres. Un auch inne Politik is der en hohes Tier. Dat ist einer von denen, die die Trepp erauf und nich erunter fallen. De Gründer Franz war mit dem Vater im Krieg. Früher schneite der auch schon mal inne Kneipe rein. Dafür hängt dem jetzt der Arsch zu hoch. Seit der in en Villa wohnt. Mit allem Protz und Rotz. De Josef studiert woanders. Irgendwat mit Musik. Der kleine Bruder is krank im Kopp. Aber halt dich kusch. Alle Achtung, dat de Josef sich um den kümmern tut."

Josef beendet sein Lied, flüstert dem kleinen Bruder etwas zu und bewegt sich in unsere Richtung. Schnell verstaue ich das Schmutztuch in der Jackentasche, in der schon die Buchecker lagert. Meine Gedanken wetterleuchten, während das Herz laut pocht. So laut, dass ich Angst habe, Else oder Josef könnte es hören. Die Abstände der Blitzeinschläge werden kürzer. Josef nähert sich.

Ich denke, dass er schön ist. Natürlich weiß ich, dass ein junges Mädchen so etwas über einen jungen Mann nicht denken darf. Aber ich denke es trotzdem. Dieser Mann ist schön! Ausrufezeichen. Er ist auf eine Weise schön, die nicht mal ein Ausrufezeichen bräuchte.

In hellen, weiten Hosen schlendert er herbei. Der Mann wirkt licht und freundlich. Seine Bewegungen fließen. Er ist schlank wie die Weide, die mit ihren langen Zweigen die Erde berührt, und ähnelt dennoch einer Eiche, so groß und kräftig. Ich verwechsle die Eiche nicht mit Gestrüpp.

Das ist er, denke ich. Das könnte er sein. Ohne zu wissen, wer Josef ist oder sein könnte. Eine Eiche aus

Weidenholz, die singen kann, dass einer wie mir das Herz aufgeht?

„Hier singen die Bäume“, raune ich Else zu.

„Seit wann können Bäume singen?“

„Seit heute.“

Dann steht er vor uns und nimmt die Hände aus den Hosentaschen. Der kleine Bruder verweilt auf der Bank, klatscht und giggelt. Es klingt wie Lachen, könnte aber auch eine Geheimsprache sein.

Josef strahlt mich an und begrüßt uns beide.

„Guten Tag, die Damen.“

„Tach, Josef“, sagt Else.

„Du kennst mich noch?“

„Sicher.“

„Hast ein gutes Gedächtnis.“

„Muss man haben inne Wirtschaft.“

Josef nickt mir zu, reicht Else die Hand und verneigt sich leicht in ihre Richtung. Ohne den Blick von mir abzuwenden.

„Dat man dich hier trifft“, wundert sich Else.

Josef schmunzelt und streckt mir die Hand entgegen.

„Ich bin Josef.“

„Dat ist Berta“, antwortet Else an meiner Stelle.

„Lange nicht gesehen“, sagt Josef.

„Biste denn oft hier in der Stadt?“ Else tut interessiert.

„Selten“, erwidert er. Und wendet sich wieder an mich.

„Darf ich du sagen?“

Ich nicke verlegen.

„Ich hab dich einmal gesehen, als du noch klein warst, Berta.“

„Aus Kindern werden Leute“, weiß Else. „Nun muss

die kleine Motte auch schon zur Arbeitsvermittlung. So rast die Zeit. Wir müssen dringend weiter, Josef. Nix für ungut. Grüß die Eltern.“

Aber Josefs Blicke lassen mich nicht los.

„Was willst du denn werden, Berta?“

Bis eben hätte ich darauf nichts antworten können. Jetzt lese ich die klare Antwort in den wachen Augen eines fremden Mannes: „Ein Kindermädchen“, sage ich. „Ich will Kindermädchen werden und mit Kindern singen und tanzen.“

Elses harte Faust knallt in meinen Rücken. „Genug geschwafelt. Komm jetzt. Wollen sehen, ob du überhaupt Arbeit kriegst, du Kindermädchen. Die Zeiten sind verheerend. Wat meinst du, Josef?“

„Viel Glück“, sagt er, und legt den Finger auf den Mund. Wie ich es vorhin tat, als ich ihn und sein Lied nicht stören wollte. Mein Herz hüpft im ganzen Körper herum. Sogar in den Kniekehlen pulst und pocht es. Zugleich steigt ein Lachen in mir auf, das sich wie von selbst ausweitet. Das Gesicht fühlt sich an, als wäre es nicht mehr meins, so schön und fremd. Josef steht immer noch da und betrachtet mich. Leise raunt er: „Du wirst mit Kindern arbeiten, Berta, bestimmt.“

„Ja“, sage ich und folge Else, die kopfschüttelnd von dannen eilt.

Bunt sind schon die Wälder, summt es in meinem Kopf.

„Hast du die Kledage gesehen, Frollein? So einer is nix für dich. Bild dich ja nich ein, dat der wat für dich wär.“

„Wat für ‘ne Kledage?“

„Feinster englischer Zwirn. Siehst du so wat nich?“

„Nee.“

„Klar. Aber singende Bäume, die siehste."

„Verstehst du nicht, Else."

„Als hättest du nich alle Tassen im Schrank, Berta. Wegen so 'nem Chorknaben. Der gehört in 'ne andere Welt."

„In wat für 'ne Welt?"

„Wo unsereins nich reingehört. Wo die Männer Handschuhe tragen über den Klavierhänden."

„Der hatte keine Handschuhe an."

„Aber Klavierhände hatte der. Und 'ne Klavierstimme. Du glaubst doch nich, dat der Zuhause wat anzupacken braucht. Da haben die Leute für, die Eltern. Personal von hinten und Personal von vorn. Den Zwirn für die Anzüge bestellen die in England. Frag die Mutter. Englisches Tweed kaufen die. Und die Frauen tragen immer nur dat Feinste. Nach der neuesten Mode. Elegant, chic, teuer, eins A. Und immer wat anderes. Jeden Tag wat anderes, nicht nur sonntags. Auch wochentags ziehen die sich mehrmals um. Morgens, mittags und abends. Und dazu die passenden Schuh. Und bei Nacht en Tüdelü aus feinster Seide. Die waschen sich auch ganz oft. Da haben die Zeit für. Denk ma. Da gibt et keine Stinkmotten. Wenn, dann stinken die nach teuren Parfüms. Kann einem auch schlecht von werden, aber egal. Dem Josef seine Mutter ist noch nicht mal die Schlimmste. Die grüßt sogar. Und hat freundliche Jungens erzogen. Dat muss man der lassen. Aber sonst … Auch so feine Allüren und 'ne Haltung, als hätte die 'nen Stock verschluckt. En Benehmen wie aus Büchern, so vornehm. Höhere Töchterbildung, verstehst du! Da kannste einpacken mit deine Volksschule."

Dass ich einpacken kann, glaub ich umso mehr, als wir

die Halle betreten, in der die Arbeitsvermittlungsbehörde untergebracht ist. In mehreren langen Schlangen warten Menschen. Vor einer aus grauen Brettern und durchsichtigem Glas abgetrennten Balustrade, hinter der die Reichsbeamten hocken und einen Arbeitslosen nach dem anderen abfertigen. Im Schneckentempo. Else jomert, dass sie in dieser elendig verpesteten Luft hops gehen und wegen der bedrängenden Enge noch nicht mal umfallen könne.

Ich muss an die Warterei vor den Lebensmittelläden denken, vor denen ich als Kleinkind mit Sophie oder der Mutter schwitzte. Selbst wenn ich im Winter fror, erhitzte mich die Sorge, weggeschickt zu werden. Ohne Brot. Ohne Essen. Ohne Seife. Nach stundenlangem Ausharren.

Rot war die Karte für das Brot. Reichsbrotkarte stand darauf geschrieben und gleich darunter der Satz: Esst Vollkornbrot und ihr bleibt gesund. Sophie nannte den Satz zynisch, wenn wir mit der Reichsbrotkarte und ansonsten leeren Händen nach Hause traben mussten. Gelb waren die Karten für Seife.

„Weißt du noch, Else …"

„Halt 's Maul!" Else scharrt mit den Füßen, schnaubt wie ein Pferd. „Wir könnten längst wieder bei der Mutter sein, hättest du vorangemacht, statt dem Josef schöne Augen."

An der Schalterwand empfängt uns ein junges Fräulein. Ein sehr junges Fräulein, wie Else findet. Deshalb muss sich das sehr junge Fräulein von Else allerlei Fragen gefallen lassen: Wie alt es sei, ob es sich autorisieren könne oder ob es noch in der Lehre sei. Schließlich ginge es um eine verantwortungsvolle Tätigkeit, die das erkennbar junge Fräulein stemmen müsse.

Das junge Fräulein verweist auf einen Herrn im Nebenraum, zu dem Else gerne gehen und nach ihrer Autorisierung fragen dürfe. Allerdings müsse Else sich danach wieder hinten anstellen. Ans Ende der Warteschlange. Wobei man in Kürze den Schalterraum schließe.

Das will Else nun doch nicht. Dann verzichtet sie. Eisern, mit betretener Miene. Um sich dem eigentlichen Anliegen zu widmen, für das sie ihre kostbare Zeit opfern muss: der Vermittlung ihrer Schwester Berta in eine bezahlte Arbeit.

Wie Piksieben stehe ich daneben und höre meinen Unzulänglichkeiten zu. Dass ich den Eltern seit Monaten auf der Tasche liege, wodurch der Monat immer länger und das Geld immer weniger werde, dass ich lediglich über ein Entlassungszeugnis der Volksschule verfüge, weil es wegen meiner Sprachprobleme zu mehr nicht gereicht hätte, dass ich einerseits auf Zack sei, in anderen Belangen aber schwächle, sodass man nicht wisse, woran man mit mir sei. Ob ich nicht könne oder nicht wolle …

„Aha", sagt das Fräulein. Von Elses Fragen und Autorisierungsgehabe sichtlich genervt, ansonsten gelangweilt, schiebt sich plötzlich etwas unerwartet Heiteres in ihre Gesichtszüge, das mich anspricht. Wenn auch nicht direkt. Eher so, als richte das Fräulein seine Worte an die Piksieben, die neben sich selbst und ihrer Schwester wartet.

„Wofür interessiert sich denn das Fräulein Berta?"

Ich richte mich auf und antworte, ohne zu stottern: „Für Kinder. Ich will Kindermädchen werden."

Else verdreht die Augen.

Das Fräulein kramt in einem Karteikasten.

„Es gibt am Stadtrand ein Waisenhaus, ein katholisches. Die suchen immer Aushilfskräfte. Ist das Fräulein Berta katholisch?“

„Natürlich“, sagt Else. „Was soll meine Schwester in dem Waisenhaus verrichten?“

„Was alles anfällt. In der Küche helfen, Wäscheberge beseitigen, Kinder versorgen, sie waschen, mit ihnen spielen, singen, sie ins Bett bringen. Was Mütter auch tun müssen. Nur halt im größeren Umfang. Sozusagen in kleinen Kompanien, wenn ich das mal so nennen darf.“

„In Kompanien?“

„Die Kindergruppen umfassen zwanzig Kinder und mehr. Bezahlt wird mäßig. Ich schreibe Ihnen die Adresse auf. Bitte schön! Sie kennen sich aus in der Stadt, vermute ich. Verschaffen Sie sich bitte direkt vor Ort einen Eindruck. Viel Erfolg. Der Nächste bitte!“

„Was heißt mäßig, junges Fräulein?“, schnarrt Else.

„Das können Sie vor Ort mit den Schwestern erörtern, die das Haus führen.“

„Gibt es noch andere Möglichkeiten für meine Schwester?“

„Es gibt eine Textilfirma und eine Maschinenfabrik ...“

„Schon gut“, sage ich und ziehe Else vom Schalter weg. „Vielen Dank, Fräulein.“

Im Weggehen zürnt Else: „Am besten hauste gleich ab ins Kloster, Menschenskind, dann kannste wie Lenchen Heiligenbildchen inne Weltgeschichte rumschicken.“

„Lass gut sein, Else.“

„Du bist doch selber noch en Kind.“

„Dann werd ich halt im Waisenhaus erwachsen.“

Wieder durchqueren wir den Volkspark. Else redet ohne Punkt und Komma. Aber ich höre nichts. Meine Blicke fliegen umher und suchen den Baum, vor dem Josef gestanden und gesungen hat. Mir ist, als hinge sein Lied noch in der Luft. Pfeilschnell zischen die Füße durch das raschelnde Laub. Schimpfend wie ein Rohrspatz hastet Else hinterher.

Weit und breit kein Josef mehr. Doch wo der kleine Bruder gesessen, mit den Beinen gebaumelt, in die Hände geklatscht und gelauscht hat, sehe ich etwas Weißschimmerndes. Eine Fata Morgana? Die soll es nur in der Wüste geben. Der Volkspark ist keine Wüste. Im Näherkommen nimmt das Weißschimmernde die Gestalt einer Blume an.

„Else, schau, eine Rose“, rufe ich rückwärtsgewandt.

„Da wachsen keine Rosen“, brüllt Else, „und du hast keine Zeit für Parkbänke, verdammich noch mal.“

Aber ich bin schon enteilt. Wenige Schritte vor dem Weißschimmernden nähere mich auf Zehenspitzen. Um mit ausgestrecktem Arm zu zögern. Erst als ich Else herandampfen höre, gebe ich dem Drängen des Armes nach und hebe die Blume auf.

„Bah, tu die weg. Die lag im Dreck.“

„Hier hat Josef gesungen. V-Viel …“

„Nix vielleicht. Der schmeißt hier keine Rosen hin. Und schon gar nich für dich. Schlag dir dat aus dem Kappes. Gott weiß, wer die hier verschludert hat.“

Ich lege die verschluderte Rose dicht an den Baum. „Für dich“, flüstere ich, aber Else hat die Ohren gespitzt.

„Für wen?“

„Für den Schall und den Rauch, Else. Für wen sonst?“

Wo nix is …

Wenn ich der Mutter meinen Lohn aushändige, bin ich stolz. Das hindert sie nicht, Flehrufe an die Küchendecke zu senden, zu jomern und beim heiligen Bimbam um Eingebungen zu bitten, wie sie mit so wenig Geld wirtschaften solle, was sie verbrochen habe und wo das alles noch hinführen werde.

Aber wer erwartet von der Küchendecke und dem heiligen Bimbam Geistesblitze oder auch nur einigermaßen gescheite Antworten? Sicher nicht Frau General Mutter. Sie jomert aus Gewohnheit. Fast so wie der Vater Bier trinkt: Hopfen und Malz, rein in den Hals.

Mich ficht das kaum mehr an. Trotz des bekannten Gefühls der Verlorenheit, an das ich mich gewöhnt habe wie die Mutter ans Jomern und der Vater ans Trinken, freue ich mich auf mein Leben. Sogar zähneklappernd und kohldampfschiebend. Der Winter klirrt, als wolle er den Sommer für alle Zeiten bezwingen. Aber wer einen Josef im Park und kurz danach eine Anstellung im Waisenhaus findet, hat Kraft für mindestens fünf Winter. Sie schützt wie ein dicker Wollmantel vor Kälte und vermag manchmal sogar dem Kohldampf den Garaus zu machen.

Mein Leben nimmt Fahrt auf, als wolle es mit mir abheben. Aber was Elses Leben angeht, bin ich noch ein Waisenkind.

Unser Else gibt sich mit Fahrtaufnehmen und Abheben nicht zufrieden, sondern veranstaltet einen Wirbel, dass alle im Mottenhaus die Luft anhalten. Die Haut von Frau General Mutter knittert und graupelt vor Sorge. Im Gesicht sieht sie käsig und nach gepellten Kartoffeln aus. Auch mir schwant Arges.

Es ist Sonntagvormittag; niemand erwartet mich im Waisenhaus, aber ich will dorthin. Die Knie schlottern mir vor Kälte und Bangigkeit, weil ich nicht weiß, ob ich wegen Elses Bohei bald wieder zu Hause bleiben muss.

Noch schnattere ich jeden Morgen zur Arbeit. In aller Herrgottsfrüh springe ich aus der Koje, flitze hinunter zum Zuber in den Keller, rubble mit dem Waschlappen die Haut, die zittert wie Espenlaub, bibbere die Treppen wieder hinauf und staffiere mich aus: Wäsche, Strümpfe, Kleid und was dazugehört. Ich klettre in die Galoschen, stiefle die Treppen noch mal hinunter, immer noch fröstelnd, lüfte kurz die Küche und begrüße den Hof, um den sich die Mutter kümmern muss, wenn es heller wird.

Ich erhitze den Wasserkessel, ohne ihn flöten zu lassen, niemand soll wach werden, schlürfe heißen Muckefuck, schmiere ein Butterbrot und beiße zwei bis viermal hinein. Den Rest hüte ich in der Tasche für den Tag oder Abend. Je nachdem, wie viel Zeit mir im Waisenhaus zum Futtern bleibt und was Schwester Fidelis mir zustecken kann. Dann bekreuzige ich mich und schwirre ab.

Wobei das Abschwirren einem Pferdegalopp gleicht. Das liegt an den löchrigen Galoschen, die trotz wollener Socken und inwendiger Pflaster Nässe und Kälte anziehen wie der Teufel die armen Seelen. Ich reiße die Beine hoch und versuche, so wenig wie möglich mit dem Boden in Berührung zu kommen. Dennoch kriecht und krabbelt die nasse Kälte von den Zehen aufwärts an mir hoch. Das ist bei klirrendem Frost weniger schlimm als bei nasser Kälte.

Im Waisenhaus hält Schwester Fidelis warme Schlappen für mich bereit. Darin tauen die Füße auf. Wenn ich jedoch am späten Abend, ebenfalls im Dunkeln, zurückgaloppieren muss, weiß Frau General Mutter bei meiner Ankunft keinen Rat, wie ich die klammkalten Galoschenbäder vermeiden kann. Anfangs verwies sie mich ans Christkind. Aber das Christkind brachte bloß blaugraue Socken, die Christel in der Vorweihnachtszeit unter der Bettdecke für mich gestrickt hatte.

Im Heim nennt mich niemand Drömelberta, Transuse oder Stottermotte. „Berta, wir brauchen dich“, rufen die Nonnen, wenn ich in Kochküche, Waschküche, im Garten oder im Stall zupacken soll. Selten ordern sie mich zum Aufpassen in einen Ess- oder Schlafsaal. Obwohl ich lieber bei den Kindern wäre, verrichte ich sämtliche Arbeiten gern und meist zur Zufriedenheit der Schwestern. Außer Schwester Oberin meckert keine an mir rum.

In gewisser Weise ähnelt das Gehabe der Oberin dem der Frau General Mutter. Ich könnte taub sein und würde dennoch merken, wenn die Oberin herannaht. Ich sehe es am geduckten Zucken in den Augen der Mitschwestern und Kinder, noch bevor sie einen Raum betritt.

Wie Macht marschiert und dass Macht nicht lange fackelt, das lernen schon ganz kleine Kinder. Aber selbst die Oberin guckt mich nicht so scheel von der Seite an wie Frau General Mutter, wenn ich stottere.

Für den Weg ins Waisenhaus und wieder zurück, brauche ich jeweils eine Dreiviertelstunde. Ohne zu trödeln, zu duseln oder zu träumen und was Frau General Mutter mir sonst noch unterstellt. Abgesehen davon, dass ich beim Galoppieren und Schnellarbeiten sehr wohl träumen kann, ist es fürs Zeitschinden viel zu kalt.

Obschon ich federleicht vor Glück bin, fühle ich mich manchmal bleischwer. Wenn ich abends in mein Bett krieche, gelingt es den schönsten Träumen nicht, mich zu wärmen. Die Kälte traktiert den Leib und tunnelt den Blick ins Finstere. Dann denke ich daran, dass die wenigen Gäste, die noch regelmäßig in die Kneipe kommen, ausgemergelt aussehen und trotzdem kein Essen bestellen.

In ihre Gesichter ritzt der Hunger tiefe Furchen. Frau General Mutter nennt den Hunger ‚Kohldampf'. Sie kenne ihn, sagt sie, länger als ihr lieb sei, ich hingegen müsse ihn noch kennenlernen. Die Vorspeise sei bei weitem nicht der Hauptgang. Der stehe mir noch bevor „Guck, dat du dat Kohldampfschieben übst", fordert sie mich auf. „Dat wirste können müssen, Berta. Wo nix is, da is nix."

Der Kohldampf erinnert mich an einen Kochtopf, in dem bloß Wasser dampft. Sonst nichts. Wie wenn sich in einem panierten Kotelett kein Kotelett befindet. So ähnlich verhält es sich mit dem Kohldampf. Er ist da. Wie ein Loch, das gestopft werden will. Ein rumorendes Nichts, das den Menschen ganz und gar ausfüllt. Bilder der leckersten Speisen schieben sich in den Kopf und belagern die Gedanken. Sauerkraut mit Kartoffelpüree und Kassler, am liebsten durcheinander zubereitet, mit Speck und dicken Bohnen. Wann gab es das zuletzt? Das Wasser läuft mir im Mund zusammen.

Der Kohldampf sabbert und assistiert der Kälte, indem er ihr einen aschfahlen Glanz beimischt. Ich spüre ihn auf der Haut. Wo er sich ablegt und schimmert. Wie eine Schwarte ohne Speck. Es ist Kohldampfglanz, der sich in die Haut der Menschen frisst und sie kenntlich zeichnet. Wo nix is, da is nix, höhnt er den Betrachter an. Denn der

Kohldampf will nicht betrachtet werden. Er will, dass man ihn schiebt.

Beim Kohldampfschieben in der Nacht fühle ich mich schutz- und wehrloser als am Tag. Obwohl der Kohldampf keine Uhrzeit kennt und den Tag nicht von der Nacht unterscheiden kann, meine ich, dass er nachts lauter im Magen herumzwackt und die Gedärme ärger kneift als am hellen Tag. Ich ziehe das Plumeau über den Kopf und bete zu Gott, dass der Kohldampf Ruhe gibt. Dann stelle ich mir vor, wie der Mond in den Wolken schläft und die Sterne ihr Licht in die Wolkendecken schütten, um den Mond und mich mit Wärme zu umhüllen.

Der Vater erzählt, dass mehr und mehr Männer mit Plakaten bewaffnet durch die Straßen ziehen. Aus lauten Kehlen riefen sie nach Arbeit und Brot. Auch vereinzelte Frauen befänden sich in den vorwärts marschierenden Reihen. Sie brüllten wie die Kerle, um das Knurren ihrer Mägen zu übertönen, fänden Trost in ihrem Zorn und grölten „Wacht auf, Verdammte dieser Erde."

Die Töne würden lauter und bissiger, behauptet der Vater, je mehr der Kohldampf den Menschen durch die Eingeweide dröhne und mit säuerlichem Gemurmel in die Speiseröhren aufsteige. Der Vater selbst grölt „Lieb Vaterland, magst ruhig sein", wenn er in der Nacht torkelnd die Treppe rauf marschiert. Jeder Schritt ein Aufmarsch. Das Vaterland gewinnt an Autorität vor Frau General Mutter. Selbst das Treppenhaus beugt sich, wenn der Vater polternd paradiert und schimpft:

„Die Internationale ist mir schittegal. Obwohl ich die gern singen tu. Die ist jut. Die haste ruckzuck in et Gemüt und im Blut. Dat kurbelt dich an. Da krieste wieder Luft und 'ne breitere Brust. Wat willste mehr? Mehr kriegste nich. Mehr kannste nich verlangen. Von de Oper nich, von de Operetten nich und vom Schlager sowieso nich. Alles Klimbim. Wie dat Wischiwaschi von de Politiker. Da kann unsereins getrost drauf scheißen. Ich jedenfalls. Ich scheiß auf die Linken. Ich scheiß auf die Rechten. Die gesamte Mischpoke kann mich mal. Die geben dir alle keinen Kredit. Genosse hier, Genosse da, dat kannste haben. Aber keinen Kredit, den ich brauchen tät, weil die Sausäcke von der Brauerei mir den Hahn abdrehen wollen."

So und ähnlich lamentiert der Vater vor den wenigen Gästen am späten Abend. Während er poltert, versuche ich abzutauchen ins Reich des schlafenden Mondes. Wo mir gelegentlich der Josef begegnet. In betörenden Träumen, an die ich mich bei Tag kaum erinnere. Nur sein Gesicht hat sich tief eingeprägt. Gestochen scharf, wie auf einem Foto, das ich nicht besitze. ‚Der Josef und sein schönstes Lachen' taufte ich das innere Bild, das ich bei mir tragen will. Bis ans Ende meiner Tage.

Vom Ende ihrer Tage spricht Frau General Mutter in jüngster Zeit häufig. Ich weiß nicht, ob die Mutter außer Kohldampfattacken weitere Nöte piesacken. Seit Elses Liaison mit einem Textilwarenhändler, der *unser* Else äußerst zeitintensiv in seiner Firma beschäftigt, beklagt die Mutter ihr nahes Ende. Ein mit der Zeit vertraut gewordenes Ende. Vertrauter als der Geruch von frischem Kaffee, den zu mahlen einmal meine Aufgabe war. Als man sich den Kaffee noch leisten konnte.

Das Amt wurde ich schneller los als Else ihren Auftrag, den Schmerz und die Sorgen der Mutter zu lindern. Seit Längerem scheint Else das Schlimmste zu befürchten, bekreuzigt sich mit der Mutter um die Wette, beschwört den Vater und Christel, die verdattert dreinschauen, mit tiefgründigen Blicken und lässt den Kommodenbusen gewichtiger stöhnen als ihr Vorbild. Heute früh präsentierte Else widerwillig Neuigkeiten: „Bald hab ich andere Pflichten", jomerte sie, „wat wird dann aus euch?"

„Wat soll werden?", entrüstete sich Christel, „mich gibt et doch auch noch."

„Noch. Aber wat passiert, wenn du auch flügge wirst, Christel? Wat dann?"

Christel setzte die mit dünnem Muckefuck gefüllte Kaffeetasse entschlossen ab. Ihr offener Mund kündigte Widerspruch an.

„Früher oder später heiratest du", mischte sich die Mutter ein, das kostbare Graubrot an den Busen gedrückt. „Da hat Else recht."

Christels offener Mund verneinte.

„Aber dat is der Lauf der Dinge", belehrte Else sie.

Christel winkte ab.

„Wat is denn mit dem Hermann, Christel?"

„Wat soll mit dem sein?"

„Gefällt der dir?"

„Joah …"

„Siehste."

„Wat seh ich?"

Dann gibt dat auch wat mit dem, früher oder später, wenn der dir gefallen tut."

„Nee. Ich weiß et nich. Und ich mein, dat et darum auch gar nich geht. Else, sach der Mutter, um wat et geht."

„Christel!" Elses schrille Stimme zerschnitt die dünne Luft. Als ob Messer flögen, dachte ich. Geschliffen scharfe Messer. Eigentlich wollte ich ins Hochamt gehen und war schon spät dran, doch nun blieb ich wie angewurzelt in der offenen Tür stehen.

„Berta, dat is nix für dich. Hau ab“, sagte Else.

Ich wartete. Die Mutter legte Brot und Schneidemesser auf den Tisch: „Wat is los?“

Christel holte tief Luft: „Ich muss dat jetzt sagen, Else, tut mir leid. Obschon dat die Aufgabe von dinne Tünnes wär, dat Klartextreden.“

Wieder wurde es still. Hatte Christel der Mut verlassen? Else drehte uns den Rücken zu und starrte in den Hof. Ihre Schultern zuckten. Christel schnäuzte in ein Taschentuch.

„Zum Donnerwetter“, krakeelte die Mutter und stemmte die Hände in die ausladenden Hüften. „Butter bei de Fische! Wat is hier los?“

„Unser Else kriegt en Kind.“

„Wat kriegt die?“

Jetzt starrte die Mutter mit offenem Mund von einer Tochter zur anderen.

Meine Füße wurzelten in der zur Kneipe geöffneten Küchentür. Hatte ich mich verhört?

„Kind? Hab ich Kind verstanden?“ Die Mutter sprach das Wort aus, als handele es sich um eine Krankheit.

„Mutter …“, begann Else.

„Sei ruhig. Bin ich nicht genuch bestraft? Reicht et nicht, wat dat Sophie getan hat?“

„Mutter, sorg dich nicht. Der Hans und ich heiraten.“

„Ach so. Dat fällt euch ja früh ein. Wie weit biste?“

„Zweiter Monat.“

„Wat sollen die Leute sagen?“ Die Mutter bekreuzigte sich, während Else niedersank und die mütterlichen Knie umarmte. „Verzeih mir, Mutter, aber et is für alles gesorgt.“

„Für wat is gesorgt? Wat redest du?“

„Dat Christel kümmert sich um dich. Und dat Berta kann ja mitanpacken, falls dat Christel mit dem Hermann …“

„Guck mal lieber, wer sich um dich und dinne Panz kümmert. Wat stellst du dich vor? Du steckst doch jetzt schon den ganzen Tag im Geschäft von dem Tünnes.“

„Der Tünnes heißt Hans.“

„Dat schaffen wir alles“, meldete sich Christel zurück, deren Nase mitsamt Kopf im Schnieftuch festzukleben schien. Sie stopfte das zerknüllte Tuch in die Tasche der Kittelschürze. „Wir schaffen dat. Dat wär doch gelacht.“

Tief sank der Kopf der Mutter auf die bekümmerte Brust. „Der Arzt sacht, ich mach et nich mehr lang.“

„Wat die Ärzte so sagen, Mutter.“ Missbilligend schüttelte Christel den Kopf.

„Wer pflegt mich, und wer hilft dem Vater inne Wirtschaft?“ Die Mutter atmete schwer.

Christel hob drei Finger in die Luft: „Wir alle zusammen, ich schwör ’s.“

„Dat Berta kann sich kümmern“, beschwor Else die Knie der Mutter, vor denen sie weiterhin herumrutschte. „Dat kann auch dem Vater inne Wirtschaft helfen.“

„Ach, du liebe Zeit …“ Die Mutter stöhnte schwer.

„Und wenn dat Frollein dat nicht kann“, beschwichtigte Else die Mutter, „dann wird et dat lernen müssen. Dann geht et eben nicht mehr mit de Kinder spielen, wo et eh so gut wie nix bei verdienen tut. Dann hört et mal auf zu trödeln und zu träumen und macht sich endlich ma nützlich.“

„A-Aber …“

„Misch dich nicht ein, Berta!“

Else erhob sich und klopfte Knie und Kleid von unsichtbaren Krümeln frei. Perplex prüfte ich das Profil der erbost schweigenden Mutter. Langsam stand sie auf. Schweren Schrittes schleppte sie sich in ihr Kämmerchen, um sich mit der Heiligen Jungfrau zu beraten.

Ich huschte aus dem Haus. Aber anstatt ins Hochamt zu eilen, entschloss ich mich, die Küchen- und Gartenschwester Fidelis die ich lieb gewonnen hatte, zu besuchen. Der lange Weg und die frische Luft würden mir guttun, dachte ich. Gleißendes Licht durchbrach den dichten Nebel, als ich losgaloppierte.

Gibt es ein Licht, das entsteht, um Menschen zu trösten? Solch ein Licht funzelt nicht wie die Straßenlaternen am Bahndamm. Es lärmt nicht wie die Leuchtreklamen der Einkaufs- und Vergnügungsmeile jenseits des Bahndamms, die ihre Besucher locken. Es ist ein seelenvolles Licht, das Mut zuspricht.

Diese und andere Gedanken flattern mir durch den Kopf. Wie Vögel, die nicht wissen, dass sie fliegen. Wie Züge, die vorbeirattern und von Reisenden nichts ahnen. So rollen die Gedanken. Als wüssten sie von nichts.

Stadt und Landschaft schwimmen vorüber. Allen voran der Bahnhof mit seinen Fernwehzügen, den quietschenden Gleisen, den hastigen Rufen der Menschen, dem unaufhörlichen Kommen und Gehen der Reisenden, die den Bahnhof bunt und klangvoll gestalten. Von Altersflecken übersät, führt die Bahnhofsallee zum Bismarckplatz.

Gleich hinter dem lärmenden Treiben beginnt die bessere Wohngegend, das Immergrün der Hecken und der

Büsche, bedeckt von einem Hauch frostigkalten Nebels. Ein flüchtiger und leichter weißer Mantel. Hier fängt die Welt der schönen Dinge an, der Villen und Parks. Breite und schmale Wege schlängeln sich an hohen Fenstern und zackigen Tannen vorbei. Inmitten der Geborgenheit alter Bäume liegen flauschige Rasenflächen, gepudert und von vornehmer Blässe. Wie ich mir Josefs Zuhause vorstelle. Mit Teppichen bestückt, die Lärm und Ärger dämpfen und jeden Kohldampf unter sich begraben.

Sofern man Kohldampf kennt in dieser Gegend. Was ich nicht glaube. Menschen, die Kohldampf schieben, haftet der Schmutz der Arbeit oder der Arbeitssuchenden an, die im Volkspark die Caritasbänke bevölkern. Die *Lieb Vaterland magst ruhig sein* grölen und nicht mehr ein noch aus wissen. Wie der Vater. So einer betritt keine blassvornehmen Teppiche. So einer ersäuft den Kohldampf mit billigem Fusel und freut sich, wenn er rülpsen kann, als hätte er ein Festmahl gestemmt.

Womöglich habe ich Josef nur geträumt. Und sein geliebtes Gesicht, das ich bei mir trage, gehört in die Welt des Unerreichbaren. Von Unwirklichkeit gerahmt. Wie kann ich hoffen, dieses Gesicht zu berühren? Um an der Wirklichkeit zu zerbrechen, reichen kleinere Träume.

Dabei war er auf beglückende und zugleich schmerzende Weise existent. Als er in der Kneipe vor dem Vater am Tresen stand und mich, die von der Arbeit nach Hause kam, gut gelaunt empfing.

„Berta, ich hab auf dich gewartet."

„Auf mich?"

„Ja. Deine Schwester sagt, du arbeitest inzwischen tatsächlich mit Kindern."

„Das stimmt."

„Ich wollte dich sehen, bevor ich weg muss."

„Weg?"

„Ich geh zum Militär, Berta."

„Wann?"

„Schon in wenigen Wochen. Magst du vorher mit mir ausgehen?"

Ich glaubte nicht, was ich hörte. Josef sprach leise. Ich musste mich verhört haben. Im Hintergrund äugte der Vater kritisch und missmutig. Neben ihm Christel, das Tablett mit Gläsern ließ sie hoch in der Luft stehen, während sie mit offenem Mund gaffte. Auch Hermann lümmelte an der Theke herum und grinste maulaffenähnlich. Mein Gott, dachte ich und nahm mir vor, niemals mit offenem Mund hinter der Theke zu stehen.

Leise wiederholte Josef seine Frage:

„Magst du vorher mit mir ausgehen? Spazieren vielleicht? Oder tanzen", fügte er noch leiser hinzu. Und er schaute so bestürzt, dass meine Knie weich wurden. „Ich hab an dich gedacht, Berta, seit wir uns im Park trafen. Erinnerst du dich?"

Ich hab auch an dich gedacht, wollte ich sagen. Sehr oft sogar. Aber keine Silbe kam heraus aus meinem Mund.

Josef wartete. Dann nahm er meine Hand und hielt sie fest: „Du musst nicht gleich antworten, Berta. Ich komme wieder. Versprochen."

Ein aus der Tiefe kommendes Strahlen breitete sich auf meinem Gesicht aus. Christel verriet mir später, es habe ausgesehen, als habe sich mein Gesicht in einen hell erleuchteten Palast verwandelt. Mit Festbeleuchtung.

Abends im Bett wisperte Christel ihrem siamesischen

Zwilling die Neuigkeiten ins Ohr. Else schien dem leise glucksenden Vergnügen Christels am Leuchtfeuer in meinem Gesicht nichts abgewinnen zu können. Ich gab tief atmend vor, fest zu schlafen, und meinte, Entrüstung aus dem schwesterlichen Getuschel herauszuhören.

„Wat will son gut aussehender, gebildeter Kerl wie der Josef von unserer Stottermotte?“, flüsterte Else. „Wat will der damit? Wat kann der damit anfangen? Mit so ‘ner Leuchte? Falls der wat anfängt. Falls der überhaupt dran denken tut, wat mit der anzufangen. Ich glaub dat nich.“

„Dat Berta“, entgegnete Christel, „sieht inzwischen mehr als passabel aus. Richtig schön. Haste mal geguckt?“

„Nee. Passabel hin, schön her. Davon hat der doch genug. Davon kriegt so einer viele. Da braucht der keine Berta für.“

„Ja, wat will der dann?“

„Tja, wat will der?“

Ich wusste es auch nicht. Als Josef wenige Tage später wieder an der Theke auf mich wartete und gedankenverloren die gelbliche Flüssigkeit in seinem Bierglas prüfte, spürte ich nur, dass das innere Strahlen zurückkehrte. Wie um Josef entgegen zu leuchten, sodass auch er strahlte. Leise sagte er, dass ihn mein Strahlen glücklich mache. Ich konnte und kann mich nicht erinnern, dass ich jemals in der Lage gewesen wäre, jemanden glücklich zu machen. Noch dazu mit nichts als Strahlen.

„Was meinst du?“, fragte ich.

„Das kann ich nicht erklären, Berta, vielleicht später.“

Am Wochenende darauf, beim Spaziergang, erzählte er mir von elektrischen Magnetfeldern und ihren Schwingungen, die man nicht sehen könne. Er schwärmte von den

Klängen der Musik und sagte, dass jeder Ton auf seiner Gitarre aus Schwingungen bestehe, die dem Auge verborgen blieben. Ganze Schwingungsbündel seien das mitunter, die allesamt nicht sichtbar, wohl aber spürbar seien und sich dem Verstand verwehrten. Wie man das meiste der sogenannten Wirklichkeit nicht sehen könne.

„Aber ich sehe dich, Josef", sagte ich. „Ich sehe und ich höre dich. Du bist wirklich."

Dass Josef wenig Interesse an seiner militärischen Ausbildung zeigt und mit großem Widerwillen von der Entscheidung seines Vaters spricht, ihn zur Infanterieschule der Reichswehr nach Dresden zu schicken, blieb mir nicht verborgen. Auch nicht die Wehmut, mit der er beklagte, sein Musikstudium aufgeben zu müssen. Zum Musizieren werde er kaum noch Zeit finden, zürnte er, wenn man ihn in einer Thüringer Kaserne auf Truppentauglichkeit teste. Danach müsse er in Dresden eine Offiziersausbildung beginnen. Sein Vater wolle das so.

Dem Hausfrieden und der Mutter zuliebe müsse er sich fügen. Mit Musik, so würde der Vater behaupten, ließe sich kein Staat machen. Zumal er, Josef, nicht das Talent eines Mozart besitze und erst recht kein Wagner sei. Sonst würde der Vater mit sich reden lassen, der Wagner bewundere.

Herausragend und staatstragend müsse etwas sein, damit es der Vater anerkenne. Dass sein ältester Sohn in dreister Naivität ein Musikstudium begonnen habe, verdeutliche, dass Josef ein Fantast und Egoist sei. Zumal es sich bei den Fantastereien um brotlose Kunst handle, die kein Mensch benötige. Nicht in diesen Zeiten. Nicht in diesem Land, das Besseres verdient habe als einen mäßigen Sänger mit bescheidenen Gitarren- und Geigenauftritten. Diesen Spuk finanziere er nicht weiter.

Was er von seinem Ältesten erwarte, habe er häufig und in allen Einzelheiten klargestellt. Nur aufgrund seiner herausragenden gesellschaftlichen Stellung gelänge es ihm, dem Sohn eine Offizierslaufbahn zu ermöglichen. Was außerordentlich sei, denn der Versailler Vertrag verböte eine Generalstabsausbildung. Nun verlange der Vater, dass sein Sohn Verantwortung übernehme. Für das Vaterland, das nach ihm rufe.

Josef redete und redete. Ich unterbrach ihn nicht. Aus seiner Stimme klang die Stimme seines Vaters, dessen zornige Appelle von befehlsartigem Gebell unterbrochen wurden. Seltsam fremd schwangen sie in Josefs sanft rauem Timbre mit.

„Muss es gleich ein ganzes Vaterland sein, das nach dir ruft?“, fragte ich. Josef verzog das Gesicht, als habe er versehentlich in eine Zitrone gebissen. Für seinen Vater, erklärte er dann, habe er ein junger Mann aus erwünschten Kreisen zu sein. Der Adel rekrutiere sich inzwischen aus Bildung, Herkunft und Gesinnung. Er und sein Bruder seien gezeugt und erzogen worden, um Deutschland als gute Soldaten zu dienen.

„Und der kleine Richard? Ist der nicht krank?“

„Ja, Richard ist geistig behindert“, nickte Josef. „Vater verhält sich meistens so, als existiere Richard gar nicht.“

Inzwischen bin ich am Kartoffelacker angekommen, an dem entlang ein schmaler Feldweg zum Waisenhaus führt. Ich sehe das verwitterte Dach in der Ferne schimmern. Etwas flimmert silbrigweiß. Die Kirchturmspitze lugt über die Häuser. Die Luft schmeckt nach Weite und Frische.

Schwester Fidelis wundert sich nicht, mich zu sehen. „Wie schön, dass du kommst, Bertakind. Ich mache gerade Pause. Trinkst du ein Tässchen Kaffee mit mir?“

Aus irgendeiner Nische zaubert sie echten Bohnenkaffee hervor und lässt das Wasser im Kessel brodeln. Während ich die Kaffeebohnen mahle und das köstliche Aroma mit geschlossenen Augen einatme. Als könne ich mich auf diese Weise sättigen.

Schwester Fidelis bestreicht ein halbes Brötchen mit guter Butter und reicht es mir. Dann setzt sie sich mir gegenüber, legt die Hände in den Schoß und betrachtet mich aus tiermilden Augen.

Kaum, dass ich zu Ende gekaut hab, beginne ich von Else und der Mutter zu erzählen. Schwester Fidelis hört aufmerksam zu, beugt sich schließlich vor, streckt die Arme über den Tisch, nimmt meine Hand in ihre Hände und streichelt sie sanft: „Berta, ich würde dich sehr vermissen, wenn es so kommen sollte, wie du befürchtest. Aber du wirst einen Weg finden. In meiner Küche und in meinem Herzen hast du immer einen Platz.“

Funkelnd durchbricht die Sonne letzte Nebelschwaden, als ich Schwester Fidelis verlasse. Der Wind pfeift ein Lied, und selbst die Nebel scheinen mir vor ihrem vollständigen Verschwinden Mut zuflüstern zu wollen.

Das blaue Kleid

Das Leben ist schwer an Einfachheit, schrieb Rainer Maria Rilke, von dem Josef mir häufig Zitate und Gedichte schickt. Ich weiß nicht, wie Josefs Leben sich anfühlt in dieser schweren Einfachheit, aber ich verstehe, warum er den Dichter liebt, dessen Zeilen nach ihm klingen. Als wären sie verwandt mit ihm und seiner Suche nach dem Wesen der Welt. Was Wirklichkeit genannt wird, hinterfragt Josef gern. Worte, die Wesentliches enthüllen, ohne Wahrheiten zu banalisieren, erklärte er mir, suche und finde er bei Rilke.

Ich bin mit weniger zufrieden. Schon ein Licht vermag Schwere aus meinem Gemüt zu vertreiben und Wahrheiten hinein zu hauchen. Der Frühling kam mit einer Überdosis Licht. Jubelnd, als habe es Frost und Kälte nie gegeben, wehte er ins Land. Seither sprießt, duftet, flimmert und jauchzt die Welt. Schon am frühen Morgen zaubert das Licht Ferne in den Kopf. Frühlingsdüfte flirren durch die Fensterritzen. Durch die Vorhänge und die geschlossenen Lider hindurch rauscht der Himmel in mich hinein, um in Nähe des klopfenden Herzens zu verweilen. Gleich über dem kohldampfschiebenden Magen.

Träume sind wie Wolken, die zum Meer ziehen wollen. Und weil der Himmel nirgendwo endet, können die Träume nicht wissen, ob sie je ans Meer gelangen oder im nächsten Gewitterregen platzen müssen, ohne das Meer je gesehen zu haben. Mein Meer trägt den Namen Josef. Er ist es, der Wellen in mir schlägt. Ob ich wach bin oder schlummere.

Wohlig strecke ich mich. Heute darf ich einen freien Tag genießen, Meer und Himmel langsam erwachen lassen. Eine Weile liege ich still. Wie vom Meeresrauschen durchdrungen. Sonnenstaub tanzt über den Betten. Selbst Elses Schnarchen klingt musikalisch. Summt nicht ein Wind durch ihr Gerassel? Sie sägt die Tonleiter hinauf und hinab und weckt den Kohldampf, den ich Heini getauft habe und dem ich gut zureden muss, wenn er still sein soll: Heini, hör zu grimmen auf!

„Gibt man den Dingen einen Namen, werden sie vertrauter und erträglicher", sagte Josef, als er mir mal wieder die Welt erklären wollte. Er liebt es, mir das Weltgeschehen auseinanderzuklamüsern und in mundgerechten Worthäppchen darzureichen. Manchmal verstehe ich ihn nicht, meinen wortgewandten Freund. Während es in seiner Welt von Ideen funkelt, und er aus Büchern zitiert, die ich nicht kenne, zerstottere ich Sätze oder schweige. Immer wieder suche ich im Gespräch mit ihm nach Worten, die ihm wie selbstverständlich einfallen. Mir hingegen mangelt es oft an Sprache für das Fremde in mir und um mich herum.

„Wenn du für etwas keine Worte findest", sagte Josef, „ist das, als existierten die Dinge nicht. Für uns wird die Wirklichkeit erst lebendig, wenn wir einen Ausdruck dafür finden mittels Sprache oder Musik."

„Ich erfinde manchmal Wörter", vertraute ich ihm an, „um Menschen zu begreifen. Meinst du das?"

„Wenn dir die Welt dann im neuen Licht erscheint, ja."

Ich husche unter dem Plumeau hervor und verlasse die quietschende Bettstatt, um mit Heini in den Keller zu flitzen. Eile ist geboten, weil ich vor der Mutter auf dem Lokus sitzen will. Wenn sie dort erst mal hockt, ist Feierabend mit dem schönsten Frühling. Den ich riechen und spüren will. Von dem ich Josef erzählen und von dem er singen möchte. Er hat es versprochen. Im nächsten Heimaturlaub, so beteuerte er in seinem letzten Brief, will er für mich singen.

Ich wasche mich am Zuber und erschrecke Heini mit kaltem Wasser. „Wasserscheuer …“

„Mit wem quatschst du?“

Else steht hinter mir, ihren siamesischen Zwilling, die morgenmufflige Christel, im Schlepptau.

„Mit meinem Kohldampf.“

„Aha. Wat sacht der?“

„Nix. Aber wo ich euch grad seh. Ich brauch en schickes Kleid. Habt ihr en schickes?“

„Frag Christel!“

„Christel, ich hab nix zum Anziehen.“

„Musste nackisch gehen.“

„Dat blaue Kleid mit den bunten Bändern …“

„… gehört Else.“

Tief über den Zuber gebeugt, steht Christel neben mir und schlenzt das in den Händen gesammelte Wasser hoch ins Gesicht, dass es nur so spritzt. Dabei prustet sie laut, was Else ausnahmsweise nicht zu stören scheint. Mit einem Lappen herumfuchtelnd, drängt sie sich zwischen uns, schiebt den Kommodenbusen vor, stützt sich samt Lappen auf dem Zubertisch ab, wendet den Kopf in Christels Richtung, als wäre ich nicht anwesend, und zetert los:

„Haste dafür Töne? Letztens hab ich beobachtet, wie dat Luder sich von hinten und von vorn inne Fensterscheibe beguckt hat. Mit meinem besten Kleid am Leib. Ich steh im Flur und denk, musste mal aufpassen, wat dat

Aas damit treibt. Da krallt dat sich deinen Gürtel aus der Kommode, Christel, weil et wohl gemerkt hat, dat ihm dat Kleid zu weit ist. Und nu versucht der Hungerhaken, den feinen Stoff um den Gürtel zu drapieren, und zupft und rupft und zieht. Mit Schmackes. Mit seine Dreckspfoten reißt dat Luder an dem guten Stück. Dat denkt nicht dran, dat der Stoff kaputt gehen oder dreckig werden könnte. Und wie dat Teil nach de Wäsche aussieht, ist dem egal."

Else pausiert einen Moment, lamentiert aber sofort weiter, als sie glaubt, in meinem Gesicht Widerspruch aufflackern zu sehen. „Als ich einschreiten will, um dem den Marsch zu blasen, fängt dat Weib an, wie en Pfau inne Bude rumzutänzeln. Und wackelt mit dem Hintern wie ‘ne Alte. Zum guten Schluss mopst dat noch deine Schuhe, Christel, die du dir für meine Hochzeit gekauft hast. Die hast du noch nie angezogen, die Schuh, damit da nix drankommt, und unser Frollein meint, et könnt da drin herumstolzieren und dat Föttchen und die Hühnerbrust inne Luft stippen. Wie son Film …"

„Christel leiht mir immer ihre Schuhe", unterbreche ich Elses Lamento. „Außerdem brauchst du dat Kleid grad nicht. Oder? Du bist doch schwanger, und mit ‘nem Baby im Bauch …"

„Pass mal auf, mein Frollein! Hier stell ich die Fragen. Und ich tät gern wissen, für wat du en himmelblaues Kleid mit Bändern brauchst? Und wofür Christels champagnerfarbene Schuh?"

„Wir wollen tanzen. Wenn Josef …"

„Ach, du liebe Zeit. Wat kikerikiet der Gockel sonst noch für nen Stuss inne Weltgeschichte rum?"

Else nickt in Christels Richtung.

„Haste gehört? De Stottermotte glaubt, et wär jetzt dem Josef seine Ische."

Christel schnappt ihr Handtuch, trocknet sich ab, macht eine wegwerfende Handbewegung und zieht breit grinsend von dannen. Was Else nicht hindert, weiter zu schimpfen.

„Dat wärste wohl gern, dem Josef seine Ische. Klar. Aber Träume sind Schäume. Klimbim am Geigenhimmel. Firlefanz mit Schleifchen im Haar. Nix als Kokolores. Dat wirste noch merken, Berta. Dat wüsstest du schon, wenn du nachdenken tätest. Dann bliebe dir dat böse Erwachen erspart. Der verarscht dich doch, der Stenz. Wat denn sonst?"

Elses Stimme klingt wie das Kläffen eines heiseren Hundes. „Bah", stöhne ich und trauere dem blauen Kleid hinterher, das in meinem Kopf davonrauscht. „D-Dann nicht, liebe T-Tante", stammle ich trotzig, „dann heirat den Onkel!" Geräuschvoll werfe ich die Tür hinter mir ins Schloss. Zornig reißt Else sie wieder auf: „Von wegen Tante. Von wegen Onkel. Von wegen heiraten. Pass mal auf, mein Frollein."

Für einen Moment steht die Schwester wie eingerahmt zwischen den Pfosten. Aber nur, um tief Luft zu holen und sich dann wuchtig die Treppe hinauf zu stemmen. Mit rudernden Armen stapft sie neben mir her: „Damit dat klar ist, du wirst dich um die Mutter kümmern, Berta. So geht dat nich weiter. Dat schafft die nich mehr, die Mutter. Die ganze Wäsche und die Putzerei inne Kneipe und im Haus, da geht die dran kaputt. Guck doch, wie die aussieht! Dat is zum Gott Erbarmen. Siehst du dat nicht, Berta? Bald ist nix mehr da von der Mutter. Wenn du nicht dran schuld sein willst, dat die stirbt, musste deine Pflicht tun! Damit dich keiner wat vorwerfen kann. Damit du dir auch selbst nix vorzuwerfen hast später."

Else schnauft wie ein Walross.

„Zumal et dir nich schaden tut, wenn du Verantwortung übernimmst. Im Gegenteil, dat ist gut für dich. Da profitierst du von, Berta. Wie man die Mutter pflegt, zum Beispiel, dat wirste lernen müssen. Dat Metier kannste nich von Anfang an beherrschen. Musste auch nich. Dat kommt peu a peu. Die Mutter sacht dich, wo et langgeht. Un wenn du mal gar nich weiter weißt, sind wir ja auch noch da, dat Christel und ich. Aber die Hauptverantwortliche bist du, Frollein. Wer soll dat sonst übernehmen? Du kannst putzen. Du kannst kochen. Zeit genug, dat zu lernen, hattest du jedenfalls. Nu kannste loslegen."

Mitten auf der Treppe bleibt Else stehen. „Die Frikadellen brätst du jeden Tag frisch. Die vom Vortag tuste untermischen. Mit de Suppe, musste mal gucken ... Du siehst ja, wat weggeht. Und ab welchem Alkoholpegel die Supp wat dünner serviert wird, dat weißte auch. Einmal die Woche kaufste Koteletts beim Jupp. Sofern dat Geld dafür da ist. Weil der Halunke ja nix mehr anschreiben lässt. Wo der so gut an uns verdienen tut. Aber egal. Wag es nicht, mein Frollein, wag es nicht, wat wegzunehmen von die Koteletts. Die sind für die Wirtschaft. Verstehen wir uns? Et wird nich genascht! Auch nich von die Frikadellen. Untersteh dich! Wenn du die zubereiten tust, die Frikadellen, nimmste viel Brötchen und wenig Fleisch. Dat merken die im Suff nich."

Else setzt sich wieder in Bewegung. „Den Spül, Berta, den kannste nich stehen lassen, bis wir von de Arbeit kommen, dat Christel und ich. Den machste flott weg.

Immer mal zwischendurch. Dat da nix überquillt. So, und jetzt marschierst du los und flötest der Oberschwester Bescheid, dat du nicht mehr kommen kannst. Eigentlich schon morgen nich mehr. Weil de Mutter krank ist. Mehr muss die nich wissen. Alles andere hat die nicht zu interessieren. Auch die anderen Nonnen nicht. Dat geht die nix an. Ab nächste Woche bleibst du zu Hause. Feierabend. Hast du mich verstanden?"

Auf dem letzten Absatz der Treppe verschnauft Else und schaut mich fragend an. Ich will nicht stehen bleiben, obschon ich oben angekommen bin. Vor dem Mädchenzimmer, in dem Christel die Betten aufschüttelt, und dem verriegelten Marienkämmerchen der Mutter, aus dem kein Mucks zu hören ist, dem Schlafzimmer, das der Vater allein bevölkert, und dem ebenfalls verschlossenen, winzigen Speicher, auf dem die Wäsche baumelt und die Mäuse huschen. Was will ich hier?

Von einem Bein aufs andere tretend, beäuge ich die braun bepinselten Dielen des schmalen Flurs. Zu meinen Füßen eine in den Boden gestampfte Trostlosigkeit. Abgeschabte Latten, abgelatscht wie meine Galoschen, zerschlissen wie mein am Saum gerissenes Nachthemd. Kein blaues Kleid in Sicht.

Ich kehre um, gehe einzelne Treppenstufen hinunter und wieder hinauf, höre das Holz stöhnen, schnarren und knarren wie aus dem Takt geraten. Kaum vorstellbar, dass ich wenige Minuten zuvor die Stufen hinuntergleiten konnte. Leicht wie Luft.

„Bleib stehen, Frollein!"

Wortlos halte ich inne, drehe mich zu Else um, schau durch sie hindurch, wende mich ab und folge dem inneren

Vogelblick, der mir den Weg ins Zimmer weist. Vogelaugen lernen früh, Obacht zu geben. Aus der Tiefe heraus. Selbst, wenn ich ins Koma fiele, könnten die Vogelblicke mir den Weg weisen. Sie spähen für mich und nehmen mein Gesicht ein, als gehöre es ihnen. In meinem Kopf wildert flügelschlagender Alarm. Die Schwärze in den Augen brennt. Das Gefieder glänzt auf der Haut. Die Schnabellippen beben. In Momenten wie diesen bin ich ein Vogel. Else kennt das. „Gewittert es noch oder piept es schon wieder, Berta?"

Ich folge der Vogelschwärze meiner Pupillen, die mich schicken, wo ich hin muss. Ich flattere ins Zimmer, schlüpfe aus dem Hemd und beginne, mich anzukleiden.

„Du hast mich verstanden, Frollein?"

„Sicher, Else."

Um zu verstehen, was geschieht, ist mein Kopf zu klein. Die Welt passt nicht in einen Menschenschädel, schon gar nicht in das vogelartige Gebilde auf meinen Schultern. Dass die Mutter, die den Haushalt nicht mehr schafft, ausgerechnet meine Hilfe in Anspruch nehmen muss, soll ich verstehen? Sie, die mir nichts zutraut, nicht einen vollständigen Satz. Die mich verteufelt, meinen Kopf für kaputt und mich für untauglich hält.

Aber wie dagegen aufbegehren? Gegen Naturgewalten begehrt man nicht auf. Da sucht man Schutz. Im eigenen Federkleid. Der Vogel in mir wird sich fügen müssen. Er wird das Köpfchen zur Seite legen und aufpassen. Das blaue Kleid mit den bunten Bändern schlage ich mir aus dem Vogelhirn. Was sollte es auch nützen? Ein Spatz, wie Josef mich mitunter liebevoll nennt, in seinen Briefen aus dem Thüringer Wald, braucht kein blaues Kleid.

Aber ich will das nicht mehr sein. Weder Josefs kleiner Spatz, noch sein scheues Vögelchen mag ich mehr sein.

Ich werde die Tiere verscheuchen und ihr Nest zerstören. Mitsamt dem Rascheln in Sträuchern und Bäumen, dem Federflug in den Himmeln, dem zirpenden und frohlockenden Singsang. Selbst dem zärtlichen Raunen in Josefs Stimme, das ich höre, wenn ich Worte wie ‚mein kleiner Spatz' lese, werde ich den Garaus machen.

Pass auf, Josef, werde ich schreiben, *mit einem Spatz kannst du nichts anfangen. Du kannst nicht einmal tanzen mit ihm. Soll ein Vögelchen auf deiner Schulter hüpfen? Oder willst du, dass ein Mädchen mit dir beim Charleston das Bein schwingt nach allen Regeln der Kunst? Weihnachten hat Antonia mir die neuesten Schritte gezeigt. Sie ist Tänzerin und kennt sich aus. Ich habe die Schritte oft in Gedanken wiederholt und manchmal mit Christel geübt. Den Walzerschritt hat Antonia mir ebenfalls beigebracht. Für alle Fälle, falls du Ausgang bekommst und wir in den Mai tanzen können. Ich bin kein Vogel, Josef, sondern ein Mädchen. Von Kopf bis Fuß.*

Das Wort *Frau* zu verwenden, traue ich mich nicht. Ich werde Mathilde, meine Klassenkameradin, fragen, ob und wie sich eine Frau aus mir machen lässt.

Seit Mathilde im Geschäft ihres Vaters Friseurin lernt, gibt sie sich fachmännisch. Zwar betont sie, dass es wichtig sei, das Friseurhandwerk von der Pike auf zu lernen, aber im Grunde ginge es um mehr als eine gute Frisur. Nämlich um das gesamte Drumherum des Frauseins.

Mich findet sie zu kindlich. Aber soll sie sich ruhig über mich lustig machen. Sie liebt es ohnehin, meine Hoffnungen mitsamt den Locken platt zu bügeln, während sie mir am Kopf herumfummelt. „Das trägt man jetzt so“, sagt sie, die zu wissen glaubt, dass eine moderne Frau Bubikopf trägt: Langes, glattes Deckhaar bei kurz geschnittener Nackenpartie. Das tief in die Stirn fallende Pony nenne man ‚Herrenwinker‘, meint sie und instruiert ihre Kundinnen, mit gekonnten Kopfbewegungen den Herren zu winken. Absichtslos und verführerisch. Unmerklich deutlich. Mit schleierhaft klarem Blick.

Unterhalb des Halses rät Mathilde zu Flatterkleidern, die nur bis zum Knie reichen. Mit Schößen und Bändern, Reifen für die Arme, wehenden Tüchern für die Halspartie. Das Haar gekonnt aus der Stirn zu werfen, solle ich üben, empfiehlt sie. Auch wenn's nichts nütze, um mir einen Josef zu angeln. Weil so ein schmucker Kerl wie der Josef nur eine Tochter aus gutem Hause heiraten dürfe. Ob ich das nicht wisse, dass ich keine Tochter aus gutem Hause sei? Was immer ich mit den Haaren veranstalte. Was ich auch anziehe, die Herkunft könne ich nicht verbergen. Die hafte an mir wie das Gefieder an den Vögeln.

„Machen wir uns nichts vor, Berta. Wo lebst du?“

Inmitten von Vögeln und Motten hause ich, die demnächst gefressen werden. Die Mutter ist eine Frau, an der eine Krankheit nagt. Bis nichts mehr von ihr übrig bleibt, wie Else Christel anvertraute. Josefs Mutter hingegen ist eine Dame von bester Gesundheit und beängstigender Autorität. Meine Schwestern sind Mädchen, die der Vater Motten ruft und die gern als Frauen anerkannt würden. Denn Mädchen sind wie kleine Boote auf hoher See. Sie treiben in den Wellen, stets in Gefahr, zu kentern und abzusaufen. Auch drohen sie geentert und beraubt zu werden. Von listigen Piraten. Haie und andere gefährliche

Viecher lauern in der Tiefe, um lustvoll zu verschlingen, was das Meer ihnen in den aufgerissenen Schlund spült.

Lange bevor die Schiffchen den sicheren Hafen der Ehe ansteuern, kann es vorbei sein mit lustig, warnen die Eltern. Die so tun, als wüssten sie, was einen in den Häfen der Welt erwartet, welche Ankerplätze an Land, von Kindergeschrei und schmutzigem Geschirr belebt, angepeilt und welche gemieden werden sollen.

Schleunigst gezieme es Else, den Textilunternehmer zu heiraten, sagt die Mutter, damit Else kein Frollein mehr sein müsse. Mit dem Namen des Textilunternehmers sei sie wer in der Welt und für die Leute. Anders als Sophie, die ihr Leben verhunzt habe. Auch der Vater fragt nicht danach, ob eine seiner Motten sein kann und sein will, was der Name des Gatten verspricht, wenn er stirnrunzelnd über die Zukunft seiner Töchter nachdenkt.

Wie zum Teufel wird aus einer Motte eine Frau? Antonia spricht, lacht und tanzt wie ein Mädchen. Immer noch.

„Sie wird nicht erwachsen“, klagt die Mutter. Selbst Josefine sei ein Mädchen geblieben. Trotz ihrer Ernsthaftigkeit und der kleinen Tochter, die sie Albertine taufte und der sie gewünscht hätte, ein Albert zu werden. Denn Jungen fänden leichter einen Platz in der Gesellschaft, die sich großzügig verhalte angehenden Männern gegenüber.

Dagegen hätten Mädchen nur die Wahl, Mütter oder Nonnen zu werden. Oder alte Jungfern mit Gesichtern aus essigsaurem Moralin. Oder seltsame Tanten wie Christel eine zu werden drohe, weil sie an Else festklebt, wie die Mutter meint. Von Beginn an. Auf Gedeih und Verderb. Elses Mann müsse mit Blindheit geschlagen sein, dass er das nicht merke, sagt die Mutter. Der Schussel vermähle sich im Grunde mit zwei Weibern. Nur der Vater glaubt, dass es Schlimmeres geben könne, als zu seiner Angetrauten und den künftigen Kindern das beaufsichtigende Fräulein gleich mitgeliefert zu bekommen.

Else hingegen, die werdende Mutter, wird mich ‚Frollein' schimpfen. Unabhängig davon, ob ich Mutter werde oder Nonne. Gleichgültig, wie viele Kinder ich zu bekommen gedenke. Und ob ich überhaupt denke oder gebäre. Selbst wenn ich einer ganzen Fußballmannschaft in zuverlässiger Reihenfolge das Leben schenkte: Für Else bliebe ich ein Frollein bis zum Jüngsten Tag. Noch vor dem Herrn würde Else um Gnade für das Frollein Berta bitten, welches ein verwunschenes Tierchen gewesen sei, bei dem es unablässig piepte.

Ob der Herr mich überhaupt zum Frausein ausgestattet hat? Ob Schwester Cleta, die keine Kinder kriegt, weil sie mit Christus verheiratet ist, ebenfalls das Frausein verwehrt wird? Ob sie deshalb Schwester gerufen wird? Ob die Eltern ihre älteste Tochter, Sophie, welcher der Vater ihres Kindes vor der Geburt abhandenkam, als ‚Frollein Mutter' ächten, weil sie keine Frau ist, sodass ihr folglich nicht mal mehr ein Name zusteht?

Still schaut der Herr auf mich herab, die ich inzwischen angezogen und wie versteinert auf dem Bett hocke. Die Welt passt nicht in einen Menschenschädel, in welchem Licht ich sie auch betrachte.

Christel brüllt aus der Küche: „Berta, wo bleibst du? Der Muckefuck wird kalt."

„Ich habe Urlaub", schreie ich. „Heute hab ich frei!"

Die Sitte

Ich stopfe Strümpfe für die Mutter, als die Sitte in die Küche rauscht und mich kritisch beäugt. Man hört sie nicht, die Leisetreterin, man riecht sie. Sie stinkt. Wo sie geht und steht stinkt sie.

Noch bevor sie erscheint, eilt ihr ein unverwechselbarer Geruch voraus, der darauf beharrt, zu bleiben, auch wenn sie schon wieder fort ist. Sozusagen als vor- und nachbereitender Akt ihres blasswangigen und zänkischen Auftritts, den die Sitte seit dem Tod ihres Mannes allein gestalten muss. Noch vor Monaten war die Sitte ein Ehepaar, hohlwangig, kinderlos und sehr fromm.

Seit dem Tod ihres Mannes verbringt die Sitte viele Stunden im Marienkämmerchen, um mit der Mutter zu beten. Die Mutter nennt ihre einzige Schwester Tante. Wie wir Kinder. Dass die Sitte immer schon Tante gerufen wurde, glaub ich nicht, vermute aber, dass sie schon lange vor ihrer Ehe nichts anderes gewesen sein kann als eine Tante. Wobei ihr Wesen so sehr im Namen ihres Mannes gipfelt, dass einem der Gedanke kommen kann, sie habe ihn des Namens willen geheiratet und den Gatten als bloßes Beiwerk in Kauf genommen.

Frau Sitte wird vom Vater als Sittenkomitee betitelt. Er wirft ihr vor, Gäste in seiner Kneipe mit Moralpredigten und Gebetslitaneien zuzukübeln und nach allen Regeln der Einfalt aus dem Haus zu jagen. Offiziell redet der Vater die Tante mit Frau Schwägerin an. Hinter ihrem Rücken heißt er sie Schrapnell, wandelndes Gebetbuch, dusselige Betschwester oder kurz ‚die Sitte‘.

Es sei eine Frage der Zeit, meint der Vater, bis die Sitte sich ganz und gar im Haus einniste, um zu guter Letzt zu versuchen, seine Kneipe in ein Kloster umzumodeln. Letzteres werde er zu verhindern wissen.

„Wird das noch was, Berta?“

„Die Strümpfe haben v-viele Löcher, Tante.“

Kerzengerade und mit gefalteten Händen postiert sich die Sitte im Raum. Haut und Fingernägel sind so gepflegt, dass es mich grantig stimmt. Anders als die Mutter spricht die Sitte reines Hochdeutsch und glaubt, noch besser als die Mutter zu wissen, was sauber und was dreckig ist, was richtig und was falsch genannt werden darf, wie man Haltung annimmt und Haltungsschäden vermeidet.

Anfangs hoffte ich, die Tante würde die Ärmel hochkrempeln, um die Mutter, die sich schwer schleppt, aber nicht von der Arbeit lassen kann, zu unterstützen. Aber das, erklärte sie, sei nicht ihre Aufgabe. Das könne ich erledigen, die ich im Gegensatz zu ihr jung und gesund sei. Sie leiste seelsorgerischen Beistand. Das reiche.

Seither trägt sie einen Geruch durchs Haus, der keinerlei Scheu zeigt, zur Tat zu schreiten. Eine Mischung aus Kernseife, Essig und Mottenpulver balsamiert Möbel und Tapeten ein. Der Wirksamkeit halber besprenkelt die Sitte das Geruchspotpourri mit Moralin und lässt es allmorgendlich in der Frühmesse vom Pastor absegnen. Hochgerüstet marschieren die seltsamen Geruchsbukette in mein Gemüt. Sie lösen Widerwillen aus und fachen Bilder und Erinnerungen wie Feuer an.

„Die Sitte kommt“, warnte der Vater die Familie früher, wenn er hinter der Theke lauernd das vertraute Geruchsinferno durch die Fenster der Kneipe witterte. Rasch kippte er drei Wacholderschnäpse: „Einen für den Vater, einen für den Sohn und einen für den Heiligen Geist. Prost."

„Gotteslästerer", zischte die Mutter und bekreuzigte sich.

„Wenn die dusselige Betschwester mit Anhang hier aufkreuzt, brauch ich dat", knurrte der Vater. „Wat wollen die hier? Bloß weil de Jupp mit dem wandelnden Gebetbuch, dat der geheiratet hat, nix anzufangen weiß, müssen die hier nicht rumpalavern. In meiner Kneipe wird nicht gepredigt. Deine Schwester gönnt ihrem Gatten ja nicht mal en Bier. Willste wissen, warum die keine Kinder kriegen, die zwei?"

Unwillig schüttelte die Mutter den Kopf.

„Ich verrat dir dat trotzdem: Weil man en Gebetbuch nicht schwängern kann!"

„Pfff", machte die Mutter, als ließe sie Luft ab: „Halt dich bedeckt, Mann."

Wagte der Vater dennoch die Andeutung einer Widerrede, zischelte sie wie eine Schlange. Aus allen Körperöffnungen meinte ich, das Gift spritzen zu sehen. Vor allem aus den Augen, welche die Mutter wie eine Waffe zu nutzen versteht. Damals wie heute.

Obschon mir davon flau wird in der Magengegend, sodass ich keinen klaren Gedanken fassen kann, denke ich bisweilen, dass Frau General Mutter verhaftet gehört. Wegen wiederholter Tötungsabsichten mittels der Augen, die beschlagnahmt werden müssten. „Unerlaubter Waffenbesitz" nennt das der Vater. Dass er die Giftattacken bis dato überlebt habe, verdanke er seinem angesoffenen Blickabwehrpanzer, verriet er jüngst den Kumpanen an der Theke, als die Mutter ihn nicht hören konnte.

Seit dem Ableben des Schwagers und der Krankheit der Mutter reichen dem Vater drei Schnäpse bei weitem nicht mehr aus. Zu jeder Tages- und immer öfter auch zur Nachtzeit strömen die Sitte und ihr Geruch durchs Haus und nörgeln herum.

Sie hockt sich neben mich auf die Küchenbank, rückt näher heran, zieht einen Kneifer aus der kleinen Tasche, die meist an ihrem Arm baumelt, setzt den Kneifer auf die Nase und belinst meine Stopfarbeit.

Wenn ich den Kopf leicht wende, rieche ich ihre Schultern. Sie riechen nach Frömmigkeit und Inquisition. Aus den Augenwinkeln vergleiche ich unsere Sitzgrößen. Die Sitte ist kleiner als ich. Dafür aber höher aufgerichtet, als ich mich je aufrichten könnte. Ich strecke meinen Rücken. Sie packt den Kneifer wieder weg, hüstelt in ein Taschentuch, schraubt sich noch höher in die Luft und schüttelt das ergraute Haar. „Wird das noch was, Berta?"

„Das f-fragtest du schon."

„Und?"

„Die Strümpfe haben viele Lö…"

„Das sagtest du schon."

Ich lausche ihrer Wartehaltung wie einer Predigt, die mich nichts angeht. Mit gesenktem Kopf spüre ich, wie der Sittemund neben und über mir zu schimmern beginnt. Ein kränkliches Blau, das sich ereifert, um geruchsvolle Bedeutungen abzusondern. „Du bist eine Transuse, Berta."

Ich lache und ärgere mich zugleich. Dann sehe ich den Vater vor mir, wie er Wut und Zweifel in pissfarbenen Flüssigkeiten ertränkt. Wie er den Mund voll nimmt, um ihn mit Hochprozentigem auszuspülen. Wie er dick aufträgt, um weniger klein zu sein. Wie er prahlt, um nicht zu kuschen. „Der Schwager meiner Frau, meine Herren, der sittliche Herr Sitte, ihr wisst doch, der feine Pinkel im Maßanzug, wat soll ich euch sagen, der starb im Puff."

„Im Puff?" Die Männer staunten. „Ist doch en schöner Tod, Adam. Wat willste mehr?"

„Wat nützt en schöner Tod, Kameraden? Der Kerl hatte ja im Leben nix zu lachen. Rein gar nix. Ne Betschwester zu Haus, dat hatte der. Wo also hin, hat der sich gedacht, gehste ma in 'nen Puff. Und da kriegt die arme Socke 'nen Infarkt. Mitten im sündigen Geschehen. Weil der ja nix mehr gewohnt war, der Mann. Nix als beten. *Gegrüßet seist du Maria. Voll der Gnaden. Gebenedeit bist du unter den Weibern.* Tach für Tach. Nacht für Nacht. Ja, welcher Mann hält dat aus und landet nich im Puff?"

Allgemeines Gelächter rund um den Tresen.

„Aber nu bekommt die Sitte die Rechnungen. Jetzt hat se den Salat, die dusslige Betschwester. Kein Mann im Haus. Wenig Einkommen. Dafür aber Rechnungen. Von den Puffs. Männer, ich sach et euch. Von Düsseldorf bis Buxtehude muss der die abgeklappert haben, die Puffs."

„Adam! Welcher Puff schreibt denn Rechnungen? Biste bekloppt? Gib et doch gar nich. In ganz Deutschland ist die Hurerei verboten."

„Aber nich in Etablissements, wo die feinen Herren sich vergnügen und verwöhnen lassen. Et geht ja nich um Trottoirschwalben, wie ihr die kennt. Nee. Dafür war sich der feine Herr viel zu fein."

„Was ist, Berta? Deine Mutter klagt über kalte Füße."

„G-Gleich, Tante."

„Bis dahin sind der Mutter die Füße abgefroren." Der Linealmund von Frau General Mutter prallt auf meine Herzwand. Entbehrungen, Kohldampf, Wintertage im Sommer, davon erzählt der Mund. Auch in warmen Jahreszeiten musste die Mutter Kohldampfsuppe kochen. Der Frost fraß Löcher in meine Söckchen und zersetzte sie. Die Mutter sorgte sich. Meine kleinen Finger vergrößerten die Löcher. Sie rochen. Ich hockte auf dem Küchenboden und spielte mit riechenden Löchern. Bis sich die Tür öffnete und Sophie hereinschneite.

„Sophie, meine Sophie." Ich jauchzte. Ich fing Sonnenstrahlen ein, die Sophie mir zuwarf. Sonnenscheinkindertage kennen keine Jahreszeit. Sie nähren sich vom Lachen. Sie wärmen die Haut. Sie sind wie Musik.

„Sing ein Lied für mich, Sophie."

Ich klatschte in die Hände. Sophie lachte. Sophie sang. Sophie backte Reibekuchen für mich. „Niemand kann das besser als Sophie", sagte die Mutter, setzte sich und holte mich an ihre Seite.

Wir saßen am Küchentisch. Meine kleine Hand lag in den großen Mutterhänden und ruhte aus. Die Mutter duftete nach Reibekuchen und Wohlbehagen. Nach Sophies sanftem Lied roch die Luft, nach Leichtigkeit und Schwere. Ich war drei oder vier Jahre alt; ich weiß nicht mehr, wer außer Sophie und der Mutter an jenem Tag in der Küche saß, die ansonsten vom schwesterlichen Getuschel und unruhigen Zurufen aus der Kneipe schier zerbarst.

Auf meine Nase ist Verlass. Das weiß ich plötzlich. Sie sitzt mitten im Gesicht und kann Leichtigkeit und Schwere erschnuppern. Sie riecht das Leben und erkennt das Lachen erdverbundener Frauen, das ich lebenslang suchen werde. Auch Männer können erdig duften, Lieder singen und zum Zuhausesein einladen. Männer wie Josef können das, die einem selten begegnen, und die man schmerzlich vermisst, wenn sie nicht da sind.

In Josefs Herbstlied lag ein solcher Ort der Geborgenheit, der mich anwehte, noch bevor ich Josef richtig kennenlernte. Schwester Fidelis, die Köchin und Gartenschwester, roch nach Güte. Das lag nicht nur an der Scheibe Brot, die sie mir manchmal zusteckte, oder an den Tränen, die ihr übers Gesicht rannen, als ich gehen musste. Es war die Wärme ihres Lachens, das sie mir schenkte. Genährt vom Ackerboden, von Gartenkräutern und Suppen, die sie mit Liebe kochte.

Eine raue Luft, wie aus rauem Schmirgelpapier gewebt, mischt das Geruchspotpourri der Sitte auf. Das Blau um meinen Kopf beginnt zu changieren.

„Schau, dass du mit den Socken fertig wirst. Die Mutter muss auch mal was essen."

„Gleich, Tante."

„Wann soll das sein, Berta? Deine Mutter ist todkrank. Vor lauter Träumen und Sinnieren kriegst du nichts mit von der Welt. Du kannst deiner frierenden Mutter ja nicht mal die Strümpfe stopfen. Wie lange soll das dauern?"

„S-So lang wie 's dauert, Tante."

„Aus dir soll was werden, Fräulein, wenn die Mutter mal nicht mehr da ist. Mit bloßen Händen wirst du sie aus der Erde kratzen. Ach, was rede ich, du wirst es erleben."

Ich lausche in mich hinein.

„Trübsal. Tante, ich hab's. Du riechst nach Trübsal!"

Bubi und die Entdeckung der Gründerfalte

„Seit fünf Jahren wart ich auf den Tod", jomert die Mutter, „und wat macht unser Else? Et setzt zwei Blagen in die Welt und stellt die hier ab, als wären dat Möbel. Sind aber Bälger, schreien auch wie Bälger. Krieste et derart von im Kopp, kannste nicht mal in Ruhe bei sterben."

Else hält die Mutter am Leben. Zwar müht sich die Sitte und scharwenzelt bei Tag und Nacht mit Tröpfchen, Trost und Trübsalsandachten um die Mutter herum, aber Kinderabstellen kann sie nicht. Das übernimmt Else, Mutters Pulsschlag in die Welt, mit ihrem jüngsten Sohn Bubi.

Mit Vorliebe zerdeppert der Junge Gläser und Porzellan, als gelte es, einen Polterabend einzuleiten. In unbeachteten Momenten schnappt er nach allem, was aussieht, als könne es zertrümmert werden. Gläser, Tassen und Teller schnellen durch die Luft, um unter meiner Schnappatmung in schneidendem Abwärtswind zu Boden zu segeln, wo sie tönend und krachend zerschellen.

„Schiete", brüllt Bubi.

„Donnerkeil", poltert der Vater.

„Böser Bubi", zürnt Frau General Mutter, die über die Gründe des Spektakels Aufklärung verlangt.

„Tsch", zischt die Sitte.

Else, Bubis viel beschäftigte Mutter, stellt ihren Vierjährigen gern den ganzen Tag ab. Die neun Monate früher geborene Renate hingegen nimmt sie tagsüber mit, wenn sie im dörflichen Umkreis der Stadt unterwegs ist, um für ihren Gatten Textilien zu verkaufen. „Mit dem bösen Bubi geht das nicht", behauptet Else.

Seit Monaten wartet Bubi vergeblich darauf, dass ihn die Mutter abends abholt. Stattdessen stürmt Else nach Beendigung ihrer Verkaufstouren in die Kneipe, um auch Renate zwischen Tresen und Kücheneingang abzustellen.

Von Hektik und Zeitdruck ummantelt, als könne sie sich auf diese Weise vor schlechtem Wetter, ungezogenen Kindern und anderen Zumutungen des Lebens schützen, tätschelt sie der Tochter den Popo und rät ihr zum Gehorsam. Damit es ihr nicht erginge wie dem bösen Bubi, den sie nirgendwohin mitnehmen könne, für den sie sich schämen müsse. Eingeschüchtert umklammert Renate die Hand der Mutter, die sich loseist und hinaus hastet, als sei sie auf der Flucht.

Nach Feierabend müsse sie für ihren Mann die Bücher führen, klagt Else. Wenn er spätnachts heimkomme, verlange er frisch gekochte Speisen. Aufgewärmtes lehne er ab. Danach schreie der Haushalt nach ihr, für den kaum Zeit bleibe. Von den ehelichen Pflichten wolle sie lieber schweigen. „Ich kann mich doch nicht vierteilen."

„Tsch", macht die Sitte und scheucht die scheue Renate zu Bruder und Tante Berta in die Küche. Woraufhin sich Bubis Hände zielgerichtet und wutgeladen in die Zöpfe seiner Schwester krallen.

Während ich zwischen Kneipe, Küche und Schlafgemächern hin und her hetze, heult Bubi lautstark nach Christel, seiner Lieblingstante und Bonbonspenderin. Derart animiert, beginnt Renate nach der Mama zu krähen. Dies wiederum ruft die Sitte, eigentlich zuständig für die Abendlitaneien der Mutter, höchstpersönlich auf den Plan. Mein Puls beschleunigt sich. Es ist, als würde ich ein zweites Mal zum Kindsein verdammt. Als gelüste es dem

Höllenkonzert aus Gezische und Geschrei nach meiner kindlichen Dünnhäutigkeit.

„Musik macht durchlässig", hatte Josef gesagt, als er mich jüngst zum Mahler-Konzert einlud. Aber ich war nicht durchlässig. Ich war sperrig, blieb verschlossen und eingeschüchtert von den fremden Klangwelten, in die einzutauchen Josef vorbehalten blieb. Für Gezische und Geschrei aber bin ich durchlässig. Es dringt in mich ein und weiß nicht wieder hinauszukommen.

Seit einem unmissverständlichen Wutanfall des Vaters meidet die Sitte die Kneipe. Stattdessen mäandert sie im Haus herum, predigt, betet, belehrt, kritisiert, keift, zischt und stinkt. Mitunter träume ich davon, sie hinauszuwerfen. Nur ein Stoß, und das wandelnde Gebetbuch poltert die Treppen hinunter, von Kleidern und Unterkleidern umflattert. Kladderadatsch. Ruhe. Ich könnte das in Parterre auf der Nase liegende Geschoss betrachten, könnte beobachten, wie es sich nach einer Weile betend aufrafft, um auf Nimmerwiedersehen durch den Küchenausgang zu entfleuchen.

Das Bild blitzt wieder und wieder in mir auf, als könne ich Bubi, der von der Sitte als böse und unwert beschimpft wird, auf diese Weise beschützen. Aber Bubi und ich hätten und haben keine Chance. Frau General Mutter würde die Sitte mit allen zur Verfügung stehenden Mitteln verteidigen, sogar vom Sterbebett aus. Wer weiß, was dann mit Bubi geschähe? Dem Kabänes, wie die Mutter den Jungen nennt.

Schon im Mutterleib habe Bubi mit zu viel Kawuppdich *unser* Else getriezt. Was bei seinem Erzeuger, dem Herrn Textilunternehmer, der das Wort Vater nicht verdiene, kein Wunder sei. Rabiat und rücksichtslos wie der Großkotz, aus dessen Lenden er stamme, habe Bubi seine Mutter bei der Geburt auseinandergerissen. „Achtundfünfzig Zentimeter und glatte Viertausenddreihundertundneunzig Gramm. Mein lieber Kokoschinski, wat ene Kabänes."

Ruhe kehrt an Abenden auch dann nicht ein, wenn Christel, ihrer zementgrauen Fabrik entflohen, endlich auftaucht, um in der Kneipe zu helfen, zwischendurch Bubi zu herzen, Renate zu trösten, beide Kinder mit Leckereien und Zuspruch zu versorgen und das nach der Mama quengelnde Mädchen letztlich doch zu Else zurückzubringen. Nicht ohne ihrem siamesischen Zwilling, soweit noch Zeit und Kraft vorhanden, mit Rat und Tat zur Seite zu stehen.

Bubi und der Herr Textilunternehmer reden nicht gern. Sie handeln. Bubi mit Geschirr, sein Vater mit Textilien. Bubi plappert in Einwortsätzen. Das Wort Schiete kürte er zum Lieblingswort. Als reiche dieser Kraftausdruck aus, um die Komplexität seines Lebens anschaulich zu beschreiben.

Sein Vater zieht es vor, mit seiner Schwiegermutter überhaupt nicht mehr zu sprechen und den Rest der Familie mit prägnanten Befehlsformen zu bedenken: „Bring mich! Hol mich! Mach mich! Tu mich! Halt 's Maul!"

Christel, welche die Mutter und mich von Zeit zu Zeit über das Neueste im Haus des Herrn Textilunternehmers unterrichtet, weiß von einer Geliebten des Herrn. Einem hohlen Gerippe namens Eva, das der Kerl sich erdreiste, ins Haus zu schleppen. Wobei das Weib aussehe, als habe man es dem Adam eben erst aus der Rippe geschnitten, ereifert sich Christel, die mit Elses Wut und Enttäuschung randvoll gefüllt scheint.

Ihr Schwager, der Lustmolch, müsse auf Knochen stehen, anders ließe sich diese Sonderanfertigung eines Gerippes nicht erklären. Sofern Gott bei der Ausführung beteiligt gewesen sei, was Christel bezweifle, hätte der die Lust aufs Modellieren garantiert verloren. Das Gesicht erinnere an einen Dörrkuchen. Und ein Lustross sei das Knochengestell gewiss nicht. Eher eine Ziege, die ein Ross sein wolle und ein Dekolleté trage, dass man nicht wisse, ob man weinen oder lachen möchte über das von Textilien befreite Gebälk, das vage an eine Brust erinnere. „Christel“, wundere ich mich ein ums andere Mal, „du redest wie Else.“

Als ich das erste Mal aus den Schuhen kippte, hingen Bubis Schreie an der Decke. Direkt neben meinen Vogelblicken, die mich fliehen wollten und über mir und dem Kleinen schwebten, rauschend wie der vom Regen geschwärzte Nachthimmel.

Aus der Vogelperspektive nahmen sie das Geschehen ins Visier. Im Zeitlupentempo sah ich mich die knarrenden Holzdielen ansteuern. In Schräglage und bei vollem Bewusstsein stürzte und stürzte ich. Bis ich reglos dalag. Ohne Ankündigung umgeschmissen. Von nichts niedergestreckt. Mit offenen Augen und Armen.

Ich nahm Bubis Spucke und sein Gesichtchen über mir wahr. Ich sah, wie es auf- und abtauchte und erkannte meine Furcht in seinen Augen. Ich fühlte seinen Schrecken in meinem Hals und roch die Angst, die den kleinen Körper lähmte, während ich wie versteinert dalag. Ich will mich regen, ich muss mich bewegen, dachte ich. Versteift tastete meine Hand nach der Kinderhand. Ich spürte die klopfende Wärme, die weiche Haut und lachte in die

Tränen, die der Kleine auf mich heruntertropfen ließ. „Schiete. Schiete.“, sprach ich ihm nach. „Es wird alles gut, Bubi. Schiete. Schiete. Es wird alles gut.“

Seither haut es mich in unregelmäßigen Abständen um. Mitunter geschieht Monate lang nichts. Dann, von einer Sekunde zur anderen, jeweils ohne Vorwarnung, raffen unsichtbare Mächte mich zu Boden. Im Schneckentempo. Die Augen sehnen sich gen Himmel, der Körper erstarrt.

Nach Sekunden, die zeitlos schleichen, berapple ich mich, will vergessen, grüble, will verstehen, stehe auf, ducke mich, befühl den Puls, betaste die Brust, beklopf die Kleider, will mein Gesicht im Spiegel betrachten, erkenne die Angst eines Tieres, das ich nicht sein mag.

Mit dem zerzausten Haar, wer soll das sein? Wird sich glatt kämmen lassen, der wirre Schopf. Ich begreife nichts, betupfe die Schläfen und atme feuchte Haut. Ich bestehe aus feuchter Haut. Aus nichts als Feuchtigkeit.

„Aus Wasser ist der Mensch gemacht“, erklärte der Arzt, zu dem Christel mich schleppte. „Überwiegend aus Wasser.“ Was redete der Blödmann? Der verstand nichts. Der quasselte was von Ohnmacht, Hysterie und Wasser. Sollte das witzig sein? Ob ich trinke, wollte der wissen. Wie oft und wie viel? „Vielleicht sogar mehr als der Herr Papa?“ Der glaubte nicht, dass ich überhaupt nichts trinke.

Der Blödmann wackelte mit dem Kopf und wusch seine Hände. Sehr gründlich wusch der die. An mir durfte er sich nicht infizieren. In mir schwimmt Wasser. Das dümpelt, das fault, das drängt hinaus. Durch alle Öffnungen drängt es hinaus. Während die laute Welt in mich hinein will, wuchtig und unnachgiebig. Der wirre Austausch der Elemente.

Josef könnte das vielleicht erklären. Wenn Josef da wäre. Wenn ich den Mut fände, ihm zu schreiben, dass ich nicht weiter weiß. Weil er fort ist. Dass mich seine Abwesenheit außer Gefecht setzt und ich das Alleinsein umklammern muss, anstatt ihn.

Dass ich dabei vertrockne, während mir das Wasser bis zum Hals steht. Ich trinke nicht. Ich werde ertrinken. Ohne eine Hand, die mich rettet. Wie Bubis Kinderhand. Die Hand von einem, der auch allein ist mit seiner Schiete. Schmerzhaft allein. Inmitten gaffender Leute. Auf der Straße. Im Einkaufsladen. In der Kneipe. Allein. Unter Bände sprechenden Blicken.

Wenn Bubi die Kartoffeln quetscht, schaue ich zu. Als könne ich von seiner Tollpatschigkeit lernen. Ein Schneidemesser verwehre ich ihm. Egal, wie laut er brüllt. „Man schneidet die Kartoffeln nicht“, erkläre ich ihm. „Dat steht so im Knigge.“

„Wat du nicht sachst“, wunderte sich der Vater vor Kurzem. „Haste dat von deinem Offiziersanwärter?“

„Nein. Von seiner Mutter.“

„Ach, du liebe Zeit. Werden wir jetzt vornehm?“

„Quatsch“, sagte ich und dachte an die Falte zwischen Josefs Augenbrauen, die ich heimlich Gründerfalte nenne. Zum einen, weil Josefs Familienname ‚Gründer‘ lautet. Zum anderen, weil ich die Kerbe erstmals seine Stirn zerfurchen sah, als ich mit silbernem Messer eine weiche Kartoffel halbierte. Und das in der Gründervilla, wie Josef sein Elternhaus getauft hat.

Für Sekunden verloren Frau Gründers Augen die Contenance und bissen sich in den Kartoffelhälften fest. Ich meinte zu hören, dass nicht Josefs Mutter, sondern ein von ihr losgelöster, über meinen Tellern schwebender Blick die Worte hauchte: „Ja, weiß sie denn nicht …“

Nein, sie weiß es nicht. Exakt in diesem Augenblick meines Nichtwissens bezog die Gründerfalte Josefs liebes Gesicht, um sich dort einzurichten. Peu à peu. Wie die Sitte in das Marienzimmer der Mutter Einzug hielt, so nistete sich die Gründerfalte in Josefs Stirn ein.

Auch sein Elternhaus trägt den zurückhaltenden Charme dieser aristokratisch anmutenden Falte. Josef lebt in einer gewandeten Villa. Gewandet von schattenspendenden Bäumen, welche die Geräusche der Stadt fernhalten. Umkleidet von Pflanzen und Sträuchern, die zum Bewundern einladen. Selbst im Winter leuchtet das Grün des Rasens unter der Schneedecke hervor, als sei es imstande, Kälte abzuwehren.

Väterchen Frost, der mich piesackt, scheint vor dem gewandeten Haus zurückzuweichen. Durch die hohen Fenster flutet Licht und streichelt sanft Frau Gründers Hände. Eine Frau, die aussieht, als müsse sie nichts anderes tun, als gepflegt herumsitzen, meist am Klavier. Schon seit Jahr und Tag. Wie von selbst wachsen die Söhne heran, riechen gut und laufen jederzeit wie frisch gebadet umher. Weil jeder Schmutz von ihnen abperlt, statt haften zu bleiben wie an Bubi und mir.

Möglicherweise fächeln unsichtbare Geister Reinheit und Wohlklang in die Villa, die von Musik durchdrungen scheint, und die vielen gediegenen Teppiche verschlucken eventuelle Dissonanzen. Sollten dennoch Missklänge ihre Existenz behaupten wollen, bekämen sie Ärger mit den Gründerfalten. Jenen Kerben, die anlässlich schräger Töne und zerschnittener Kartoffeln ihres Amtes walten müssen.

Die tiefen Furchen in der Stirn von Josefs Vater ließen mich vollends verstummen. Als habe ich nie sprechen gelernt. Als habe Josef mir nicht tausendfach versichert, dass mein Stottern ihn nicht stört. Selbst die Küsse, mit denen er mein Gesicht und meinen Körper bedeckt, die innigen Beteuerungen, die mich verwandeln, sodass ich fließend sprechen kann, wenn er mich hält, zerrinnen zur Bedeutungslosigkeit angesichts der Gründerfaltenblicke.

„Berta, sprich mit mir", flehte Josef beim Verlassen der Gründervilla. „Bitte, sag was!"

Ich überließ ihn der bleiernen Stille, die lange zwischen uns her schritt. In schattendunklen Gewändern und viel zu großen Schuhen.

„Versuch 's doch, Berta, bitte!"

„Ich bin n-nicht gut für dich. Nicht mal K-Kartoffeln kann ich ..."

„Das ist irrelevant", unterbrach Josef mich und stöhnte: „Ich hab dir doch erzählt, dass meine Eltern befangen sind. Vor allem Vater kann man nicht genügen. Auch ich kann das nicht. Der will einen Sohn in staatstragender Funktion. Meinen Bruder, sein eigenes Kind, ignoriert er. Weil es Krankheiten und Behinderungen für ihn nicht gibt. Und wenn doch, werden sie ausgeblendet. Ein gesunder Arier hat man zu sein. Wobei die gesunde Volksgemeinschaft meinem Vater noch arg zusetzen wird. Das garantier ich. Ein solches Volk hat nicht einmal er verdient."

„Kann man ein Volk verdienen?"

Josef lachte und umschlang mich mit beiden Armen.

„Mein Vater verdient zu viel Geld, weißt du, und er meint, dass ihm dafür Anerkennung und Respekt gebührt, für das Geld, das ihm zu Kopf steigt und seinen Hirnkasten ausfüllt, sodass kein Platz bleibt für kritische Gedanken."

Für einen kurzen Moment wurde mir leichter zumute, obschon der von Geld gefüllte Vaterkopf in mir arbeitete.

„Liebst du mich denn?"

„Aber ja doch, Berta."

Ich schmiegte mich an ihn, erwiederte seine Küsse und glich meinen Gang seinem an. So erreichten wir Ewalds Wohnung, der mir zuzwinkerte und Josef auf die Schultern klopfte. Wie jedes Mal, wenn er uns seine Junggesellenkammer für wenige Stunden überließ, ulkte er auch jetzt: „Treibt' s nicht zu bunt, ich hab noch zu komponieren!"

Ewald ist Musiker. Er liebt barocke Musik, vollbusige Frauen und leichtlederne Schuhe. Letztere wienert er sorgfältig, um sie geordnet um seine Schlafstatt zu drapieren. Die von Schuhen verschiedenster Machart und Couleur umrandete Chaiselongue steht mitten im Raum. Ich kenne keinen Menschen, ja nicht einmal eine Familie, die derart viele Schuhe besitzt. Auch weiß ich von niemandem, der inmitten eines Zimmers auf einer samtroten Chaiselongue nächtigt und Tonfolgen kreiert, um sie seiten- und stapelweise auf Papier zu verewigen.

Während Josef dem Musikstudium nachtrauert und mit seinem Vater hadert, erklärt sich Ewald, der Freund und ehemalige Kommilitone, zum Komponieren und Musizieren berufen. Zwar verdiene er nicht genug, um von seiner Kunst existieren zu können, aber das gelänge ihm noch. Bis dahin verdinge er sich als Gelegenheitsmusiker in Nachtlokalen, amüsiere sich redlich und schufte stundenweise in einer Schuhmanufaktur. Das Geld, das er verdiene, investiere er in Schuhe, Notenblätter und Frauen.

„In genau dieser Reihenfolge“, behauptet Josef.

So oft er in der Stadt weilt, bittet er den Freund um wenige Stunden Obdach. Für sich und seine Liebe. Gegen die leise Melancholie, die er in sich aufsteigen fühlt, wenn er Ewalds Kammer betritt, weiß er sich nicht zu wehren. Wehmütig betrachtet er zu Beginn unserer Schäferstündchen die überall herumliegenden Notenblätter. Und lässt sich Zeit zu schauen. Die sorgsam gehütete Geige in ihrem Kasten bewundert er sehnsüchtigen Blickes.

An dem Tag, an dem ich die Gründerfalte zum ersten Mal sah, entkleidete er sich schneller als sonst. Hektisch beinahe und ohne mich in Stimmung zu bringen, forderte er mich auf, ein Gleiches zu tun. Rasch befreite er die Chaiselongue von Büchern und anderen Utensilien, bezog sie mit einem bereitgelegten Laken und streckte sich darauf aus. Während ich noch dastand und versuchte, das Gemüffel von Schuhwichse, aufgewirbeltem Staub und Bohnerwachs aus der Nase zu vertreiben.

Ungeschickt nestelte ich an mir herum. Als gäbe es kein Kleidungsstück, dessen ich mich ohne Widerstände entledigen könnte. Josef eilte herbei, um mich mit geschickten Händen und zärtlichen Worten von hinderlichen Textilien und störenden Gedanken zu befreien. Doch bald schon sah ich das Trennende in anderer Gestalt vor uns auftauchen. Als unsichtbare Wand. Als verschlissene, mangelhaft geputzte Galosche, von der Josef eben noch meinen Fuß erlöst hatte, und die kaum, dass sie dalag, von leichtlederner Eleganz verspottet wurde.

Worte marschierten in mir auf und verzerrten Josef und seinen Leib. Worte wie irrelevant, die in meiner Familie keiner versteht und von denen ich mich nicht verstanden fühle. Die ich nicht einmal aussprechen kann, ohne mir die Zunge zu verrenken.

Wenn ein Wort Wichtiges und Unwichtiges zu unterscheiden vermag, ist es ein trennendes Wort. Eines, das einschneidet und schmerzt. Es muss nicht gebrüllt werden, um einem Menschen den Marsch zu blasen. Auch dahingehauchte Worte, bedacht oder unbedacht, können einen an die Kandare nehmen. „Ja, weiß sie denn nicht …“ Es sind verklausulierte Befehle, bei denen es nichts nützt, die Hacken zusammenzuschlagen, was ein Leichtes wäre, vor Gründerfalten, aber nicht weiterhilft.

„Vöglein, mein Vöglein, wohin entschwindest du?“

Josefs Worte erreichten mich in einer Ferne, die den Ohnmachten ähnelt, von denen der Arzt gesprochen hatte, als er vom Wasser quasselte und an Alkohol dachte. Das Wasser wird schuld sein. Es strömt in den Schädel wie das Geld, das Josefs Vater zu Kopfe steigt. Sodass wir beide nicht richtig denken können. Weder Herr Gründer Senior, noch das unerwünschte Fräulein Berta, das neuerdings umkippt. Weil das Gehirn quasi baden geht, wenn der Hirnkasten gespült wird. Ansteigen kann der Wasserpegel aber nur, wenn die Gehirnmasse abnimmt. Diesen Zusammenhang kann jeder Stoffel verstehen, wenn auch hoffentlich nicht von außen erkennen.

„Kommt ein Vogel geflogen“, sang Josef und ließ seine Finger über meinen Rücken flattern.

„Du heiratest mich bestimmt nicht“, sagte ich und sah ihn erschreckt zusammenzucken.

„Wir sind jung, lass uns auf bessere Zeiten warten.“

„Was sollen das für Zeiten sein?“

„Wenn solche Despoten wie Hitler nicht mehr bejubelt

werden. Wenn das Volk Demagogen als Demagogen entlarvt und Faschisten die Menschen erschrecken, statt sie zu begeistern. Merkst Du eigentlich, was in Deutschland passiert, mein Lieb?“

„W-Was hat das mit uns zu tun?“

„Hölderlin hat einmal geschrieben: *‚In diesem Lande leben wir wie Fremde im eigenen Haus‘.“*

„Ja, und w-was hat das mit uns …?“

„Das hat verdammt viel mit uns zu tun.“

Er umarmte mich, bedeckte mein klagendes Schweigen mit Zärtlichkeiten, nannte mich Täubchen, umfasste mich heftiger, begehrte mich, atmete schwer und drang tief in mich ein. Aber ich wollte kein Täubchen sein. Ich gurre nicht. Ich girre nicht. Ich fliege nicht. Ich gaukle ihm nichts vor. Auf der anderen Seite der unsichtbaren Wand, an der meine Flügel zerschellen, vergrub ich mein Gesicht im Kissen, um nicht zu schreien wie Bubi.

Josef heiratet kein Täubchen. Er schwängert es auch nicht. Er zieht sich im entscheidenden Moment zurück aus dem Täubchen. Spricht die Lieb zur Liebe: Zwischen dir, die du deinen Duft verströmen willst, und mir, die ich empfangen und befruchtet werden will, klafft eine Gründerfalte. Das Verhütungsmittel der besonderen Art.

„Wir dürfen nicht schwanger werden, Berta. Noch nicht.“

„Wann denn?“

„Später“, sagte er, versprach mir einen Ring und nannte mich seine heimliche Verlobte.

Ich musste an Bubi denken, der auf meiner Wandseite lebt. Den niemand hält, den nicht einmal einer aushält. Für den die Mutter kein Ohr und der Vater keine Zeit hat. Der unwert sein soll und mir tief im Innern ähnelt. Weshalb ich um seine pochende, kleine Kinderhand bange, wenn ich aus den Latschen kippe. „Bubi, wo bist du?"

Was, um Himmels willen, haben Bubi und ich in einer Gründervilla verloren?

Bubis Schiete-Rufe blieben ungebrüllt. Ich fände nicht einmal den Mut, zu sprechen. Und wenn Bubi die Schiete dennoch hinaus brüllte, selbst dann, würde niemand ihn hören. Von den Teppichwandlern. Von denen auch Josef einer sein wird. In den besseren Zeiten, die mir nicht blühen. Selbst wenn Josef bekämpft, was in ihm lauert, wie ich Tag für Tag mit dem Schmutz in der Kneipe kämpfe, ohne dass der Dreck verschwindet, blieben wir Gezeichnete zweier Welten.

Der Gestank des Herrenpissoirs, von dem mir allmorgendlich speiübel wird, gehört zu meinem Tag wie die Dunkelheit zur Nacht. Ob ich will oder nicht. Wie Bubis Schreie in meine Welt gehören, charakterisiert die Gründerfalte Josefs Welt. Ich weiß nicht, wer es schwerer hat. Josef oder ich?

In diesem Lande leben wir …

Haariges

An Staub muss ich denken, wenn ich die Mutter betrachte. Flatteriger und zugleich erdiger Staub, der an einen Falter ohne Flügelschlag erinnert. Ein zusammengefallenes Quäntchen Leben. Besser gesagt, der Restbestand von Etwas, das sich auf den Weg gemacht hat, und dessen Zentrum bereits woanders weilt. An jenem unbekannten Ort, vor dem das Quäntchen noch zurückzuckt, und vor dessen Endgültigkeit es ihm bammelt.

Das Wort ‚Quäntchen' hat die Mutter geliebt, als sie noch ein General war. Ein Quäntchen mehr Respekt forderte sie ein. Ein Quäntchen dicker hätte die Suppe sein können oder der Muckefuck. Wenige Gramm echter Kaffee waren ein Quäntchen Glück. Quanten mussten es nicht sein. So hießen allenfalls Füße, die einen durchs Leben trugen und auf deren Standfestigkeit es ankam.

Seit Langem kann die Mutter nicht mehr ohne Hilfe stehen, gehen oder sitzen. Auf klein gewordenen Quanten kippelt sie, wenn sie mit meiner Hilfe oder am Arm der Sitte durchs Treppenhaus wankt, um aufs Klo zu gehen. Sie verabscheut den Pisspott unter ihrem Bett und nutzt ihn nur im Notfall, der immer häufiger eintritt.

Marzipanquanten, denke ich beinah zärtlich, wenn ich die Mutter waschen muss. So kleine Füße. Teile von etwas Ganzem, Bruchstücke von etwas, das die Mutter mir überlässt, als gehöre es schon nicht mehr zu ihr. Die Mutter selbst suche ich vergeblich. Unter dem dicken Plumeau ruht ein aschig-grau gewordener Leib, während die Mutter schon unterwegs zu sein scheint.

Mama, wohin gehst du, möchte ich fragen, aber ich traue mich nicht. Überhaupt wage ich es selten, die Mutter Mama zu nennen. Das Wort klingt nach Sehnsucht und Angst. Nach Heimat und Fremdsein. Nach einem Kinderlied in ausländischer Sprache, das von heller Freude und dunklem Schmerz erzählt. Vorsichtig flüstre ich das Wort manchmal. Wie um es für mich selbst zu buchstabieren, und ohne zu wissen, was in mir nach der fremdvertrauten Mama verlangt.

Mich an Bubi orientierend, der sein „Schiete" hinausposaunt und dabei zahlreiche Zwischentöne einbaut, übe ich, das Wort Mama auszusprechen. Oft mutet es gequält an. Dann wieder verlässt es wagemutig meinen Mund. Zackig und zugleich mollig um die Hüften. Wie die Mutter früher durchs Leben zackte und schmollte.

Ein anderes Mal murmele ich ganz selbstverständlich Mama, als vertraute ich dem zackig-molligen Wort. Wieder ein anderes Mal klingt es, als lese ich aus einem Text vor, dessen Inhalt ich nicht verstehe. Oft schmerzt der Klang der Wehmut, die dem Wort anhaftet. Als gehörten Wehmut und Mütter naturgemäß zusammen.

Ein einziges Mal wagte ich, das Wort so laut durch die Küche zu donnern, dass der Vater hereinstürmte und fassungslos fragte, ob ich noch gescheit sei und die Mutter zu Tode erschrecken wolle.

Dass ich die Mutter so sehr ängstigen könne, glaube ich nicht. Kraftvoll und von drahtiger Flinkheit war sie immer. Wie von einem Motor angetrieben, der nicht kaputt gehen kann. Mit lederner Zähigkeit bis ins kleinste Hautpartikelchen ausgestattet. Glatt und rein einst die Haut. Noch jetzt zeichnen nur feine Linien ihr Gesicht. Als befehlige sie selbst ihren sterblichen Überresten, zu schweigen von den faltigen Schattierungen des Lebens.

Ausmerzen lautet die Devise. Kein Wort mehr! Gefühle, die sich nicht kommandieren lassen, frisst der Krebs, streng und unerbittlich wie die Mutter glaubte, sein zu müssen, als sie Sophie aus dem Haus jagte und ihren einzigen Sohn verfluchte.

Jetzt entdecke ich in ihren angstgeweiteten Augen etwas, das nach Worten sucht, scheu und ungeübt. Sicher unterscheidet die Mutter nicht zwischen eigentlichen und uneigentlichen Worten wie Josef das tut, aber dass ihr keine Zeit mehr bleibt für Uneigentliches und Belangloses, das glaube ich wohl.

Wobei es mich beruhigt, dass Menschen schwätzen und quatschen wie zum Zeitvertreib. Wenn Josef philosophiert und wortgewaltig um das Eigentliche ringt, das Menschen tief im Innern bewegt und wirklich etwas angeht, schüchtert mich das oft bloß ein.

Zu meinem Erstaunen kommt Josef bei der Mutter gut an. Obschon sie ihn mit sorgenvollen Einschränkungen bedenkt. Am vergangenen Ostersonntag, als er ihr Tulpen überreichte, beäugte sie ihn wohlwollend. Zusammengekauert, gestützt von der Sitte, hockte sie ihm gegenüber auf der langen Küchenbank und nickte ihm freundlich zu.

Man plauderte über Gott, die Welt und den überwältigenden Erfolg der NSDAP, in die Elses Mann, der Herr Textilunternehmer, eingetreten war. Übellaunig saß der Großkotz, wie ihn die Mutter nennt, neben ihr auf der Bank und belauerte Josefs Worte. Aber Josef kleidete sein Missfallen in humorvolle Doppeldeutigkeiten, bei denen mir nichtsdestotrotz der Atem stockte.

Auch bei seinen Fragen an den Schwager hielt ich die Luft an. Josef zwinkerte der Mutter zu, die ihrerseits amüsiert schien. Gelegentlich bedeckte sie ihre schmalen Lippen mit dem Finger und deutete mit dem Kopf in Richtung Großkotz.

Doch der Textilunternehmer tat, als nähme er weder die Mutter, noch ihre Körpersprache wahr. Stur blieb er bei seinem Schwur, nie wieder ein Wort mit seiner Schwiegermutter zu wechseln; Else könne sich auf den Kopf stellen.

Else schwieg anklagend laut, schwitzte, als sei es bereits Hochsommer, verzichtete auf Kaffee und Kuchen und zerknabberte ihre Unterlippe.

Ihr Mann pries den Führer und ein zu neuen Ufern aufbrechendes Deutschland. Die Lobhudeleien sprach er an ein imaginäres Publikum, das jenseits der vom Vater frisch gekalkten Küchenwand versammelt sein musste.

Tölpel und Minderbemittelte würde Josef dieses Publikum nennen. Obwohl er wohlgefälligere Formulierungen wählte, glaubte ich Hohn von seinen Worten herabtropfen zu sehen, sodass es mich nicht gewundert hätte, wenn der Vater mich am Ostersonntag zum Feuchtdurchwischen aufgefordert hätte.

Doch der Vater schaute unglücklich drein, brabbelte was von Autobahnen und Arbeitsplätzen, die Hitler zu schaffen beabsichtige, wofür es auch höchste Zeit werde, und schien ansonsten gewillt, dem einen wie dem anderen Kontrahenten beizupflichten.

„Sollen die versprochenen Arbeitsplätze und Straßen mittels Aufmärschen, Plünderungen, Schlägereien und antijüdischen Hetzkampagnen geschaffen werden?“, fragte Josef angstfrei freundlich.

Das trieb dem Herrn Textilunternehmer die Zornesröte ins Gesicht. Josef hingegen schien unbeeindruckt. In welche Sphären menschlicher Abgründe der Führer sein Volk zu führen gedenke, fragte er weiter, und wozu der unheilvolle Fanatismus in den Reden von Hitlers Chargen und Anhängern imstande sei.

Der Führer sei entschlossen, dröhnte der Textilunternehmer, das deutsche Volk zu befreien. Dabei könne er auf jüdisches Lamentieren keine Rücksicht nehmen. Es wehe ein neuer Wind in Deutschland, der Opfer unumgänglich mache. Wie zum Beweis ranzte er seinen Sohn an, der mit vollem Mund eine Melodie erprobte. „Mach den Mund leer, Bubi, bevor du singst."

„Man darf nicht mit vollem Mund singen", höhnte Josef, „wohl aber mit leerem Kopf denken." Die Mutter grinste. Dem Herrn Großkotz reichte es indes. Sich an Arbeit und Pflichten erinnernd, erhob er sich und fuhrwerkte an der braunen Jacke herum, als müsse das Kleidungsstück an Josefs Stelle zurechtgewiesen werden.

„Arbeit macht frei", palaverte er, wich Elses misstrauischen Blicken aus, strich Renate übers Haar, ignorierte den verstörten Bubi, beklopfte seinen mit Hakenkreuz dekorierten Ärmel, schmiss sich mächtig in die Brust, stand stramm vor sich selbst und schleuderte zum Schluss den Arm in die unschuldige Luft, was aussah wie lange vor dem Spiegel eingeübt: „Heil Hitler!"

„Frohe Ostern", entgegnete Josef.

„Schiete", greinte Bubi.

„Tschö", brummte die Mutter.

Der Rest der Familie schwieg.

„En mutiger Kerl, der Josef", konstatierte die Mutter,

als ich sie in ihrem Marienkämmerchen der Sitte überließ. „Dat haste nicht oft. Aber viel zu fein ist der, Berta, für die Zeiten, in denen wir leben müssen. Die machen den kaputt. Du wirst an meine Worte noch denken. Mit Mut und Klugheit kommste nicht weit. Da täuscht der sich, der Josef. Der wird baden gehen. Da hast du, Stottermotte, noch eher dat Zeug zum Überleben, als wie der dat hat. Dafür hab ich dich erzogen, dat du durchkommst durch dat Leben. Aber so 'nen Feingeist, Berta, den krieste nich durchgebracht. Und der dich auch nich. Glaub mich dat."

Inzwischen greift der Winter der Mutter ans schwach pumpende Herz. Schwer atmend liegt sie unter dem Plumeau. Ihr kleiner Kopf lugt igelartig darunter hervor. Lange graue Borsten umwildern das bleiche Gesicht. Sie scheinen mit größerer Widerstandskraft ausgestattet als die zahlreichen Bettmützen, die ich zu locker gestrickt haben muss, als dass sie der borstigen Struppigkeit auf dem Kopf der Mutter etwas entgegenzusetzen hätten.

„Die Schietmützen drücken mich die Haare platt", mäkelt sie. „Dat tut weh! Bloß wärmen tun die nich."

Ich wiege die Handarbeiten in den Händen. Womöglich durchlöchert das stachelige Mutterhaar die Wolle, sodass die Körperwärme ungenutzt entfleucht, weil die Mutter ihre Quengeligkeit in die Haarspitzen weiterleitet. Als Restbestand eines Lebenselixiers, das dazu dienen mag, sich selbst und die Sitte bei Laune zu halten. Damit beide beim Maulen über meine Strickkünste das Kranksein vergessen.

Möglich auch, dass meine miserabel getarnte Sehnsucht nach der Mutter das haarige Lebenselixier auf den Plan ruft. Sozusagen als Abwehrmaßnahme.

„Wat willst du?“, schrillt es aus der Mutter, sobald ich mit Haarbürste und Kamm anrücke.

„Dich frisieren.“

„Frisier dich selber. Ich brauch dat nich.“

Wie ein kaputter Wecker scheppert sie. Als gedenke sie, ihre Generalmutterrolle auf die einfachste Formel herunter zu rasseln: „Bleib mich vom Balg, Drömelberta.“

Dass ich oder mein Mützenmaterial der Mutter Schmerzen zufügen könnte, leuchtet mir nicht ein. Denn trotz ihrer gebrechlichen Bröckeligkeit hat die Mutter etwas von einem kantigen Felsen, der stur standhält, während die Sitte und ich um ihn herumschwirren, bemüht, möglichst viele Wünsche von den dünnen Mutterlippen abzulesen. Ebenso dünn umspannt die Haut das ausgemergelte Muttergesicht. Durchscheinend wie Seidenpapier, das den Blick auf ein Netz feiner Äderchen freigibt.

Wenn die Mutter vor sich hindämmert, klafft ihr Mund weit auseinander. Durch das gähnend dunkle Loch dringen Töne an die Oberfläche, von denen ich anfangs nicht glauben konnte, dass sie aus der Mutter kommen. Ein Flehen. Ein Weinen. Ein Verlangen. So leise, dass es der Mutter bestimmt selbst verborgen bleibt. Weil es unhörbar klingt wie das Flattern, das den Falter durchzuckt, während er sein letztes Quäntchen Leben aushaucht.

An Abenden, an denen ich mal still bei der Mutter sitzen kann und nur scheinbar in eine Handarbeit vertieft bin, lausche ich den Flattertönen aus ihrem Rachen. In Buchstabenbröseln und Wortkrümeln lese ich auf, was die Mutter ausatmet, wovon sie nie sprechen würde. Dann schleichen Gefühle in mich hinein, die ich ihr gegenüber nicht kannte: Rührung. Zärtlichkeit. Anteilnahme.

Ich lese ihre Wünsche wie Krümel auf. Das Krümellesen wird mich lebenslang begleiten, das ahne ich. Krümelquäntchen einer Frau General Mutter, für die ich richtig sein wollte. Für die ich richtig sprechen sollte. Für die ich den Schmutz erkennen und wegwischen musste. Gestern, heute, zur rechten Zeit, bitteschön! Und das mit dem Schmutz verbundene Schlimmere, fort damit! Nichts darf sein, was die Mutter stören könnte. Schon gar nicht mein Gestotter. Meine Güte, wie die Mutter das Stottern erzürnte. Wie sie mir den Marsch blies, den lebenslangen Muttermarsch: „Sei still, Berta. Du hast den Kopf kaputt."

Josef behauptete, es gehöre zum Erwachsenwerden, sich von den Vorstellungen anderer zu lösen. Wahrzunehmen, dass man anders sei und anders sein dürfe, als die Eltern einen sähen und zu formen versuchten.

„Dein Kopf ist nicht kaputt, Berta. Das müsstest du inzwischen wissen."

„Vielleicht", sagte ich, „müsste ich das wissen. Aber ich weiß nix sicher. Auch nicht, ob du mich liebst."

„Aber das tue ich, Berta."

Ich schwieg und überlegte, ob ich ihm glauben könne, wenn er mich heiraten würde. Ich sehnte und sehne mich nach seinem Heiratsantrag, obwohl ich seit Entdeckung der Gründerfalte an allem zweifle. An ihm, an mir, an unserem Zusammensein, an unserer Liebe.

Wie kann ein Mensch sicher sein, dass er geliebt wird?

Wie will er wissen, dass er selbst liebt?

Ich raffe allen Mut zusammen. „M-Mutter, hast du mich eigentlich je lieb gehabt?"

Die Mutter zuckelt und zischt.

„Mein Kopf ist ganz, M-Mutter. Ja, ich wasche, ich

wische, ich sehe den Schmutz. Die w-wirklichen und die unwirklichen Krümel, ich w-wisch sie weg, nichts soll dich pieken."

„Berta, wat willst du von mich?"

„D-Dat du mich lieb hast, M-Mama!"

Die Mutter ächzt und schweigt. Als denke sie nach. Während ihre Blicke zur Decke wandern. Leise sagt sie: „Du hast die Haare schön."

Jetzt erst schaut die Mutter mich an. Und wiederholt für meine ungläubigen Augen und Ohren, als wolle sie den Satz dort einmeißeln: „Du hast die Haare schön, Kind."

Die jungen und die alten Toten

Mit hochgezogenen Schultern wartet Christel auf der anderen Seite des Gitterportals. Frierend tritt sie auf der Stelle, den staubgrauen Mantel, der ehemals der Mutter gehörte und ihr viel zu weit ist, an den Leib gepresst. In ihren Augen schwimmen Unruhe und Nervosität.

„Mach doch mal voran, Berta! Und du auch, Bubi."

Der Junge zögert und umklammert das gusseiserne Türchen des Gatters mit beiden Händen. Er stößt es von sich fort und zieht es eilig wieder zu sich hin, auf und zu, hin und her, begleitet von rostigen Quietschtönen, die klingen, als wollten sie die Toten jenseits des Tores auf sein Kommen vorbereiten. Misstrauisch belauert er Christels unruhige Füße. „Ich will nicht zu den jungen und alten Toten."

Seine Oma ist eine junge Tote. Das hatte ich ihm auf dem Weg hierher erklärt. Die jungen Toten, sagte ich, müssten sich unter der Erde erst zurechtfinden. Das bräuchte viel Zeit, denn sie müssten sich quasi für die Ewigkeit rüsten, sodass sie unter der Erde alterten.

„Bubi, du warst schon öfter bei der Oma auf dem Friedhof, mach jetzt keinen Zirkus“, beschwört Christel den Jungen und wirft mir böse Blicke zu. „Dat kommt von deinem Gequatsche, Berta. Da kriegt man Angst von.“

„Hast du Angst, Bubi?“

Er schüttelt das braune Haar, steckt aber sicherheitshalber den Zeigefinger in den Mund, wie um im eigenen Körper zu ankern. „Brauchst du auch nicht“, beruhige ich ihn. „Tote sind viel friedlicher als Lebende. Die Oma bläst dir nicht mehr den Marsch, Jungchen.“

„Berta, hör auf“, zischt Christel.

„Womit? Ich mach ja nix.“

„Wie alt sind die alten Toten?“ Bubi nimmt den spuckenassen Finger aus dem Mund und schaut fragend hoch.

„Müssen wir mal gucken. Meistens steht auf den Kreuzen, wann die gestorben sind, dann können wir nachrechnen. Im Grunde geht‘s da unten zu wie hier oben auch: Wer mit dem Leben fertig ist, stirbt; wer mit dem Totsein fertig ist, verschwindet ganz.“

„Berta“, stöhnt Christel, “is et jetzt endlich jut?“

„Wann ist man mit dem Leben fertig“, fragt Bubi.

„Das weiß bloß Gott“, sagt Christel.

„Und wann mit dem Totsein?“

„Ach Herrje“, seufzt Christel. „Dat kann dir egal sein, Bubi. Wenn du tot bist, bist du tot.“

„Muss ich lange in der Erde liegen und …?“

„Guck, wat du anrichtest", raunzt Christel mich an.

„Pass auf, Jungchen", versuche ich einzulenken, „wir gucken uns jetzt die Kreuze an, und dann v-verrat ich dir, wie lange die Toten da unten schon liegen. Ja?"

Bubi zieht eine Grimasse und nickt zögerlich.

„Du musst aber lieb sein, Bubi. Kein Schiete Gebrüll."

Der Kleine nickt couragierter und lässt sich durch das Tor schieben. Christel stöhnt erleichtert. „Dann wollen wir mal." Sie nimmt Bubis rechte Hand, ich seine linke.

„V-Vielleicht können wir die jungen Toten tuscheln hören, Bubi. Wenn du ganz ruhig bist, erzählen sie dir …"

„Red keinen Stuss, Berta. Die Toten können nix erzählen. Auf dem Friedhof sollten die Lebenden auch mal die Gosche halten. Bubi, deine Tante veräppelt dich."

„Erzählen die wat oder erzählen die nix?"

„Doch, die erzählen allerlei, Bubi, aber du musst ganz leise sein und genau hinhören."

„Wat erzählen die?"

„Herrje", jammert Christel, „Berta, du machst den Jungen pratschdoll."

Ich drücke Bubis Hand und nicke ihm verschwörerisch zu. Er stülpt die Lippen nach innen, schweigt eine Weile, schaut mich so gläubig wie ungläubig an und wendet sich dann an Christel. „Hast du Angst, wenn die wat erzählen, die Toten?"

Christel schüttelt verärgert den Kopf: „Quatsch!"

„Ich hab keine Angst", trumpft Bubi auf und erwidert meinen Händedruck.

Ich habe Angst, weil ich traurig bin und weil ich nicht weiter weiß. Früher erfand ich Geschichten gegen die Traurigkeit und das Nichtweiterwissen. Als Trostpflaster.

Als ich klein war, hielt Sophie solche Pflaster bereit. Als sie fort war, musste ich lernen, mich selbst zu verarzten. Später sprang Josef in die Bresche. Er konnte Geschichten erzählen, die mich durch den Tag trugen, als wäre ich leicht wie Luft. Jetzt muss ich die Geschichten zum Leichterwerden wieder selbst erfinden.

Josef ist verschwunden, spurlos wie Sophie. Das Grab der Mutter kann ich besuchen. Von Josef weiß ich nicht, wo er steckt. Ob er überhaupt irgendwo steckt oder schon gestorben ist. Länger als ein halbes Jahr hab ich nichts mehr von ihm gehört. Ich vermute, dass er lebt. Weil kein Toter so still sein kann, wie Josef schweigt.

Ich stelle mir vor, dass die Toten miteinander sprechen. Dass sie Geschichten gegen die Einsamkeit erfinden. Nirgendwo ist man einsamer als in einem Grab. Weshalb die Toten erst verstummen, wenn sie unter der Erde so alt geworden sind, dass sich niemand mehr ihrer erinnert. Weder die Lebenden noch die anderen Toten. Wenn keiner mehr an sie denkt außer Gott, dem die Zeit zum Geschichtenerzählen fehlt, dann holt der Wind die vergessenen Toten nach Hause.

Nachts, wenn nichts als Stille rauscht, weht der Wind die Toten dorthin, wo auch er ausruhen kann. Gott weiß, wo das ist. Und obschon der Wind in dieser Jahreszeit außergewöhnlich mitteilsam ist, verrät er den Ort nicht. Vielleicht liegt er in den Himmeln, in denen ferne Gärten welken? Josef taufte die Monate Oktober und November Rilke-Monate. Beinahe andächtig sprach er die Zeilen:

Die Blätter fallen, fallen wie von weit,
als welkten in den Himmeln ferne Gärten;
sie fallen mit verneinender Gebärde.

Und in den Nächten fällt die schwere Erde
aus allen Sternen in die Einsamkeit.
Wir alle fallen. Diese Hand da fällt.
Und sieh dir andre an: es ist in allen.
Und doch ist Einer, welcher dieses Fallen
unendlich sanft in seinen Händen hält.

Ich werfe meine Angst in die Luft. Der Wind spielt damit, plustert Christels Mantel auf, hebt ihn hoch und raunt unter dem aufgebauschten Zelt: *Wer jetzt kein Haus hat, baut sich keines mehr.* Durch das Gesicht der Schwester hastet Unruhe. Hat sie ein Haus? Baut sie sich eines? Ich habe keines mehr. Ich baue keines mehr. Seit Josef fort ist, novembert es das ganze Jahr. Wenn Christel gefragt wird, wie es ihr geht, antwortet sie: „Muss!" Ich taufe die Monate, seit Josef weg ist, *Mussmonate.* Mein Leben gleicht einem Muss.

Christel betet leise. Laut knirschen ihre Schuhe auf Blättern und Schotterweg. Aus Bubis Hose dringen Angstpupse an mein Ohr. Sie klingen, als würde jemand niesen. Ich muss lachen.

„Das ist nicht komisch", mäkelt Christel, „du erziehst den Jungen völlig verkehrt."

„Ach, s-sei doch nicht so!"

„Wie?"

„Wie Else."

Früher schimmerte Licht in Christels Augen; jetzt schwimmt es. Sanft wie Christels Wesen, dabei aber einem U-Boot ähnelnd, das auf- und wieder abtaucht, um nicht geortet zu werden.

Das wundersame Schwesterntierchen. Rehkitz, so nennt der Vater Christel manchmal, die als einzige Tochter selten

Motte gerufen wird. Zu deren scheuer Schönheit Motten nicht zu passen scheinen.

„Wie gut, dat Else wieder im Haus ist“, spricht das Rehkitz, „Bubi braucht ‘ne strengere Hand.“

„Täusch dich mal nicht.“

„Der braucht die Mutter, Berta.“

„Auf einmal?“

„Wir atmen alle auf, weil Else …“

„Ich nicht.“

„Wie?“

„Du atmest auf. Sonst keiner.“

„Wie?“

Jeder Mensch sammelt Lieblingsworte. Für Christel gibt es kein *Darum* oder ein vergleichbares Wort, mit dem sie der Welt etwas abzutrotzen oder entgegenzusetzen wüsste. Was Bubi schon als Winzling beherrschte, wenn er mit dem Fuß aufstampfte oder mit seinem Schiete Gebrüll die Tonleiter rauf und runter sauste, ist Christel fremd. Sie legt ihr Vermögen in *Wie* an. Ihre Aktie heißt Else. Wie leben ohne Else? Wie mit ihr? Wie in Elses Schatten sichtbar werden? Ohne Else, sagt Christel, fehle ihr doch der Mumm. So einfach sei das.

Else ihrerseits kostet die Rolle, für ihren siamesischen Zwilling den Nabel der Welt zu spielen, hemmungslos aus. Ich vermute, dass sogar die Sonnenstrahlen Elses Erlaubnis benötigen, um Christels Haut erwärmen zu dürfen. Damit die beim Erwärmen gewonnenen Energien im Handumdrehen von Else abgeschöpft werden können.

„Bei dir geht‘s nur um Else.“

„Zieht der Papa auch ein“, will Bubi wissen, „jetzt, wo die Mama wieder da ist?“

„Nein, Junge“, sagt Christel.

„Mit dem Hakenkreuzgedöns und seinem Geschwafel bleibt der auch besser, w-wo er ist“, gebe ich zu bedenken.

„Sacht dat der Josef“, fragt Christel, „oder ist der Kerl ad acta. Hab lang nix mehr gehört von dem. Ich denk, ihr seid verlobt? Den Ring trägste auch nicht mehr.“

„Ich atme trotzdem. Auch ohne Josef.“

„Wie …?“

„Du hältst die Luft an, Christel, wenn Else mal nicht da ist. Und Josef kann wegen Deutschland nicht atmen.“

„*Wie* wegen Deutschland?“

„Er hat gesagt, dass er in Deutschland nicht mehr atmen kann.“

„Hakenkreuzgedöns, Hackenkreuzgedöns …“ Bubi wackelt mit dem Kopf und freut sich.

„Bubi kräh so was nicht so laut inne Gegend rum“, warne ich ihn.“

„Warum nicht?“

„Weil du hören sollst, wat die Erwachsenen sagen“, tönt Christel.

„Wat is en Hakenkreuzgedöns?“

„Dat ist, wenn einer schneller Fahnen schwenken, Heil-Hitler grölen und strammstehen kann als Guten Tag zu wünschen. Wie dein Papa zum Beispiel.“

„Sagen die unter der Erde auch Heil-Hitler …?“

„Da unten geht's um ein anderes Heil, Bubi, das Heil vor Gott“, unterbricht ihn Christel.

„Grüßen die sich mit Heil-Gott?“

„Bubi! Berta!“ Christel schüttelt sich. „Jetzt reicht' s. Dat hier is en Friedhof. Da ist man leise. Haltet jetzt sofort die Schnüss; alle beide!“

Bubi schweigt. Er legt das Gesicht in Falten, als denke er angestrengt nach und spitze die Ohren in Richtung Erde.

Auch ich grüble. Ich glaube nicht mehr daran, dass Hitler und sein Reich wie ein Spuk vorbei sein können, wie Josef anfangs hoffte, bevor er in den Widerstand abtauchte, den ich noch weniger verstehe als den Nationalsozialismus. Josefs Ideen sind ähnlich abstrakt wie das sogenannte Tausendjährige Reich. Warum nicht ein Zweitausendjähriges?

Während Josef, und anfangs hinter vorgehaltener Hand auch mein Vater, Krieg, Willkür und Untergang prophezeiten, hörte und höre ich zunehmend mehr Menschen von einem erstarkten Deutschland schwärmen. Von einem Heimatland, für das zu kämpfen Pflicht und Segen zugleich sei, schallt und hallt es allerorten. In der Kneipe, auf der Straße, in Läden, im Radio und per fetten Lettern aus den Zeitungen.

Ein Volk, ein Reich, ein Führer dröhnt und tönt es aus immer mehr Kehlen. Männer strotzen vor Männlichkeit und werfen sich in die Brust. Voller Stolz, einer Nation anzugehören, die jedem Einzelnen für mindestens tausend Jahre Macht verspricht. Das eint, funkt, federt, euphorisiert, erotisiert, glüht und sprüht.

Auch ich fühle diese Energien, meinen widerspenstigen Leib durchströmen. Es fällt mir schwer, mich alldem zu entziehen. Ich will dazugehören, ich will Teil der Glückseligkeit sein. Die rasante Verwandlung der Menschenmassen und auch die Veränderungen in meinem Kopf verstehe ich nicht. Aber ich kann sie spüren. Nicht annähernd so überwältigend wie Josefs zarte Umarmungen in jenen wunderbaren Momenten, in denen ich nicht mehr hätte sagen können, wo mein Körper endet und der seine beginnt, aber doch verheißungsvoller als mir lieb ist.

Natürlich weiß ich, dass meine mulmigen Zweifel dieser Verheißung gegenüber von Josefs Misstrauen herrühren. Doch sein Widerstand trägt kaum mehr. Wir sind einander fremd und schwer geworden. Zu lange ist Josef fort. Fern wie ein alter Toter. Unterwegs in einer Welt, die ich so wenig verstehe wie das unterirdische Reich der Toten. Wobei ich von den Verstorbenen annehme, dass sie von Gott geborgen werden. Während Josef sich verbirgt. Womöglich an gefahrenvolleren Orten als einem Friedhof.

Josef müsse sich versteckt halten und könne mir nicht einmal schreiben, um mich nicht zu gefährden, verriet mir sein Freund Ewald, als ich verzweifelt nach Josef fahndete und nicht einmal davor zurückschreckte, wie ein aufgescheuchtes Huhn vor der Gründervilla herumzustaksen. Frau Gründer, die vor die Tür trat, behauptete, sie kenne den Aufenthaltsort ihres Sohnes nicht. Ein vornehm-mitleidiges Kopfschütteln erntete ich, begleitet von nervös zuckenden Muttermundwinkeln, die Böses ahnen ließen.

Seither haftet Josefs Protest etwas Unwirkliches an. Als seien seine eindringlichen Warnungen vor Hitler und seinem Volk eingetaucht in jene Abstraktion der Leere, die ich aus politischen Reden kenne. Sie huschen in ein Ohr hinein und zum anderen wieder hinaus. Das geht schneller, als ich denken kann. Die zuständigen Areale im Gehirn schalten auf Durchzug, entschieden, sich herauszuhalten. Josefs Worte irrlichtern zwar noch in mir herum, haben aber immer weniger mit mir zu tun. Kaum mehr als die Propaganda Hitlers und seiner Anhänger.

Das Hitlervolk könnte auch verkünden, dass die Erde neueren Forschungen zufolge nun doch eine Scheibe sei. Es ginge mich nichts an, solange ich nicht fürchten müsste, von der Erdplatte herunterzupurzeln oder von den Volksgenossen hinuntergestoßen zu werden. Womöglich, um gemeinsam mit Juden, Sozialdemokraten, Kommunisten und Homosexuellen auf einem anderen Stern höchst unsanft aufzuprallen.

Aber was habe ich mit denen zu tun? Dass es außerhalb der Bibel Juden gibt, begreife ich erst, seit deren Läden in der Stadt leer stehen. Die Aufforderung, nicht bei Juden zu kaufen, sei nicht nur menschenverachtend, sondern auch noch borniert, wütete Josef vor seinem Verschwinden. Um sich vor der angeblichen Kapitalgier des Weltjudentums zu schützen, meinte er, könnten die braunen Deppen ihren Landsleuten ebenso gut empfehlen, Geld in den eigenen Körperöffnungen verschwinden zu lassen, statt jüdische Kaufleute zu meiden.

Zusätzlich würde er raten, sich Löcher ins kranke Hirn zu bohren, um Erspartes darin zu verbuddeln. „Ich habe nichts Erspartes“, sagte ich, und dass ich Juden nur aus der Ferne kenne. Einer exotischen Ferne, die ebenso fremd anmutet wie der Abstand zu den Protestanten, die ebenfalls in der Stadt leben sollen, und von denen ich aus persönlicher Anschauung nicht einen Einzigen kenne. Auch Sozialdemokraten, Kommunisten und Homosexuelle kenne ich bloß vom Hörensagen. Mag sein, dass ich den einen oder anderen schon mal in der Kneipe sah und ihm beim Weltverbessern lauschte. Mit einem Ohr.

„Papperlapapp, Prost und Feierabend“, kommentierte der Vater das Gerede zum gegebenen Zeitpunkt.

Warum um alles in der Welt muss ausgerechnet Josef für diese Leute kämpfen? Weshalb nicht für uns und unsere Liebe? Reicht dafür seine Kraft nicht? Schiebt er das Land vor, in dem er meint, nicht mehr atmen zu können, weil er mich nicht länger aushält? Er hielt doch selbst die Sitte aus und lachte sogar, wenn sie ihre Überzeugungen kundtat, wonach alle Protestanten im falschen Glauben erzogen werden und woanders beerdigt gehören als ordentliche Katholiken. Sie würden nicht einmal zur Mutter Gottes beten, die Protestanten, echauffierte die Sitte sich. Schallend hatte Josef gelacht und ganz offenbar problemlos geatmet, während mir mehr und mehr die Puste ausgeht.

Mir ist es egal, ob Gott katholisch, evangelisch, jüdisch oder sonst was ist, solange ich mich an ihn wenden und um Brot, Schutz und Liebe bitten darf. In der Hoffnung, dass er mich erhört und sich nicht aus dem Staub macht wie Josef. Des Politischen wegen. Oder aus ärgeren Gründen. Wer weiß, ob Josef nicht vor mir davonlief? Vor meinem Stottern?

Vor dem Grab der Mutter bekreuzigt Christel sich. Bubi kramt eine Handvoll Steine aus der Hosentasche und legt sie neben das Holzkreuz mit der Inschrift:

Hier ruht die Familie Adam Baumgarten.

„Nimm die Steine weg, Bubi. Nur Juden legen Steine auf Gräber. Wo hat der Junge dat schon wieder her?“ Christels Stimme poltert durch die Luft.

„Hast du Geld für Blumen?“, frage ich.

„Schon gut“, lenkt Christel ein. „Lasst uns beten für die Oma. *Im Namen des ...*“

Mit gefalteten Händen und gesenkten Köpfen stimmen Bubi und ich ins Gebet ein.

Ich stehe hinter dem Jungen, als fürchtete ich sein Ausbüxen. Meine Blicke haften an seinem Scheitel. Was nicht verhindern kann, dass ich Christel vor dem Grab der Mutter niederknien sehe. Wie ehemals die Pantoffeln vor dem Bett der Mutter kauerten, als warteten sie nur darauf, dass die Mutter sich ihrer bedient, so kniet Christel vor der Schlafstatt aus brauner Erde.

Ein unterwürfiges Bündel Mensch, aus dem der Geruch von Angst in meine Nase strömt. Er vermischt sich mit dem schwesterlichen Odeur aus Parfüm und Schweiß. Das ist es. Das ist Christels Würze. Zusammengesetzt aus Fleiß und Ergebenheit. Vor der Mutter, vor Else, vor Gott. Das vertraute Aroma vergeblicher Liebesmühen.

Von Mottenduft würde der Vater sprechen. Und mir lachend zuprosten: „Warte nicht, bis du ergrimmt bist. Nimm einen Schnaps, wenn du verstimmt bist.“ Aber ich bin nicht verstimmt. Der Schmerz in meiner Brust verlangt andere Erklärungen.

Ich löse die Hände und streiche Christel sanft übers Haar. „Du musst keine Angst haben.“

„Wie?“ Das schwimmende Licht in Christels Augen flackert hoch.

„Wenn die Mutter Pantoffeln braucht, ruft sie einen Engel. Und Gott der Herr wacht über ihr Geschlurfe.“

Das Frühstück

Fast drei Jahre sind vergangen. Ich träume kaum mehr von Josef und frage mich immer seltener, ob er noch lebt. Manchmal stelle ich mir vor, er käme zurück und würde meine ringlosen Finger mit gerunzelter Stirn betrachten.

Zwischen Versprechen und Halten, klaffen Gründerfalten, würde ich dann sagen. Und die Ringfinger beider Hände lang und länger abspreizen. Vor seinen Augen, die mich früher sanft stimmten und die nun staunen dürften, wie abgebrüht ich sein kann. Und wie kalt.

Tut mir leid, würde ich in seine fragenden Augen hineinhüsteln, tut mir wirklich leid, aber ich musste deinen Verlobungsring und den Brillantring verscherbeln, Josef. Ich musste die Lücken stopfen und deine Ringversprechen eintauschen. Die Leere zwischen deinen Beteuerungen und deinem Verschwinden verlangte das.

In die hohlen Zwischenräume stopfte ich zwei Arbeitskittel aus feinem und grobem Leinen, zwei Paar Schuhe für den werk- und sonntäglichen Gebrauch, zwei Röcke aus leichtem Trevira und strapazierfähigem Gabardine und zum guten Schluss zwei Blusen aus Seide und Baumwolle.

Vom Erwerb der neuen Kaffeemühle würde ich schweigen. Er soll sehen, dass ich alles paarweise bedachte. Bis auf die Mühle, die allein blieb. Denn was soll ich mit zwei Mühlen? Gegebenenfalls könnte ich hinzufügen, dass ich den Rest der kostbaren Ringe verfrühstückt hätte. Mit meinem neuen Liebsten. Dann würde ich ein weiteres Mal vornehm hüsteln und weggehen. Weil ich zu tun hätte.

Dass ich meist mit dem Vater allein frühstücke, müsste

er ja nicht wissen. Und auch nicht, dass tatsächlich ein anderer Mann am Horizont aufgetaucht ist, der ihm ernsthaft Konkurrenz machen könnte. Wenn ich wollte. Ob ich Emils Werben nachgeben soll, was ich gern täte und auch wieder nicht, geht Josef nichts an. Oder? Gilt so ein Verlobungsversprechen über das Verschwinden hinaus? Etwas in mir glaubt daran. Ein anderer Teil von mir ist Josef schon lange nicht mehr treu. Wenn auch bloß gedanklich. Ob der Vater gedankliche Untreue kennt, und ob ich ihn um Rat fragen kann, wenn er zum Frühstück erscheint?

Ich schiebe den neuen Leinenkittel hoch und presse die ebenfalls neue Kaffeemühle mit gerösteten Bohnen zwischen die Oberschenkel. Schon in der Früh ist es so schwül, dass Leinen und Mühle zwischen den Beinen festkleben wollen. Ich atme tief und beuge mich vor. Über die schnurrende Mitte der Mühle lasse ich abwechselnd meinen rechten und linken Arm kurbeln. Bald fühlt es sich an, als folge jeder Arm seiner ureigenen Bestimmung und fände losgelöst von mir den kraftvollen Rhythmus, den die duftenden Bohnen ihm abverlangen.

Meine Lebenskräfte erwachen beim Mahlen. Wenn das Aroma leise knackender Kaffeebohnen die Sinne betört und ich die kleine Schublade der Kaffeemühle leeren kann, um das kostbare Pulver in Tassen zu löffeln und kochend heißes Wasser darüber zu gießen, weitet sich mein Brustkorb vor Freude, und ich möchte singen: *Lobet den Herren, der alles so herrlich regieret ...*

„Schmier mich en Butterbrot, Berta."

Der Vater schlurft in die Küche und greift nach der für ihn bereitgelegten Zeitung. Seit dem Tod der Mutter frühstückt er gern mit mir. Morgens, wenn Christel, Else,

Renate und Bubi das Haus verlassen haben und die Sitte noch in der Kirche betet, setzt er sich zu mir an den Küchentisch. Seine morgendliche Aufforderung *Schmier mich en Butterbrot, Berta*, brummt er in einem bärig tiefen Bass, der mich zuversichtlich stimmt.

Selbst wenn ich nicht einmal Butter auf das Brot schmieren kann und mit den vorhandenen Stullen geizen muss, nährt dieser Vaterbass eine Hoffnung: Als könne ich die aus den Fugen geratene Welt, deretwegen der Vater am Abend und in der Nacht zu viel trinken und lamentieren muss, frühmorgens mit Hilfe eines Butterbrotes wieder zusammensetzen. Ich genieße seine Gegenwart. Ich mag es, wenn er in die Zeitung vertieft den Schnurrbart zwirbelt und das Weltgeschehen erläutert.

„Mach mich heut mal en Butterbrot mehr, Berta. Aber mach flott. Bevor die Sitte wiederkommt und den Knigge und den Papst gleichzeitig mimen tut. Die Kommentare kann ich heut nich verknusern. Da wird et mich flau von. Bei dat schwüle Wetter sowieso. Mich wundert, dat die alte Schabracke die Hitze verträgt, dat die noch so flott is dabei. Bloß bei dir dauert et wieder mal wat lang, Berta. Wat is los? Filterst du den Kaffee etwa?“

„Heut ist doch Montag, Vater.“

Nur an Sonn- und Feiertagen wird das Kaffeepulver gefiltert. An Wochentagen nicht. Schon gar nicht, wenn die Woche erst startet. Noch dazu mit einem ganzen Monat im Gepäck. Montag, 01. August 1938, verzeichnet die für den Kneipenbetrieb abonnierte Tageszeitung.

Frühmorgens durchforstet der Vater deren Überschriften. Entsprechend dem politischen Geschmacksbarometer eines Kneipiers nennt er die Schlagzeilen *Appetitanreger* oder *Appetitverderber*. Vorsichtig und mit spitzen Fingern, um Gebrauchsspuren zu vermeiden, hält er auch an diesem Morgen die Seiten in die Luft. Mitsamt dem dichten Haarkranz, der die Glatze des Vaters im Halbkreis umrundet, taucht der Schädel hinter dem bedruckten Papier auf und ab. Nur der obere Teil der Glatze leuchtet über das raschelnde Panorama hinweg, hinter dem sich ihr Träger verbirgt. Das Sonnenlicht, das durch die offenen Fenster und das milchige Glas der Hintertür in die Küche flutet, tanzt in den Dellen, in denen ehemals Haare wuchsen.

„Gut, dat mal en Windchen weht“, seufzt der Vater.

Ich schlürfe heißen Kaffee und beginne, das Brot zu schneiden. „Willst du Schmalz aufs Brot?“ Der Vater murmelt Unverständliches gegen die papierne Wand.

Kinderlosigkeit ein Scheidungsgrund. Die Schlagzeile springt mir ins Gesicht. Ich lasse das Brotmesser in den Schoß sinken. „Haste dat gelesen?“ Der Vater reagiert nicht. Ich lese vor: „Mit dem neuen Eherecht wird die Ehe an bevölkerungspolitische Ziele gekoppelt .... Wackel nich so. Halt mal still.“

„Warum?“

„Die schreiben: Kinderlosigkeit ist ein Scheidungsgrund.“

„Aha. Dann weiß die deutsche Frau, wat se zu tun hat. Schade, dat der verstorbene Herr Sitte dat nich mehr erleben darf.“

„Der wollte keine Kinder.“

„Nee, aber en Scheidungsgrund mehr, den hätt der gewollt.“

„Warum schmeißt du die Sitte nicht raus? Fehlt dir die Courage?“

Der Vater schielt kurz über den Zeitungsrand.

„Tu mich Schmalz auf dat Brot."

„Ob dir die Courage fehlt?"

„Ich gib dich gleich Courage, Berta. Wat glaubst du, in wat für Zeiten wir leben?"

„Ja, und?"

Stirnrunzelnd, über den Brillenrand und die Zeitung hinweglinsend, fragt der Vater: „Weißt du, ob die uns nich anschwärzen tut, die scheinheilige Kuh? Gestern noch hat die mich gefragt, ob ich Juden Bier ausschenken tu."

„Tuste?"

„Berta, ich bin Gastwirt. Da musste Geld verdienen und gleichzeitig aufpassen wie en Luchs. Dat is en gefährliches Gewerbe. Ich hab dir dat schon tausendmal erklärt. Am besten ist: Du hörst nix, du siehst nix und du sachst auch nix. Jedenfalls tuste so, als ob du nix merken tätest. Wie wenn du blöd wärst. Dabei musste alles genau mitkriegen und achtgeben, wat so geredet wird. Heutzutage will dir ja jeder wat anhängen oder weismachen. Manche sogar beides. Selbst die Zeitungen lügen, dat sich die Balken biegen. Da wird die Wahrheit verbogen, dat et einem innet Gehirn knirschen tut. Falls man eins hat. Die Sitte hat kein Gehirn. Allenfalls Balken vorm Kopp, die hat die. Die glaubt, wat inne Zeitung steht. Dat et mit uns steil bergauf geht, dat glaubt die. Österreich gehört uns nu auch. Les ich hier gerade. Der Berg ruft. Ha. Da wird dein Schwager, der Hurradeutsche, ja jodeln vor Freude. Dat passt dem in den Kram, genauso wie der Sitte. Tu ordentlich wat drauf, auf dat Brot, Berta. Wenn die Opern hier gleich losgehen, da brauch ich wat im Bauch."

„Wat für Opern?"

„Dein Schwager will hier aufräumen kommen. Dat hat der angekündigt gestern Abend. Haste nich gehört, wie der hier rumgebellt hat? Mein lieber Scholli!“

„In der Oper wird nicht gebellt.“

„Watte nich sachst. Als ob du schon mal drin gewesen wärst. Ich glaub et dich. Vor allem glaub ich, dat du wat anne Ohren hast. Oder war der Jung wieder da? Datte nix mitkriegen tust vonne Welt? Fang bloß dat Tranfunseln und die Träumerei nich wieder an. Et war ja wat besser geworden.“

„Wat für ‘nen Jung meinst du?“

„Tu nich so unschuldig. Dat sieht en Blinder mit dem Krückstock, dat dat windige Schneiderlein bei dir Gefallen findet. Du flatterst ja erum, als hätteste Flügel, wenn der Kerl zur Tür reinkommt. Is der schon Gesell? Wie alt ist der überhaupt?“

„Emil? Der ist schon lange Gesell und nur zwei Jahre älter als ich. Und windig ist der nicht.“

„Dat wollen wir mal hoffen. Für dich wird et nämlich allmählich Zeit, wenn du Mutter werden willst, Kind. Nich, dat aus dir so ‘ne Betschwester wird, wie unser Lenchen eine geworden is. Oder schlimmer noch, wie dat wandelnde Gebetbuch, wat hier herumkraucht. Seit de Josef so mir-nix-dir-nix verduftet is, mach ich mich ernsthaft Sorgen. Sach, haste noch mal wat von dem gehört?“

„Nee.“

„Siehste, so geht dat. Da turtelst du rum, als wärste schon verheiratet, husch, is der Tuppes fott. Wat en Glück, dat de Schlawiner dir keinen dicken Bauch gemacht hat. Wie der Herr Textilunternehmer dem Else, der Held.“

„Den n-nennst du Held?“

„Dat glaubt der von sich, dat der en Held is. En Frauenheld. En deutscher Held. Und dat der Ordnung schaffen müsst bei uns. Für klare Verhältnisse sorgen."

„Wieso?"

„Den Bubi will er mitnehmen, hat er gemeint. Drum fängt dat Christel extra später mit der Schicht an, um den Jungen inne Schule abzuliefern. Sonst krallt sich der Drecksack den Bengel womöglich noch vorm Unterricht. Und wie ich Bubi kenn, rennt der brav hinter seinem Vater her. Geschrei und Palaver macht der nur hier. Bei euch Weibern. Wenn du mich fragst."

Aber ich frage nicht. Mit schreckgeweiteten Augen starre ich die Zeitung an, hinter welcher der Vater unbeirrt weiter schimpft.

„Inne Mittagspause will dat Christel losrennen, um den Jung von der Schul wieder abzuholen. Als ob dat wat nützen tät. Und wenn, für wie lang? Dat Else selbst will vorerst nich über Land fahren und inne Näh bleiben, hat et gemeint. Wobei et jetzt schon wieder bei dem Macker im Büro malocht. Et meint, et könnt dem Kerl verständlich machen, dat de Jung zur Mutter gehört. Ja, da wird doch der Hund in der Pfanne verrückt. Wenn unser Else ehrlich wär, tät et zugeben, dat et den Bubi liebend gern quitt wär. Aber unser Else belügt sich selbst. Wer kümmert sich denn um den verzogenen Lümmel? Doch bloß dat Christel und du. Sonst keiner. Else kriegt Plack, wenn et den bloß sehen tut, den Wibbelstetz. Drum rennt dat auch in dat Büro. Oder meinste, dat bildet sich ein, et könnt noch wat retten? Bezahlen tut der Halunke sowieso nix. Selbst die neue Schickse arbeitet so gut wie für umsonst bei dem."

„Ich k-k …"

„Du hältst dich da fein raus. Dat Renate kannste bemuttern. Da haste genug zu tun. Wenn dat Else im Brass is, und dat Frauenzimmer is immer im Brass, kannste dich um dat Mädchen kümmern. Von et Renate will der feine Herr nämlich nix wissen. Weil et Renate en Mama-Kind is. Mama hier, Mama da. Dat verträgt der Held nicht. Um et Renate dürfen wir uns kümmern."

Kaum hörbar klopft jemand an die Hintertür. Aus den Augenwinkeln erkenne ich die Umrisse einer Gestalt. Der Vater lässt die Zeitung sinken und verstummt. Ich drehe mich um. Die unverschlossene Tür gleitet, wie von unsichtbarer Hand bewegt, leise tiefer in den Raum.

Der Hinterhof breitet sich vor meinen Augen aus, von liegen gebliebener Arbeit voll. Wie geschaffen für alte Bierfässer, leere Flaschen und aus der Zeit gefallene Menschen liegt er da, der Gestalt zu Füßen, die bewegungslos dasteht und wartet. Als wolle sie mit der Hinterhoflandschaft verschmelzen.

Sacht spielt der Wind mit ihren Haaren und Kleidern. Woher kenne ich den sanften Blick, die freundlichen Augen? Auf meinen Unterarmen richten sich feine Härchen auf, als ich den Klang der Stimme vernehme, die meinen Namen ausspricht wie eine Liebkosung.

Hinter meinem Rücken bewegt sich der Vater. Etwas knirscht. Die Zeitung raschelt. Kurz darauf ertönt das Ratschen eines Schwefelkopfes, der über die Reibfläche einer Streichholzschachtel gezogen wird. Zischend flammt das Zündholz auf. Rauch zieht in die Stille. Das Licht flimmert. In meinen Lungenflügeln sitzen geballte Fäuste.

Abrupt schiebt der Vater den Tisch von sich und steht auf. Als könne er stehend der Anspannung Herr werden.

Der schwere Ascher poltert zu Boden. Ein dumpfer Aufprall auf den Dielen. Dann steht der Vater neben meinem Stuhl. Mit einer Hand umklammert er die Lehne, während seine Zigarette in der anderen Hand Rhythmen in die Luft zeichnet. Wie um das Herz neu zu takten. Seine Brust hebt und senkt sich. Bis er Worte findet, die eher nach mir als nach ihm klingen:

„W-W-Wie? S-S-Sophie? Bist du dat? Nich, dat ich auf meine alten Tage, nee, ich glaub dat nich, noch Halluzinationen …? Ja, bin ich jeck? Wer ist dat? Dat Sophie? Berta, koch Kaffee! Aber richtigen Kaffee, keine Plörre. Wenn dat die Mutter … Kind, die Mutter … Ach, komm erst mal erein, Sophiekind, kannste auch erausgucken. Bevor ich hier mit euch Opern singen tu. Ja, hast du Töne? Da steht dat Sophie! Berta, hör dat Wimmern auf! Du auch, Sophie! Ich krieg dat arme Dier von sonne Hinterhofopern. Berta, hol deinem alten Vater 'nen Schnaps, 'nen doppelten. Dat Sophie is wieder da. Kind, nu komm aber erein!"

Vorsichtig nähert sich die Gestalt dem Vater, der seinerseits mit tapsigen Schritten zur Tür wankt. Während ich auf meinem Stuhl kauere und zittere. Ich schwitze, ich friere, ich muss Pippi. Der Wasserdruck pulsiert, besonders im Kopf. Ich kenne das: Sturmwarnung auf hoher See. Ich muss die Segel setzen. Ich werde hinsegeln. Jetzt nicht über Bord gehen, nicht der Länge nach, bitte nicht jetzt! Ich kneife die Pobacken zusammen und presse den Leib gegen das Holz des Stuhls. Das Wasser schwillt an. Bis es durch alle Poren der Haut hinausdrängt. Durch mich hindurch quillt es in den Kittel und rinnt an den Beinen hinab. Freude, Angst und Schmerz fließen in die Tiefe.

Der Vater packt die Gestalt an den Schultern und schüttelt sie wie ein feuchtes Wäschestück, das er für Sophie hält. Bis auf das sanfte Augenleuchten erkenne ich die Schwester nicht wieder, die ich einst liebte. Von der ich geliebt wurde. Vor unendlich langer Zeit.

Ich möchte fragen: Wer ist das, Vater? Da segle ich schon. Und hoffe noch, ich könnte vortäuschen, dass ich mich bloß bücke nach dem mit Pippi besprenkelten Aschenbecher. Doch ich komme zu Fall. Lang und länger schlage ich in die Lache. Ich weine und möchte mich hinter dem Ascher verstecken, der bei mir liegt, als sei er ein Geschenk der Erdanziehung. Als könne er verhindern, dass ich ertrinke. Fast bin ich bereit, mich dem unendlichen Ozean anzuvertrauen, der mich nur noch einmal von Bubi trennen wird und dann nie wieder. Nie wieder getrennt werden, weder von Bubi, noch von Josef. Und auch nicht von Sophie. Ich sinke und sinke.

Und doch ist da etwas, das mich hält. Ist das Emils Arm, der mich am Abtauchen hindert? Seine Stimme, die beteuert, dass er bereit sei, mit mir zu gehen? Zur Not auch durch den Ozean. Obschon er nicht schwimmen könne. Weshalb es besser sei, an Land zu bleiben. Ja, er sei es, Emil, der mich heiraten und zur Mutter machen wolle. Wozu es höchste Zeit werde. Ihm dies zu verwehren, wäre traurig und könne überdies zur Scheidung führen. So seien nun mal die Gesetze. Das habe ich doch selbst in der Zeitung gelesen, soeben noch. Jammerschade sei das, wenn wir geschieden werden müssten, ohne jemals verheiratet gewesen zu sein.

Typisch Emil, denke ich. Beim Zurücksegeln zu ihm und seiner ansteckenden Lust am Leben. Schon dringt die

Stimme des Vaters wieder an mein Ohr. Ich höre ihn grüne Neunen beschwören. Gebete raunend hantiert die Sitte am Herd. Kann die schon zurück sein aus der Kirche? Wie lange habe ich gelegen? Es riecht nach Zigaretten, Kaffee, Pippi und Mottenpulver. Ich spüre zitternden Atem um mich wehen.

Einen winzigen Spalt die Augen öffnend, sehe ich die Gestalt auf den Knien rutschen und einen Lappen wringen. Eine hagere Frau. Mit einer Frisur wie ein von der Bachstelze verlassenes Nest. Das soll Sophie sein? Bleiben Augen jung, wenn Gesichter altern? Und verraten Sophies leuchtende Jungmädchenaugen mehr über ihr eigentliches Wesen als der knochige, faltige Rest? Sophie ist kaum älter als Josef, aber um Jahrzehnte zerknitterter. Was muss sie in achtzehn Jahren Abwesenheit erlebt haben?

Doch zum Nachdenken bleibt keine Zeit. Im nächsten Augenblick entdecke ich Hans, den Textilunternehmer, der in der Durchgangstür zur Kneipe lauert. Wie von der Tarantel gestochen springe ich hoch.

„W-Wo ist Bubi?"

Der nassklamme Kittel klebt zwischen meinen Schenkeln. Mit klebrigfeuchten Fingern zupfe ich an ihm herum. Grinsend steuert Hans auf mich zu.

„Dat ist hohe Schauspielkunst oder fortgeschrittener Irrsinn, wenn ihr mich fragt."

„Dich fragt keiner", sagt Sophie und erhebt sich. Mehr noch als ihr Atem zittert ihre Stimme. Erstaunt registriere ich, dass sie den Textilunternehmer duzt. Kennt sie ihn?

„W-W …"

„Dat Frauenzimmer gehört in die Klapse. Jedenfalls wird so ein Weibsbild nicht weiter meinen Sohn …"

„Wo ist Bubi?", schreie ich.

Grinsend lässt Hans einen Zeigefinger an der Schläfe kreiseln. Um kurz darauf eine Verneigung anzudeuten. „Guten Morgen, Fräulein Berta. Hatten wir ‘ne angenehme Ohnmacht?"

„W-W-W ..." Mein Stottern erstickt. Es ist, als schrumpfte ich vor der aufgebläht breiten Brust des Schwagers auf die Größe des Parteibuches zusammen, das der Mann seine Bibel nennt. Seit seinem Beitritt in die NSDAP floriert und expandiert die Textilfirma. Was zur Folge zu haben scheint, dass der Kerl auch ohne seine mit Auszeichnungen dekorierte Parteiuniform herumstolziert, als sei er mit Orden übersät. Selbst in dem leichten Sommerhemd, das er offen trägt, wirkt er uniformiert. Sein breiter, von barschen Imperativen geprägter Dialekt klingt wie mehrfach durchgemangelt und in breite Längen gewalkt. Herausgekommen ist ein aalglattes Hochdeutsch.

„Ich empfehle mich, mein Fräulein. Heute Mittag werde ich daselbst wiedererscheinen und meinen Sohn aus Ihren Fuchteln befreien. Bitte, richten Sie in der Zwischenzeit sein Gepäck! Die Mittagsmahlzeit nimmt der Junge in meinem Hause ein, wo er fortan leben und zu einem deutschen Mann erzogen werden wird. Verschonen Sie ihn künftig mit Ihrer Affenliebe und halten Sie unbedingten Abstand."

Drohend erhebt er den rechten Zeigefinger.

„Seien Sie gewarnt, gnädiges Fräulein. Für den Fall, dass Sie und Ihresgleichen sich meiner höflichen Bitte widersetzen sollten, werde ich mit dem Bezirksleiter meiner Partei hier erscheinen. Als stellvertretender Gauleiter ist dieser befugt, Recht und Ordnung an Ort und

Stelle zu vollstrecken. Dass ich wegen Ihres weibischen Getues, dem affigen Gezänk Ihrer Schwestern und dem depperten Lallen Ihres stets betrunkenen Vaters den hohen Herrn Stellvertretenden Gauleiter herbeizitieren genötigt bin, der wahrlich Besseres zu tun hat, als irren Theateraufführungen beizuwohnen, sollte Ihnen zu denken geben. Heil Hitler, die Herrschaften!"

Für Bruchteile von Sekunden versteift der Schwager den Rücken, schlägt die Hacken zusammen und reißt den rechten Arm pfeilschnell in die Höhe. Dann wendet er sich ab, verstaut beide Hände in den Hosentaschen und schlendert, ein Lied pfeifend, durch die Kneipe zur Ausgangstür.

„Hans", ruft Sophie in seinen Rücken. „Was hast du Berta gesagt? Was weiß sie?"

In der Tür dreht Hans sich noch einmal um. „Nichts hab ich gesagt. Was sollte ich denn sagen?"

„W-W-W … s-s-s-s …"

Ich stammle Buchstaben aus Rotz und Wasser. Zum ersten Mal wende ich mich direkt an Sophie. „S-S …"

Mit abgewandtem Blick erläutert sie: „Als die Mutter mich hinauswarf, war ich schwanger. Das weißt du, Berta. Mein Sohn Bert ist jetzt achtzehn Jahre alt. Hans ist sein Vater!"

Die Botschaft durchschreitet den Raum mit gewetzten Messern. Der Vater zieht die Schultern hoch und den Brustkorb ein. Als befürchte er Einstiche. Nach Worten ringend, knallt er eine Tasse auf den Tisch, die die Fassungslosigkeit seiner Stimme übertönt: „Mein lieber Herr Gesangsverein. Da weiß ja nich mal ich wat davon."

Offenen Mundes bekreuzigt sich die Sitte. Die Farben ihrer Haut, vor allem an Hals, Nase und Ohren, tauschen sich erregt aus. Ein Gelb, das an die Wasserlache erinnert, in der ich eben noch schwamm, korrespondiert mit roten Pusteln, wie sie entstehen, wenn man sich kopfüber in die Brennnesseln schmeißt. Mir ist, als fände ich mich als Zuschauerin in einem Drama wieder, dessen Sinn und Zusammenhang ich nicht verstehe, während ein irre gewordener Dramaturg mich obendrein verpflichtet, neben der Zuschauerrolle auch noch eine der Hauptrollen zu übernehmen.

Die Kneipentür fällt ins Schloss. Der Textilunternehmer hat die Bühne verlassen. Sophie schnappt nach Luft und fährt fort, sich zu erklären. Fassungslos und wie hypnotisiert hänge ich an ihren Lippen.

„Ich durfte nichts sagen. Mutter hatte es verboten. Ich weiß nicht, warum sie dir nichts gesagt hat, Vater. Sie wusste ja Bescheid, von Anfang an. Als Else mit Renate schwanger war und ich hörte, dass sie und Hans heiraten wollen, hab ich ihr geschrieben, Else und der Mutter hab ich geschrieben. Mehr als einmal. Hans selbst hat mich informiert, dass auch Else von ihm schwanger ist."

Leiser werdend erzählt Sophie weiter.

„Der Kontakt ist nie ganz abgebrochen zwischen Hans und mir. Es ist nicht leicht, ein Kind allein großzuziehen. Da nimmst du jede Hilfe an. Ich musste ihn oft bitten, mir aus der Patsche zu helfen. Er sagte dann immer, es käme auf die Patsche an. Geld hätte er auch keins. Vielleicht wollte ich auch, dass Bert einen Vater hat, der für ihn da ist, wenigstens manchmal. Wir waren oft in Not. Das Geld, das ich verdiente, reichte vorn und hinten nicht. Hans hat schon mal Textilien gebracht, die ich verkaufen konnte. Mitunter auch ‘ne Wurst oder ein Stück Schokolade für den Jungen. Jedenfalls nach der Zeit im Heim. Die Heimstätte war eine Dependance des Klosters, in dem Lene lebt. Sie hat mich dahin vermittelt."

Der Vater hebt einen Arm, als wolle er Sophie Einhalt gebieten. Sie ignoriert die Geste.

„Aus dem Heim hat Hans mich abgeholt, als ich volljährig war, und mich nach Essen gebracht, wo ich mal bei Antonia und mal bei Josefine unterkam. Bis ich eine eigene Wohnung fand. Bert hat es an nichts gemangelt. Obschon er keinen Vater hatte. Und keine Oma. Und keinen Opa. Ich hab euch oft geschrieben. Aber irgendwann hab ich resigniert. Spätestens, als die Mutter den Hans der Else schmackhaft machte. Lene berichtete mir, dass die Mutter Hans als Unternehmer und guten Ehemann anpries, statt wenigstens zu schweigen. Sie hat Lene und Antonia auch gesagt, dass ich nie mehr nach Hause kommen bräuchte. Ich solle ihr nie mehr unter die Augen treten. Das hat sie wiederholt Antonia aufgetischt, die zu vermitteln versuchte. Ich hätte kein Zuhause mehr, sagte sie. Dass Hans gelogen hat und die Vaterschaft anzweifelte, weil er feige war, das hat sie nicht verstehen wollen, die Mutter. Ich versteh es ja selbst nicht. Jetzt, wo sie so lange schon unter der Erde …"

„Sei still! Du bist ja bekloppt! Wieso weiß ich von nix?" Wütend fällt der Vater Sophie ins Wort und tritt gegen den Tisch: „Vielweiberei. Sodom und Gomorra. Davon versteht ihr ja offenbar alle wat. Vor allem der Nazirüpel. Von en Rechnung hat der wat gefaselt, der Drecksack, vorhin als der kam. So ganz nebenbei. Auch dat noch. Für en Sommerfest, dat der hier abgehalten hat. Mit seiner Nazi-Mischpoke. Wo is der Wisch?"

Die Sitte sichtet den Schrieb auf dem Küchenschrank, überreicht ihn dem Vater, segnet sich mit Spucke und verzieht sich in die oberen Gemächer. „Ich bin malade."

Zornesrot im Gesicht sucht der Vater seine Brille, die vor ihm auf dem Tisch liegt. „Berta", schnaubt er, „hol mich de Brill und nen doppelten Korn."

An meiner Stelle überreicht Sophie ihm die Brille. Danach steuert sie, als sei sie nie fortgewesen, in die Kneipe, um mit geübten Handgriffen ein Schnapsglas zu füllen. Mühsam, aber laut dröhnend, liest der Vater aus dem maschinengetippten Wisch vor:

„Speisen und Getränke für die Musikanten hat der Gastwirt Adam Baumgarten zu zahlen.

Ferner hat der Gastwirt Adam Baumgarten, da er die Wirtschaft bei Tag und auch abends daselbst allein übernimmt, RM 550,-- zu zahlen.

Vorgelesen und unterschrieben: Adam Baumgarten, Gastwirt, den 11. Juli 1938.

Verdammich, wo hat die Saubacke die Unterschrift her? Die is gefälscht. Ja, spinnt der? Wat denkt der sich? Dat ich besoffen bin? Ja, dat denkt der. Von wegen. Nix bezahl ich. Gar nix. Keine müde Mark. Für die drei Lieder, schief und schräg gespielt. Bin ich meschugge? Der mit dem Schifferklavier, der war schon voll wie 'ne Haubitze, als der hier ankam. Jetzt reicht et. Geh dich waschen, Berta, und zieh 'nen sauberen Kittel an. Dann machste mich noch en Butterbrot. Und wir, Sophie, wir sprechen uns noch!"

Das Handelsabkommen

Es geht voran, sagen die Leute. Oder auch, *das Leben geht weiter*. Derzeit höre ich solche Sätze so oft aus Mündern tropfen, dass ich an eine leck gewordene Leitung denken muss, aus der Banalitäten triefen. So unablässig, dass ich gelegentlich argwöhne, das Leben selbst habe damit gedroht, stillzustehen. Sprechen sich Menschen auf diese Weise Mut zu?

Das Leben kilometert tatsächlich auffällig eilig voran, es hetzt geradezu. Zeit und Mut zum Denken drohen auf der Strecke zu bleiben. Ich laufe mit. Ich denke nicht. Allenfalls denkt Josef in mir. Gelegentlich zumindest, wenn er sich mokiert, dass das Leben Soldatenstiefel trägt, beim Luftholen die Hacken zusammenschlägt, Hakenkreuzfahnen schwenkt und Lieder grölt, statt sie zu singen. Wie Bubi, der beim letzten von seinem Vater strengstens verbotenen Besuch noch auf dem Klo ein Fähnchen hisste und losschmetterte: *„Die Fahne hoch, die Reihen fest geschlossen ...“*

Was das Leben andernorts wohl veranstaltet? Im Untergrund beispielsweise, wo die Widerständler ihr Unwesen treiben? Manchmal muss ich an Josef denken. Wenn ich den Vater beim Bierzapfen vertrete, und die Männer an der Theke über Volksfeinde, Vaterlandsverräter und Bolschewiken schimpfen, rätsle ich herum, was mit ihm geschehen sein mag.

Bei den Bolschewiken muss es sich um ein furchterregendes Pack handeln, das den Beschreibungen zufolge nur entfernte Ähnlichkeit mit Menschen haben kann. Ähnelt

Josef noch dem Mann, den ich liebte? Setzt ihm das Leben übel zu? Tritt es ihn mit Stiefeln? Und was macht es mit den Juden, die aus geplünderten Läden und Wohnungen flohen? Irgendwohin. Von den übrig gebliebenen, verängstigt durch die Straßen huschenden Gestalten munkelt man, sie würden weggeschafft. Wohin? In ein judensterngeschmücktes Niemandsland?

Immer mehr Kriegsveteranen aus dem Ersten Weltkrieg, kaum jünger als der Vater, werden in ein Militärlager nahe der polnischen Grenze eingezogen. Ob sie, Josef oder die Juden, darben oder sogar sterben müssen, darüber schweigt das Leben.

Anders als Gevatter Hein, von dem erzählt wird, er rufe die Leute zu sich. Den Vater soll er sogar zu sich gewunken haben. Gelb im Gesicht, ausgemergelt und mit angeschwollenem Bauch, musste Sophie ihn vergangene Woche ins Krankenhaus bringen. Zuvor hatte er wochenlang über Übelkeit geklagt. Seine Leber spiele verrückt, erklärte er mir. Doch habe er dem Hein ein Handelsabkommen abringen können.

„Hein“, habe der Vater mit fester Stimme in die Dunkelheit gerufen, denn schließlich verlange der Tod Mumm. Mit Weicheiern verhandle der nicht; die schicke der auf direktem Weg in die Walachei. Aber ihm, Adam, dem erfahrenen Kriegsveteranen und seiner stimmstarken Manneskraft habe der Hein zugehört, ja, sogar aufmerksam gelauscht.

„Pass ens op, Hein“, habe der Vater gesagt, und den Hein ganz selbstverständlich geduzt. Nicht weil er despektierlich habe sein wollen, sondern weil es sich so einfacher und auf Augenhöhe miteinander verhandeln ließe. „Stoß mit mich an, Hein“, habe er gesagt, „mach ens en Päusken, Jung. Und wenn et dich schmecken tut, nix für ungut, da lass ich mich nich lumpen, da krieste bei mich auf Lebzeiten Freibier. Wenne genug von dat leckere Bier geschlabbert hast, wat dauern kann, können wir zwei immer noch übern Jordan gondeln. In aller Ruhe. Überleg dich dat, mein Freund. Dat is wirklich kein schlechtes Geschäft für dich. Wat meinste?“

„Is jut“, hätte der Hein geantwortet.

Um das Handelsabkommen des Vaters mit Gevatter Hein einzuhalten, achte ich sorgfältig darauf, dass jederzeit ein frisch gezapftes Pils bereitsteht. Ich verberge es vor neugierigen Blicken und ungerechtfertigtem Zugriff seitlich unterhalb des Tresens. Sollte der Hein hereinschneien, bin ich gerüstet. Nur in der Nacht lasse ich das Bier in sich zusammenfallen und schal werden.

Die meisten Menschen, hatte der Vater behauptet, würden im Schlaf das Zeitliche segnen. Infolgedessen sei der Hein nachts vollbeschäftigt. Zwar könne sich das in Kriegszeiten rasch ändern, weil die Männer rund um die Uhr krepieren würden wie Schlachtvieh, sodass der Hein auch tagsüber schwer malochen müsse, doch sei das für das Handelsabkommen von Vorteil. Weil ich keine Sorge haben brauche, dass der Hein zu viel trinke. Außerdem kenne der Kerl die Öffnungszeiten der Kneipe. Mitnichten sei der Hein ein Trunkenbold, der mitten in der Nacht gegen verrammelte Kneipentüren poltere. Lärmen täte das Leben, nicht der Tod. Das dürfe ich meinem alten Vater glauben.

An diese Worte denke ich oft. Wenn ich anstelle des Vaters hinter dem Tresen stehe und Bier zapfe. Dass der

Tod die Ruhe kennt, während das Leben nicht pausiert. Mal trägt es Soldatenstiefel, mal tippelt es mit Christel auf schiefen Absätzen durch die Gegend; zur selben Zeit salutiert es bei Aufmärschen in verschiedenen Straßen und Orten. Ein Hansdampf in allen Gassen. Ein zeitlicher und überörtlicher Tausendsassa.

In China, wo gelegentlich ein Sack Reis umfallen soll, hansdampft das Leben auf Chinesisch. Während ich stottere, fällt dort ein Sack um. Das behauptete die Mutter früher oft, um klarzustellen, dass mein Gestammel so interessant ist wie ein am anderen Ende der Welt umplumpsender Reissack. Jüngst, als ich von Emil, meinem neuen Liebsten, wissen wollte, wie wichtig ich ihm bin, hatte der geantwortet, ich sei ihm das Wichtigste auf der Welt. Ich blinzelte die Tränen weg. Trotzdem rutschte die Frage wie von selbst aus mir heraus: „Wichtiger als ein Sack Reis?"

„Ja", hatte Emil geantwortet und keine Miene verzogen. Als handele es sich um eine völlig normale Frage, fügte er hinzu: „Selbst, wenn ich Hunger leiden müsste."

Jetzt steht Emil mit mir hinter dem Tresen. Es ist spät. Ich spüle, er trocknet und poliert die Gläser. Wenn sie seinem prüfenden Blick nicht standhalten, stellt er sie ganz selbstverständlich ins Spülwasser zurück. Die Kippe zwischen seinen Lippen, die er so wenig wie die zu Boden fallende Asche bemerkt, bildet einen wohltuenden Kontrast zu seinem Ordnungssinn, der mir penibel vorkommt. Ich fürchte mich vor akkuraten Menschen. Aber Furcht, behauptete Emil jüngst, sei einer meiner vertrautesten inneren Begleiter; das sei ihm über mich klar geworden. „Ach Herrje", sagte ich.

Wenige Meter von uns entfernt umlagern drei Männer

einen kleinen Tisch, auf den sie Skatkarten kloppen. Rauch umdunstet die Köpfe, ganze Schwaden hängen im Raum und bilden eine Nebelwand. Ich starre hinein und überlege, ob man mit dem Leben ein Abkommen wie mit Freund Hein aushandeln könne. Eine Art Stillhalteabkommen im Sinne einer vorübergehenden Schonung. Zum Ausruhen sozusagen. Aber mit wem verhandelt man da? Mit Gott? Ist der nicht Herr über Leben *und* Tod? Christus ist schon lange tot. Und so schweigsam wie Gott selbst.

„Betest du manchmal?“, frage ich Emil, der das Gläserblankputzen unterbricht und die Kippe aus den Mundwinkeln entfernt, um sie im Aschenbecher auszudrücken.

„Selten, Berta. Ich bin Atheist.“

„Wieso betest du dann?“

„Ich bin halt ein gläubiger Atheist.“

„Wie geht das?“

„Das geht, wenn einem klar wird, dass man klein ist, kleiner als klein, weniger als ein Furz in der Geschichte.“

„Hast du auch manchmal Angst?“

„Männer haben keine Angst.“ Emil verzieht den Mund zu einem schiefen Grinsen und fügt hinzu: „Na ja, manchmal schon, aber nur ein bisschen.“

„Dann betest du aus Angst?“

Er runzelt die Stirn. „Ich würde eher von Respekt sprechen. Es gibt etwas, das ist größer als alles, was wir uns vorstellen können. Womöglich auch kleiner. Unvorstellbar eben, nicht messbar, nicht fassbar, nicht darstellbar. Den Hokuspokus, den uns die Pfaffen lehren, glaub ich nicht.“

„Ich hab dir v-von dem Handelsabkommen erzählt, das der V-Vater …“

„Ja?“

„Kann man mit dem Leben verhandeln wie der Vater mit dem Tod?“

Emil zündet eine neue Zigarette an, die er mit zusammengekniffenen Augen zwischen dem rechten und linken Mundwinkel hin und herschiebt. Eine Weile starrt er mich an. Dann spuckt er Zigarettenkrümel auf den Boden und sagt nachdenklich: „Was gibt’s denn zu verhandeln?“

„Das verrat ich dir, w-w-wenn du mir sagst, an wen ich mich wenden kann.“

Emil schnappt sich das Gläsertuch, um seine Arbeit wieder aufzunehmen. „Du könntest das Leben direkt ansprechen“, grinst er.

„W-Wie denn? Liebes Leben …?“

„Zum Beispiel.“

„Woher weiß das Leben, wer ich bin?“

„Es kennt sich aus.“

Ein Mann in übel riechender Kleidung betritt die Kneipe, bestellt ein Alt und setzt sich zu den Skatspielern.

Emil rümpft die Nase. „Ich übernehme“, sagt er dann und wirft das Handtuch über meine Schulter. Die Kippe in seinem Mund wippt auf und ab, während er nach einem sauberen Glas greift und zu zapfen beginnt. Durch die Nasenlöcher stößt er Qualm, legt die Zigarette in den Ascher, zwinkert mir zu und serviert dem Gast das Gewünschte. Hinter dem Rücken eines Mannes verweilt er und schielt in die verdeckt gehaltenen Karten. Emil mag Kartenspiele und fachsimpelt gern. Schweigend betrachtet er das Spiel der Männer.

Seit Sophie wieder da ist und erst recht seit der Vater im Krankenhaus liegt, frage ich mich, ob und wann die beiden mich verlassen werden. Das Leben hat mich gelehrt, dass Menschen, die ich liebe, jederzeit verschwinden können. Spurlos und von jetzt auf gleich. Wenn ich Sophie danach frage, lächelt sie und versucht, mich zu beruhigen. Doch ihre Augen bleiben traurig.

In unbeobachteten Momenten wirkt Sophie oft trostlos und klein. Dabei kenne ich niemanden, der erwachsener und fleißiger wäre als Sophie. In der Küche braucht sie mich selten. Und wenn die Kneipe sich füllt, arbeitet sie hier wie dort flink wie ein Wiesel. Meist ist sie freundlich und auf eine Weise still, die schwer wiegt. Das habe das Leben ihr beigebracht, sagt sie.

Bedächtig schlendert Emil durch die Rauchschwaden zu mir zurück. Er versucht, mich zu umarmen, aber ich weiche aus. „Du sagst mir ja nicht, an wen ich mich wenden kann."

„Genug jetzt, Berta", sagt Emil streng, lenkt aber sofort ein, als er mein erschrecktes Gesicht sieht. „Wende dich an mich oder an dich selbst. Wir leben. Wir sind Teil des Lebens …"

„Aha", unterbreche ich ihn. „Ich fürchtete, das Leben sei ein General und ich ein S-Sack Reis."

Emil legt die Stirn in Falten und verstummt. Ich vermute, dass er auch hinter der Stirn blond sein muss. Alles an ihm ist blond, licht und freundlich. Sein nach hinten gekämmtes Haar glänzt ohne Pomade. Manchmal ist mir, als müsse ich ihn dämpfen oder verdunkeln. Damit er sich weniger abhebt von meinem fleckigen Gemüt.

Ein andermal entferne ich unsichtbare Schuppen und Flusen von seinem Hemd. Oder ich erkläre ihm, dem gelernten Schneider, wie man ein Hemd plättet. Es reizt mich, Korrekturen an ihm vorzunehmen und ihn zu bekritteln. Da ich nicht genau weiß, was es zu bekritteln gibt, bleibe ich beim Entflusen, Dämpfen und Verdunkeln.

Nach einer Weile stellt er sich hinter mich und schlingt zärtlich die Arme um meine Schultern. „Ich hätte nie geglaubt, dass ich einen Sack Reis so lieben kann."

„B-Bin ich denn ein Sack Reis für dich, Jung?"

Ich nenne Emil gerne *Jung*. Das ist einerseits ein Ausdruck von Zärtlichkeit, andererseits versuche ich ihn mit diesem Wort auf eine Größe zu bringen, der ich mich gewachsen fühle.

Er bleibt unbeeindruckt: „Du bist mein Leben, Berta."

„Wir leben auf einer Abholinsel für Gevatter Hein", sage ich trotzig.

„Immerhin. Wir leben. Das ist die Hauptsache. Bis der Hein mit uns wegschippert, ist noch Zeit."

„Kannste nicht wissen."

„Halt einfach mal still, Anna–Berta-Auguste. Grad guckt keiner."

Emil dreht mich in seine Richtung und will mich küssen. „Ich versteh das nicht, Emil. Erklär es mir."

„Was?"

„Das Leben."

Seine Stirn verfinstert sich kurzzeitig. Die Wangenknochen arbeiten. Er zündet ein Streichholz an.

„G-Gib mir auch eine."

Er reicht mir seine und zündet sich eine neue an. Nachdenklich beobachtet er den Rauch, den ich auspuste. Dann kräuselt er die Stirn und beginnt tief durchatmend zu dozieren: „Wie wär's damit: Das Leben ist laut und leise, böse und gut, dumm und klug, hässlich und schön …"

Ich zucke die Achseln. „Und?“

„Es lacht wie du, wenn ich dich kitzle. Es greint wie du, wenn es mal nicht läuft wie geschmiert.“

„W-Wie geschmiert?“

„Na ja, wenn es mal hakelt, oder wenn es stinkt. Meistens riecht das Leben aber richtig gut. Fast so gut wie du. Dann wieder müffelt es. Es duftet und stinkt. Heute riecht mein Leben nach launischer Berta und faselt was von Reissäcken und Generälen, wenn einer wie ich geküsst werden will.“

„Du Quatschkopp hättest Philosoph werden sollen.“

„Das hätte mir gefallen. Aber ich bin Schneider. Mehr hatte das Leben grad nicht parat.“

„W-Wenn der Vater mit dem Tod ein Handelsabkommen abschließen kann, tät ich das gern mit dem Leben.“

„Du kannst mit mir ein Handelsabkommen schließen.“

„W-Wie?“

„Wir heiraten. Das ist das beste Abkommen für uns beide. Dann pass ich fortan auf dich auf.“

„Das musst du nicht.“

„Das will ich aber. Dafür verlange ich nicht einmal Freibier. Wenn du mich lieb ...“

„U-Und deine F-Familie?“

„Meine Mutter liebt, wen ich liebe. Meine Brüder mögen dich. Aber du heiratest mich, nicht meine Familie.“

„Man heiratet immer die Familie mit.“

„Woher weißt du das? Du warst noch nicht verheiratet.“

„Nein, aber verlobt.“

Der Hinweis wirkt, als hätte ich, diesmal ungewollt, dafür aber umso erfolgreicher, an Emil herumgekrittelt. Wie bei einem Ballon, aus dem die Luft herausgelassen wird, entweicht die Körperspannung seinen Muskeln. Das Gesicht erschlafft. Als sei er in Sekunden um Jahre gealtert. Das Blau seiner Augen changiert ins fahle Grau. Mit stecknadelkleinen Pupillen starrt er mich an. Seine Wangenknochen zermalmen mit einem Rest muskulärer Kraft etwas, wovon ich annehme, dass es mit Josef zu tun haben muss.

Josef lastet wie ein Schatten auf unserer Beziehung, seit ich Emil gestand, keine Jungfrau mehr zu sein und ihm sogar die Gründerfaltenepisode auftischte. Emils Augen schienen zu krampfen, und er bekam die seltsamen Stecknadelpupillen, vor denen mir graut. Lange schwieg er, dann bekannte er, selbst kein Jungmann mehr zu sein. Männer müssten zwingend über voreheliche Erfahrungen verfügen. Die gehörten zum Mannsein. Bei Frauen sei das zwar anders, doch sollten meine Abenteuer ihn nicht hindern, mich zu lieben. Vorausgesetzt, dass ich dem kuriosen Josef wirklich und wahrhaftig den Laufpass gegeben hätte bzw. geben würde, sollte er wieder auftauchen. Wovon nicht auszugehen sei. Da die Gründerfaltenbourgeoisie ihrem subversiven Abkömmling längst im Ausland eine sichere und standesgemäße Bleibe verschafft haben dürfte.

Wenn es um Josef geht, redet Emil, als spreche er mit einer Fremden über eine ihm bekannte, höchst verdächtige Person. Auch jetzt nickt er, als kenne er mich nicht, und deute nur höflicherweise durch eine flüchtige Bewegung seines Kopfes an, dass er sich in die Küche zurückzieht.

Ich verharre hinter dem Ausschank. Er ist weg. Mitsamt seinen Stecknadelaugen, die sich in mich hineinbohrten. Mutters Lieblingsworte schieben sich wie Balken vor meine Stirn. *Drömelberta. Stottermotte. Transuse.*

Früher, als ich unter der schimpfenden Spucke der Mutter darauf wartete, dass deren Augen zustachen, schloss sich ein Ring um meine Brust. Darin war kein Platz für Betrübnis. Nur das hoffnungslose Verharren und das Ausgeliefertsein an den Zorn der Mutter. Ich erinnere mich, wie ich dastand. Als stünde ich noch dort, wo die Blicke mich trafen, bedröppelte Drömelberta.

Unter mein Bedröppeltsein mischt sich Angst, die ebenso durchs Gemüt geistert wie Emils Heiratsantrag. Ich misstraue der aufkeimenden Freude. Will er mich wirklich heiraten? So wie ich bin? Stotternd, bedröppelt und entjungfert? Wer weiß, ob er nicht vorher türmt? Passt der Kerl überhaupt zu mir?

Er quasselt, finde ich, für einen Schneider verdammt hochgestochenes Zeugs, an dem ich mich fortwährend pieke. Wie an seinen Steck- und Nähnadeln, die er mit sich herumträgt, als seien sie ein Teil von ihm. In der Werkstatt behält er sie sogar unablässig im Mund, die Nadeln. Als müsse in diesem Mund immerzu was drin sein: Brennende Kippen, geschliffene Worte, spitze Nadeln.

Ich weiß wohl, dass Emil aus besseren Verhältnissen stammt als ich. Auch wenn die Diskrepanz im Vergleich zu Josef und seiner Familie geringer ausfällt. Dies beruhigte selbst den Vater. Stolz, als sei er Teil der sozialdemokratischen Tradition, die er an Emils Familie schätzt, lobte er ihn:

„Der Jung, Kind, ist aus gutem Holz geschnitzt. Dat hat der von seinem Vater. Dat war en mutiger Sozialdemokrat und en tapferer Kamerad. Im Krieg wie im Leben. Der wusste, wo er hingehört. Und auf welcher Seite dat Herz schlagen tut. Da scheute der keine Nachteile für. Der hätte et auch inne Politik zu wat gebracht, wenn der nich so früh gestorben wär. Dat Hitlerpack muss der nu nich mehr miterleben. Wer weiß, wofür dat gut ist. Ob der nicht dagegen angegangen wär und sich um Kopf und Kragen geredet hätt. So dat se den schon verhaftet und eingelocht hätten, die Schurken. Oder der wär verschüttgegangen. Oder untergetaucht wie dinne Josef. Der Emil ist kein Josef, Kind, dat nicht. Aber der hat wat von dem. Die Art, wie der spricht vielleicht. Der redet richtiges Hochdeutsch."

„Sophie auch", gab ich zu bedenken. „Sogar die Sitte."

„Ja, dat ist seltsam, dat in ein Familisch so verschieden … Aber so fein reden die nicht, wie de Emil reden tut. Is aber auch egal. Der redet Klartext, der Jung. Und dat Herz sitzt am rechten Fleck bei dem und bei dem seine Brüder. Prima Kerle sind dat. Und alle wat geworden: Ne Prokurist, ne Beamte und en tapferes Schneiderlein. Der kann richtig wat in seinem Metier, der Jung. Wenn ich aus dem Krankenhaus komm, näht der mich en Anzug, hat er versprochen. Ausgemessen hat der mich schon. Aber der kann nicht nur nähen, Berta, der kann auch denken. Messerscharf kann der denken. Und zu fein is der sich für nix. Dat is einer von uns, Kind. Pass auf, dat der nich wieder abhauen tut. Et wär schad drum."

Ich höre Emil in der Küche leise mit Sophie reden. Die Schwester, der zentrale Mittelpunkt des Kneipen- und Küchengeschehens, überlässt uns am Abend gern den Ausschank. Wenn wir streiten, schüttelt sie oft verständnislos den Kopf über mich. Auch das Handelsabkommen des Vaters rügt sie, wagt aber nicht, mein Frischpils einem Gast anzubieten oder es gar wegzukippen, wenn das versteckte Pilzhäubchen bei vollem Kneipenbetrieb allzu traurig in sich zusammensackt. Meist ersetze ich den Vater an der Theke. Doch auch Emil und sein Bruder Quasi helfen nach Feierabend schon mal aus.

Quasi genießt das Vertrauen des Vaters. Als Steuerbeamter führt er dessen Bücher und erledigt die Steuersachen, die der Vater gern schludert. Gewissenhaft führt Quasi diese Arbeiten während seiner Dienstzeit in der Behörde aus. Wegen der Angewohnheit, fast jeden zweiten seiner Sätze mit den Worten *quasi, gewissermaßen, in etwa* anzureichern, wurde er, der mit richtigem Namen Arndt heißt, vom Vater liebevoll Quasi getauft. Seither rufen ihn alle so, sogar seine Brüder und die Mutter.

In den Augen des Vaters und einiger Gäste versteht niemand mehr vom Pilszapfen als Quasi. Ein gutes Pils brauche Zeit, das hatte der Vater allen eingetrichtert. Ob es in ein oder zwei Minuten gedeihe, sei dabei fast nebensächlich. Es käme darauf an, das Zapfen zu zelebrieren wie ein frommer Pastor die heilige Messe. Das gelinge Quasi erstaunlich gut. Obwohl er ein furztrockener Beamter sei, wisse er, worauf es ankomme. Beim schöpferischen Akt des Pilszapfens ginge es um mehr als die Krönung eines wertvollen Nahrungsmittels. Es ginge um den Champagner der Arbeiterklasse, und Quasi sei Teil einer proletarischen Messfeier, wenn er zapfe.

Erschwinglicher, besser und magenschonender als das Prickelzeug der Reichen, sei das kostbare Pils allemal. Lediglich der Dünkel manipuliere den Reichen die Geschmacksnerven. Sonst wüssten sie es besser. Aber auch das spräche für ein gepflegtes Pils, dass so ein Sausack wie der Textilunternehmer neuerdings Champagner saufe.

Seit der Mobilmachung im August 1939, als er sich freiwillig zum Dienst am Volk meldete, säuft der Textilunternehmer an für mich unbekannten Orten. Emil, Quasi und auch Heinrich, Emils ältester Bruder, der seltener in der Kneipe auftaucht, warten stündlich auf ihre Einberufungsbefehle.

Sophie, die allabendlich gewissenhaft dafür sorgt, die Türen des Hauses zu verrammeln und zu verriegeln, als befände man sich in einer Festung, erscheint in der Kneipe, bewaffnet mit einem dicken Schlüsselbund. Emil folgt ihr auf den Fersen. „Feierabend, die Herrschaften", ruft Sophie durch die Rauchschwaden hindurch und klappert energisch mit den Schlüsseln.

„Berta, kassierst du ab?"

Ich sehe Emil zum Garderobenständer eilen und seinen Mantel vom Haken zerren. Er schaut mich nicht an und verschwindet ohne einen Gruß hinter dem schweren Vorhang, der den Gastraum vor kalter Zugluft schützen soll.

„Jung", rufe ich.

Schon fällt die Tür ins Schloss.

Wie nie gewesen

Wer und was bin ich? Eine siebenundzwanzigjährige Vollwaise, die das Pils des Vaters schal werden ließ? Ein in die Jahre gekommenes Eheversprechen, das im vergangenen Sommer ein zweites Mal Verlobung feierte, hoffnungsfroh und zweifelnd zugleich? Ein Armeleutekind, das seit Jahren bessere Tage ersehnt und wartet, wartet, wartet? Auf verschüttgegangene Geschwister, in Krieg und Widerstand abgetauchte Verlobte, gleich zwei an der Zahl, sowie einen Vater, der tollkühn annahm, den Hein becircen zu können?

Meine Träume schwärzt die Trauer. Am Tag zerreißt sie meine Gedanken. Ich trotze ihr und warte. Wie der Wind einen Baum bewegt, so umweht das Warten meine Angst. Damit eine Hoffnung genährt wird, im Flügelgeäst der Lunge. Was sollte ich auch sonst tun? Selbst wenn ich davonliefe, müsste ich atmen, warten, atmen, hoffen, warten, atmen, hoffen …

Dem eigenen Körper kann ich nicht entfliehen. Ich bin verurteilt zum Hausarrest in mir selbst, wo ich auf der Lauer liege und auf Rückkehrer hoffe. Auf Emil. Auf Josef. Sogar auf den Vater, der nie mehr zurückkommen wird, warte ich. Wie eine zur lebenslangen Haft Verurteilte auf Freiheit hofft und eine Kranke auf Genesung.

Heute früh harren die Pferde auf der Straße mit mir aus. Mit und ohne Hoffnung warten sie. Worauf? Dass der Kutscher wiederkommt und sie antreibt?

Ich schau sie mir an, die vier Brauereipferde, die vor der Kneipe ausharren. Scheinbar gleichmütig, vor eine

Karre gespannt, verschnaufen sie. Ein Gaul hält das Bein angewinkelt wie eine Tänzerin in die Luft. Als scheue er sich, die im Vergleich zur Schwere des Körpers grazilen Gliedmaßen auf das krumpelige Pflaster zu stellen.

Ich lehne in der Kneipentür und betrachte die angehaltene Bewegung des kraftvollen Tieres. So anmutig. Wie um ein Wiehern zu unterdrücken, biegt das Pferd den zotteligen Schopf gegen die Brust und stößt Atemwolken in den Märzmorgen, dass es nur so dampft. Dann bläht es die Nüstern, als wolle es die Würze der Bierfässer in sich aufnehmen, die es hierher karren musste.

Ich durchsuche meine Kitteltaschen nach Zuckerstückchen und finde nur Zigarettenstummel. Meist ist mein Kittel vollgestopft mit nicht aufgerauchten Zigaretten. Die Zeit ist nach wie vor ein hurtiger Geselle, und man darf nichts wegwerfen. Ich zünde einen Stummel an. Zigarettenrauch, Pferde- und Bierdunst mischen sich mit dem Duft des Frühlings und kitzeln in der Nase.

Das Pferd niest. Ich atme tiefer. Sanft flutet die Sonne den Himmel. Rotviolett spiegelt sich der graue Asphalt in ihrem Licht. Der Gaul zuckt, als er das scheue Bein auf den Boden zurückstellt. Im Grün der Bäume flimmert es blau.

„Morgen“, kläfft Bubi und hastet an mir vorüber. Vor dem geöffneten Kellerloch stutzt er, wirft mir einen kritischen Blick zu, schleudert kurz entschlossen die Schultasche gegen die Hauswand und hechtet die Treppen hinunter. Vorbei an den von mir sorgfältig hindrapierten Brettern, auf denen die Fässer in den Keller gerollt werden. Behutsam, wie ich den Brauereigehilfen immer wieder ans Herz lege: „Passt auf, Jungs, flüssiges Gold!“

Der alte Kutscher, eskortiert von zwei Burschen, kaum älter als Bubi, debattiert mit Sophie über die Menge der bereits herabgelassenen Fässer. Sophies empörte Stimme dringt bis auf die Straße.

„Nicht mit mir, meine Herren! So nicht! Als ob ich nicht rechnen könnte. Nach Adam Riese fehlen zwei Fässer." Laut und zum wiederholten Mal beginnt sie die Lieferung durchzuzählen. „Zwei, vier, sechs." Mit Augen und Zeigefinger taktet sie ihr Zählwerk. Die Papiere in ihren Händen rascheln.

„Heil Hitler."

Kerzengerade baut Bubi sich hinter Sophie auf, die sich prompt verzählt. „Sakra, was suchst du hier, Junge?"

Obschon ich Bubi zunächst in den Keller folgen will, bleibe ich auf der Straße, entschieden, den Ereignissen lieber aus sicherer Distanz zuzuschauen.

„Die Lieferscheine, bitte, die Papiere will ich sehen!"

Bubis Aufforderung tönt blechern. Nicht erst seit dem Stimmbruch klingen seine Worte wie ein lädierter Fremdkörper. Als bediene sich ein stimmstarker Unbekannter seines viel zu kleinen Mundwerks. Obschon er ein gutmütiger Junge ist, belfert er häufig, dass man meinen könnte, ein Schäferhund belle aus dem Rachen eines Zwergpinschers.

„Kläff' hier nicht rum, Jungchen! Mach dich vom Acker. Ich schaff das allein."

„Tante …", will Bubi sich empören. Doch Sophie ruft genervt nach mir. „Berta, sorg dafür, dass der Bengel in die Schule geht!"

„Ich tu bloß meine Pflicht", versucht Bubi sie zu beschwichtigen. Mit beiden Händen grapscht er nach den

Lieferscheinen, die Sophie geistesgegenwärtig seinem Zugriff entzieht: „Lass gut sein, Junge."

Tatsächlich gibt Bubi unerwartet schnell auf. „Heil Hitler." Er knallt die Hacken, als befände er sich in einer Kaserne. In seiner von angestrengter Männlichkeit überbordenden Stimme meine ich, ein Zittern wahrzunehmen.

Nach dem Tod seines Großvaters erhielt Bubi die Erlaubnis, wieder bei Else, seiner Mutter und ihren Schwestern einzuziehen. Zunächst hatte der Textilunternehmer beide Söhne angewiesen, die Familie zu schützen. Kurz darauf meldete sich Bert, Sophies Großer, wie sie ihn zärtlich nennt, freiwillig zum Militär, dem väterlichen Vorbild folgend. Bubi blieb als alleiniger Beschützer zurück. Es sei seine Pflicht, hatte Bert Sophie kundgetan, die deutschen Truppen bei ihrem ‚Blitzkrieg' in Frankreich zu unterstützen. „Sieg Heil, Mama."

Auch Emil und seine Brüder tauschten nach den Gestellungsbefehlen Räuberzivil gegen Uniform ein und verließen mehr oder weniger siegesgewiss die Heimat. Sogar mein angehender Schwiegerpapa, Emils Stiefvater, wurde trotz schwerer Verletzungen aus dem Ersten Weltkrieg an die Westfront beordert.

Bubis Schutzauftrag, so erklärte der Textilunternehmer, würde voraussetzen, dass er sich verpflichte, Volk und Führer treu zu dienen. Als einziger Mann im Weiberstaat befände sich der Sohn gewissermaßen an der Heimatfront. Zum Kampf gegen weibisches Getue, Verweichlichung und andere Gebrechen des weiblichen Geschlechts sei er, der Pimpf und angehende deutsche Mann, moralisch verpflichtet. In diesem Sinne sei es seine allerheiligste Aufgabe, die Familie zu hüten und zu bewachen.

Bubi erfüllt die allerheiligste Aufgabe mit mächtigem Appetit. Christel und ich beköstigen ihn fürsorglich mit Zusatzrationen und, so es möglich ist, mit extra für ihn herbeigeschafften Leckereien.

Einzig Else, seine Mutter, spricht unverblümt von saumäßigen Fressorgien ihres Sprösslings, derer sie sich ebenso schämen müsse wie für den gequirlten Scheißdreck, den sein Vater verzapfe.

Bubi ficht beides nicht an. Er wohnt mal bei den Weibern, wie er unser Zuhause betitelt, und mal beim *Haken*. So nennt er in Kurzform die derzeitige Frau seines Vaters, die von Else und Christel *Hungerhaken* getauft wurde. Schließlich, so betont Bubi gern, habe er sich um den Haken und deren Blagen auch zu kümmern. Wie dieses Kümmern aussieht, glaube ich zu wissen. Ich nehme an, dass der Hungerhaken die Gutmütigkeit Bubis gnadenlos ausnutzt. Denn irgendwo müssen die aus der Vorratskammer und dem Bierkeller verschwundenen Lebensmittel schließlich geblieben sein.

Als ich den Hungerhaken zuletzt beim Einkaufen erspähte, sah der nun wirklich nicht mehr nach Hunger aus. Lediglich die spindeldürren Beine waren geblieben. Der Rest war fleischig, um nicht zu sagen fett geworden.

Als der Haken mich keines Blickes würdigte, war ich sicher, dass Bubi von einer solchen Person nur auf arglistigste Weise getäuscht, benutzt, bewacht und zum Stibitzen und Organisieren abkommandiert werden kann.

„Armer B-Bubi“, sage ich zu ihm, als er vom Sonnenlicht geblendet aus dem Keller steigt und mich anblinzelt.

„Wat meinst du, Tante Berta?“

„Ich m-mein ’s gut mit dir. Ich w-weiß, d-dass du es

schwer hast.“ Mit fragendem Blick steht er vor mir. Doch bevor ich erneut zum Stottern ansetzen kann, ich stottere in jüngster Zeit wieder erbärmlich oft, schultert er die Schultasche, als handele es sich um die Gefechtsausrüstung eines Infanteristen, und wendet sich zum Gehen.

„Kein Grund zur Sorge.“

Du siehst dem Opa ähnlich, will ich ihm noch sagen, doch da hat er mir schon den Rücken zugekehrt.

Früher trug auch der Vater dieses goldbraun glänzende Haar wie Bubi, streng kurz geschnitten und noch strenger gescheitelt. Und du riechst auch ein bisschen wie der Opa, möchte ich hinzufügen. Aber womöglich täusche ich mich. Eigentlich weiß ich gar nicht mehr, wie der Vater aussah und wie er roch. Im Grunde denke ich schon jetzt an ihn wie an eine verblichene Fotografie, die sich starr und unbeweglich meiner Erinnerung widersetzt. Als friere das Foto nicht nur die Lebendigkeit des Vaters auf einen reglosen Moment ein, sondern torpediere auch mein Andenken an seine polternde Lebenskraft.

In fahler Tristesse verewigen sich Bilder hinter meiner Stirn.

„Sei froh, Berta“, hatte Sophie mir kurz vor dem Tod des Vaters geraten, „dass unser Vater nicht im Kampf für Volk und Vaterland verrecken muss, sondern bei uns sterben darf, umsorgt und sediert.“

Doch dann krepierte der Vater, klapperdürr und allein in einem Krankenhaus. Niemand war dabei, als Freund Hein ihn abholte. Obschon ich dankbar bin, dass der Vater nicht in einem Schützengraben verenden musste, wie die Kugeln ihn niederstreckten, nagelte sich genau diese Vorstellung in meinem Kopf fest. Ein Bild, durchsetzt von

Angst um Emil und Josef. Es schmerzt ebenso wie das reale Bild des Vaters im Sterbebett. In seinem gezeichneten Gesicht lagen die Augen tief in ihren Höhlen, lange bevor er verschwand. Wie wenn sie ihm vorausgeeilt wären und bereits die Ufer gesichtet hätten, zu denen Freund Hein mit ihm schippern würde.

Seither trotzen die Bilder in meinem Kopf der Veränderung. Von dünnen Gewändern ummantelt, rauscht die Angst durch mein Blut, zupft die Leier, schlägt den Takt dazu und buht heraus, dass alles vergänglich ist: *Nichts werdet ihr sein. Nichts als Erde und Staub. Als wäret ihr nie gewesen…*

„Nein", schreie ich. Mein Herz rast.

Der Schrei bleibt vor den Hufen der Pferde liegen. Der Gaul mit dem scheuen Bein zuckt. Vorsichtig suche ich seine dampfende Nähe. Die besorgten Rufe aus dem Keller überhöre ich, tätschle das Hinterteil des Tieres, als brauche es meinen Trost, lehne mich an seine breiten Flanken, berge die Stirn am rauen Fell und flüstere hinein, was ich nicht verstehe. Dass der Vater nie mehr sein kann, was er schon lange nicht mehr sein durfte: unversehrt. Dass ich mich auch an die Mutter nicht als Skelett erinnern möchte, obschon vermutlich nur noch ihr Knochengerüst und was davon übrig geblieben ist, unter der Erde liegt.

Wie schnell vermodert der Mensch, frage ich das Tier, das aufmerksam lauscht, aber keine Auskunft gibt. Und auch auf die Frage, ob ich an diesem flirrend schönen Märztag verrückt geworden bin, nicht antwortet. Es schweigt beharrlich, als ich ihm heftiger auf den Hintern klatsche und die Erde, in der Kriechtiere den Leib des Vaters zerwurmen, verfluche. Stumm hört es zu, wie ich schwöre, der Toten nicht als Gerippe, Staub oder Erde gedenken zu wollen.

Lieber erinnere ich den Vater in seinem guten Anzug oder sogar in Uniform mitsamt den Stiefeln, auf die er so stolz war. Sie ließen seinen verbeult wirkenden Polterschritt fesch und männlich erscheinen. Möge er das alles anbehalten bis zum jüngsten Tag. Damit ich ihn erkenne, wenn wir uns wiedersehen. Wie soll das gelingen, wenn er aussieht, als wäre er nie gewesen?

Wenn ich ankomme in den Himmeln, wohin er mir vorausgeeilt ist, will ich nicht nur seinen Geist poltern hören, sondern ihn gut bekleidet bewundern dürfen. Er hat Uniformen so wenig geliebt wie den Krieg, aber er meinte, er sähe darin aus, als wäre er wer. Gewiss war auch er nicht immer sicher, wer und was er ist. Wie so viele. Zu Lebzeiten hat der Vater schicke Plünnen und Verkleidungen selten gebraucht. Aber jetzt, wo er bald aussehen soll, als wäre er nie gewesen, braucht er eine gute Kledage, wenn er im Jenseits auf mich wartet.

„Mach mich die Pferde nicht scheu, Fräuleinchen."

Der alte Kutscher greift nach meinem Arm. Doch erst, als ich spüre, wie Sophies Blick sich in meinen Rücken bohrt und ihn auffordert, sich umzudrehen, lasse ich von dem Tier ab und wende mich der Schwester zu. Ohne Willenskraft. Ja, beinahe ohne mein Zutun.

Sophies Blicke fungieren wie Wegweiser. Mit durchdringender Wirkkraft ausgestattet, wissen sie, was zu tun ist. Schneller als der Vater dies je vermochte, erfassen ihre Blicke, wer die Zeche prellen könnte. Ebenso schnell weisen sie mich an, abzukassieren und nur ja keinen Gast entfleuchen zu lassen.

Auf Sophies Blicke ist Verlass. Sie sehen, wer genug gesoffen hat, wem ich noch einschenken darf, wem ich zuprosten oder beistehen sollte, mit wem ich schäkern kann, ohne missverstanden zu werden, und wer sanft, aber bestimmt hinausbegleitet werden muss.

Nicht einmal im Umgang mit der Sitte benötigt Sophie umständliche Worte. Ein Blick, und die Sitte schweigt. Lediglich Else und Bubi proben den Aufstand. Else neidet der älteren Schwester die Position als Thronfolgerin der Mutter. Auch lastet sie ihr die Liaison mit dem Textilunternehmer, dem gemeinsamen Vater ihrer Kinder, an.

Während Bubi Mannsein übt, kämpft Else, als ginge es um ihr Leben. Schimpfend, rivalisierend und starrköpfig tritt sie gegen Sophie, den Textilunternehmer und die tiefen Kränkungen an, die sie so wenig wahrhaben will wie die qualvolle Eifersucht, die sich ihrer bemächtigt, je mehr sie diese verleugnet. Lamentierend wehrt sie sich. In seltener Übereinstimmung mit Bubi, der nicht nur die Tante, sondern alles Weibliche bekriegen muss. Dem Führer zu Diensten, dem Vater zum Gefallen.

Rirarutsch. Wir fahren mit der Kutsch. Wir fahren mit der Schneckenpost, weil uns das keinen Pfennig kost ... So sang Sophie früher. Als ich klein war und an die Hand genommen werden musste. Weil ich nichts sehnlicher wünschte, als den Kutschbock zu besteigen. Während der Vater mit den Männern, die die Fässer in den Keller rollten, um die Wette soff. Jedes Fass ein Schnaps. „Gut gemacht, Männer, so jung kommen wir nicht mehr zusammen, zum Wohlsein, auf das Leben."

Erbost verfluchte Frau General Mutter die Säufer und schickte Sophie vor, Muttersein zu üben. Mit sanft strengem Blick erzog Sophie die jüngeren Geschwister. Trinken, Lachen und Fässer schleppen war Männersache. Als es noch Männer gab. Und es aus dem Keller nach Mannsein roch. Nach hemdsärmeliger, schwitzender Männlichkeit und viel Erfahrung, die jetzt in Schützengräben darbt, während mich hier eingeschüchterte Knaben angrienen. Schwitzend steht Sophie in deren Mitte, schaut besorgt.

„Es ist der Geruch, Sophie“, erkläre ich ihr. „Riechst du es?“ Sie schüttelt den Kopf und dirigiert mich mit Blicken ins Haus. Wie ein Luftzug auf der Haut spüre ich im Vorbeigehen die Sorge der Schwester, die mir folgt. Nicht ohne dem Kutscher und seinen Gehilfen noch rasch ein Trinkgeld zuzustecken, „Mehr ist nicht drin, die Herren. Die Firma dankt. Bis zum nächsten Mal.“

„Heil Hitler“, höre ich den Kutscher schnauben. Gern würde ich das Pferd mit dem scheuen Bein verabschieden, will aber Sophies Geduld nicht überstrapazieren. In meinem Rücken hantiert sie mit dem Portemonnaie. Ich muss nicht hinschauen, um zu wissen, dass Sophies Stirn gerunzelt und sie zu beunruhigt ist, um die sperrige Börse in der Kitteltasche zu verstauen.

In der Kneipe sucht Sophie meinen Blick.

„Was ist mit dem Geruch?“

„Na ja, so ’n Geruch w-w …“

„Geht’s dir nicht gut?“

„Warum?“

„Na, du schreist, dass mir bange wird. Mal fällst du in Ohnmacht, dann brüllst du nachts die gesamte Bagage aus den Betten, und nun schreist du auch am hellichten Tag.“

„Steck das Portemonnaie b-besser in die Küchenschublade. Die Kitteltasche …“

„Lenk nicht ab, Berta. Warum schreist du?“

„Ich schreie nicht.“

„Du hast geschrien. Das war nicht zu überhören.“

„Ich w-weiß nicht, ob Emil F-Fronturlaub kriegt.“

„Und deshalb schreist du?“

„W-Wir wollen heiraten im Urlaub.“

„Ist das ein Grund, so rumzuschreien?“

Sophies Augen befehligen mich in die Küche und weisen mich an, Platz zu nehmen.

„Wer weiß, ob Emil noch lebt?“

„Na, er schreibt doch brav.“ In Sophies Gesicht ziehen Wolken auf, „Mehr kannst du nicht verlangen, Berta. So oft wie der schreibt.“

„Brav ist der bestimmt nicht.“

Sophies Stirn bewölkt sich weiter. Sie nimmt mir gegenüber Platz: „Wie, brav ist der nicht?“

„Ich meine treu. Der kann ja von Liebe schreiben, aber in Frankreich … Was meinste, w-wie der schwärmt …“

„Wovon? Doch nicht von anderen Frauen?“ In Sophies besorgte Blicke mengt sich Ärger.

„Das nicht. Aber vom W-Wein und der französischen Art zu leben.“

„Na ja. Lass gut sein. Bald muss er ja an die Ostfront. Da ist’s vorbei mit lustig.“

„Ich find Krieg sowieso nicht lustig.“

„Ich auch nicht, hab zu lange nichts von Bert gehört.“

An die Angst der Schwester um den Sohn hatte ich nicht gedacht. Ich schäme mich.

„M-Mach dich nicht verrückt, Sophie, bitte! Der ist schreibfaul. Du kennst doch deinen Sohn. Ich k-koch uns Kaffee, ja?“

„Mir wäre lieber, du erklärtest mir …“

„Angst, ich hatte schreckliche Angst, Sophie. V-vor der Wahrheit. Und weil's aus dem Keller riecht … Als Bubi hochkam, da dacht ich, der Jung riecht wie sein Opa. F-Findest du nicht, B-Bubi sieht auch en bisschen aus wie unser Vater?“

„Na ja, ich weiß nicht.“ Sophie kramt eine Zigarette aus der Kitteltasche. Obschon sie selbst nicht raucht, sammelt sie Zigaretten in allen verfügbaren Größen, um sie in Schubladen und Taschen, insbesondere in Kitteltaschen zu deponieren. Auch Stummel, die noch ein paar Züge versprechen, hortet sie. Für alle Fälle, wie sie sagt. Nachdenklich und sehr langsam klopft sie die lockeren Tabakkrümel einer filterlosen Zigarette in die Hülse zurück. Ich lausche dem Takt des Klopfens auf dem Küchentisch.

„Die Zigarette ist für dich“, sagt sie schließlich. Ihre Stimme klingt versöhnlich, von Besorgnis untermalt. „Aber nun erklär mir bitte, wie das alles mit deinem Emil zusammenhängt.“

Ich nehme die Zigarette und betrachte sie. Sophie wartet. Dann fragt sie erneut: „Was ist mit Emil? Riecht der auch wie der Vater?“

„Nein, aber wie ein M-Mann. Gibt ja keine Männer mehr. Im Krieg…“

„Berta! Wie riecht ein Mann?“

„Weiß ich nicht.“

„Weißt du anscheinend sehr gut!“

„A-Aber nicht lachen, Sophie. Nach B-Bierkeller.“

Sophies Stirnrunzeln lichtet und verdichtet sich in kurzen Intervallen: „Nach Keller?“

„Ja, nach Bier, Schweiß, nach Körperkraft …“

„Berta!“ Sophies Hände greifen nach der Tischkante. Als müssten sie dem schweren Eichenmöbel Halt verleihen, nicht umgekehrt.

„Auch Josef roch so, obwohl der nie in nem Bierkeller gewesen ist, oft gebadet hat und nach Büchern …“

„Was ist mit Josef?“

Ich zünde die Zigarette an, inhaliere, suche Worte, schlucke Rauch, huste und drücke die Glut im Aschenbecher wieder aus. Der Stummel wandert in die Kitteltasche. Abermals muss ich husten. Die Augen tränen. Sophie wiederholt die Frage: „Was ist mit Josef?“ Ihre Hände halten den Tisch. Wie ein Fisch zappele ich im Netz. Und ringe um Luft. Mir ist bang vor der Antwort.

„Ich w-w-weiß nicht, ob Josef noch lebt.“

Die Puste ist aus. Die Stille lauert. Ein neuer Anlauf: „Ob er wiederkommt? Meinst du, er …“

Sophies Hände überlassen den Tisch seinem Schicksal und sinken in den Schoß.

„Du wirfst alles durcheinander, Motte.“

„T-Tu ich nicht. Ich w-wein auch nicht. Ich weine nicht.“

Sophie kramt ein Taschentuch aus dem Ärmel, überreicht es mir und erhebt sich. „Ich koche Kaffee.“

„Bier riecht gut, besser, als es schmeckt“, beschwöre ich den Rücken der Schwester. „Ich meine sogar, es riecht blumig, das Bier. Und nach R-Rauch. Wahrscheinlich wegen der Fässer.“

Sophie nickt: „Wenn man seit Kindesbeinen und schon im Mutterleib von Bierdünsten umgeben ist, kriecht einem der Geruch ins Gemüt. Das stimmt. Erstaunlich ist bloß, dass du immer noch an Josef denkst. Was ist mit Emil?“

„An den denk ich tausendmal mehr.“

„Das hoffe ich für Emil. Und für dich.“ Sophie deutet eine wegwerfende Handbewegung an. „Abwarten. Jetzt trinken wir erst mal Kaffee. Was sagt deine Nase dazu?“

„Wunderbar und tröstlich“, schluchze ich.

Sophie schmunzelt und schnuppert dicht am gemahlenen Restkaffee in der Mühle.

„Das muss reichen. Immerhin, im Frühjahr 1941, mitten im Krieg, duftet es bei uns nach Kaffee. Ist nicht selbstverständlich. Wir zwei gönnen uns jetzt ‘nen richtigen Bohnenkaffee mit viel Zucker. Süß wie die Liebe, heiß wie die Hölle und schwarz wie die Nacht. Alles geht vorbei, die Liebe, der Krieg, die Warterei, die Angst. Wenn du den Kaffee getrunken hast, ist er weg. Und seinen Duft nimmt er mit. Als wäre er nie gewesen.“

Seid still und guckt da nicht hin

September 1943. Die Feuer nächtlicher Bombenangriffe nehmen die Stadt ein. Auch wenn der Himmel ruhig bleibt, lodern die Flammen durch die Nacht; sie trommeln und flackern in den Köpfen. Keiner weiß, wenn er abends ins Bett geht, ob die Sirenen des Fliegeralarms losheulen oder stumm bleiben werden.

Ich bete, rechtzeitig aus dem Bett fliehen zu können, um im Keller Schutz zu suchen. Ob der Keller und das Haus darüber den Bomben und Flammeninfernos standhalten werden, ist ungewiss.

Viele Menschen sind schon in ihren Kellern verbrannt oder erstickt. An sie denke ich, wenn ich mich abends vollständig angezogen ins Bett lege. Eine Tasche mit dem Allernötigsten liegt stets in griffbereiter Nähe. Sicher ist sicher. Wobei ich nicht genau weiß, was ich am allerdringlichsten brauche, wenn ganze Straßenzüge brennen und danach in Schutt und Asche liegen. Die halbe Stadt sei bereits abgefackelt, erzählt man sich in der Nachbarschaft und in der Kneipe, wo es bislang erstaunlich ruhig blieb.

In mein Portemonnaie aus feinrotem Leder, das Sophie mir zu Weihnachten geschenkt hat, habe ich Emils Foto gesteckt. Dazu ein Medaillon mit dem Bild der Schutzpatronin, das Lene mir schickte, damit es mich behüten möge. Sogar von meinem Trinkgeld, eine Anzahl sperriger Notgroschen, habe ich einen Anteil hinein zwängen können.

Neben dem Portemonnaie müssen Mutters Rosenkranz und Vaters großkariertes Taschentuch in der Tasche Platz finden. Ebenso wie eine kleine Flasche Wasser und ein Einmachglas mit Apfelkompott aus dem vergangenen Jahr. Als könnten diese Habseligkeiten die Flammen aufhalten.

In vielen Stadtteilen gibt es keinen Strom, kein Wasser und kein Gas mehr. Nahrungsmittel, die noch nicht verbrannt sind, werden wie Luxusgüter gehandelt. Die Menschen beten, rücken enger zusammen und versuchen, einander zu helfen. Wenn nur die Angst nicht wäre. Ich spüre sie in der Enge der eigenen Brust, sehe sie in den Augen anderer zucken und hinter jeder Ecke lauern.

Niemand will sich selbst der Nächste sein und ist es doch im Überlebenskampf. Die Not frisst das Füreinanderdasein. Sie trägt den Geruch verschütteter Keller in den

Kleidern. Bei Tisch hockt sie neben dem Kohldampf, der sauer aufstößt. Dann möchte sie ihm das Maul stopfen und steht wie ein Schatten in der Küche.

„Dat Licht ist ne Einladung an den Tod", sagt Else, als sie das Küchenfenster verdunkelt.

Ich fluche: „Im Dunkeln kann ich nicht sticken."

„Mach ne Kerze an, Madam. Im Übrigen haste genug gestickt. Gibt et nix Wichtigeres zu tun? Guck mal, wie dat hier wieder aussieht! Allein der Tisch. Aber dat siehst du noch nicht mal. Du bist und bleibst en Küselken. Zisch ab, Madam, und zieh inne Kneipe die Vorhänge zu. Vorher kassierst du den Krüppel noch ab, der da rumhängt. Der ist hackedicht, der Kerl. Guck, dat der abhaut!"

„Kannst du nicht mal en bisschen netter reden, Else", mahnt Sophie die Schwester.

„Wie nett? Da is nix Nettes dran, wenn einer nur noch ein Bein hat. Wat soll ich da schönreden?"

„Zwischen schön und gallig liegen ein paar Oktaven."

„Et reicht ja, dat du auf dem Klavier klimpern kannst", kontert Else.

„Immerhin hat der noch ein Bein", meldet sich Christel, „manche haben gar keins mehr. In der Fabrik …"

„Bein ab is Bein ab. Quatsch keine Opern", zürnt Else.

„Trotzdem, der lebt", gebe ich zu bedenken. „Viele …"

„Na prima", unterbricht Else mich, „dann geh du mal hin und sag dem: Schön, dat du lebst und noch en Bein hast. Wenn ich du wär, tät ich mich freuen, weil ich nur noch ein Bein waschen müsst. Ich bin nämlich en Küselken. Wat ich nicht mehr hab, brauch ich nicht waschen."

„Schluss jetzt", entscheidet Sophie und dirigiert mich mit den Augen Richtung Kneipe.

„Ich bin völlig kaputt“, stöhnt Christel. „Morgen sollen wir Freiwillige mit in die Firma bringen. Zum Schutt wegschaffen. Jeder, der abkömmlich ist …“

„Nimm dat Küselken mit“, stoppt Else Christels Erläuterungen. „Dat Mädchen kannste auch mitnehmen.“

Mit dem Mädchen ist Elses Tochter, die stille Renate gemeint. Else kann ihrer Zustimmung sicher sein. Sie muss sie nicht einmal anschauen. Obschon ich glaubte, ein Nein durch den Kopf der Nichte staksen zu sehen vor dem stillen Nicken. Aber vielleicht ist meine Wahrnehmung getrübt? Zu laut tönt das Echo der Bodendielen auf meinen wütenden Tritt beim Abzischen in die Kneipe. Renates Nicken stakst nicht; es weht zurück unter Elses Nase, von der es angewiesen wurde.

Es ärgert mich, dass Else, die ihren Sohn von Kindesbeinen an ‚bösen Bubi‘ schalt, mit so viel Stolz von der stillen Renate spricht, und dass sie das Mädchen um Längen dem Jungen vorzieht. Zumal ich ein gewisses Kalkül im scheuen Wesen der Nichte nicht ausschließen kann. Renate redet wenig und widerspricht selten.

Seit die Kanzlei, in der sie eine Lehre begonnen hatte, ausgebombt wurde, klagt sie bisweilen, sie wolle niemandem auf der Tasche liegen. Aber in der Kneipe mitzuarbeiten oder im Textilunternehmen ihres Vaters zu lernen, könne niemand von ihr verlangen. Nicht einmal die Mutter, für die sie ansonsten alles tun würde. Es reiche, dass der Schurke, der nicht ihr Vater, sondern lediglich ihr Erzeuger sei, die Mutter ausbeute.

Der Textilunternehmer, dem Else den Hass der Tochter nicht vorenthalten mag, zeigt sich unbeeindruckt: Er freue sich, zitiert ihn Else, dass das arisch-reine Kind in der

Hitler-Jugend aktiv sei. Was weder Else noch Renate nachdenklich stimmt. Auch die Inbrunst, mit der das zopfblonde Mädchen im BDM das Horst-Wessel-Lied schmettert, irritiert Else nicht. Mitunter verdreht sie die Augen, begehrt jedoch erst auf, wenn Bubi oder die Sitte einstimmen und aus vollen Kehlen die SA zum Marschieren auffordern. „Hört auf damit! Habt ihr Gehirnschwund?“

Renate ihrerseits freut sich, wenn die Mutter Textilien aus der Firma ihres Erzeugers einheimsen kann. Else berichtet ihr gern, mit welchen Tricks es ihr gelingt, dem Hungerhaken die Materialien abzuluchsen, damit Renate sie wie Kleinode bewacht. Mindestens einmal in der Woche radeln die beiden in die umliegenden Dörfer, um Stoffe und Schneiderzubehör gegen Lebensmittel einzutauschen.

„Ich bin kein Küselken“, wehre ich mich, als ich in die Küche zurückkehre.

„Dann biste eben en Schmutzfink. Wenn du Hochdeutsch besser verstehst, Madam.“

Seit meiner Hochzeit vor zwei Jahren heiße ich für Else nicht mehr Frollein, sondern Madam. Gerne ruft sie mich auch *Madam Küselken.*

„Ich bin weder ein Küselken, noch eine Madam.“

Seit Sommer 1941 sind Emil und ich verheiratet. Obwohl Emil eine kirchliche Zeremonie verschmähte, feierten wir den Hochzeitstag wie eine Messe. Zunächst im Standesamt, dann im Park, später in der Kneipe. Es gäbe keine Unschuld mehr, hatte Emil im Vorfeld kundgetan. Nicht in diesen Zeiten. Gott sei längst aus der Kirche ausgetreten, die Pfaffen folglich überflüssig und ein weißes Brautkleid absoluter Humbug. Nicht aber die

Liebe, die wolle er vor Gott geloben. Folglich habe er seinen Bruder Heinrich nicht nur zum Trauzeugen, sondern auch zum Priester auserkoren.

Heinrich ließ sich nicht lumpen: Würdevoll vollzog er die Trauung, draußen und drinnen, großzügig spendete er Segen. Wieder und wieder erlaubte er dem Bräutigam, die Braut zu küssen. Emil tat dies inniglich, beschwingt und feuchtfröhlich. *Heut ist der schönste Tag in meinem Leben,* sang er feierlich, obschon das Lied des jüdischen Sängers Josef Schmidt verboten worden war. Dann kürte er mich, seine Braut, zur wundervollsten der Welt, auch ohne weißes Kleid. Ich tanzte nicht, ich schwebte.

Nicht all meine Schwestern und deren Familien konnten zur Hochzeit kommen. Die Männer waren im Krieg, die Kinder wollten versorgt sein, und auch das Geld reichte bei Weitem nicht aus, sie alle zu bewirten. Emils Brüder hatten Fronturlaub erhalten, und auch deren Frauen, die Köstlichkeiten für das Hochzeitsmahl beisteuerten, tanzten und freuten sich mit uns. Selbst Emils Mutter, von Gicht geplagt, ließ sich auf die Tanzfläche ziehen.

„*Ich tanze mit dir in den Himmel hinein*", versprach ich Emil, der wenige Tage später an die Ostfront ziehen musste. Nichtsahnend, dass das Haus, in dessen Dachgeschoß er mit Hilfe der Brüder eine kleine Wohnung für uns eingerichtet hatte, schon im Herbst 1941 ausgebombt sein würde. Nur das Plumpsklo im Hinterhof blieb unbeschadet. Ich kehrte zu den Schwestern zurück, wo ich mich ohnehin die meiste Zeit aufhielt. Und auch Emil verbrachte dort seinen Fronturlaub, bevor er in Stalingrad eingekesselt wurde.

Wie von weit her dringt Elses Stimme an mein Ohr. „Gnädigste, hätten Sie bitteschön die Güte, Ihre Schwester Christel sowie meine Tochter Renate beim Schuttschaufeln zu unterstützen?“

Als ich antworten will, sticht die Angst zu und lässt das Messer zwischen Lunge und Herz stecken. Mein Mann, möchte ich schreien, mein Mann, den ich so gern *Jung* nenne, lebt er noch? Emil, dieser große Junge im Körper eines Mannes, der kein Soldat sein will, der Uniformen hasst, kein fremdes Land erobern möchte und Kälte verabscheut, wie mag es ihm gehen? Dass ihm die Zehen in den Stiefeln erfrieren würden, schrieb er mir, als Briefe noch ankamen. Aus Stalingrad kommt seit Langem keine Post mehr. Und niemand weiß, ob es stimmt, dass die sechste Armee vernichtet sein soll.

„Berta, jetzt reicht et mir. Wat is los? Gehste nu mit Christel und dat Mädchen?“ Ich nicke traurig.

An einem Septembermorgen erreichen Christel, Renate und ich die zementgraue Fabrik. Der Saal, der Christel tagsüber verschluckt, damit sie dort mit flinken Händen und im Akkord Stoffballen flickt, hat den Bombardements widerstanden. Bang und geduckt ragen die Mauern der Stopferei zwischen Ruinen und Kumuluswölkchen in den spätsommerblauen Himmel. In Schieflage trotzt das Dach dem Einsturz. Ich sehe Männer über schmale Leitern in den Giebel klettern. Unter ihren dünnen Armen eingeklemmt wanken Bretter hin und her, während die Hände Halt suchen. Werkzeuge und andere Utensilien meine ich in den Mündern der Männer zu entdecken.

Flüsternd und hinter vorgehaltener Hand warnt Christel uns: „Mit denen dürft ihr nicht reden. Die mit dem *P* auf der Brust, dat sind Polen, die sind schon wat länger da. Wo *Ost* draufsteht, dat sind Russen, Bolschewiken, Kriegsgefangene. Da dürft ihr auch nicht mit sprechen. Klar?“

Fassungslos starre ich auf die mit Werkzeugen verstopften Münder. „W-Warum s-s …“

Aber Christel ist noch nicht fertig. „Die blöde Kuh hat gesagt, wir kriegen noch mehr Zwangsarbeiter. Sozusagen als Verfügungsmasse. Dat sei en Himmler-Erlass.“

Die blöde Kuh ist Abteilungsleiterin und Christels Vorgesetzte. Ihren Namen, Frau Kunz, bräuchte man nicht kennen, hatte Christel unterwegs erläutert. Ob die Hinz oder Kunz, Meier oder Müller heiße, wäre schnuppe. Hauptsache, der Hitlergruß würde korrekt ausgeführt. Mit dem müsse man die blöde Kuh begrüßen. Mehr als *Heil Hitler* wolle die auch gar nicht hören. „Vielleicht noch Ja und Amen. Sonst nix. Reinklotzen und tun, wat die sagt. Verstanden?“

Einhelliges Nicken.

„Hört die erst mal blöken. Dann wisst ihr Bescheid.“

Christel entdeckt die Vorgesetzte vor einem Trupp Kriegsgefangener, die am Boden arbeiten. „Da ist sie.“

Das Wort Verfügungsmasse klemmt in meinem Kopf. Wie die Bretter unter den Achselhöhlen der Männer, deren Münder metallisch in der Sonne blitzen. Mager und zerlumpt sehen sie aus; verschmutzte Jacken und Hosen schlottern an ihnen hinab. Wie von Kalk bedeckt, wirken Haut und Haare, selbst bei den jüngeren und kräftigeren Arbeitern. Es gibt kein Fett an ihnen. Nicht einmal in den ungewaschenen Haaren, die nicht mehr glänzen. Hunger starrt aus dem Grau ihrer Gesichter. Sie schlagen die Augen nieder und nageln. Sie nageln Bretter vor die von

Detonationen zersplitterten Fenster. Keiner beachtet die blöde Kuh. Es reicht, ihren Kommandos zu folgen.

„Sind die immer hier?“, will Renate wissen und zeigt mit der Nase in Richtung Verfügungsmasse.

„Nee“, sagt Christel, „bloß im Moment. Die fahren Sonderschichten. Von Zeit zu Zeit werden welche ausgetauscht, glaub ich. Mal der und mal der. Man merkt sich die Gesichter nicht. Wer da kommt und wer da geht, keine Ahnung. Wir dürfen uns mit denen ja nicht abgeben. Von den Polen hab ich den ein oder anderen schon mal gesehen.“

Mit besorgter Stimme fragt Renate: „Ist alles kaputt gebombt und bloß die Stopferei heilgeblieben?“

„Der Südtrakt am Wäldchen, der steht noch. Da soll nix runtergekommen sein. Aber ich war da noch nicht.“

„Ich kenn die“, stellt Renate fest.

„Wen?“, will ich wissen.

„Die blöde Kuh. Die hat dat Mutterkreuz.“

„Bestimmt“, sagt Christel.

„Wenn die sich gleich umdreht, müsst ihr mal gucken, ob die dat auch trägt“, meint Renate.

„Wozu?“, frage ich, ohne eine Antwort zu erwarten.

Viele Frauen an der Heimatfront tragen ein Mutterkreuz. Sie haben ihre Pflicht erfüllt und dem Führer mindestens vier Kinder geschenkt, bestenfalls Söhne. Nun ruft der Führer sie zum Endsieg. Sie melden sich freiwillig als Hilfsbedienstete der Wehrmacht, arbeiten als Flakhelferinnen und blöken in der Industrie die Verfügungsmassen zur Räson. Sie machen mir Angst.

„Wer kneift, wenn’s drauf ankommt, gehört nicht zum deutschen Volk“, tutete Bubi am Morgen in die Ohren seiner Mutter, die von Heimatfront nichts wissen will und den Sohn, der zum Volkssturm möchte, nur Flakhelfer sein lässt. Vorerst.

Ich mustere die blöde Kuh von hinten. Das Hakenkreuz breit und straff um den Arm gewickelt, steht sie aufrecht da: korrekte Haltung, säulenartig beieinanderstehende Waden, maßgeschneidertes Kostüm, tadellose Gesinnung, aus einem Guss und ohne ein Stäubchen drauf. Sogar hier, wo alles vor Dreck, Asche und Staub zerbirst. Bloß der Hängearsch mag sich nicht ins Bild fügen, was ich seltsam tröstlich finde.

„Wir haben noch Zeit“, raunt Christel, „bevor wir uns melden müssen. „In der Stopferei stehen Spinde, da können wir die Taschen und Jacken lassen. Falls die noch da sind, die Spinde. Nix ist mehr, wie et mal war. Von einem auf den anderen Tag ist alles futsch. Wat nicht zerbombt oder verbrannt ist, wird weggeräumt. Ganze Abteilungen lagern die um. Kein Mensch weiß, wohin. Gucken wir mal, wat uns heute blüht.“

Beim Stopfsaal angekommen, öffnet Christel das Eingangstor und zieht uns in die Halle. Scheppernd fällt das Tor ins Schloss. Christel schiebt sich zwischen Renate und mich, hakt sich unter und nickt uns aufmunternd zu.

„Vorwärts, die Damen!“

Ich wundere mich, so etwas wie Freude in Christels Augen zu entdecken. Ist sie so froh über ihre Wirkungsstätte? Befinden wir uns in einem Vorführsaal? Das hier ist kein Kino, möchte ich sagen, bloß weil es halbdunkel ist, brauchst du dich also nicht auf Marlene Dietrich freuen.

Beunruhigt erkenne ich, dass ein anderes Dunkel nach mir greift. Eines, das mich körperlich erfasst, bevor es auch Christel anpackt, die abrupt stehen bleibt und nach meiner Hand sucht. Mit schreckgeweiteten Augen starrt sie an die Decke, wo ich im ersten Moment ein Tier vermute, das da oben schwebt. Vollgesaugt mit grelldunkler Nacht. Meine Augen folgen Christels Blick, flattern hoch, scheuen zurück, hasten hinauf und wieder hinunter.

„D-Da hängt …“

„Pst!“ Eine Kollegin von Christel eilt herbei und baut sich vor uns auf: „Seid still und guckt da nicht hin.“

„D-Das k-kann n-n …“

„Pst!“ Die Frau legt ihre schmutzige Rechte auf die zusammengepressten Lippen. Erst als sie sicher ist, dass kein Blick mehr an der Decke haftet, nimmt sie die Hand vom Mund weg. Hastig und mit gedämpfter Stimme quetscht sie einen Schwall von Erklärungen aus sich heraus.

„Der Mann ist tot. Wir wissen nicht, wie lange der da schon hängt. Vorhin, als ich kam, hing der schon da. Die Kunz hat gesagt, der müsse da ‘ne Weile baumeln. Wörtlich hat die baumeln gesagt. Die Produktion und die Volksgemeinschaft wären wichtiger. Der Mann hätte Deutschland Schaden zugefügt. Wahrscheinlich hat der geklaut. Was weiß ich? Fragen sind nicht erlaubt. Auch nach oben stieren ist verboten. Das täten nur die, die dem Führer nicht genug vertrauen würden, sagt die Kunz. Über jeden, der gafft, statt zu arbeiten, verlangt sie Rapport.“

Kurz und hilflos gestikuliert die Frau, bevor sie ihre Hände in den Kitteltaschen versenkt und weiterspricht. „Nun wisst ihr, was los ist. Am besten, ihr meldet euch schnellstens einsatzbereit. Die Spinde sind von hier weg in die alte Färberei transportiert worden. Vielleicht werdet ihr da eingesetzt, hier jedenfalls nicht. Ich soll achtgeben, dass die Männer alle Stoffe wegschaffen. Die fangen zu schnell Feuer. Wahrscheinlich wird das hier ein Gerätelager. Man munkelt, die gesamte Produktion soll unter die Erde verlegt werden. Die buddeln wie bekloppt draußen. Sieht nach Tunneln aus. Haut ab jetzt. Heil Hitler."

„Heil Hitler, Hertha", ruft Christel ihr nach, löst ihre Hand aus meiner Hand und strafft den Sommermantel. Sie zieht, spannt, streckt und zurrt ihn, als sei er zu kurz. Warum sieht das so armselig aus, frage ich mich, wenn Christels Gesicht auseinanderfällt über dem gestrafften Mantel? Als würden Worte, kaum gedacht, in ihrem Hirn zerfließen, so schaut sie drein. Ist ein Menschenkopf zu klein für das Stakkato der Gedanken?

Auch meine Gedanken springen und taumeln, wie wenn sie stottern würden. Aber der Kopf muss denken, damit er weiß, zu wem er gehört. Der Mann im Dachgebälk ist tot. Ich weiß nicht, wie er heißt. Den Namen der blöden Kuh muss ich nicht kennen. Das Wort *Verfügungsmasse* habe ich gelernt. Es hängt an der Decke und soll keines Blickes gewürdigt werden, nicht tot und nicht lebendig. Weil es geklaut hat vielleicht, oder weil es ein *P* trägt auf der Brust oder ein *Ost*.

Die stille Renate schmeißt den Arm in die Luft, zum Hitlergruß bereit.

„Halt um Himmels willen das Maul", zische ich. Renates Stille kreischt. Ihr Arm macht Wind. Ihr Mund ist ein Mündchen. Und kein deutsches Maul. Oder doch? Man hat es gefüttert, das deutsche Maul, mit Herrenmenschparolen und Gesängen. Nun ist es still, ganz still. Auch das Händefalten geht leise. Ich bete und schaue hinauf. Zu dem Toten. Und höher. Zu seinem Schöpfer. *„Vater unser, der du bist ...“*

Hart und dumpf prallt ein Schuh gegen meinen Knöchel. Mit dem Fuß versucht Christel, sich aus der Schreckstarre zu befreien. Doch der schwere Tritt löst die Starre nicht. Sie muss ihm ein Wortgeschwader aus Spucke, Angst und Hass hinterherschicken. „Du hältst dein Maul, Berta, nicht dat Mädchen! Wenn uns hier wat passiert, schlag ich dich kaputt. Da kannst du Gift drauf nehmen. Noch ein Ton, Madam, da kriest et mit mir zu tun. Guck mich an und glotz da nicht hoch. Du bringst uns alle in Gefahr. Haste dat verstanden?“

Mein Blick fällt in die Schubkarre, die einer der Arbeiter vorbeischiebt. Der Mann führt die Karre so behutsam und vorsichtig, als wolle er einem Unglück ausweichen, das jederzeit von der Decke herabstürzen könne. Wie mein Blick und das Gebet. Halt, ruft etwas in mir. Wir haben doch nur uns. Sonst haben wir doch nichts. Aber ich schweige. Das Wort *Wir* umfasst mindestens ein Ich und ein Du. Es verspricht Zusammengehörigkeit. Das Wort lügt. Ich bin eine Gefahr für Christel und Renate. Ich bin eine Gefahr für den Schubkarrenmann. Ich gehöre nicht zu ihm. Der Tote an der Decke gehört nicht zu mir.

Ich schaue die Schwester an. Die sanfte, arglose Christel, Elses treue Dienerin, das scheue Rehkitz des Vaters, ist hässlich vor Angst und Hass.

Das Schweigen in meinem Mund wird groß und größer. Es möchte schreien. Ich schaue weg und lache. Das Lachen soll den Schrei vertreiben. Doch es trifft den Blick des Schubkarrenmannes und bleibt als Schmerz in seinen Augen stehen.

„Komm jetzt, Madam!“ Christel und Renate zerren mich hinaus. Wieder scheppert das Tor. Draußen wartet der Tag.

„Dat Weib gehört nach Hephata, da schickt man die Bekloppten hin“, verrät Christel der stillen Renate und dem wartenden Tag. Renate nickt. Der Tag schweigt. Keiner sieht mich an. Vielleicht bin ich wieder unsichtbar geworden. Das Gefühl, unsichtbar zu sein und nicht dazuzugehören, kenne ich seit Kindesbeinen. Jetzt kehrt es zurück und nimmt mich ein. Sodass ich verschwinde. Als unsichtbares Nichts schreite ich in den Tag.

Dem Tag ist das Nichts egal. Er muss es nicht ablehnen. Schlimmer als Gleichgültigkeit ist Ablehnung. Das weiß ich von Frau General Mutter, deren Ablehnung so entmutigend war, dass der Tag mich nicht schützen konnte. Ich musste auf den nächsten gleichgültigen Tag warten, in dessen Schutz ich übte, nicht aufzufallen, der Ablehnung keinen Anlass zu geben, nicht zu stottern, mich anzupassen, normal zu sein und zu überleben.

Dabei wusste ich, dass ich anders war. Ich trug dieses Wissen mit mir wie die Verfügungsmassen ein *P* oder *Ost* auf der Brust und die Juden den Judenstern. Brandmale, welche die Menschen kenntlicher zeichnen als ich durch mein Stottern und meine Ohnmachten kenntlich werde, und die ihnen nicht erlauben, in der Gleichgültigkeit der Tage Trost und Schutz zu suchen.

„Es wird regnen“, sagt Renate, „der Himmel bewölkt sich.“ Sie blinzelt in den Tag und umhüllt sich mit neuem Schweigen. Christel lotst uns in Richtung alte Färberei. Ein beißender Rauchgeruch liegt über den Fabrikhallen. Je näher wir der alten Färberei kommen, desto intensiver meine ich, den beißenden Geruch von verkokelten Stoffen und unbekannten chemischen Substanzen einzuatmen.

„Man sollte meinen, hier wär über Nacht schon wieder wat abgefackelt“, argwöhnt Christel. „Aber et gab doch gar keinen Bombenalarm.“

Männer mit Buchstaben auf der Brust verdecken die blöde Kuh, deren Blöken in den Ohren lärmt, lange bevor man sie erblickt. Das Blöken klingt laut, aber frei von Zorn. Die blöde Kuh blökt, weil es ihre Pflicht ist. Sie muss die Buchstabenmänner anweisen; sie muss die Menschen hierhin und dorthin schicken. Die mit den Schaufeln sollen die Schutthaufen umsorgen. Bloß der Dreck gehört weggeschafft. Die Steine sind Eigentum der Deutschen Industrie. Die Deutsche Industrie ist Teil des Deutschen Volkes. Der Krieg verlangt allen alles ab. Stramm steht die Zeit im wartenden Tag.

„Halt dich geschlossen, Madam, und denk an den Hitlergruß“, faucht Christel. Ich sage nichts. Aber ich salutiere vor der blöden Kuh, als hinge das Tausendjährige Reich davon ab. Nur nicht auffallen, rumst das Herz in der Brust. Es rumst so laut, dass ich nicht hören kann, was gesprochen wird.

Meine Blicke durchforsten das Gesicht der blöden Kuh, als wäre es ein Wald voller Geheimnisse. Aber das Gesicht ist leer. Die Haut wirkt teigig, die Züge weich, die Augen wässrig. Keine Spur von Bösartigkeit kann ich darin entdecken. Man könnte hineinfallen in dieses Gesicht und fände keinen Grund. Man fiele, fiele und fiele und käme nirgends an. Allenfalls im Grund eines anderen. Eines mächtigen anderen, dem die blöde Kuh vertraut. Wie den Anordnungen des Führers. Der Führer wird es richten. Der

Führer hat Gründe für den Krieg, für den Sieg und für die Niederlage, von der man munkeln hört. Der Führer ist verantwortlich für das Volk und für das Gesicht, das die Einzelnen mit sich tragen. Wie eine Uniform.

Die blöde Kuh ordert uns in die alte Färberei. Ich trabe mit, wie ein Schaf. Mein Gesicht trägt Uniform. Ich bin ein Schaf mit einem uniformierten Gesicht, das ich aufbehalte, als ich die Tasche mit dem Kanten Brot, der Flasche Wasser und dem Portemonnaie in Christels Spind stelle.

Ich schleppe das Gesicht durch den Staub. Ich hüte es beim Schaufeln, Aufräumen und Kehren. Ich unterweise es im Schweigen und untersage ihm das Stottern. Ich lehre es, den Blick abzuwenden und Gehorsam zu zeigen. Am Abend trage ich das Gesicht nach Hause. Und hoffe, dass ich Gründe finden kann, die nicht in mir liegen.

„Arbeiten kann die Madam“, betont Christel beim kargen Abendbrot. Anerkennend nickt sie in meine Richtung. „Wenn man mal von dem Schwachsinn absieht, den dat Frauenzimmer verzapft und veranstaltet.“

„Wat für ’n Schwachsinn?“, erkundigt sich Else?

„Frag mal et Puppa“, höre ich mich sagen.

„Wer is dat Puppa“, will Else wissen.

„D-Deine Tochter, dat Mädchen.“

„Seit wann heißt dat Mädchen Puppa?“

„Guck dat Mädchen doch mal an! Dat ist en Puppa! Mit so ’nem Mündchen im Gesicht.“

„Wie bitte?“, poltert Else.

„D-Dat mit dem M-Maul hab ich nicht bös gemeint, Puppa. Entschuldigung!“

Puppa lässt die Hände vor der Stirn hin und her wandern. „Tante Berta ist plemplem.“

Else schüttelt den Kopf, als wolle sie verneinen, sagt aber: „Wat soll dat?“

„Et Berta hat uns alle in die Bredouille gebracht“, erklärt Christel.

Mein Gesicht glüht. „Man m-muss nicht Heil Hitler grölen, w-wenn einer an der Decke hängt!“

„Wer tut so was?“, fragt Sophie.

„Et Puppa“, antworte ich.

„Stimmt nicht“, widerspricht Puppa, „ich hab nur den Arm gehoben. Du spinnst, Tante Berta.“

Ich fühle das Gesicht einstürzen. Als sei es ein Haus, in dessen Keller verbotene Kohlevorräte lagern. Die Kohlen beginnen in der Hitze zu glühen. Um nicht ersticken zu müssen, stehe ich auf und stürze hinaus. Im Hinauseilen zische ich „Sch-Scheißkrieg.“

Die Jungfrau schläft

Es ist früh am Morgen. Tante, möchte ich rufen, als ich der Sitte hinterher schleiche. Aber die Stille der Straßen duldet keine Rufe. Zerbombte Häuser stehen in langen Reihen. Lautlos streifen sie die Dämmerung ab. Es ist, als hungerten die Ruinen danach, jeden Mucks aufzusaugen, noch bevor er dem Mund entwischt. Als gierten die schwarzen Löcher, die ehemals als Fenster dienten und nun wie darbende Mäuler aus den Mauern klaffen, nach menschlichen Tönen, um sie wie Nahrung zu verschlucken. Wie um die Leere zu füllen, die in den Häusern finstert, seit ihnen das Leben aus den Leibern gebombt wurde und sie allein zurückließ.

Die Stille schmerzt. Der Schmerz will die Verschütteten unter den Trümmern beweinen. Ich ziehe das warme Tuch eng um die Schultern, ersticke den Ruf nach der Tante und verscheuche die Bilder von Nachbarn, Bekannten und Freunden, für die jede Hilfe zu spät kam.

Wie für Mathilde, meine Schulkameradin, die mit ihren zwei Kindern und beiden Eltern im Keller unter dem Friseurladen begraben liegt. Auch an Mathildes vor wenigen Tagen heimgekehrten Mann will ich nicht denken. Nicht daran, wie er seither mit bloßen Händen nach seiner Familie gräbt. Gedanken, die sich nicht aufs eigene Überleben konzentrieren, sind brandgefährlich. Sie entzünden das Hirn und entfachen Feuer, die schwer zu löschen sind.

Das Leben marschiert nicht mehr, es humpelt oder huscht auf Strümpfen umher. Wie die Sitte, die sich mehr und mehr abhandenkommt und sich in unablässig gemurmelten, seltsam werdenden Gebeten verliert. Seit den Bombennächten spreche auch ich leiser. Sophie meinte jüngst, dass ich die Worte eher hauchen würde als sie auszusprechen. Sogar meine Hände, mit denen ich früher wild gestikuliert hätte, würde ich scheu in der Luft bewegen.

Meine Hände würden gern flüstern. Aus Respekt vor dem verwundeten Leben, das sich schinden muss. Aus Trauer um alle, mit denen der Sensenmann bereits übern Jordan gegondelt ist. Aus Furcht um die, die er noch ins Boot holen könnte. Stiekum und ohne mein Wissen.

Über das, was so schwer wiegt wie das Leben, spricht der Sensenmann nicht, schon gar nicht laut. Jedenfalls nicht mit mir, die ich überlebt hab und nicht mehr weiß, warum und wozu ich ein- und ausatme. Die Atemluft hebt und senkt den Brustkorb. Sie strömt ganz selbstverständlich in die Lunge. Ich muss nichts dafür tun. Das Leben taktet mein Herz, das regelmäßig pocht. Das Blut fließt durch die Adern, als wolle es, dass ich lebe. Vorsichtig pirsche ich mich an die Sitte heran.

Auf durchlöcherten Socken huscht sie durch die stille Stadt. Ihre Puschen kauern geduldig vor der Eingangstür der Kneipe. Wie zwei wartende Hunde, deren Schnauzen den Weg ins Innere des Hauses weisen. Während ihre Herrin unter anhaltendem Gebetsmurmel nach einer Marienfigur fahndet, die während der letzten Bombardements der Alliierten verkokelt sein muss, obschon das Haus als eines der wenigen in unserer Straße weitgehend unzerstört blieb.

Ein einziges Zimmer im zweiten Stockwerk, in dem der Marienalter der Mutter und die Betten für Sophie, die Sitte und mich aufgebaut waren, existiert nicht mehr. Eine Brandbombe fand den Weg durch das Dach in den Altar und fackelte den Raum nebst Inventar vollständig ab.

Unter Stoßgebeten der Sitte konnten Sophie, Else, Christel, Renate und ich das Feuer löschen. Kleinere Schäden am Gemäuer des Eingangsbereichs, bedingt durch den Einsturz des Nachbarhauses, sicherten wir mit Brettern und Steinen. Die kurze Zeit später einrückenden Amerikaner räumten das Haus wider Erwarten nicht, obschon Sophie diese Gefahr im Vorfeld häufig heraufbeschworen hatte. „Was passiert mit uns, wenn der Ami kommt?“

„Der Ami ist kein Iwan“, hatte Else geantwortet und die Sitte aufgefordert, zur Jungfrau zu beten, dass nicht die Russen, sondern die Amerikaner einmarschieren sollten.

„Der Iwan übt Rache, der Ami nicht. Außerdem weiß der Ami doch auch nicht, wo der mit uns allen hin soll. Hier steht doch nix mehr."

„Kennst du einen Ami?", hatte die Sitte wissen wollen, deren verloren geglaubter Verstand einen lichten Moment erwischt haben musste.

„Tante, w-wo willst du hin? Warum läufst du schon wieder auf Socken?" Die Sitte antwortet nicht. Meistens schweigt sie. Es kann sogar passieren, dass sie den Schritt beschleunigt, um lästige Fragen und mich abzuschütteln, sodass ich laufen muss, um sie nicht entwischen zu lassen. Ausgemergelt und hutzelig schaut sie aus, die Tante. Wie ein dürrer Ast, den der Wind durch die Straßen fegt.

„Fass mich nicht an", raschelt der Ast bisweilen in meine Richtung, „sei nicht so kiebig."

Dabei bin ich gar nicht kiebig. Ich verspüre weder Lust noch Mut, sie zu berühren, da ich ihr beim Morschwerden zusehen kann und fürchten muss, dass sie auseinanderfällt, während ich versuche, sie aus den Gefahrenzonen wegzuziehen. Immer wieder probiere ich, mit Worten zu ihr durchzudringen. So auch jetzt: „Wohin läufst du, Tante?"

„Ich laufe nicht", korrigiert sie mich. „Ich gehe."

„Aber warum gehst du auf Socken? Ich hab …"

„Ich muss leise sein."

„Warum?"

„Weil die Jungfrau schläft. Ich will sie nicht wecken."

„Dann sollten wir nach Hause gehen."

„Sicher nicht!"

„Aber w-wenn die Jungfrau schläft, können wir …"

„Im Gegenteil, dann müssen wir wachen und beten."

„Woher willst du wissen, dass die Jungfrau schläft?"

„Das hat uns die Mutter erklärt, als wir Kinder waren, dass die Jungfrau im Morgengrauen schläft. Weil sie uns in der Nacht behüten muss."

„Aber sie behütet uns doch immer, oder nicht?"

„Nicht, wenn sie schläft, du dummes Ding!"

„Wo schläft die Jungfrau denn?"

„Früher schlief sie in meinem Haus. Zuletzt schlief sie mit mir im Zimmer deiner Mutter."

„Ich dachte, die Jungfrau schläft im Himmel."

„Als ob du das wüsstest! Du weißt nichts!"

„Oh doch, Tante. Ich weiß, dass deine Jungfrau im Feuer schläft. Weil sie verkokelt ist."

„So ein Unfug. Sie ist nicht verkokelt. Sie ist weg. Wenn hier jemand kokelt, dann ihr. Was aus euren Mündern kommt, ist verkokelt und sündig. Darum ist die Jungfrau weggegangen. Und auch ich werde gehen. Euer Taubenverschlag ist ein Sündenpfuhl."

Je mehr sie schrumpelt, desto verrückter wird sie, denke ich. „Du siehst doch, dass alles kaputt ist, Tante. W-Wo willst du da hin?"

„Dat is religiöser Wahn, wat die Tante quält", meinte Christel kürzlich zum Zustand der Sitte. „Dat kommt vom vielen Beten."

„Dat is en klarer Fall von Hirnschwund, wenn ihr mich fragt", sagte Else. „Im fortgeschrittenen Stadium."

„Die Tante verliert den Verstand", überlegte Sophie, „wie andere Leute die Zähne. Sie stirbt sozusagen häppchenweise. Womöglich ist sie auch in einer der Bombennächte verrückt geworden, was kein Wunder wäre. Jedenfalls merkt sie, dass was nicht stimmt. Wenn sie draußen rumstromert, sucht sie nicht nur eine Marienfigur, sondern auch Häppchen ihres Verstandes. Gleich, ob der nun weggebombt wurde oder sonst wie abhandenkam."

Ich würde das alles nicht ausschließen, hätte aber einzuwenden, dass die Suche der Sitte, wonach auch immer, lebensgefährlich ist. Für sie selbst und für mich. Denn schließlich muss ich der Sitte hinterherhasten. Weshalb der Hinterausgang des Hauses mit Brettern zugenagelt gehört, wenn er schon nicht mehr abschließbar ist.

Die Sitte entweicht durch die Hintertür in den Hof, um dann ums Haus zu schleichen wie ein Geist. Mit Vorliebe im Morgengrauen. Die Puschen drapiert sie vor der Kneipentür als Hinweis für die Jungfrau, die das Haus an den Puschen erkenne, sofern sie, die Sitte, unterwegs sei.

Ich erklärte ihr wieder und wieder, dass die Jungfrau das Haus sowieso kennt und sie sich bloß die Strümpfe kaputtmacht und die Füße. Aber im Kopf der Tante ist es die meiste Zeit zappenduster. Verstandshäppchen findet sie bei ihren gefährlichen Ausflügen sicher nicht. Wenn ich nicht aufpasse wie ein Luchs, latscht sie allenfalls auf eine nicht entschärfte Mine. Paff.

Oft probiert sie, ins Sperrgebiet einzudringen. Mit beeindruckender Beharrlichkeit. Selbst die Amis, die über sie schmunzeln, haben allmählich die Nase voll von der Sitte und ihren Gebeten. Jüngst hat sie einen Soldaten angefleht, er möge sie erlösen. Mit gefalteten Händen hat sie den bestürmt. Woraufhin der Soldat eine Umarmung andeutete. Um die gefalteten Hände und um die Sitte herum. Im weiten Bogen, mit gestreckten Armen, halb mitleidig, halb scherzhaft.

„Barmherzige Mutter", hat sie daraufhin zu ihm gesagt, „du bist gebenedeit unter den Weibern."

Ich konnte gerade noch verhindern, dass die Sitte auf die Knie sinkt vor dem Soldaten, der gottlob nicht verstanden hat, was die Tante quasselte. Dass sie Frauen und Männer nicht mehr unterscheiden kann und einen Ami, mit Kaugummi im Maul, für die Mutter Gottes hält. Dass sie das Vaterunser mit dem Gegrüßet-seist-du-Maria verwechselt und die Gebete kunterbunt mixt. Wie die Zutaten in einer Gemüsesuppe: *„Vater unser, du bist gebenedeit unter den Weibern ...“*, so lobpreist die Tante den Herrn.

Ja, heiliger Bimbam. Mit Andacht betet sie schon lange nicht mehr. Eher reflexartig, wie die Hühner picken, ob was am Boden liegt oder nicht. Murmel – pick, Murmel – pick. Rhabarber – Rhabarber. So geht das. Tag und Nacht.

Sie kann einem leidtun, aber denkt mal jemand darüber nach, was das alles mit mir macht? Wie mein Herz kaspert? Wie es mir in die Hose rutscht? Dass es vor Schreck stillstehen könnte? Womöglich während einer Ohnmacht oder in einer noch verhängnisvolleren Situation?

Nach einem verlorenen Krieg geraten viele Frauen in Notlagen, die man sich nicht vorstellen will. Das Grauen lauert überall und jederzeit. Die freundlichsten Soldaten sind auch bloß Männer, weit weg von Zuhause und im sexuellen Notstand. Bisher habe ich Glück gehabt. Aber wie lange noch? Und warum haben die Schwestern gerade mich auserkoren, auf die Tante aufzupassen?

„Bis Weihnachten will ich umgezogen sein“, flüstert die Sitte.

„Dann ist ja noch v-viel Zeit“, sage ich.

„Wir haben schon Herbst.“

„Tante, es ist n-nicht mal Sommer!“

„Erzähl nichts. Es herbstet, und es ist kalt.“

„Z-Zieh doch Schuhe an! Und ‘ne dickere Jacke!“

„Du klaust mir doch alles.“

„Ich? Ich klau nicht. Außerdem w-würd ich deine Klamotten nicht anziehen. Bestimmt nicht.“

„Du wärest froh, wenn du so gute Sachen hättest wie ich. Beguck dich, wie du aussiehst! Mit der Montur liefe ich nicht herum.“

„Aber mit ‘ner Jacke, w-wo Löcher drin sind.“

„Das geht dich nichts an.“

„Ist gut, Tante. Aber dass gleich Sperrstunde ist, das geht mich was an. Lass uns zurückgehen.“

„Wir müssen zum Bismarckplatz.“

„Was willst du auf dem Bismarckplatz?“

„Ich guck mir da eine Wohnung an. Wo der Bismarckplatz in die Bismarckstraße übergeht.“

„Da geht nix mehr über, Tante. Da ist alles kaputt.“

„Das ist egal. Hauptsache, ich komme raus aus eurem Taubenverschlag.“

Tatsächlich platzt unser Haus aus allen Nähten. Außer den Schwestern, Puppa und Bert, der schwer verletzt aus einem Lazarett nach Hause entlassen wurde, leben meine Schwägerin Gretel, Quasis Frau, und ihre beiden Kinder im oberen Stockwerk. Weil deren Haus bis auf die Grundmauern abgebrannt ist, müssen sie hier auf Quasis Rückkehr warten.

Neben Emils Heimkehr ersehne ich Bubis Entlassung aus amerikanischer Gefangenschaft, in die der Junge unmittelbar nach seiner Einberufung in den letzten Kriegsmonaten geraten ist.

„Gib Gott, dass bald alle wieder da sind“, sagt Christel oft, die neuerdings auf die täglichen Visiten eines schwarzen GIs wartet, mit dem sie liebäugelt. Er war der erste Schwarze, den wir erblickten, als die Amis in die Kneipe stürmten. Der GI ließ die MP sinken und wies seine Kameraden mit einer Armbewegung an, Gleiches zu tun. Dann betrachtete er Christel, die ein weißes Fähnchen schwenkte, ließ das breiteste aller breiten Lächeln aufblitzen und zeigte die schneeweißesten Zähne, die Christel je gesehen hatte. Wie sie später wieder und wieder betonte.

Mir entging nicht, dass Christel errötete hinter ihrem Fähnchen und vor Aufregung hin und her hüpfte im Sitzen und auf beiden Pobacken

Das ist ja wie im Film, dachte ich, als der schokoladenbraune Mann Christel nach ausgiebiger Betrachtung eine Apfelsine überreichte. Er hielt ihr die Frucht entgegen, als würde es sich um ein Juwel handeln, das er extra aus Übersee mitgebracht und durch den Krieg geschleppt hätte, um es just in diesem Moment niemand anderem als Christel zu schenken. Ausgerechnet Christel, die sich bis dahin nur für Else, deren Belange und Marlene Dietrich zu interessieren schien, sodass ich schon gerätselt hatte, ob meine schöne Schwester lesbisch sein könnte oder asexuell wie die Sitte.

Seit der Schokomann um Christel herumscharwenzelt, ihr schmeichelt, sie bedient, als sei sie eine Diva, ja sogar Else gegenüber katzbuckelnd um Christel wirbt und uns alle mit Apfelsinen, Schokolade, Kaffee, Wurst, Brot, Kaugummi und anderen Leckereien versorgt, denke ich darüber nicht mehr nach. Allerdings frage ich mich, wie die beiden einander dauerhaft zugetan sein wollen. Außerhalb der beredten Sprache ihrer Körper, den vielsagenden Blicken, Gebärden und Gesten sowie einem erkennbaren

Hunger aufeinander, verstehen sie die Sprache des anderen, wenn überhaupt, nur rudimentär.

„Wie willst du dat hinkriegen mit dem?“, fragte ich Christel. „Glaubst du, dat könnte von Dauer sein?“

„Dat Leben ist kurz“, antwortete sie, „von Dauer ist bloß der Tod.“

Von Emil fehlt nach wie vor jedes Lebenszeichen. Ich bete und hoffe, dass er eines Tages einfach in der Tür steht. Wie Bert dort stand vor wenigen Wochen. Nur besser ohne Krücken, mit denen Sophies Großer herumstelzen muss, weil ihm das rechte Bein fehlt. Es piesackt ihn dennoch ärger als der linke Fuß, den er wegen einer Schussverletzung kaum mehr bewegen kann. Bert spricht nicht. Nur einmal, als er seinen Schmerz mit Schnaps zu betäuben versuchte, nannte er sein Leben verpfuscht.

Sophie zuckte zusammen. Einen Moment lang sah es aus, als kämpfe sie mit den Tränen. Dann straffte sie den Oberkörper, streckte den Hals, baute sich vor dem Sohn auf und sprach: „Junge, du bist fünfundzwanzig Jahre alt. Du lebst. In dir steckt noch viel Kraft. Einer wie du, der hat Kawuppdich! Soviel Kawuppdich wie du in einem Bein hast, haben andere nicht in zweien. Ach, was rede ich, im ganzen Leib nicht! Im ganzen Leib haben andere nicht so viel Kawuppdich wie du in nur einem Bein.“

„Lass gut sein, Mutter“, hatte Bert leise geantwortet.

Seit Berts Rückkehr und dem Einzug von Quasis Familie bin ich gezwungen, mit der Sitte ein Bett zu teilen, das zu allem Überfluss im Keller neben der Waschküche aufgebaut wurde. In Nähe der Kartoffelkiste und den ausrangierten Altmöbeln aus der Kneipe. Der Kellermief mischt sich mit dem Geruch der Sitte. Es riecht nach Einfalt, die wie eine Suppe auf kleiner Flamme köchelt und wieder und wieder aufgewärmt verspeist werden muss.

Die Ruinen haben die Dämmerung vollständig abgestreift, als wir am Bismarckplatz ankommen. Die Sonne flimmert uns entgegen, betupft das hohlwangige Gesicht der Sitte mit hellem Licht, zwinkert mir freundlich zu und bemalt die trümmergraue Tristesse des Platzes mit frischem Sonnengelb. Auch die Panzer, die die meisten Zugänge des Platzes verbarrikadieren, überzieht die Sonne mit friedvollem Glanz.

Das scheint die Sitte zu beflügeln, Panzer und Militärfahrzeuge als Empfangskomitee zu betrachten, das eigens aufgebaut wurde, damit sie auf Socken hindurchhuschen kann. Noch bevor ich die Situation erfasse, hat sie den von Panzern umlagerten Brunnen erreicht, Rock und Unterrock gelüftet, ihr knöchernes Gesäß auf das brüchige Fundament der ehemals prachtvollen Zisterne gehievt und das Gespräch mit der Jungfrau wieder aufgenommen „Gegrüßet seiest du Maria."

Ich haste hinterher. „Tante, du darfst da nicht sitzen."

„Sei still. Ich bete."

„Aber doch nicht hier. Und nicht auf dem kalten Stein. Davon wirst du krank. Zieh sofort den Rock runter!"

„Du störst meine Andacht."

„Tante, s-siehst du nicht, w-wie es hier aussieht?"

„Pst! Gleich wird die Jungfrau erscheinen und alles richten. Sei einfach nur still!"

Ich betrachte die ausgehöhlten Baumstämme neben dem Brunnen und die Militärfahrzeuge, die zwischen den Bäumen stehen, als wollten sie dort Wurzeln schlagen. Der Platz selbst ist mit Schutthaufen übersät. Nur wenige Menschen überqueren eilig das Gelände. Mürbe geworden und ratlos setze ich mich neben die Tante auf den harten Stein.

Wie soll die Jungfrau das richten? Ich denke selten über Zukünftiges nach. Selbst als Josef aus meinem Leben verschwand, glaubte ich bei allem Unglück an eine Zukunft. Hinter einer Fensterscheibe nicht allein hocken, wünschte ich mir, ein Licht für mindestens zwei anzünden zu dürfen, bestenfalls für eine kleine Familie. Für zwei, drei, vielleicht sogar vier Kinder. War das zu viel verlangt? Briketts für den Kohleofen nicht die Treppen hochschleppen müssen, um sich mutterseelenallein an der Wärme des Ofens zu erfreuen; das bitte nicht. Dann lieber keine Briketts kaufen können und gemeinsam frieren.

So dachte ich. Als hätte ich eine Wahl. Glück schien mir nur vorstellbar als das Gegenteil von Mutterseelenalleinsein. Wie immer die Zukunft sich gestalten würde, sie sollte gefüllt sein mit seelenvoller Nähe. Gerade weil ich weiß, wie sich Alleinsein anfühlt.

Ich sehe die beiden Männer vor mir, an deren Seite ich weniger allein war. Mit denen ich jeweils hoffte, Gegenwart und Zukunft teilen zu können. Emil, mein Mann, ist nicht seelenvoller als Josef, mein Verlobter, war. Wohl aber wirklicher. Ich trage Emils Ring und hüte das Stammbuch, das uns zur Hochzeit übergeben wurde, wie einen Schatz. Ich gehöre zu Emil und seiner Familie. Wie er zu mir und meiner Familie gehört.

Von Josef blieben nur vorbeirauschende Bilder. Kein sichtbares Zeichen, nichts Wirkliches. Mit den Wolken zog die Liebe von dannen. Wohingegen Emils Liebe mich erdet. Obschon er nicht da ist und selten von Liebe sprach. Eher beteuerte er, dass er sich dem Leben verbunden fühle. So auch, als er mir schwor, dass er wiederkommen werde, dass er nicht im Traum daran denke, in die ewigen Jagdgründe einzugehen, sondern sich mit mir auf dem Erdball vergnügen möchte. Solange wie möglich. Wenn ich darauf bestehen würde, sagte er, wolle er sogar tanzen lernen, obschon er nicht schwindelfrei herumwirbeln könne. Doch wolle er da sein, um mich zu halten und mir die Welt zu erklären. In klarer deutscher Prosa.

Emil spricht ohne Verschachtelungen und Seitenpfade, in die Josef seinen Redeschwall ergoss. Emil will verstanden werden, meistens jedenfalls. Ihm haftet nichts Elitäres an, wie es Josefs Wesen eigen schien. Auch liebt Emil das Familienleben, anders als Josef. Sein Lachen steckt an. Wie seine Liebe zum Leben.

An meiner Seite würde Emil in jedem Land atmen wollen. Folglich muss auch seine Zuneigung zu mir stärker und umfassender sein als es Josefs oft leidenschaftliche Beteuerungen waren. Emils Zärtlichkeit mag scheuer, seine Stimme rauer und sein Verhalten ungeschliffener erscheinen im Vergleich mit Josef. Aber wozu wäge ich das ab? Will ich nicht wahrhaben, dass Emil und Josef aus meinem Leben verschwunden sind? Ohne Abschied?

Wieder schmecke ich die Bitterkeit des Verlustes im Mund. Wieder spüre ich Trauer und Kränkung. Emil schickte viele Briefe, bis die Post aus Stalingrad ausblieb. Was soll geschehen, wenn auch er nicht wiederkommt?

Dann werden Gegenwart und Zukunft aussehen wie der Bismarckplatz: Zerbombt, zertrümmert, belagert, mit klaffenden Löchern in den Hauswänden anstelle von Fenstern. Die Jungfrau wird schlafen. Auf ewig. Und nichts wird die Sonne je beschönigen können.

„Die Mutter Gottes hat weiße Füße."
„Ach, Tante, woher willst du das wissen?"
„Ich kann sie sehen."
„Wie sieht sie denn aus?"
„Sie hat weiße Füße. Wie an einem Sonntag."

Entnervt hebe ich den Blick. Und sehe zwei Soldatenstiefel, deren Farbe vor Dreck nicht mehr erkennbar ist. Durchlöchert und widerstandslos stehen sie da. Als wären sie allein. Verlassen sogar. Als stünde niemand darin und warte ab. In dem Schuhwerk, das kein Sieger trägt.

Mein Blick gleitet höher, während ich mich aufrichte und den gekrümmten Rücken in die Länge ziehe. Die Zeit hält die Luft an. Meine Hand fühlt die Härte des Steines, von dem ich mich abstoße. Schräg hoch drücke ich mich in Richtung der Schmutzstiefel, in denen einer steht, der lautlos angeschlichen sein muss.

„Die Mutter Gottes hat weiße Füße", murmelt die Sitte.

„Wie an einem Sonntag", ergänzt die Stimme des Mannes, der in den Stiefeln steckt.

Eine magere Gestalt in schmutziger Zivilkleidung unter dem alten Mantel, der an ihm hinab schlottert. Im dunklen Timbre des Mannes schwingt ein silberheller Ton, den ich erkenne. Eher noch als den vertrauten Klang der Stimme. Kehlig und heiser tönt es aus dem schmalen Mund, der in einem traurigen Gesicht wohnt. Die Stoppeln im Gesicht glänzen in dunklem Silbergrau, als müssten sie den Hunger verbergen und die Angst und die Not, die ich in den aufgerissenen Augen flackern sehe, während das Gesicht plötzlich hell und heller, freundlich und freundlicher wird.

„Berta", raunt der Mann.

„Emil“, flüstre ich.

Ich weine. Ohne das zu wollen, und ohne dass sich die Starrheit löst, die in meinen Gliedern feststeckt. Wie der Mann in dem Schuhwerk.

„Emil“, sage ich lauter. Als müsse ich das wild klopfende Herz übertönen.

Die Sitte erhebt sich, umkreist uns und unsere Bewegungslosigkeit, als wolle sie uns begutachten, und wiederholt: „Die Mutter Gottes hat weiße Füße.“

Die Kaschemme

Ich kenne keinen Menschen, der das Metier des Quasselns und Schimpfens perfekter und ausdauernder beherrscht als Else. Ihr Vorbild, die Mutter, wurde beim Jomern schon mal müde. Else nicht. Dummerweise gelingt es der Schwester nach wie vor, mich mit nichts als Lamentieren ins Schwitzen oder aus der Fassung zu bringen.

Trotz meiner langjährigen Übungen im Weghören fürchte ich Elses anklagende Sprechgesänge, die vom Zetern kaum zu unterscheiden sind und sehr entmutigend sein können. Selbst wenn ich mir klarmache, dass die herummäkelnde Schwester hilfsbereit ist und das Herz am rechten Fleck hat, tue ich gut daran, in Habachtstellung zu bleiben. In dieser Haltung ertrage ich die Maulerei und höre zugleich weg. So auch jetzt.

Ich fege den Boden des Speichers vor der Küche unserer neuen Wohnung. Aufgewirbelter Staub tanzt in den

Sonnenstrahlen, die durch die Dachluke dringen und den Raum in quirlig-sanftes Licht tauchen. Das knorrige Holz einer Leiter ächzt, als Else sie mit dem rechten Bein belastet. Wie wenn sie hinaufsteigen wolle, um den Staub in der Schräge zu inspizieren.

„Dreck und Staub, wo du hingucken tust“, murrt sie. „Weiß Gott, wat da oben für ’n Gerümpel lagert. Seit Anno Tobak. Guck mal.“ Ihr rundes Kinn deutet in die Luft zu den beladenen Zwischenböden. „Wenn euch dat Zeug mal nich auf den Kappes knallt eines Tages. Ich steig da jedenfalls nich hoch. Da musste selber hochkriechen und sauber machen.“

Ich antworte nicht, woraufhin Else eine Schimpftirade startet: „Hast du mich verstanden, Madam Küselken? Du musst da hochklettern und den Dreck wegwischen. Wat meinste, wat euch sonst auf eure dusseligen Köppe rieselt? Spinnweben, Insekten und weiß der Kuckuck wat für Viehzeug, dat et sich da oben gemütlich gemacht hat.“

„D-Da k-kümmert sich der Jung drum“, versuche ich die Schwester zu beschwichtigen. Doch der Hinweis auf Emil bringt Else erst recht in Rage.

„Dat der Monsieur sich bequemt? Dat glaubste selber nicht. Dann tun dem wieder de Knochen weh oder de Insekten leid. Hat der Tünnes mir jüngst verzapfen wollen, dat ich nicht drauf treten dürft, auf die Viecher. Die wollten auch bloß leben. Ja, glaubste dat? Mit dem krieste noch Spaß, Madam, dat schwör ich dir, ein Hallodri, der ewig malade ist. Da haben sich die Richtigen gefunden, wenn de mich fragst: Et Madam Küselken und de Monsieur Malade, en Traumpaar.“

„Else“, versuche ich zu protestieren ...

„Wirklich en Traumpaar. Sie hudelig, er invalid. In Wirklichkeit ist de Monsieur sich zu fein zum Malochen. Warum konnte der keine Steine kloppen? Kaputte Knochen haben wir alle und Hunger auch. Aber Monsieur Malade, der Hungerkünstler, wenn dem mal en paar Groschen inne Taschen klimpern, sind die fott. Wie nix. Für nix. Für Kokolores, wie für den Volksempfänger, der nix als rauschen tut. Da hatte der Geld für und für dat feine Leinen, wo der sich Hosen draus genäht hat."

„Dat Leinen konnten wir nicht verkaufen."

„Ja, ja, verteidig du den nur. Aber steh dabei nich so dumm inne Gegend rum. Wisch wenigstens die unteren Querbalken feucht. Da reicht kein Fegen, Madam. Tu wat Essig in dat Putzwasser, dat schad nix. Damit du da wat drauflegen kannst auf dat Holz. Solang ihr keine Schränke habt, müsst ihr eure Plünnen ja wohin tun. Da is dat Gebälk grad gut für. Oder wat is dat für 'n Geländer? Den ganzen Söller lang. Ne Theke für Zwerge? Da hat sich einer wat zurechtgezimmert, Junge. Junge. Junge."

Else greift sich an den Kopf, als wolle sie sich die Haare raufen. „Und die einzige Wasserleitung auf der Etage is ausgerechnet hier, wo et kalt ist und friert im Winter. Da könnt ihr eure nackten Leiber, wenn ihr euch waschen tut, hinter de Wäsche verbergen, falls einer kommt. Guck mal, die Lumpen, die da baumeln, tät unsereiner verstecken, damit die keiner sieht. Und ihr müsst dat Lumpengedöns Tag für Tag begucken. Wie dat da hängt. Da könnt ihr ungefähr einschätzen, wat hier für en Volk wohnt, in dem Haus. Wird kein Zufall sein, dat ihr grad hier …"

„Zufälle gibt's nicht", stoppe ich Elses Lamento, als

könne ich den Kern der schwesterlichen Ansichten durch grundsätzliches Beipflichten für widersinnig erklären.

„Fügung gibt's, das glaub ich, von Gott gewollte Fügung. Ich denk …"

„Hör dat Denken auf, Madam", poltert Else weiter. „Mit so 'nem Spatzenhirn kommt da eh nix bei rum. Lass die Pferde denken, die haben …"

„…'nen ähnlich scharfen Verstand wie du, Else", spöttelt Emil. Schwer atmend schleppt er volle Taschen und Kisten die Treppen hinauf, um sie im zweiten Stock behutsam im Flur abzuladen. Vor den Eingang des Speichers, der die beiden Zimmer unterm Dach in einer Weise trennt, die ihn zugleich teilhaben lässt.

Als wolle der verbaute Söller mitsamt dem von Spinnweben umgarnten Gebälk, der Theke für Zwerge und dem fremden Lumpengedöns, unbedingt dazugehören. Zu uns und dem Domizil, das Emil die Kaschemme taufte. Eine Namensgebung, die Else lauthals verkünden ließ, ihr Schwager, der Monsieur Malade, kriege von Kneipen den Hals nicht voll und wäre weder dankbar noch erleichtert, aus dem Keller des Wirtshauses in die vergleichsweise helle Dachschräge fliehen zu können. „Du musst es ja wissen", hatte Emil gesagt.

„Ich kann wieder verduften, Monsieur", droht Else. „Dann kannste die Kaschemme, wie du dat Etablissement hier nennen tust, mit deiner Madam allein herrichten."

„L-Lass g-gut sein", bitte ich die Schwester.

Emil winkt ab und wendet sich zum Gehen. „Ich hol noch 'ne Karre voll", ruft er im Davoneilen.

„Blödmann", donnert Else hinter ihm her.

„Sei vorsichtig, Jung", rufe ich ihm nach.

Das Schlafzimmer der Kaschemme liegt dem Speicher vorgelagert. Von Emil renoviert und von mir blitzblank geputzt, soll es mit Matratzen und Wolldecken ausgestattet werden, die noch aus dem Keller der Kneipe herangekarrt werden müssen. Seitlich hinter dem Speicher versteckt, hofft die Küche auf eine Grundreinigung, die ich mit Elses Hilfe bewerkstelligen will, sobald der Speicher gefegt, von Insekten befreit und geschrubbt wurde.

Der kleine Kohleofen in der Küche vermag meine Angst vor dem kommenden Winter nicht zu vertreiben. Doch sorgt er wie ein alter Kneipentisch, zwei lädierte Stühle, ebenfalls aus dem Altbestand der Kneipe, für Zuversicht und die allernötigste Grundausstattung. Zu allerlei Kisten als Notbehelf kommt ein verhunzter, aber funktionstüchtiger Gasherd, den Emil auf dem Schwarzmarkt organisierte und gegen das goldverzierte Gebiss und den verfilzten Wollmantel der Sitte eingetauscht hat.

Vollständig verwirrt und lange Zeit bettlägerig war die Sitte im Spätsommer 1946 verstorben. Weil ich sie bis dahin gepflegt hatte, widersprach niemand, als Emil Gebiss und Mantel an sich nahm und kundtat, er werde sorgen, dass das sittsame Maulwerk der Tante posthum Gutes bewirke. Damit wolle er ihrem unermüdlichen Gebetsmurmeln entsprechen und ihr die Ehre erweisen.

Mit Staubwedel, einem Wischtuch und Fliegenklatsche gerüstet, stapft Else über den Speicher, als befände sie sich in einem Morast. Von dicken Brummern umgeben wie von Feinden, die durch die Dachluken anrückten, um bräunliche Kackflecke wie Indizien reiner Niedertracht zu hinterlassen. Elses zusammengekniffene Augen entdecken sie überall: auf Scheiben, Hölzern, Böden, Wänden.

„Nee, wat en Geschisse, ekelig. Haste mal geguckt, Madam, wie der Lokus aussieht auf der ersten Etage?“

„S-Sauber“, sage ich. „Ganz sauber.“

„Na, ich geh gleich mal gucken, ob die zwei Weiber koscher sind, die da unten hausen. Dat kannste immer am Klo erkennen. Ich kenn die Zwei übrigens. Die eine, die aussieht wie ‘ne Eule mit Dutt, kam schon mal inne Kneipe früher. Mit ihrem Chef, ’nem Anwalt. Dat war noch vorm Krieg. Da hatten die en Techtelmechtel, der alte Sack und die Eule. Die dachten, wir wären mit Blindheit geschlagen. Ja, von wegen. Händchenhalten unterm Tisch, halbseidene Blicke, die ganze Chose kennt man doch. Kannste dich nicht erinnern, Berta?“

Abwesend schüttle ich den Kopf.

„Na, du interessierst dich auch für nix. Ich tät gern wissen, ob der Rechtsverdreher noch lebt. Kannste bei der Eule ja mal auf den Busch klopfen gelegentlich. War en Strammbrauner, der et nicht abwarten konnt, an die Front zu kommen. Da der noch en Kompagnon hatte, konnte die Eule weiterarbeiten in der Kanzlei. Jetzt hab ich lang nix mehr von der gehört. Die Schwester wollt ich nicht fragen. Die sieht übrigens aus wie en Storch. Haste die mal gesehen?“

„Nee, Else, ich hab andere …“

„Die hat Beine ohne Ende. En langes Gestell. Mit ordentlich Holz vor der Hütte. Aber ‘nem Zinken im Gesicht, da kannste wat dran aufhängen. Und en Höcker drauf auf dem Zinken. Und auf dem Kopp so en onduliertes Gefieder. Wo die Schuppen nur so runterrieseln tun, wenn dat Gestell sein Gefieder schüttelt. Wie wenn Sporen durch die Gegend flögen von so ’nem alten Pilz. Da gehst du besser in Deckung, wenn du hinter der stehst in der Schlange. Da stand ich neulich und sah, wie die Kerle der auf die Beine glotzten. Obwohl die wahrhaft keine Schönheit ist. Aber Hinguckerbeine wie für Kerle angefertigt. Musste aufpassen, dat dein Monsieur … Sag mal, Berta, hörst du mir überhaupt zu? Wat machst du? Biste schon fertig mit der Arbeit?“

Ich hocke auf der Zwergentheke und krame in den Kitteltaschen. „Ich b-brauch ‘ne kleine Pause. Guck du solang nach dem Lokus.“

„Is jut, ich muss eh mal pipinieren“, sagt Else und legt zu meiner Überraschung die Arbeitsutensilien auf das Holz, deutet eine wegwerfende Handbewegung an und stolziert die Treppen hinunter: „Ich geh dann auch mal gucken, wie dat im Keller und in der Waschküche aussehen tut. Bis gleich, Madam.“

In den Kitteltaschen finde ich einen Zigarettenstummel und Zündhölzer. Hastig zünde ich ein Holz, inhaliere tief und beobachte die Rauchkringel, die aus meinem Mund blaugrau ins Sonnenlicht schwimmen. In krausen Wellen, die sich verflüchtigen, gleichen sie den Gedanken, die entschwinden, sobald ich mich ihnen zuwenden will. Als flögen sie durch die Dachluke, um den Spatzen zu lauschen und ihre pfiffigen Debatten zu erkunden. Das leise Knurren des Kohldampfs holt die Flüchtigen zurück, vom Dach in den Magen, wo sie leise grummelnd vom Essen träumen. Von Buttermilchbohnensuppe mit Rippchen drin. Das krause Zeug in meinem Kopf muss Leib und Seele zusammenhalten. Damit sich alles fügt.

„Fügung“, flüstere ich. Wie um die Gedanken zu beschwören, die jetzt hinter meiner Stirn in Watte abzutauchen drohen. Ein Wolkenwattemeer, in dem doch ein Satz immer wieder auftaucht und verstanden werden will: *Die Kaschemme ist eine Fügung*, lautet der Satz. Ich muss ihn festhalten. In großen Lettern und mit schwarzer Tinte drucke ich ihn hinter meine Stirn, direkt neben den Namen Josef. Ihm verdanken Emil und ich den Einzug in die Kaschemme.

„Es gibt keine Zufälle", hatte Josef gemeint, als er mir zusicherte, seinen Einfluss geltend zu machen und sich um Wohnraum für uns zu kümmern: „Damit sich alles fügt."

„In diesen Zeiten eine Wohnung zu bekommen, grenzt an ein Wunder", sagte Emil, der sich ansonsten weigert, an Wunder zu glauben. Weshalb er es umso rätselhafter fand, dass die Behörde uns die Räume unerwartet schnell zuwies. „So viele Menschen sind noch ohne Obdach", rätselte er. Ohne zu wissen, was ich zu wissen glaube, dass Josefs Tante, die Vermieterin des Hauses, ebenso wie die zuständige Behörde, Josefs Geheiß gefolgt sein müssen.

Vor dem Krieg, so hatte Josef erzählt, hätten zwei seiner Cousins in der Dachschräge gewohnt. Die beiden wären in russischen Schützengräben erschossen worden. Josef versprach, zunächst mit seiner Tante zu sprechen, die mit ihrem Mann im Parterre lebt, um danach mit der Behörde Kontakt aufzunehmen.

„Josef", sage ich laut. Als könne sein Name verständlicher machen, was in meinem Kopf herumwirbelt, seit er in englischer Uniform, aber mit mehr Orden und Sternen geschmückt als ein einfacher Soldat, in der Kneipe stand und Sophie, die ihn nicht kannte, nach mir fragte.

„Da steht ein dekorierter Tommy am Tresen, der dich sprechen will", kündigte die Schwester an.

„Ein Tommy?“, wunderte ich mich, und weil ich keinen Tommy kannte, wusste ich im selben Moment, wer da stand. Noch bevor ich Josef erblickte und eine Möglichkeit, die ich für undenkbar hielt, von der Wirklichkeit überholt sah. Da stand er in voller Größe: Josef, mein Verlobter, ein ehemaliger Offiziersanwärter der Wehrmacht in englischer Uniform. Ein Hirngespinst?

„Du lebst?“

Er nickte nur. Lange standen wir da und betrachteten einander wie Fremde. Hinter meiner Stirn taumelten die Gedanken, tauchten ab und wieder auf und verweigerten sich der Sprache. Bis die Wut aufloderte und hinter meiner Stirn rebellierte. Bis sie hinaus wollte aus dem Versteck in meinem Kopf. Stärker als der Verstand war die Wut, die mir aus den Augen schoss. Und Josef traf. Ich schloss die Augen und riss sie wieder auf. Ich sah, dass Josef die Hand hob. Wie zur Abwehr. Und dass er es dennoch wagte zu sprechen. „Berta, ich …“

„Sei still! Die ganze Zeit hast du gelebt. Und dich nicht gemeldet. Keinen M-Mucks …“

„Lass dir das erklären, Berta.“ Erneut hob er die Hand und streckte sie in meine Richtung.

„Fass mich nicht an! Ich bin verheiratet.“

Wieder nickte er nur. Auch der Schatten auf seinem Gesicht blieb stumm. Wenn sie aus dem Krieg kommen, tragen sie alle Schatten, dachte ich. Sogar die Sieger. Meine Hände umklammerten ein Spültuch. Unsicherheit gesellte sich zur Wut in meinen Augen. Sie schwamm darin und spiegelte sich in Josefs Blick.

„W-Willst du was trinken?“

Er lächelte zaghaft: „Habt ihr Kaffee?“

Wortlos verschwand ich in der Küche, wo ich lange herumhantierte und Josef warten ließ. Ohne sagen zu können, ob ich ihn zappeln lassen wollte oder mich beruhigen musste. Ich entschied mich für beides. Als ich den Kaffee schließlich servierte, hatte Josef an einem der abseitig gelegenen Tische Platz genommen und winkte mich zu sich. „Bitte, setz dich zu mir!“

Beklommen saß ich da und hörte die Worte vorbeirauschen, die er aufmarschieren ließ. Das ein oder andere Wort fing ich auf, versuchte es in mich hineinzulassen, um es zu bewahren und vielleicht später zu verstehen. Josef wiederholte Worte wie Widerstand und Gefahr unzählige Male. Ich hörte, dass er zunächst nach Berlin gegangen war, in den Untergrund, und nicht habe schreiben wollen, um mich nicht zu gefährden.

Furchtbar, sagte er, es sei furchtbar gewesen. Auch, dass er seine Eltern nicht habe schützen können. Vor den Folterknechten der Nazis. Dabei hätten sie nichts gewusst, nicht einmal etwas geahnt. Später habe er sich nach England durchgeschlagen, um mit den Alliierten gegen Nazideutschland zu kämpfen. Jetzt gehöre er der britischen Militärregierung an und sei im Hauptquartier der Rheinarmee stationiert.

„Kannst du wieder atmen?“, fragte ich.

Josef antwortete nicht. Er ließ den Schatten sprechen, der auf seinem Gesicht lag und schimmerte. Wie eine wehe Erinnerung. Dann erkundigte er sich nach mir. In groben Zügen schilderte ich die Ereignisse. Auch von Emil erzählte ich. Und wie sehr er unter dem finsteren Keller und der bedrängenden Enge des Hauses litt. Josef sicherte zu, uns zu helfen: „Damit sich alles fügt.“

„Kannste mir sagen, worüber du sinnieren tust?“ Klein, rund, aber zackig und aufrecht wie ein Feldwebel, steht Else vor mir.

„Über nix“, antworte ich.

„Ich kenn dich, Madam, wat spintisierst du?“

Ich erhebe mich. Einen halben Kopf größer als die Schwester, kurz vor dem Einzug in eine eigene Wohnung, mag ich mich ihr nicht mehr fügen. Ich weite die Brust und sage stotterfrei: „Über den Unterschied zwischen Fügung und Wunder denke ich nach.“

Elses Mund schnappt auf und zu. „Ich glaub, jetzt kriegen se mich. Biste bekloppt? Haste nix zu tun?“

„Doch. Aber hast du da noch nie drüber nachgedacht?“

„Nee. In einem von Krieg, Hunger und Armut geplagten Land hat man andere Gedanken …“

„Du denkst an dat lange Gestell, dat da unten wohnt.“

„Dat is wat Reelles.“

„Dat ist Geschwätz.“

„Ach so. Aha. Pass mal auf, Madam, ich erklär dir jetzt wat: Ohne dat Geschwätz deiner Schwester und ohne deren Stoffe, die du über Land fahren und verkaufen kannst, wärst du schon verhungert. Und dein Philosophenschneiderlein gleich mit. Und dat Schicksal blüht euch auch noch. Dat prophezei ich. Nu haste noch en Wort mehr, über dat du simulieren kannst. Über dat Schicksal. Da denk mal drüber nach. Beim Hände in den Schoß legen. Oder frag Monsieur Malade nach dem Unterschied. Erzähl dem vom Schicksal, wenn der Hunger hat, der Stenz. Oder von Fügung. Wat meinste, wat der sich wundert. Tät ich gern dabei sein.“

„Darfst du, Else“, sagt Emil, der unbemerkt wiedergekommen ist und nun hinter Else steht, ihre Schulter fasst und sie langsam zu sich dreht: „Du darfst dabei sein, verehrte Schwägerin, ich lade dich ein, mit mir zu hungern. Ich habe Hunger. Ich hatte Hunger. Ich werde Hunger haben. Vielleicht ist das mein Schicksal? Ich hab‘s mir nicht ausgesucht. Den Hunger nicht und nicht das Land, in dem ich hungere. Ich bin hineingeboren. Wie du in die Familie, in der du so viel Stuss und Larifari quatschen darfst, dass mir speiübel davon wird. Wobei zum Kotzen mein Mageninhalt leider nicht ausreicht. Wird Zeit, dass Berta sich wehrt gegen dein giftiges Geschwätz. Es wird Zeit, sich nicht mehr zu fügen. Damit Gottes Fügung ein menschlicheres Gesicht bekommt. Der alte Herr hat viel zu viel zu tun. Mit so ’nem gefügigen, dusseligen und verbrecherisch dummen Volk wie unserem. Und die Wunder, liebe Else, die hat der Herr vor annähernd zweitausend Jahren seinem Sohn übertragen. Falls dein Steinzeitgehirn sich erinnert! Können wir jetzt weitermachen?“

Da wollen wir drüber schweigen

Ich schleppe mich die Treppen hinauf, als pfiffe ich aus dem letzten Loch. Wiederholt bleibe ich stehen, um den Bauch abzustützen, der mehr als ein Bäuchlein noch gar nicht sein will. Ich gehe ins Hohlkreuz und strecke mich, um das Bäuchlein zu sehen und um zu begreifen, dass ich guter Hoffnung bin. Voll praller guter Hoffnung. Seht her, möchte ich rufen, ich bekomme ein Kind. Es wird wachsen und gedeihen. Es wird leben. Wenn Gott will, dass es lebt, wird es leben.

„Gott hat zu wollen“, hatte Emil am Morgen gebrummt. Wieder hatte dieses Dunkel in seinen Augen geflackert. Wie glühende Asche, die ein Sturm aufwirbelt, um sie im gleichen Moment davonzutragen. Hinaus aus Emils Blick, der leer zurückbleibt. Hinein in meine Glieder, wo sich die Schrecken türmen. Als seien sie bei mir besser aufgehoben als bei ihm, der sie mit scharfen Flüssigkeiten bekämpft und den Geschmack von Asche im Mund mit Bier wegspült. Die Flüssigkeiten schaffe ich herbei, um ein paar Worte aus seinem Mund zu ergattern, die mich für die Schreckensstürme entschädigen könnten.

Ich bin erleichtert, wenn er spricht, wenn er überhaupt etwas sagt. Und sei es noch so genuschelt, abtrünnig oder despektierlich. Mitunter finstert er karge Worte in meine Richtung. Dann spitze ich die Ohren, ob der silberhelle Ton, der mich einst froh und zuversichtlich stimmte, nicht doch leise mitschwingt in seiner Stimmfinsternis.

Meist tröstet es mich schon, wenn er aufhört, so beharrlich in sich hinein zu schweigen, als erhalte er dafür Tantiemen. Wie sein Bruder Heinrich, der Prokurist, der in den sieben Jahren seit Kriegsende eine raketenhafte Karriere gestartet hat und inzwischen mit Geld um sich schmeißt, als habe er zu viel davon und müsse die Knete dringend entsorgen. Bestenfalls direktemang in Emils Taschen.

Bei unserem letzten Besuch in Heinrichs Villa staunte ich nicht schlecht, als ich beim Lauschen an der Wohnzimmertür hörte, dass Heinrich die Tantiemen quasi quitt werden will. Jawohl, quitt werden, hatte er gesagt, weil ihm die Zeit zum Geldausgeben fehlen würde, und zwar gänzlich. Emil müsste ihm helfen, wenigstens ein bisschen. Un petit peu, wie der Franzose unter den Rheinländern zu sagen pflege. Leben und leben lassen.

Emil wisse doch, wie das ginge, das mit dem Leben. Und das Geld könne er sicher gebrauchen, oder etwa nicht? Ihr Bruder Quasi, der knickerigste aller deutschen Geizhälse, erführe natürlich von nichts. Und auch sonst niemand. Ganz gewiss nicht Berta und Gusti, die beiden Gattinnen. Großes Bruderehrenwort. Wenn Emil, der Blödmann, nur endlich aufhören würde, sich zu schämen, wolle er gern noch was drauflegen.

Na, dann leg mal drauf, dachte ich und presste das Ohr fester an die Tür. Doch als ich von Emil kein Wort vernahm und die Stille sich ausbreitete, dass sie in den Ohren dröhnte, besann ich mich, huschte auf Zehenspitzen zur Toilette, betätigte vernehmbar Spülung und Wasserleitung, ging festen Schrittes in die Küche zurück und entschuldigte mich bei Gusti für meine seltsamen Darmquerelen. Ob und was der Bruder Emil zugesteckt hatte, erfuhr ich nicht.

Ich umfasse das Bäuchlein mit beiden Armen. Lange verweile ich auf einzelnen Treppenstufen, als trüge ich schon jetzt zu schwer und käme weder mit Nachdenken hinterher, noch mit der Puste, die mir ausgeht, weil ich zu viel rauche und meine Nerven flattern. Was Emil erbost. Das Rauchen mehr noch als mein dünnes Nervenkostüm. Hinzu kommt mein vermaledeites Stottern, das sich bei großer Nervosität in Gezische verwandelt, um sich kurz darauf, als sei es zum Wetteifern verdonnert, in lautes Geschrei hineinzusteigern. Ganz ohne mein Zutun.

Emil bezweifelt das. Er mag nicht glauben, dass es unwillentlich aus mir schreit. Seine Ohren verabscheuen Lärm. Seine Gesichtsmuskeln malmen Unsägliches, während er verschlossen und unzugänglich verstummt.

Sein Schweigen ist ohnedies schwer zu ertragen. Mir fehlt die Kraft, in seine Tiefen hinabzusteigen, wo er sich die meiste Zeit schämt und grämt, wie Heinrich vermutet, und ich ihn stillschweigend brüten sehe. Über Gott und die Welt. Statt Gott einen guten Mann und die Welt die Welt sein zu lassen, wie sie nun mal ist. Statt zu arbeiten oder mindestens anzuerkennen, dass ich das für ihn tun muss. Er aber schweigt zornig und traurig in sich hinein. Vielleicht weil er annimmt, dass er an meiner Stelle in die Nachtschicht stapfen sollte, bei Dunkelheit und Kälte, wovon niemand etwas wissen darf.

Frühmorgens, wenn ich aus der Schicht komme, wartet er auf die Tageszeitung, die ich ihm aus der Druckerei mitbringe. Frisch gedruckt und von mir höchstpersönlich mit Werbeprospekten ausgestattet, die ich im Akkord in die Zeitungen hineinlege. Oder besser gesagt: hineinwerfe. Nach der Schicht bin ich so erledigt, dass die Druckerschwärze, die meine Hände färbt, mich nicht mehr stört; und ich die schwarzen Ränder unter den Fingernägeln nicht mehr wegschrubben mag.

Zu Emils Entsetzen vergesse ich die Körperpflege auch tagsüber oft. Zumal der Speicher, wo wir uns waschen müssen, die meiste Zeit unangenehm kalt und zugig ist.

„Sei nicht so etepetete“, sage ich zu Emil, wenn er mir auf die Hände schielt. „Sie werden doch sowieso wieder schmutzig, die Pfoten.“ Er sagt nichts, aber mir ist, als ließe er seine Augen die Nase rümpfen.

„Arbeit schändet nicht“, sage ich trotzig und weiß, dass mein Trotz ihn noch mehr verstimmt. Die ungewaschenen Hände stoßen ihn offenbar so sehr ab, dass er mir die Zeitung widerwillig aus der Hand nimmt. Er, der so gern darin liest. Manchmal fordert er mich auf, die Hände zu waschen. Und am besten noch einiges mehr, was an mir schmutzig sein soll. Dann saugt das Zeitungspapier seine Worte auf wie Nachrichten, die leise rascheln beim Umblättern.

Mein Stottern verklingt auf der nächsten Seite. Noch bevor ich die Frage, ob er sich zu fein sei, um die eigenen Hände schmutzig zu machen, zu Ende stammeln kann. Auch mein stiller Vorwurf, dass Emil lieber mit einer Zeitung kuschelt als mit seiner Frau, verblasst vor der Klaglosigkeit, mit der das Papier Emils Schweigen erträgt.

„Ob du deinen Papa wohl zum Sprechen bringst?“, frage ich das werdende Kind in meinem Bauch und verharre auf der letzten Treppenstufe neben dem Kabuff unter der Dachschräge. Hier verstaut Emil Kisten mit Schneiderzubehör und andere Utensilien.

Er findet keine Arbeit. Offiziell leben wir von Näharbeiten, die Emil Zuhause verrichten will. Nur dass es da selten was zu verrichten gibt. Worüber Emil Stillschweigen verordnet hat. Fragt ihn jemand, wie die Geschäfte laufen, antwortet er: „Worüber man nicht sprechen kann, darüber muss man schweigen.“ Wahrscheinlich soll dieser Spruch Emils Sprachverlust und seine Erwerbslosigkeit gleichermaßen tabuisieren. Beidem mag etwas Unsagbares zugrunde liegen, das Emil nur ein einziges Mal beklagte, als er von Stalingrad erzählte.

Leise sagte er, dass ihm die Worte fehlten für das, was

in ihm rumort. Fortdauernd und erbarmungslos. Sodass er kaum schlafen könne. Und wenn, dann quälten ihn Albträume, in denen er weiter eingekesselt sei. Ohne eine Möglichkeit zu entkommen. Um ihn nichts als Hunger, Kälte und Tod. Ich widerstand der Versuchung, ihn zu trösten, zumal ich nicht gewusst hätte, wie. Qualvoll suchte er nach Worten für die Leiden seiner Kameraden.

„Immer wieder sehe ich sie sterben“, sagte er. Sein Gesicht und seine Augen changierten ins Grelldunkle, die Farbe der Angst. Ohne von mir wegzurücken und ohne mich gleichsam mit zu verteufeln, versank er wieder in Schweigen. Den Krieg verflucht er nur im trunkenen Zustand. Mit einem von Grauen entstellten Gesicht. Auch die im Telegrammstil herausgepressten Stichworte seines Entkommens nach der Vernichtung der sechsten Armee, lassen das Geschehene nur erahnen.

„Monatelang auf der Flucht. Meist allein. Zu Fuß. Mit abgefrorenen Zehen. Lumpen drum rum gewickelt. Um die Füße und um die Stiefel. Die waren geklaut. Von den Toten. Wenn die noch Stiefel anhatten, war’s ein Segen. Ob die passten oder nicht. Hauptsache Schuhe. Manchmal ein Unterschlupf. Wenn man Glück hatte, gab’s was zu futtern. Die meisten hatten kein Glück. Die krepierten, wurden erschossen oder blieben einfach liegen. Erfroren, verhungert, verdurstet, in vollgeschissenen Hosen. Hatten die eigene Pisse gesoffen. Bis nichts mehr ging. Wie Vieh lagen Menschen herum. Zum Ausschlachten und Ausplündern. Man stürzte sich auf sie. Eher Geier als Mensch. Erleichtert, was zu finden, was von Wert und nicht zu schwer war. Damit man sich weiter schleppen konnte. Weiter. Weiter. Was von einem übrig bleibt, das schleppt man. Bis zum Schluss. Auch wenn man glaubt zu verrecken. Alles tut weh. Am meisten die fehlenden Glieder. Das Vermoderte, was gar nicht mehr an einem ist, wird wild vor Schmerz. Die Finger … Wir wollen darüber schweigen!“

„Ja, Emil, da wollen wir drüber schweigen. Du kannst nicht schneidern, wenn du solche Schmerzen hast. Ausgerechnet in den fehlenden Fingern der rechten Hand. Wie soll das gehen? Aber mach dir keine Sorgen, Jung! Ich werde für uns beide malochen.“

„Es gibt viele Gründe zu schweigen“, erkläre ich dem Kind in meinem Bauch. Während ich im Zeitlupentempo den Speicher quere, die Tür zur Küche öffne, den Flötenkessel nehme, um Wasser zu holen, wieder in die Küche eintrete, die Tür schließe, ein Streichholz zünde für den Gasherd, den gefüllten Kessel auf die Flamme setze, die Kaffeebohnen aus der Vorratsdose hole, die Dose in eine der zu einem Büffet gestapelten Kisten zurückstelle, die Bohnen in die bereitstehende Mühle kippe und mich hinsetze, um beide Arme um das Bäuchlein zu schmiegen.

Ich will dem Kind erklären, dass es leben muss. Weil sein Vater keinen weiteren Grund zum Schweigen mehr verkraften kann. Margot, unser erstes Kind, lag morgens tot im Bettchen. Sie hatte nur wenige Wochen gelebt. Das war im Herbst 1948, vor vier Jahren. Emil verlor kein einziges Wort. Auch nicht, als seine Mutter kurze Zeit später starb. Stattdessen trank er mehr und mehr.

„Plötzlicher Kindstod“, hatte der Arzt erklärt, „das kommt vor.“ Wie selbstverständlich tropften die Worte aus seinem Mund. Als müsste er den plötzlichen Kindstod in einer Häufigkeit verkünden, die ihn zwingt, das eigene

Gemüt zu wattieren und die Botschaft aufs Überlebenstaktische zu reduzieren: „Kommt vor. Nichts Besonderes. Was vorkommt, kommt vor."

Mit dem, was vorkommt, kann ich mich schneller abfinden als Emil. Die Arbeit hilft mir, und im Alltag finde ich eher Trost als er. Ungeachtet dessen, dass Emil vor dem Krieg fröhlicher und lebensbejahender war, als ich es je sein könnte. Aber wenn ich Kaffeebohnen mahle und ihnen diesen unwiderstehlichen Duft entlocke, erfüllt mich das mit Zuversicht. Manchmal vertreibt der Duft sogar die aufsteigende Gier nach einer Zigarette, die ich jetzt noch schnell rauchen könnte, bevor Emil erscheint.

Er müsste bald vom Arbeitsamt zurückkehren. Hoffentlich, ohne einen Umweg über Tonello zwischenzuschieben, jener Kneipe, wo er nüchtern nicht wieder rauskommt. Ich weiß, dass er sich trösten muss und vergessen will. Aber er trinkt verdammt regelmäßig und stetig mehr, sodass ich gelegentlich ausraste und auf ihn eindresche.

Ich kaufe den Alkohol und schlage ihn nichtsdestotrotz mit beiden Fäusten, wenn er fremd trinkt. Bis das Dunkel in seinen Augen mich bremst. Und obschon dieses Dunkel nur kurz aufflackert, sozusagen im Verglühen, traf es mich jüngst wie ein Faustschlag auf den Solarplexus. Ich fiel um. Nun bin ich schon zu oft in Ohnmacht gefallen, um dies Emil anlasten zu können, doch kriecht der Gedanke, dass Emils Dunkel mich niederstrecken und im Zweifelsfall sogar töten könnte, seither oft durch mein Gemüt.

„Emil, Jung", flüstere ich, als könne ich ihn in Abwesenheit versöhnlich stimmen und um Verzeihung bitten. Für meine Ausbrüche. Zu denen Else, die einmal miterlebte, wie ich auf Emil einhämmerte, meinte, ich solle meinen Kopf sezieren lassen. Der sei kaputt. Das hätte schon die Mutter erkannt. Womöglich gäbe es in meinem Hirn Winkel und Windungen, die sich zusammenkrampfen würden. Ungefähr wie ein Herzmuskel. Bloß, dass die Winkel und Windungen in meinem Kopf Wutausbrüche und Ohnmachten auslösten, was ein Herzmuskel nicht könne. Wohl aber mein krankes Hirn.

Emil hatte Else daraufhin angefahren, sie solle ihr blödes Geschwätz einstellen. Dann erklärte er mir, die ich vor Erregung zitterte, dass man nur Tote sezieren könne. Und dass Else ein selten dummes Luder sei.

Ich gieße brodelndes Wasser auf das duftende Kaffeepulver. Wo bleibt Emil? „Der Junge trägt schwer am Leben", hatte Peter gemeint, Emils Stiefvater, der sich seit dem Tod von Emils Mutter täglich zu uns in die Kaschemme schleppt. Für ein warmes Essen, wie Emil argwöhnt. Aber ich glaube, die Gründe besser zu kennen. Zumal Peter kaum mehr als das Mietgeld für seine Einraumwohnung von der spärlichen Rente abzwackt und uns den Rest überlässt.

Obwohl er ein zerschossenes Bein hinter sich her ziehen muss, als gehöre es einem anderen, scheut er den langen Weg in die Kaschemme keinen einzigen Tag. Ich freue mich, wenn er kommt. Er ist wie ein zuverlässiger Böllerofen, der Wärme spendet. Eine Wärme, die mich ruhig und friedlich stimmt. Manchmal ist es mir, als könnten meine Augen in seinem zerknitterten Gesicht ausruhen. Ich schaue ihn gern an.

„Dein Gesicht ist wie eine Landschaft", verriet ich ihm kürzlich, „zerfurcht zwar, aber mild und gütig. Ich glaube, du meinst es gut mit uns."

„Das stimmt“, schmunzelte er, “ich meine es gut mit euch. Aber die Runzeln und Furchen sind keine Landschaft, die kommen vom Alter.“

„Du bist alt“, sagte ich, „aber die Landschaft ist jung.“

Dass Emil für die Landschaft im Gesicht seines Stiefvaters keinen Sinn hat, verstehe ich nicht. Weshalb ich nach Gründen fahnde. Ich weiß, dass Emil die späte Liebe seiner Mutter kaum akzeptieren kann, und vermute, dass er aus Treue zu seinem im Ersten Weltkrieg gefallenen Vater keinen Zugang zu Peter finden will.

Dieser Döskopp von einem Mann, schimpfte er einmal, könne seinem Vater nicht das Wasser reichen. Weder intellektuell, noch beruflich. Und auch äußerlich sei der Döskopp nicht vorzeigbar.

„Muss er doch auch nicht“, entrüstete ich mich. „Wozu soll Peter deinem Vater das Wasser reichen? Und schön braucht er gewiss nicht sein!“

„Aber auch kein Döskopp“, erwiderte Emil.

„Der ist nicht dösig“, versuchte ich zu vermitteln. „Der ist wie ‘ne Landschaft mit Güte drin.“

„Ich glaube, da ist Einfalt drin in der Landschaft.“

„Warum?“

„Weil einer, der nach zwei Weltkriegen so naiv und gottergeben daher schwafelt wie dieser Döskopp, einfältig sein muss.“

Ich finde nicht, dass Peter schwafelt, stelle aber immer wieder fest, dass Emil die scheinbare innerliche Unversehrtheit des Stiefvaters anficht, als würde sie ihn infrage stellen. Bisweilen siezt er ihn und spricht ihn mit vollem Namen an: „Herr Peter Kauz, Sie heißen nicht nur Kauz, Sie sind auch einer.“

Solche Attacken kommentiert Peter mit einem Zwinkern in meine Richtung, als sei er froh, dass es ihm gelingt, den schwermütigen Stiefsohn für einen Moment von der Last des Schweigens zu befreien. Ich glaube, dass Peter um Emil wirbt. Vielleicht, weil er seiner Mutter in Aussehen und Wesen ähnelt. Vielleicht auch, weil Emils Mutter ihrem Peter das Versprechen abnahm, sich um den jüngsten Sohn zu kümmern, der seinen Vater am meisten vermisst haben soll.

Ich fummle an Emils Volksempfänger herum, dem ich kaum mehr als ein Rauschen entlocken kann. Entnervt stelle ich das Ding wieder ab. Diesem Gerät rauschfreie Töne abzuringen, ist beinahe so schwer, wie Emil zu ermutigen oder ihn zum Sprechen zu bewegen. Und doch gelingt es manchmal, sogar Peter, wenn er in die Stille spricht und Sätze sagt wie: „Draußen geht ein Wind." Dann zucken Spott und Spaß um Emils Mund, und Peter freut sich, wenn der Stiefsohn reagiert:

„Wohin geht der Wind denn?"

„Spazieren geht der Wind", pariert Peter. „Ums Haus herum geht der Wind, frische Luft schnappen." Peter sagt, Emil habe die Sprache geliebt vor dem Krieg. Wenn es Stalingrad nicht gegeben hätte, wo ihm die Liebe abhandengekommen sei, jedenfalls die zu Ringelnatz, Schwitters und Heine, würde er vermutlich häufig Gedichte rezitieren. Manchmal klaubt Peter eine Zeile aus einem Gedicht, von dem er sicher annimmt, dass Emil es auswendig kennt und es ihn früher heiter stimmte. Wie Happen wirft er die Worte in den Raum:

„Überall ist Wunderland, Emil. Weißte noch, wie dat weitergeht?"

„Nein."
„Och, bitte, Jung! Weißte wirklich nicht mehr?"
„Nein."
„Überleg doch mal. Dat mit dem Strumpfenband."
Emil schweigt dann, als dürfe niemals wieder Glanz und Begeisterung aus seinen Blicken sprechen. Wie ehemals, als der Name Ringelnatz genügte, um ein Leuchten auf sein Gesicht zu zaubern.

Aus seiner Stimme ist nicht nur der freundlich helle Ton verschwunden, den ich so mochte; seine Stimmbänder kommen mir inzwischen vor, wie von Geisterhand dunkelgrau eingetrübt und zwecks nachhaltiger Wirkung mit Schmirgelpapier malträtiert.

So knattert die ehemals jungenhaft helle Stimme aus ihm, dem Sprechen entwöhnt, nach Kühlung dürstend. Als könne das kühle Helle, das er hastig hinabstürzt, Licht und Freude in sein Leben zurückbringen.

„*Überall ist Wunderland*", rezitiert Peter, wenn Emil schweigt. Wie um ihn und sich selbst zu trösten.

„Überall ist Leben.
Bei meiner Tante im Strumpfenband.
Wie irgendwo daneben."

Als die Sitte seinerzeit beerdigt wurde, hatte Emil gewagt, das Gedicht an ihrem Grab zu flüstern. Gleich nach dem Vaterunser und einem allerletzten Gegrüßetseist-du-Maria für die Tante. Die zweite Strophe sprach er schon vernehmbarer. Als wolle er sich warm flüstern. Und könne nur auf diese Weise Abschied nehmen von der seltsamen Tante, mit der wir monatelang die Matratzengruft im Keller teilen mussten. Als schlaflos, eingepfercht und gebenedeit zwischen den Weibern, beschrieb er sich.

Am Grab der Tante hob er den Blick in den Himmel, ignorierte die entrüsteten Blicke der Schwestern und deklamierte:

„Überall ist Dunkelheit.
Kinder werden Väter.
Kurze Zeit später
Stirbt sich was für einige Zeit.
Überall ist Ewigkeit."

„Jung", versuchte ich ihn zu unterbrechen, „nicht hier." Aber Emil sprach die letzte Strophe umso deutlicher.

„Wenn du einen Schneck behauchst,
Schrumpft er ins Gehäuse.
Wenn du ihn in Cognac tauchst,
Sieht er weiße Mäuse."

„Junge", bettelte Emils Mutter und griff nach seinem Arm, „sei bitte still!"

„Bekloppter Tünnes", fauchte Else. „Dat is geschmackloser als geschmacklos, wat der da verlauten lässt."

„Trinken wir was", empfahl Bubi. „Muss ja auch kein Cognac sein."

„Da, wo die Tante jetzt ist, bei unserem Herrgott, da versteht man so was", erklärte Peter den Schwestern.

„Ich bin für Kaffee", sagte Christel und hakte Bubi unter.

„Überall ist Leben", raune ich mir zu und streichele mein Bäuchlein.

Das Kind

„Mach voran, wir müssen uns beeilen!“ Ich drängle. Nach wenigen Stunden Schlaf zieht es mich in die Kneipe zu Sophie. Damit es rascher geht, trage ich das Kind die Treppen hinunter und hieve es in den Korbkinderwagen, den Emil vor die Haustür gestellt hat. Obschon er der Meinung ist, dass das Kind laufen soll und nicht mehr in einen Kinderwagen gehört. Wie um seine Meinung zu bekräftigen, tritt das Kind mit den Beinchen gegen die Korbwand.

„Lass das! Oder willst du lieber beim Papa bleiben?“

Das Kind schüttelt die störrischen Locken.

„Na also“, sage ich und beäuge das verstrubbelte Haar. „Warum hat dich dein Papa nicht gekämmt?“

„Hui, hui“, macht das Kind und hopst statt zu antworten im Kinderwagen herum, als säße es auf Emils Schultern, galoppiere durch die Kaschemme und halte sich an Papas Ohren fest. „Hui, Pferdchen, hui.“

Du bist ein verwöhntes Papakind, denke ich, während ich einen Kamm suche. Hektisch durchfingere ich die Tabakkrümel in den Jackentaschen. Nichts. Ich durchwühle die Handtasche. Auch nichts.

Aus dem Toilettenfenster im ersten Stockwerk des Hauses, von wo aus man die Straße gut überblicken kann, höre ich Emil lachen. „Hui, hui“, ruft er hinunter.

„Hui, hui“, jauchzt das Kind, als ob es Wind in Emils Ohren blase und auch jetzt wieder losreiten wolle auf dem sturmerprobten Papapferd. Auf und davon, im wilden und aufbäumenden Galopp.

„Halt dich gut fest“, ruft Emil.

„Hui, hui“, jubelt das entzückte Kind.

Der Kinderwagen wackelt und wankt. Dann kippelt er. Meine Hände krallen das Kind. Die Handtasche plumpst auf den Asphalt. „Donnerlittchen.“

Mit giftigen Blicken durchschneide ich den Luftraum zwischen Papa und Kind. Emil schließt das Fenster. Ich rücke das Kind im Wagen zurecht. „S-Sitz still jetzt!“

Auf dem Trottoir kauert die Tasche. Wie ein Tier. Sie hat allerlei Krimskrams auf die Straße gespuckt. Im offenen Maul ihres zerfetzten Futterals fletscht ein staubgrauer Kamm die Zähne. Wie um mich anzublecken. Ich bücke mich, sammle Utensilien auf, enthaare den Kamm, verteile Fuseln und Haare im Rinnstein, schaue zornig auf die tanzenden Hinterkopflocken des Kindes, verstaue die Tasche und grolle: „Warum hab ich immer Brass mit dir, Kind?“

„Brass“, wiederholt das Kind. Fragend und leise, als wolle es das Wort wiegen, dann lauter: „Brass?“ Da ich nicht antworte, forscht das Kind mit den Händen nach dem Gewicht des Wortes. Prall gefüllt, aber zu kurz geraten, wankt das Wort in den Händen des Kindes auf und ab, hin und her. Als verlange es ein ihm zugehöriges, rhythmisches Pendant, mittels dessen das zu kurz geratene Wort bemessen und gewichtet werden kann.

„Mama Brass. Mama Brass. Mama Brass.“

„S-Sei still“, zische ich, „hör auf so rumzuhampeln.“

„Das Kind hat einen Namen“, sagt Emil oft. „Es heißt Marie.“ Doch etwas in mir sträubt sich, Marie beim Namen zu nennen. Wenn ich mit ihr spreche, sage ich Kind. Wenn ich über Marie spreche, sage ich das Kind. Mit Emil habe ich um einen Namen gerungen. Bis er sich durchsetzte und ich den Wunsch aufgab, mein Kind Maria-Magdalena zu nennen wie meine Mutter geheißen hatte. Der Zwist darüber vertrieb Emils Schweigsamkeit viele Streittage lang. Was mich wiederum anspornte, auf Maria-Magdalena zu beharren: „Red du nur!“

Und Emil redete gegen den Namen an wie gegen ein Verderben. Für Mumpitz, abwegig und verrückt erklärte er meinen Wunsch und erinnerte mich an leidvolle Erfahrungen mit Frau General Mutter.

Dass Maria-Magdalena ein schöner und frommer Name sei, wie ich einwandte, ließ Emil nicht gelten. Ein frommes Kind, schimpfte er, wolle er nicht haben. Abgesehen davon, dass es schönere Namen gäbe, bestünde die Gefahr, dass Mädchen mit scheinheiligen Namen verquere Weiber würden, verkorkst und zwiespältig wie Frau General Mutter. Denn die habe all dies lebenslang verkörpert und sei obendrein scheinheilig gewesen. Sofern ich ihm keine Märchen aufgetischt hätte über deren Charakter. Aber er sähe ja selbst, wie die Bigotterie des Generals in meiner Familie ihr Unwesen fortsetze. Zumindest bei den weniger lichten Kerzen auf dem Familienkuchen.

„Red du nur!“

Er wolle kein Kind, debattierte Emil weiter, das ihn qua Namensgebung an einen General erinnere. Und ein scheinheiliges Gör käme ihm ganz gewiss nicht ins Haus. Schließlich gab ich nach. Nicht ohne Emil ins Gedächtnis zu rufen, dass auch der Name Marie christlich geprägt sei und er das nicht vergessen dürfe.

Die Wolken ruhen am Himmel und halten die Sonne bedeckt. Ich setze den Kinderwagen in Bewegung, ohne das Kind zu kämmen. Das Kind sitzt still. Aus seinem

Haar steigen Küchendünste in meine Nase. Gebratener Speck. Jetzt erst wittere ich den Braten, den ich gestern beim Bauern erstand, wohin ich geradelt war, um Textilien zu verkaufen.

Mit übernächtigten Beinen radelte ich. Sie schmerzten vor Anstrengung nach der Nachtschicht in der Druckerei. Haben sich Emil und das Kind heute schon über den Speck hergemacht und ihn womöglich ganz verfrühstückt? Ich fand keine Zeit zum Frühstücken. Ich musste schlafen. In mir harrt der Hunger.

Emil behauptet, dass ich nicht wissen könne, was Hunger sei. Unzählige Male erinnerte er mich an den Käserest, den er in seinem Rucksack mitgebracht und gehütet hatte wie ein Kleinod. Während der letzten Tage seiner Rückkehr aus Stalingrad. Doch schon in seiner ersten Nacht zu Hause hätte ich das Käsestück gefunden und achtlos weggeworfen, während er schlief. Das sei kein Käse mehr gewesen, verteidigte ich mich, sondern ein vergammeltes Stinkestück, verschimmelt und verdorben.

„Ein Mensch, der auch nur die geringste Ahnung von Hunger hat", entgegnete Emil, „schmeißt keine Nahrungsmittel weg, niemals."

„Hast du Hunger", frage ich das Kind.

Das Kind nuckelt am Daumen, schüttelt den Kopf.

„Da bin ich aber f-f-froh", sage ich. Und weiß nicht, ob ich froh bin und ob ich Hunger habe.

„Hast du Mama genau so lieb wie Papa?"

Das Kind nimmt den Daumen aus dem Mund: „Ja."

„W-W-wirklich?"

„Ja, Mama."

Um die Verweildauer bei Sophie um eine Tasse Kaffee

zu verlängern und vielleicht noch ein bisschen schlafen zu können vor der nächsten Nachtschicht, schreite ich flink voran. Dabei schaukle ich den Kinderwagen wie zur Beruhigung hin und her.

Ich muss aufhören, das Kind zu fragen, ob es mich liebt, ermahne ich mich, als das steile, furchenartige Gebilde zwischen Emils Augenbrauen vor meinem geistigen Auge auftaucht. Von der gespaltenen Stirn bis hinauf zu den Haarwurzeln klafft etwas auseinander, einer offenen Wunde gleich, in der sich Emils Ärger mit meinen Fragen zu duellieren scheint.

Bis vor Kurzem wurde ich nicht müde, ihn zu fragen, ob und wie sehr er mich noch liebt. Oder ob ihm andere Frauen inzwischen besser gefallen. Wie die Tusnelda mit den Storchenbeinen aus der ersten Etage, die ihm schöne Augen macht.

Je müder und schwächer Emils Antworten ausfielen, desto intensiver und häufiger bedrängte ich ihn, bis er erbost zu einer selten gewordenen Redetirade ausholte und kundtat, dass ich es wäre, die nicht lieben könne. Weil ich ihm meine Unsicherheiten aufbürde wie einem Packesel. Aber er sei kein Esel, sondern ein Mann. Außerdem habe die Tusnelda einen Namen. Sie heiße Mia oder Eia, wie Marie sie getauft habe bei ihren ersten Sprechbemühungen. Neuerdings würde ich Eia sogar als Freundin bezeichnen. Jedenfalls, wenn es mir an etwas mangele und ich Brot, Eier, Milch und was zum Futtern bräuchte. Oder bloß zum jemanden zum Tratschen.

Aber gut, er sei lernbereit und wolle die sogenannte Tusnelda mal mit meinen Augen betrachten. Vielleicht fielen ihm dann auch deren schöne Augen auf und dass sie angeblich um ihn herumscharwenzle, wie ich behaupte. Ha. Endlich ein Grund zur Freude. Die Liebäugelei käme ihm gelegen, jawohl, sie schmeichle ihm.

Als meine Augen kampfbereit zu funkeln begannen, holte er mit lauter Stimme zum Tiefschlag aus: „Berta, ich habe keine Hoffnung mehr, dass deine perfiden Frageattacken jemals enden. Weil es nämlich egal ist, was ich sage, ob ich rede oder schweige. Egal, wie oft und mit welchen Worten ich dir meine Liebe beteure, du zweifelst weiter. Weil der verdammte Zweifel dein Lebenselixier ist, und du sonst nur Grütze im Hirn hast. Du treibst mich förmlich in Mias Arme oder in die einer anderen Frau. Scheißegal, wie die Tusnelda heißt. Du wirst sagen, ich hab's gewusst. Ja, sicher, du hast es gewusst, du hast es immer gewusst. Blablabla. Red doch, was du willst!"

Ich schnappte nach Luft. Emil redete sich in Rage.

„In Zukunft werde ich alle Fragen ignorieren. Entweder, du lässt mich entscheiden, wann ich von Liebe spreche und wann nicht, oder du scherst dich zum Teufel. Merkst du nicht, dass jede Kanaille deine Scheißunsicherheiten auslösen kann? Dass es gar nicht um mich geht dabei? Die popeligsten Nachbarn, die gemeinste und die dussligste deiner Schwestern, meine Brüder, deren Frauen, Frau Hinz, Herr Kunz oder jemand, der dich nur für den Bruchteil einer Sekunde aus schiefen Augenwinkeln anschielt, alle, ausnahmslos alle, lässt du in deinem kranken Hirn herumspuken. Und Fragen auslösen, mit denen du mich durchlöchern und in dein kaputtes Denken hineinziehen willst: Was hat die gedacht? Was hat der gesagt? Mögen die mich? Mögen die mich nicht? Warum mögen die mich nicht? Haben die was gegen uns? Meinst du, die haben was gegen mich? Die haben bestimmt was gegen uns …“

„Ich bin nicht blöd“, grollte ich, um seinen Redeschwall zu unterbrechen und seine Anschuldigungen abzuwehren. Woraufhin Emil die Jacke über die Schulter warf und wutentbrannt die Kaschemme verließ. „Zum Kotzen“, giftete er beim Treppenhinunterhasten. „Einfach zum Kotzen.“ Dann fiel die Tür ins Schloss.

Seither frage ich Emil nicht mehr, ob ich geliebt werde. Ich frage sein Kind. Allerdings nicht in Emils Gegenwart. Das furchenartige Gebilde zwischen seinen Augenbrauen hält mich davon ab. Peter, den wir seit Maries Geburt Opa nennen, leiht mir gelegentlich eines seiner karierten Taschentücher, wenn er mich schluchzen sieht. Sobald er einen der meist zerknüllten Lappen aus der Tiefe seiner Hosentasche zieht, wittern meine Nasenflügel Trost und Hoffnung. Als hafte den Riesenlappen eine wundersame Medizin an, für die Opa sich entschuldigt: „Hab grad kein sauberes, Berta.“

Ohne zu fragen, als kenne er den Grund meiner zweifelnden Traurigkeit, rät er mir bisweilen, öfter zu beten. „Unser Herrgott liebt dich, Berta. Daran musst du nicht zweifeln. Wenn auf Menschen kein Verlass ist, auf Gott kannst du dich verlassen. Wende dich an ihn, dann ist er für dich da. Die kleine Marie kann dir nicht helfen. Die braucht deine Hilfe.“

Dass Emil mich mit meinen Ängsten zum Teufel schicken will, erfüllt mich mit heillosem Zorn. Auch fürchte ich, dass er mir das Kind entreißen könnte, weil es bei mir nicht sicher aufgehoben sei, wie Emil meint. Manchmal denke ich, dass er recht hat. Wohin immer ich mich bewege, die Unsicherheit lässt nicht lange auf sich warten. Schneller und gewiefter als jedes Stoßgebet holt sie mich ein, kommt mir zuvor, verweilt schon dort, wohin ich zögerlich den Fuß setzte, ängstigt mich. Genährt von Selbstzweifeln, untermalt von Stottereien und begleitet von gnadenlosen Ohnmachten, die mich in jüngster Zeit wieder öfter heimsuchen.

In der Schwangerschaft fiel ich kein einziges Mal um. Manchmal, wenn Emil mich umarmt und sein Begehren meine Unsicherheit für kurze Zeit vertreibt, hoffe ich, wieder schwanger zu werden.

„Aber nein", murmle ich jetzt und schüttle den Kopf, während ich die aufmüpfig hüpfenden Kinderlocken betrachte, die ich hätte kämmen sollen. Auch beten hätte ich sollen. Sollen. Sollen. Sollen. Sollen.

„V-Vater unser, der du bist im Himmel ..."

Der Rücken des Kindes schnellt nach vorne. Es wirft den Kopf nach hinten, um mich anzuschauen, dann klatscht es in die Hände.

„Nicht so wild, Kind! F-Falte die Händchen. Wenn du betest, musst du die Händchen falten und still sein. Schau, wie die Mama das macht."

Ich stoppe den Eilschritt und stelle mich neben dem Kinderwagen auf. Ich sehe die Gleise, die rechts und links entlang der Chaussee die Elektrische in die Stadt hinein und hinaus führen. Und ignoriere sie. Noch ist keine Bahn in Sicht. Ich will Ängste und Zweifel verdrängen und Gott um ein Geschenk bitten.

Ein frei denkendes Hirn, wie es in Emils Schädel eigene Urteile fällen kann, hätte ich gern, großer Gott. Wie Emil möchte ich sagen können, dass die Meinungen anderer mir schnurzegal sind, weil der Kopf auf meinen Schultern selbst denken kann. Und nicht bloß gut ist, um ihn zum Friseur zu tragen, wie Emil spottet.

Ich nehme Emil die Freidenkerei nicht vollständig ab und fürchte darüber hinaus, dass ich nie wissen werde, wie es sich anfühlt, einen frei denkenden Kopf mit mir herumzutragen, aber etwas dickhäutiger wäre ich schon gern. Allerdings würde ich weiter zum Friseur gehen, wenn das Geld dafür vorhanden wäre. Und gänzlich frei vom Urteil anderer müsste ich auch nicht sein. Aber wenn du Sorge tragen könntest, großer Gott, dass die mitleidigen Blicke der Leute an mir abprallen beim Stottern, das wäre ein großes Geschenk!

Hinter den gefalteten Händen schwimmen die Gedanken wie Fische im Wasser. Es braust und wallt so sehr im Kopf, dass der vor Schwindel und Ermüdung außerstande ist, die Füße zum Weitergehen anzuweisen. Als könne er nur die ollen Schuhe betrachten, der Kopf. Wie gefaltet stehen meine Füße in den Schuhen. Nebeneinander. Mitten auf der menschenleeren Chaussee. Ähnlich den betenden Händen von Albrecht Dürer, die nicht stehen müssen, aber über meinem Bett hängen. Fromm und inbrünstig betend. Womit sie für ein schlechtes Gewissen sorgen. Weil ich selten zum Händefalten komme.

Anders als Lene, meine Schwester, die als Ordensfrau den lieben langen Tag mit Gott palavert und betende Hände und Heiligenbildchen verschickt. Aber Lene mangelt es auch nicht an Brot. Sie braucht keine Milch für ein Kind. Ich hingegen müsste Milch kaufen, habe aber nur ein Heiligenbildchen im Portemonnaie.

Vielleicht hat Sophie einen Rest Milch und ein paar Haferflocken übrig? Jetzt aber müsste ich schleunigst die Schienen überqueren. Mit dem schon wieder zappelnden Kind. Dalli, Dalli. Als ob ich das nicht wüsste! Gott im Himmel, ich kenne mich aus in der Stadt. Mit dem Rhythmus der Bahnen bin ich vertraut, kenne das Zischen der Elektrischen, das Funkenschlagen der Drähte, das Quietschen der Bremsen, das Stoßdröhnen auf den Schienen, das Gleitpoltern beim Herannahen der schweren Waggons, das mir in den Leib fährt.

„Gleich kommt die Bahn, Kind."

Das Kind muss beten lernen vor der nächsten Probe von Schwester Cleta, die mich nicht rügen und nicht über den gottfernen Vater des Kindes klagen soll. Ich werde vorsorgen müssen, schon jetzt. In aller Ruhe. Kein Grund zur Eile. Keine Blicke anderer Leute, die mich abhalten können und wie Giftpfeile in den Körper dringen. Gott, wie der Schädel dröhnt!

Aber es ist noch Zeit! Sophie, Else und Bubi werden warten. Bis ich die Textilien abhole, die ich verkaufen muss. Bereits morgen, nach der Nachtschicht, wenn ich ein wenig geschlafen habe, kann ich wieder über Land fahren und das Zeug bei den Bauern gegen Lebensmittel eintauschen.

Das Kind werde ich mitnehmen. Das bringt Zusatzrationen. Emil soll sich nicht so haben mit seinen dummen Ängsten. Wozu hat Bubi einen Kindersitz fürs Fahrrad besorgt?

Ein Schrei gellt. „Bimmelbahn", höre ich das Kind sagen und sehe, wie es blitzschnell die gefalteten Hände löst und mit dem Finger in die Luft sticht. Die Spucke an seinem Daumen glänzt. „Pfui“, rufe ich und merke, dass ich schreie. Als könne ich mit einem markerschütternden Pfui die Elektrische aufhalten, die heranzischt, und könne schreiend verhindern, dass das Kind wie ein Vogel durch die Luft fliegt. Mit dem von Spucke glänzenden Daumen hinein in mein Gesicht.

Ein lang gezogenes Quietschen zerschneidet die Luft. Dann kommen die schweren Waggons zum Stehen. Jemand kreischt. Aber ich sehe nur das Kind über meinem Gesicht. Wie es über mir schwebt und mit mir fällt. Anders als sonst, wenn eine Ohnmacht mich niederstreckt, schlage ich rücklings auf die Pflastersteine. Die Hände des Kindes greifen in meine Haare. Seine Füße treten in meinen vom Kaiserschnitt malträtierten Bauch.

Das Kind wimmert. Vorsichtig halte ich es hoch und lasse es sanft neben meinen Kopf gleiten. Der umgekippte Korbwagen jomert mit dem Kind. Er flankiert meine Beine. Davor verharrt die zischende Bahn. Weit drücke ich das Kind von den Schienen fort, im Liegen und mit über den Kopf hinausgestreckten Armen.

Eine Frau eilt herbei. Sie kreischt. Die Bahn lauert. Ein Mann reißt das Kind aus meinen Händen. Er atmet schwer. Eine Menschentraube bildet sich um meinen Kopf. Stimmengewirr. Jemand kräht wie ein Vogel. Er ist schwarz gekleidet und flattert. Ich fühle seine tierische Aufregung, kann sie sehen, schmecken, hören, riechen.

„W-Wo ist das Kind?“

Ich rapple mich auf und beklopfe die Kleider.

„Wo ist mein Kind? Geben Sie mir mein Kind! Marie, Marie, mein Kind!“

Bloß nicht verkommen, Novemberkind

„Das Geschrei ist erbärmlich", sagt Lisa, die junge Pflegerin. „Man hört es durch die dicksten Wände."

„Drei, vier", murmelt Schwester Oberin, während ihre Finger Tabletten in Gläschen pfriemeln. Wobei ihr Lisa zusieht. Ich hocke auf dem Bett und lausche.

Obschon der Tisch, auf den die Medikamente verteilt werden, weit entfernt steht, pulst das Pfriemeln in meinen Ohren. Ebenso wie das Knittern des Kittels, der bei den Bewegungen der Oberin am Tisch entlang schabt. Mein Kopf fühlt sich leer an und zugleich randvoll mit Klängen. Die Pillen blubbern beim Fallen. Oder tingeln sie? Einige fieseln wie Nieselregen. Wieder andere betrommeln ihren Fall. Wie der Dauerregen, der gegen die verschlossenen Gitterfenster plästert. Nur unsteter und bedächtiger.

„M-Mir ist k-kalt."

„Die Wände sind nicht dick genug", meint die Oberin. „Drei, vier, was hab ich gesagt? Man darf nicht aus dem Rhythmus kommen. An das Geschrei gewöhnt man sich. Aber es gibt Schreihälse, denen muss man anderweitig beikommen."

„Muss man", bestätigt Lisa.

„Dann wollen wir mal", sagt die Oberin, drückt der Jüngeren Tablettenvorräte in die Hände, „du weißt, was zu tun ist, Lisa", klappert mit dem Schlüsselbund in der Kitteltasche, wirft einen Blick in den Schlafsaal, nickt mir zu, „Heute baden wir nicht", und verlässt den Raum.

Heute baden wir nicht. Das ist gut. Das lauwarme Wassergemisch aus Chlor und Zutaten, die ich nicht benennen könnte, weht mir schon in der Früh durch Nase und Gemüt; selbst, wenn aus der Küche Essensgerüche in den Schlafsaal dringen. Gleich nach dem mageren Frühstück, das nicht sättigt. So wenig wie die anderen Mahlzeiten. Der Hunger treibt 's mit jeder und jedem.

Aus dem weit entfernten Männertrakt hört man Kerle brüllen. Auch aus der Quengelei, wie meine Mitpatientinnen die größere Frauenabteilung im oberen Stockwerk schimpfen, dringen Schreie. Sogar in der Nacht. Manche weinen, als ob der liebe Gott gestorben wär.

An die Zeilen aus dem Gedicht von Else Lasker–Schüler, das Josef und Emil lieben, muss ich denken, wenn Geschrei, Weinen und Kreischen mich zudecken wie ein aus Hunger, Not und Wahnsinn gewebtes Leinen.

Es ist ein Weinen in der Welt,
als ob der liebe Gott gestorben wär.
Und der bleierne Schatten, der niederfällt,
lastet grabesschwer.

Ja, ich war und bin entsetzlich nervös. Aber bin ich gleich wahnsinnig, bloß weil meine Nervenstränge dünn, rissig und schreckhaft sind? Warum hat Emil mich hierher verfrachtet? Schweigend und mit diesem beredten Furchengebilde auf der Stirn, das in meinem Kopf herumklabastert. Wie um sein Schweigen zu übertönen und die Leere auszufüllen, die sich beharrlich zwischen uns ausbreitete und endlos in meinem Schädel nachhallt: Berta, deine Fragerei ist müßig, müßig, müßig …

„Bitte, nicht schlagen!“, ruft eine Frau. „Eiapopeia, bitte nicht schlagen!“ Tagaus und tagein. Auf meiner Station wird weniger laut geschrien. Doch auch hier legt sich der Hunger gern zu den Frauen ins Bett. Er quält die syphiliskranke Prostituierte ebenso wie die Trinkerinnen, von denen ich vier im achtbettengroßen Schlafsaal gezählt hab. Der Hunger treibt die Wahnkranke, die ständig glaubt, ihr hätten deutsche Soldaten ins Bett gepinkelt, tatsächlich in den Wahn, wie sie mir verklickerte. Und auch die Frau, die sich mit Schlaftabletten um die Ecke bringen wollte, beklagt, es sei Hunger, der sie umbringt. Sogar die Pflegerinnen stöhnen bisweilen. Allein ich schätze den Hunger, denn er nährt meine Hoffnung auf eine schnellere Entlassung. Ein Esser weniger ist ein Esser weniger.

Ich werde mich schicken, nehme ich mir vor, und alles tun, was von mir verlangt wird. Wie ein Kind sich fügt, so will auch ich das Unabänderliche hinnehmen. Ohne ständig umzufallen, herumzuschreien und durchzudrehen. Wie groß die Schrecken auch sein mögen und wie unbegreiflich das Geschehen sein mag, ich werde es erdulden.

Selig sind die Kinder. Nehmen sie nicht sogar das Grauen als etwas Normales wahr? Solange sie den Unterschied zwischen Glück und Unglück nicht kennen, wissen sie nicht einmal, ob sie unglücklich sind. Und auch ich, was weiß ich denn? Ich werde abtauchen und das Unglück ertränken. Ebenso wie die Erinnerungen an Glück, die von Zeit zu Zeit in meinem Kopf auftauchen. Während meine Haut in nicht enden wollenden Bädern aufweicht.

Ich friere, seit ich meine Tage in der Anstalt friste und mir ein Arzt mit Fischaugen Bäder verordnet. Von Pflegerinnen strengstens bewacht, muss ich in lauwarmen Wassern baden. Wozu das gut sein soll, weiß ich nicht. Vielleicht ist es Schmutz, der mich zerfrisst? Dem man sozusagen von außen zu Leibe rücken muss, um seinem wilden Wüten in meinem Innern ein Ende zu bereiten?

Oder liegt es an meinem Tränenfluss, der in den ersten Wochen nicht versiegen wollte? Sodass der Doktor sich genötigt sah, soviel und solange Wasser in Badewannen laufen zu lassen, in denen ich liegen und nachdenken muss, bis ich meine Misere begreife? Vielleicht will er auch meine blasse Haut auflösen? Damit ich eins werde mit den Wassern, die in mir quellen. Der Mensch besteht ja hauptsächlich aus Wasser. Davon hatte schon der erste Arzt gequasselt, zu dem Christel mich schleppte, und der auch keine Erklärungen für meine Ohnmachten fand.

Der Fischaugendoktor in der Anstalt untersuchte mich sehr gründlich. Er beklopfte meinen ausgemergelten Leib, horchte, tastete, maß aus, wog ab, ließ Blut und Urin prüfen, notierte und gewichtete das Begutachtete mittels etlicher Tabellen in eigens angelegten Karteikarten, verlangte, dass ich aufrecht und auf Zehenspitzen den Raum begehen sollte und erschwerte die Gehübungen durch eine gerade Linie, auf der ich balancieren musste, um in der Folge den Krankheiten meiner Familie nachzuforschen.

Frau General Mutter und ihr Regiment in Küche und Kneipe fanden ebenso sein Interesse wie die Gründe ihres Ablebens, die Marienerscheinungen der Tante oder der Alkoholkonsum des Vaters. Dann wieder stellte er seltsamste Fragen nach Tageszeit, Datum und Ort, ließ mich Rechenaufgaben lösen, als sei ich eine Erstklässlerin, und forderte mich auf, in einfachen Sätzen aufzuschreiben, was Weihnachten bedeutet.

Ein anderes Mal wollte er den Unterschied von einem Zwerg und einem Kleinkind erläutert wissen. Bei alledem beäugte er mein Stottern und meine ungelenke Handschrift mit gerunzelter Stirn. Seine Nasenhaare zuckten, wenn er stoßweise durch die Nase ausatmete. Manchmal schnaubte er so heftig, dass ich erschrak und besorgt das aufgescheuchte Gekräusel unter seiner Nase betrachtete, statt mich auf die Aufgaben zu konzentrieren, wie er es verlangte. Schließlich stellte er in einer der letzten Sitzungen fest, dass ich nicht an Epilepsie leide.

Er forderte mich auf, darüber glücklich zu sein, verzog das Gesicht zu einem wässrigen Grinsen, spähte neugierig über den Rand seiner Brille und schob den Kopf staksig aus dem Weißkittel heraus in meine Richtung. Als suchten die glotzenden Augen nach meinem aufkeimenden Glück, um es dankend in Empfang zu nehmen, oder auch, um sich darin zu suhlen. Ich hätte es nicht sagen können. Dabei rechnete ich mit den wahnwitzigsten Fragen.

Ich befinde mich in einer Irrenanstalt, sagte ich mir, um weiterhin gewappnet zu sein. Der Arzt ließ seinen fischigen Blick auf die Krankenkarte fallen, die vor ihm auf dem Schreibtisch lag, blies Atemluft in sein Nasengekräuseltes, rückte die Brille zurecht, nahm die Karte in beide Hände und pries meine Blutwerte. Vorbildlich und erstaunlich nannte er sie. Vor allen Dingen erstaunlich. Wahrhaft erstaunlich. Weil ich doch trinke. Das wisse er sicher. Ich könne ihm nichts vormachen. Mir wurde übel. Die Frage des ersten Arztes, ob ich mehr trinke als der Herr Papa, schoss mir wie ein Pfeil in den Magen.

„Was trink ich denn?“, fragte ich, „ich trinke nichts.“ Im Strahl könnt ich kotzen, wenn ich bloß nippe an einem spendierten Likörchen. Lieber kipp ich das Zeug in den Abguss oder in die Pflanzen.

„Schon bei der Vorstellung ekelt ’s mich, Herr Doktor“, sagte ich und schüttelte mich anschaulich. Aber wie der mich ansah, bah, als wüsste ich womöglich nicht mal mehr, wie ich heiße. Ich schnappte nach Luft. Bereit zum Glück, angefüllt mit vorbildlichen Blutwerten und leichter Übelkeit, entrüstet über den Verdacht gleich zweier Weißkittel, stotterte ich lange an einem Zischlaut herum, bis ich schließlich vergaß, was ich hatte sagen wollen.

„Tschtsch-Tschtsch-Tschtsch …"

„Geben Sie sich keine Mühe", sagte der Doktor. „Ich weiß, dass Sie trinken."

„Ich t-trinke n-nicht, Herr D-D …"

„Sie trinken, gute Frau. Wenn ich Ihnen sage, dass Sie trinken, dann trinken Sie."

„Dreimal drei ist Donnerstag", sagt Friedel, meine Bettnachbarin, die eigentlich Elfriede heißt, aber Friedel genannt werden möchte. Mit der Nasenspitze deutet sie auf das Kalenderblatt an der Wand. „Der Donnerstag ist der Tag vor dem Freitag, wenn mich nicht alles täuscht. Ich muss gleich Dr. Glubschauge Rede und Antwort stehen. Was meinst du, Berta?"

Als ich nicht antworte, kramt Friedel eine Tageszeitung aus ihrer Tasche hervor. „Dann muss ich mich wohl anderweitig informieren. Also, wir schreiben den 13. Januar 1955 und wissen nicht, ob Berlin jemals wieder die Hauptstadt Deutschlands wird. Nun wissen wir immerhin, was wir nicht wissen. Grübelst du schon wieder, Berta?"

„W-Was ich hab, da denk ich drüber nach."

„Die Nerven kaputt, wenn du mich fragst. Was meint denn der Doktor?"

„D-Dass ich t-trinke."

„Du? Was trinkst du denn?"

„Nix."

„Haste auch nie?“

„Nee.“

„Dann ist ja alles gut.“

„Nix ist gut.“

„Na, wenn du nix trinkst, ist doch alles in Butter! Sonst machste halt ’nen Entzug. So wie ich. Gehst baden, trottelst im Park rum, denkst mal dieses und mal jenes, nimmst dir vor, nie mehr zu saufen, bis du glaubst, dat du dat gebacken kriegst dieses Mal, und haust beizeiten ab.“

„Ich t-t-trinke nicht.“

„Hier gibt‘s bloß Süchtige und Verrückte. Dazwischen kannst du wählen. Wenn du nicht süchtig sein willst, biste halt bekloppt.“

„Vorsicht“, mahnt Lisa, die das Gespräch belauert. Sie hat die Pillenzählerei beendet und damit begonnen, die Tische in der Mitte des Raumes abzuwischen. „Manche haben Pest und Cholera.“ Aus schmal gestellten Augen beobachtet sie Friedel. „Wo haben wir denn die Zeitung her?“, fragt sie misstrauisch.

„Lag auf dem Lokus rum“, sagt Friedel.

“Und was s-s-soll das Kind denken?”

„Was für ’n Kind?“, fragt Friedel.

„Mein Kind.“

„Ach, Berta“, stöhnt Friedel, „was soll die Kleine denken?“

„Dass ich P-Pest und Cholera …“

„Gibt’s nicht mehr, Berta!“

„Aber w-warum fall ich so oft um? Was hab ich denn?“

„Ne Vollmeise haste nicht“, sagt Friedel. „Da kennen wir andere, nicht wahr, Lisa?“

Lisa nickt mit zugezogener Miene.

„Was haben wir denn noch im Angebot?“, fragt Friedel, streckt sich auf dem Bett aus, verschränkt die Arme hinter dem Kopf, überkreuzt die Beine, spitzt die Lippen, schickt die Augen an der Zimmerdecke spazieren, ignoriert Lisas kritische Blicke und doziert: „Siechtum. Genau. Wie wär’s mit Dahinsiechen? Bis wir tot sind. Auf der Scheißerle-Station. Da kacken sich junge und alte Greisinnen in die Hosen, sabbern wie Säuglinge und dämmern vor sich hin.“

„W-Wovon redest du?“

Hast du keine Augen im Kopf?“

„Doch.“

„Dann weißt du, wovon ich rede.“

Mit vor der Brust gekreuzten Armen, hochgezogenen Schultern, aber geweitetem Blick marschiert Lisa heran, pflanzt sich vor unseren Betten auf, nickt heftig mit dem Kopf und will gar nicht wieder aufhören damit. Als könne sie durch Kopfnicken an Autorität gewinnen. Oder wolle nickend ausloten, ob sie empört oder amüsiert sein darf in Abwesenheit der Schwester Oberin.

„Denken S-Sie auch, dass ich trinke?“, frage ich Lisas Ellenbogen, um dem Kopfnicken nicht weiter zuschauen zu müssen.

„Muss ich wohl. Man kennt das zur Genüge. Trinker lügen. Sie belügen sich selbst. Bis nichts mehr geht.“

Lisas Arme sinken herab. Sie verengt den Blick wieder, schüttelt noch einmal den Kopf in Friedels Richtung, die sich gelangweilt abwendet, und marschiert zurück zu den Esstischen.

Eine Weile ist es still. Bis ich nach Friedels Schulter greife und sie rüttle. „W-Was sag ich den Nachbarn und was den Kollegen, wenn ich nach Haus komm?“

„Eben wolltest du noch wissen, was dein Kind denkt.“ Friedel richtet sich auf.

„Ja, d-das auch.“

„Dein Kind ist noch klein. Es freut sich, wenn die Mama wieder da ist. Weiß ich von meinen Kindern. Du kannst erzählen, du wärst am Titisee gewesen. Kinder lieben den Titisee. Allein das Wort macht sie froh. Allen anderen servierst du dasselbe. Du warst am Titisee, Urlaub machen oder kuren. Was weiß ich. Ich hab’s zum Beispiel mit der Lunge. Die braucht in Abständen klimatische Veränderungen. Stell dir vor, ich war schon in Davos. So ’nen Mist erzähl ich nach jedem Entzug. Ist jetzt der, warte mal, dritte, vierte, fünfte.“

„W-Wo genau ist der Titisee?“

„In Amerika“, kräht Hilde, die Wahnkranke.

„Das ist der Titicacasee“, korrigiert Lisa, „wir sind hier in Deutschland.“

„Sind wir aber gut in Geographie“, spottet Friedel.

Hilde springt auf. Erregt und mit weit aufgerissenen Augen beginnt sie, ihr Bett abzuziehen.

„He, was soll das?“ Auch Lisa setzt zum Sprung an.

„Das Bett ist nass. Die deutschen Soldaten, die Schweine, pissen da rein.“

„Es gibt keine deutschen Soldaten mehr“, mault Susi, die Prostituierte.

„Aber bald“, tönt es aus einer anderen Ecke, „bald gibt es wieder deutsche Soldaten. Adenauer …“

„Aber doch nicht hier“, unterbricht sie Friedel. „Wir sind in der Klapsmühle.“

„In der Klapsmühle tarnen sich Soldaten“, ruft Hilde, während Lisa versucht, sie von den Laken zu trennen.

„Das Bett ist trocken. Lass die Laken los", zischt sie. „Du kannst nicht dreimal am Tag frische Bettwäsche verlangen."

Schon flackert es in Hildes Augen. Kreischend krallt sie sich fest. Zunächst am Laken, dann an Lisas Haaren.

„Die Pissnelke soll das Maul halten", blökt eine Frau aus der hintersten Ecke.

„Geht das schon wieder los", schnauzt eine andere. „Verpiss dich, Judenhure!"

„Wir sind jetzt …", Lisas Stimme scheppert, bevor sie kippelt, „… ruhig." Sie greift nach Hildes Hand in ihrem Haar, die nicht locker lässt. In Hildes Augen lodert Wahn.

„Hilfe", krächzt Lisa. Dann schreit sie.

Friedel lacht. Nicht, weil sie sich freut. Das weiß ich besser. Eher weil sie vor Traurigkeit nichts anderes tun kann als lachen. Bevor sie einfriert wie ich. Ich würde gern aufstehen, wenn ich mich bewegen könnte. Dann würde ich das Bett frisch beziehen, gleichgültig, ob es trocken oder nass wäre, und Hilde trösten.

Wenn doch die verdammte Angst nicht wäre. Vor dem Wahn und seiner drangvollen Nähe, die mich in Bann zieht. Als suche er weitere Opfer, derer er sich bemächtigen kann, um sie wie Hilde in die Knie zu zwingen und kleinzumachen, sodass kaum was übrig bleibt von ihr. Nicht mal das Fitzelchen Verstand, mit dem sie begreifen könnte, dass es nicht hilft, wenn sie sich an den bepissten Laken oder an Lisas Schopf festkrampft. Dass das nur die Oberin auf den Plan ruft. Und zur Not ein Geschwader von Pflegern, die sie zum Entkrampfen schleppen müssen. Wie schon so oft. So auch jetzt.

Blitzschnell ist die Oberin zur Stelle und zerrt mit Hilfe

zweier weiterer Pflegerinnen das bibbernde Bündel Hilde aus dem Schlafsaal. Während Lisa mit schmerzverzerrtem Gesicht Haare und Haltung richtet.

Ich würde gern wissen, was mit Hilde geschieht. Wohin sie geschleppt wird und ob zum Entkrampfen Elektroschocks eingesetzt werden. „Wir sind da, um die Patienten ruhig zu machen“, hatte Lisa jüngst verkündet, und dass zum Ruhigmachen auch Stromstöße gehörten. Eine Mitpatientin berichtete mir, die Stromstöße brächten ihren Leib, obschon er an einer Liege festgezurrt werde, erst recht zum Zucken und Krampfen, und zwar wie verrückt. Wieder und wieder würde der Leib sich aufbäumen. Bis es vorbei sei und man daläge wie eine tote Küchenschabe auf dem Rücken.

Etwas wie Tran schiebt sich zwischen mich und die Welt. Eine trübe Masse. Zäh wie aneinandergeklebte Novembertage. „Trantüte“ hatte schon Frau General Mutter mich gescholten, wenn der Tran mich umhüllte, ohne dass ich es merkte. Zumal die Umhüllung einem Schwamm ähnelte, der zwar mit großer Saugkraft ausgestattet war, aber wegen seiner großporigen Löcher keinen Schutz bot vor den messerscharfen Blicken, die auf der Haut brannten und von denen klar war, dass sie zustechen würden in mein traniges Fell.

„Da bin ich fies vor“, hatte die Mutter einmal gesagt, als ich beim Stottern krampfte und spuckte. Gegen angewiderte Blicke und sich vor Ekel schüttelnde Worte hilft kein Tran, in den man entschwinden könnte. Wie Friedel und Emil in den Suff. Oder Hilde in den Wahn.

Aber Emil wirft mir den Tran vor. Immer häufiger hatte auch er von einer Krankheit gesprochen, die ich behandeln lassen müsste. „Berta, du läufst herum wie im Tran. Du bist gar nicht richtig da. Obendrein fällst du immer häufiger um. An immer gefährlicheren Orten machst du dich lang. Mal liegst du vor dem Schrank, dann segelst du die Treppe runter, dann knallst du aufs Trottoir. Wo soll das hinführen?"

Nachdem ich mit dem Kind vor die Elektrische gesegelt war, trommelte Emil den Familienrat zusammen. Man traf sich spätabends in der Kaschemme.

Aus meiner Familie rückten Sophie und Else an. Gewappnet mit Gesichtern aus geschlossener Abwehr, saßen sie wie Fremde auf den knarrenden Stühlen. Ihnen gegenüber zogen Emils Brüder Quasi und Heinrich die Schlapphüte tief in die Stirn. Als wollten sie sich verschanzen. Auch ihre um die Hälse geschlungenen Schals mochten sie nicht ablegen, obschon es im Raum nicht kalt war. Emil, Opa-Peter und ich nahmen auf der Couch unter der Dachschräge Platz.

Emil schwieg. Seine Wangenknochen zernagten Ungesagtes. Als gelänge es ihm auf diese Weise, die Gefahren, denen er sein Kind und mich ausgesetzt sah, zu zermalmen. Ich schwitzte und bestieg das Sofa, um das Dachfenster zu öffnen. Emil schloss es wieder.

Opa-Peter saugte an einer erkalteten Pfeife, was ihn zu beruhigen schien, dankte Gott für den Dusel, den Marie und ich gehabt hätten, und beschwor mich, nicht weiter auf den Dusel zu bauen. Darauf sei kein Verlass. Aber Hilfen gebe es, denen ich nur zustimmen müsse. Dann brächte Heinrich mich mit dem Auto in eine Heilanstalt, wo man mich heilen werde, deshalb hieße es ja Heilanstalt. Ich dürfe den Kopf nur nicht in den Sand stecken und so tun, als sei nichts. Eindringlich forderte Opa-Peter den Familienrat auf, mich umzustimmen.

Nach einigem Hin und Her sprang ausgerechnet Else für mich in die Bresche, obschon die wütenden Lanzen, die sie für mich warf, alles andere als beruhigend wirkten. Es sei nicht lange her, wetterte Else, dass Menschen in den Heilanstalten umgebracht worden seien.

In ein solches Vernichtungslager wollten das versoffene Philosophenschneiderlein und sein schlapphütiger Anhang ihre Schwester stecken? Nur über ihre Leiche! Sie wisse, dass die meisten der Handlanger Hitlers in den sogenannten Heilanstalten noch immer nicht belangt worden seien. Und auch nicht belangt werden würden. Keine Entnazifizierung. Nix. Wogegen stinknormale Mitläufer und so dusslige Schurken wie ihr Exmann und sein missratener Sohn, der ewige Bubi, im Knast gesessen hätten. Und zwar lange. Im Falle des Herrn Textilunternehmers sogar sehr lange, nämlich bis vor Kurzem. Aber die Herren Doktoren stocherten und schnippelten fleißig weiter in menschlichen Gehirnen herum. Unbeirrt sozusagen und angeblich im Dienste der Wissenschaft.

Am Ende beschloss man, abzuwarten, ob ich mich einkriegen und wieder fangen würde. Emil und Opa-Peter kündigten an, das Kind nicht mehr mit mir allein zu lassen. Heinrich erklärte sich bereit, die Suche nach einem Nervenarzt zu übernehmen, dem ich vorgestellt werden solle. Doch schien er angesichts von Elses Wutgezeter keine Eile zu haben.

Als ich in der Vorweihnachtszeit erneut stürzte, diesmal nicht vor die Elektrische, sondern mit Karacho vor einen mit Kochwäsche gefüllten Zuber in der Waschküche, war

Marie wieder dabei. Opa-Peter hatte bereits den Heimweg angetreten, Emil zu tief ins Glas geschaut und ich die Nase davon voll, dass er das Kind von mir fernhielt, als hätte ich eine ansteckende Krankheit.

„Komm mit der Mama mit", hatte ich geflüstert und Marie aus dem Bettchen gehoben. Kurz vor Beginn meiner Nachtschicht blieb noch etwas Zeit. Für das Kind und für die Wäsche, die auf dem Speicher aufgehängt werden musste, aber noch im Waschküchenkeller vor sich hin dümpelte. Ich schlich die Treppen hinunter in den Keller. Das Kind schmiegte das Köpfchen an meine Schulter. In der Waschküche war es wohlig warm. Ich drückte und herzte die Kleine.

„Bist du Mamas oder Papas Kind?"

Sie schlang die Ärmchen um meinen Hals. „Mamas Kind."

Ich schluchzte beglückt. Bis ich zu gleiten begann und der Kellerboden auf mich zukam. Ich nahm noch wahr, dass sich meine Augen nach oben drehten, ich aber den Blick an der Decke nicht halten konnte. Im Fallen schob ich das Kind von mir weg, schubste es beinah, damit es im Wäschekorb und nicht auf dem Boden landete.

Die Kleine schrie und weinte. Aber das hörte ich kaum mehr. Emil hingegen, der nicht betrunken genug war, lockten die Schreie an. Kurz bevor ich zu mir kam, ich konnte nicht lange ohnmächtig gewesen sein, wankte er herbei, zog Marie, die auf mir herumtrommelte und „Mama aufstehen, Mama aufstehen" schrie, von mir weg und brachte sie ins Bett zurück. Ohne ein Wort mit mir zu wechseln.

Ich fuhr in die Nachtschicht. Ohne nachzudenken. Am frühen Morgen des Folgetags, ich hatte mich noch nicht hinlegen können, stand Heinrich mit dem Auto vor der Tür. Um kurzen Prozess zu machen und mich zu einem Nervenarzt zu befördern, den er Wochen zuvor kontaktiert hatte. Ich war zu müde, um Widerstand zu leisten.

Der Arzt hörte Heinrich zu, besah meine von Druckerschwärze verfärbten Finger, als seien sie der Grund meiner Konsultation, beendete meine Stotterbemühungen mit einem schroffen Wink, legte die Halbglatze in Denkerfalten, kritzelte etwas auf ein Papier, telefonierte hierhin und dorthin und schickte Heinrich mit mir und dem vollgekritzelten Papier in die Anstalt. Ans Ende der Welt.

Wie im Tran überdauere ich auch jetzt den Rest des Vormittags und das Mittagessen. Erst als die Sonne einen Weg durch die Wolken sucht und den Regen vertreibt, werde ich wacher. Die Patientinnen werden in einen abgezirkelten und streng bewachten Teil des Parks zum Spazieren geschickt. Ich weiche nicht von Friedels Seite.

Heute dürften wir länger draußen verweilen, hatte eine Pflegerin angekündigt und geraten, dass wir uns tunlichst bewegen und allenfalls kurz auf einer Bank ausruhen sollten. Das Geschwätz vom Bewegungsmangel ärgert mich, weil es klingt, als hätten wir uns alle selbst zur Bett- und Bäderruhe verdonnert. Beinah rund um die Uhr.

Drei karge Mahlzeiten unterbrechen den Dämmerzustand, in dem sich viele Frauen befinden. Sie freuen sich sogar auf die Zeremonien der Medikamentenausgaben. Selbst die, die aus Erfahrung wissen müssten, dass das Halbdunkel ihrer öden Tage und Nächte nicht lichter und freundlicher wird, schlucken geduldig hinunter, was Heilung oder auch nur eine willkommene Unterbrechung des tristen Tagesablaufs verspricht.

Auch etliche Stippvisiten auf dem Klosett, zu dem ich, so oft es geht, möglichst unauffällig husche, um vom Pflegepersonal nicht auf Zigaretten, Inkontinenz oder andere Vergehen angesprochen zu werden, dienen mehr der Abwechslung als einer tatsächlichen Notdurft oder einem anderen Bedürfnis.

Allen Ermahnungen zum Trotz, steuert Friedel auf die nächste Bank zu, um sich genüsslich darauf zu fläzen. Die Sonne blinzelt durch die Wolken. Friedel streckt ihr das Gesicht entgegen und den ummantelten Körper aus, als wolle sie sich und das Gelände der Anstalt mit nichts als Wohlbehagen berauschen.

Die traut sich was, denke ich, als ich mich steif und gerade aufgerichtet neben sie setze. Und dennoch kleiner wirke als Friedel. Wie viele Menschen, die ich mag, zündelt Friedel gern und zeigt die Zähne. Aber nicht um des Zündelns oder Zähnezeigens willen. Eher dient ihr Handeln dem Licht, das beim Spotten und Lachen entsteht. Wenn Friedel lacht, leuchtet ihr Gesicht, als würde es von der Sonne beschienen. Wie jetzt. Wobei in Friedels Augen zugleich etwas schimmert, das ihr dauerhaft wehzutun scheint. Doch vermutlich würde sie darüber nicht klagen, sondern allenfalls mit den Zähnen fletschen.

„W-Warum trinkst du, Friedel?“

„Och. Es gibt immer einen Grund zu saufen für eine wie mich.“

„Was bist du denn für eine?“

Friedel grinst. „Eine aus Holz.“

„Was denn für ‘n Holz?“

„Na ja, nicht unbedingt en Holzklotz, eher so ‘ne Art Treibholz. Ne Planke, ne Schiffsplanke vielleicht.“

„Und deshalb trinkst du?“

„Damit der Suff die Planken zusammenhält.“

„Glaub ich nicht dran.“

„Oder weil er mich wegspült, der Suff. Weg von den Abgründen. Irgendwohin.“ Friedel setzt sich auf. „Aber dann verkommt man“, sagt sie nachdenklich. „Mehr und mehr.“

„Was f-für Abgründe meinst du?“

„Krieg, Tod, Verlust. Selbst in der Liebe tun sich Abgründe auf.“

„Das stimmt wohl. Und was machst du am Abgrund, o-o-ohne zu saufen?“

„Keine Ahnung. Singen? Wenn’s dunkel wird, mach ich das Licht an.“

„Licht? Ja, und w-was mach ich?“

„Am besten auch das Licht an, Novemberkind.“

„Wieso Novemberkind?“

„Kleine Freundin, du hast ein so trauriges Novembergesicht.“

„S-Sind wir jetzt Freundinnen?“

„Ja, dann können wir einander helfen, nicht zu verkommen. In Ordnung?“

„In Ordnung“, lache ich.

„Bloß nicht verkommen, Novemberkind!“

Das Fenster

Ein Spatz flaniert am offenen Fenster der Dachgaube vorbei. Aus dem Garten trägt der Wind das Rauschen der Bäume hinauf in meine Ohren, leise und friedlich. Während ich verzagt in der Kaschemme kauere. Obschon ich beide Arme auf dem Küchentisch abstütze, fühlen sie sich schwer und fremd an.

Ein Windhauch streift den Flaum auf meinen Armen; ganze Bataillone feiner Härchen richten sich auf, wie um gegen mich anzutreten. Die Sonne malt Lichtpunkte auf den bohnerwachsverschmierten Kittel, der an mir klebt, als würde ich schwitzen. Aber ich friere.

Von der Sonne vergoldete Staubkörnchen tanzen auf dem Boden und wirbeln durch die Luft. Vom Fenster trennen mich ein Tisch und drei Stühle. Gleichsam stumm. Unter der Gaube schweigt das durchgesessene Sofa. Es trägt eine gelbe Decke. Darüber wirbt der weite Himmel um meine Gunst. Er legt mir den Glanz der Sonne zu Füßen. Er lockt und umwirbt mich wie ein Freier.

Ich schnuppere. Selbst die alten Mauern des Hauses verströmen Düfte, als sei der Himmel in sie eingedrungen. Sie erinnern mich an den Schweiß der Liebe, an Emils Bierseligkeit, an den Milchgeruch in den Haaren meines Kindes, an Menschseindürfen und Lebenwollen.

Ich weiß nicht mehr, ob ich leben will. In meinem Kopf tosen und wüten Wassermassen. Aufbrausend und unberechenbar wie Meereswellen branden sie durch das Hirn, in dessen Innerem ein geschrumpftes Ich weinen möchte vor Schmerz, Liebe und Selbsthass.

Oft, wenn ich dasitze, allein vor den stummen Möbeln, male ich mir aus, wie es wäre, aufzustehen, das durchgesessene Sofa zu besteigen, tief Luft zu holen, mich selbst und allen Mut zusammenzureißen, die wacklige Lehne des Sofas kurz und mit nur einem Bein zu belasten, damit sie nicht zusammenkracht, weil das alte Holz und die darin von Emil versenkten Schrauben quietschen, als feilten sie an ihrem Abgesang, die Lehne also nur für die winzige Sekunde zu beladen, die ich brauche, um mich auf den Fenstersims hochzuhieven und den Schwung, den ich nehmen muss, richtig zu dosieren.

Bevor ich hinübersegeln kann in den rauschenden Himmel, muss ich das Gleichgewicht finden, ein weiteres Mal Kraft sammeln, mich kurz aufrichten und zum Sprung ansetzen. Auf keinen Fall will ich auf die Dachziegel krachen oder in der Regenrinne hängen bleiben. Zum Gespött der Spatzen und Nachbarn.

Jetzt hüpft der Spatz auf den Sims. Mit leichtem Gefieder. Ohne einen Funken Verstand in seinem grauschwarzen Kugelköpfchen. Er ahnt nicht einmal, dass er dumm ist. Wodurch er sich von einem Menschen, dem man ein Spatzenhirn bescheinigt, grundlegend unterscheidet. Frau General Mutter scheute weder Zeit noch Mühe, über meine Dummheit zu lamentieren und hinzuzufügen, dass mein Spatzenhirn im Gegensatz zu dem eines Vogels, der immerhin fliegen könne und deshalb weiter keinen Verstand benötige, zu rein gar nichts nutze sei.

Nichts als Worte, über die längst das Gras hätte wachsen können. Wenn in einem Menschen Gras wachsen würde, anstelle von Gedanken, Bildern, Erinnerungen und Sätzen. Wie sie in meiner Seele nisten. Um dort womöglich den Tod zu überdauern. Was einen Spatzen nicht weiter bekümmern muss. Von unsterblichen Spatzenseelen habe ich nie gehört. „Piep“, sagt der dumme Vogel auf dem Sims und flattert davon. Wenn ein Spatz stirbt, stürzt er dann vom Himmel?

Emils Lieblingsbruder Heinrich wollte nicht vom Himmel fallen, als er starb. Er bettete seinen klugen Kopf auf die Gleise hinter dem Bahndamm, wenige Meter von der Kneipe entfernt, die einmal mein Zuhause war, und ließ einen Zug über sich rollen. Wie lang ist das her?

Die Kastanienbäume im Garten blühen jetzt das zweite Jahr ohne ihn, hatte Gusti, seine Witwe, jüngst beklagt. Demnach müsste Heinrich vor drei Jahren das letzte Mal aufs Dach der Kaschemme geklettert sein, um den Nikolaus zu spielen. Fast meine ich, ihn wieder sehen zu können, wie er das rote Samtgewand überwirft, sich durch die schmale Dachluke des Speichers windet mitsamt dem geschulterten Rucksack. Wie er auf den grummelnden Ziegeln zur Gaube hinüber poltert, um sein Ho-Ho-Ho gegen die klirrenden Fensterscheiben zu schmettern, die Emil rasch öffnet, damit der Nikolaus wohlbehalten, aber krachend auf das lädierte Gaubensofa plumpsen kann. Dort braucht er eine Weile, um die Schrecken des Kindes mit freundlicheren Tönen und Süßigkeiten zu vertreiben.

Lieber Himmel. Es ist Mai. Ich habe keine Ahnung, wo das Kind stecken könnte, ob es draußen spielt und in welchen Kneipen Emil Vergessen übt. Von Heinrichs derzeitigem Aufenthaltsort ganz zu schweigen. Der Witzbold, der einen Clown im Herzen trug und gewusst haben muss, dass er ein Frauenschwarm war. Obschon er nie Liebschaften hatte, soweit ich weiß. Oft schien es mir, dass

Frauen ihn anhimmelten wie Marie ihren Papa, voll kindlicher Bewunderung. Vielleicht, weil ihm etwas Aristokratisches anhaftete, gepaart mit jener Jungenhaftigkeit, die auch Emil vor dem Krieg eigen war und an kurze Hosen, Sonne, Wind, Meer und Badefreuden denken ließ.

Auch wenn eine wie ich das Meer nie gesehen hat und vermutlich nie sehen wird, verstehe ich den Glanz in Friedels Augen, den Heinrich hineingezaubert haben muss, als er mich aus der Anstalt abholte und Friedel mir zuflüsterte: „Was für ein Prachtexemplar von einem Kerl!"

Mir war klar, dass es sich um eine Feststellung handelte jenseits aller Absichten, denn Friedel liebt ihren Mann, den sie *Fleißige Ameise* nennt. Klar war aber auch, dass die Fleißige Ameise ihr keinen Glanz mehr in die Augen treibt, bei aller Liebe nicht. Wohingegen niemand wissen konnte, dass dieses Prachtexemplar den Schutz der Anstalt dringender gebraucht hätte als Friedel und ich.

Weil Heinrich sich nichts anmerken ließ und schäkerte und scherzte wie gewohnt. Dass der Witzbold, der nicht nur Glanz in Frauenaugen zaubern konnte, sondern auch von Männern um seinen scharfen Verstand, sein blendendes Aussehen, seine steile Karriere, seinen finanziellen Erfolg und sein ansteckendes Lachen beneidet wurde, straucheln und fallen könnte, war unwahrscheinlich genug; dass der Kerl sich umbringen würde, undenkbar.

„Da hätte man eher vermutet", sagte Friedel später, „dass unsereiner sich den Strick nimmt. Weil wir vergleichsweise schlecht ausgestattet sind. In vielerlei Hinsicht, nicht nur finanziell. Was müssen wir uns abrackern für ein bisschen Leben. Der Kerl war doch wer! Der brauchte sich nicht zu verstecken vor der Welt."

„Die Welt", meinte die *Fleißige Ameise*, „schaut dem einen wie dem anderen nicht hinter die Stirn. Wie wir mit dem Scheißhitlerdeutschland, den Verbrechen, dem Krieg und dem Elend danach fertig werden sollen, weiß doch keiner. Damit tut sich einer schwerer als der andere. Wisst ihr, wie viele sich wünschten, sie wären besser verreckt?"

Emil, dachte ich, ertränkt solche Gedanken im Suff, um seinen Kopf nicht auf die Gleise legen zu müssen. Doch auch er, der seinen Bruder gut zu kennen glaubte, rätselte lange herum und stellte Mutmaßungen an. Schließlich entschied er, Gusti habe Heinrich nicht richtig geliebt.

„Was redest du?", empörte ich mich. „Ausgerechnet du! Was weißt du von richtiger Liebe?"

Aber Emil antwortete nicht und ließ all die ungesagten Worte in der Küche herumstehen, wo sie sich seither stapeln. Wie das ungespülte Geschirr oben auf dem Speicher, dessen Opa-Peter sich gelegentlich annimmt.

Ich spitze die Ohren. Kann es sein, dass Emil schon jetzt die Treppen hinauf wankt? Oder besser gesagt, hinauf zickzackt? Wenn er am späten Samstagnachmittag von einer Zechtour zurückkehrt, kann er nicht mehr gerade gehen. Wobei er seltsamerweise nie hinfällt. Nicht einmal beim Entkleiden, das er grundsätzlich auf dem Speicher erledigt, selbst im Vollrausch und im tiefsten Winter.

Auch wenn ein eisiger Wind durch den Dachfirst und die Mauerritzen um die Balken pfeift, faltet er die Klamotten sorgfältig und deponiert sie achtsam auf der Theke für Zwerge, wie Else den Querbalken seinerzeit taufte, der ihm gewohnheitsmäßig als Kleiderablage dient. An den Samstagen zickzackt er die Treppe gleich wieder hinunter. Mit nichts als Unterwäsche bekleidet, schlüpft er unter die

Federkissen seiner Geliebten, dem Storchenweib aus der ersten Etage mit den elend langen Beinen, wo er sich aufwärmen und seinen Rausch ausschlafen kann.

Weil sonntags keine Zeitung erscheint, ist der Samstagabend der einzige Abend der Woche, an dem ich nicht zur Nachtschicht muss. Ob Emil an den restlichen Abenden nur darauf wartet, dass das Kind endlich einschläft, damit er hinunterhuschen kann zu seinem Storchenweib?

Wenn ich gegen Fünf in der Früh nach Hause komme, liegt er wach in seinem Bett und lechzt nach der Zeitung, die ich mitbringe. Meist vertieft er sich so schnell darin, dass ich ihn bremsen muss, um mich in Erinnerung zu rufen: „Papier läuft nicht weg, Jung, und dat Gedruckte verblasst nicht, wenn du später darin liest."

Manchmal bedankt er sich leise und mit beinah zärtlicher Stimme für die Zeitung. Ab und an haucht er auch ein paar Wörter mehr in die von Alkoholausdünstungen geschwängerte Morgenluft. Dann greift der Klang seiner Stimme nach meinem Herzen. Als schwinge Liebe mit in Emils Zeitungskommentaren. Allerdings zeigt die Liebe Krallen, sobald ich rede. „Sei ruhig, Marie schläft!"

Ich nehme an, dass Emil schon während meines Aufenthaltes in der Anstalt mit dem Storchenweib anbändelte. Doch drang die lang befürchtete Liebschaft der beiden erst in vollem Umfang in mein Bewusstsein, als Emil sich nach Heinrichs Tod tage- und nächtelang im Schlafzimmer der Störchin verbarrikadierte. Als könne er nur dort seinen Schmerz über den Verlust des Bruders derart laut und markerschütternd in die Welt hinausschreien, dass ich das verängstigte Kind vorübergehend bei Friedel und der Fleißigen Ameise unterbringen musste.

„Eine Krallenliebe ist besser als gar keine Liebe“, erklärte ich Friedel und der *Fleißigen Ameise*, als diese mir und Marie dauerhaften Unterschlupf anboten, den ich ablehnte. Kurz erwog ich, davon zu erzählen, dass ich Emil die Krallen ins Gesicht haue, wieder und wieder. Dass er deshalb zerkratzt herumlaufen müsse, und nicht, weil er zu blöd sei, sich zu rasieren, wie er gefrotzelt hatte. Doch dann brachte ich kein Wort hervor. Weil ich mir selbst immer fremder werde und nicht begreifen kann, warum ich meinen Mann schlagen und zerkratzen muss. Wie unter Zwang. Von allen guten Geistern verlassen.

Dresche ich auf Emil ein, weil ich ihn liebe? Spucke ich Gift und Galle, weil ich ihn brauche? Werde ich zur Furie, bereit ihn zu lynchen, weil ich nichts mehr fürchte, als ihn zu verlieren? Renne ich deshalb in regelmäßigen Abständen mit dem Kind und einem vollgestopften Koffer durch die Straßen der Stadt, um nach Stunden, die auswegloser und trostloser nicht sein könnten, schamerfüllt zurückzukehren? Muss ich deshalb dem Kind unter Tränen zuraunen, dass es mit der Mama kommen soll, woanders hin, wo alles gut werden wird, obschon ich im Grunde weiß, dass ich bei Emil bleiben will, nirgends sonst?

Marie ist trotzig und eigen geworden. Sie verbirgt die Händchen, die ich ergreifen will, um sie mitzunehmen, hinter dem Rücken, presst die Lippen zusammen und weist mich mit der gleichen sturen Traurigkeit zurück, die ich von Emil kenne. „Pfui“, sage ich dann, „du undankbares Blach, du bist genau wie dein Vater.“

Warum kann ich nichts gegen die Verachtung tun, die in solchen Momenten aus mir herausbricht und keift? Weshalb spiegle ich meinen Schmerz in den Augen des

Kindes? Wozu lauter und lauter brüllen, als könne ich Gram und Angst übertönen, wenn ich Marie anblaffe, sie solle sich in die erste Etage verziehen, wo sie hingehöre, ebenso wie ihr Vater, der Dreckskerl? Warum donnere ich Emil an, er möge seine verfluchte Kledage bei der gottverdammten Hure bunkern, zu der er verduften soll, weil ich ihn zum Kotzen fände? Emil verduftet nicht, und ich wiederhole das schmachvolle Ritual Samstag für Samstag.

Hoffe ich auf ein Wunder, mittels dessen es gelingt, das Knäuel widersprüchlicher Gefühle zu entwirren und aufzuriffeln? Die Ungeduld beim Warten, die Angst, dass Emil etwas zustoßen könnte, die Erleichterung, sein Zickzacktapsen endlich zu hören, die Kränkung, wenn er wieder davonschleicht, die Wut, mit der ich ihm Schimpftiraden hinterherbrülle, die Verzweiflung, mit der ich seine sorgsam gefaltete Kledage zerknülle und die Treppen hinunterschleudere, die Ohnmacht, wenn die Tür hinter ihm ins Schloss klickt, die nicht enden wollenden Selbstzweifel in der Stille danach, wenn das Flehen des Kindes zu mir durchdringt: „Mama, bitte, schrei nicht so!“

Wo steckt das Geschöpf jetzt? Hoffentlich nicht bei Tonello, wo ich es vergangene Woche hin scheuchte, um Emil aus der Kneipe zu locken. „Geh mal gucken“, beschwor ich das Kind, „ob Papa beim Tonello ist. Wenn der da ist, sag ihm, er soll mit dir nach Hause kommen.“

Tatsächlich tauchten die beiden kurze Zeit später in der Kaschemme auf. Emil taumelte, war aber nüchtern genug, mich zu rügen und von mir zu verlangen, Marie nie wieder in eine Kneipe zu schicken, um ihn abzuholen. Dafür sei sie zu klein. Er wolle nicht, dass Marie wie ihre Mutter im Kneipenmief verblöde.

„Bah“, wetterte ich, „wenn du säufst und rumhurst, ist dein Kind auch nicht zu klein. Wer hier verblödet, bist du, sonst niemand. Dat Kind bekommt mit, dat sein Papa im Suff verblödet, da kannst du Gift drauf nehmen.“

„Mit deinem Gebrüll“, zischte Emil, „machst du Marie Angst.“ Er hielt ihr die Ohren zu, und sie umklammerte sein Bein wie einen kostbaren Schatz.

„Du Hurenbock“, schrie ich weiter. Doch da schob er das Kind zur Tür hinaus, um mit ihm gemeinsam bei der Störchin Schutz zu suchen.

„An der sexuellen Anziehungskraft kann es nicht liegen“, argwöhnte Friedel, nachdem die Störchin im Treppenhaus mehrere Male an ihr vorbeigerauscht war. Mit sachkundiger Miene, als kenne sie sich aus und habe Jahre damit zugebracht, sich und ihre Geschlechtsgenossinnen entsprechend zu taxieren, fachsimpelte Friedel weiter:

„Das Storchenweib hat so viel Sexappeal wie eine Schaufensterpuppe im Kaufhof. Da stehen die Kerle davor und glotzen, während die Gattinnen prüfen, ob der ein oder andere Fummel auf den Gestellen für sie in Frage kommt, und was sie dafür blechen müssen. Vielleicht denkt so ’n Kerl: Ach, hätte meine Olle doch so lange Beine wie die Puppe. Aber im Ernst, Berta, welcher normale Mann will so ’n Gestell im Arm halten? Nicht mal einer, der seine Zähne so schwer auseinanderkriegt wie dein Emil. Wer weiß, was der sucht?“

Friedels Schultern zuckten ratlos, ohne dass sie ihren Redefluss unterbrach. „Gegen das Storchenweib bist du jedenfalls die reinste Lolita, Novemberkind, richtig verführerisch und lecker. Auch wenn du dich en bisschen besser pflegen könntest, das stimmt. Aber ansonsten versteh ich deinen Mann nicht. Kocht das Storchenweib gut? Kredenzt es ihm französische Weine? Pichelt es mit ihm, hört sich allen Scheißdreck an und erträgt sogar sein Schweigen?“

„Die Störchin kauft B-Beaujolais statt Bier“, unterbrach ich Friedel, die sich bestätigt sah: „Die meisten Männer wollen bewundert und umsorgt werden. Sie haben’s gern ordentlich und gemütlich. Und in der Kaschemme, Berta, machen wir uns nix vor, ist es alles andere als anheimelnd, um das mal vorsichtig auszudrücken. Da kann so ’n Storchenweib leicht punkten, wenn es bloß ‘ne Prise biederer Behaglichkeit anzubieten hat. Um darauf anzuspringen, muss einer noch nicht mal bieder sein. Wobei ich bei deinem Kerl nicht ausschließe, dass der in Wahrheit ein Spießer ist. Gerade, weil der andere ziemlich schnell so betitelt.“

Friedel schüttelte den Kopf. „Meiner *Fleißigen Ameise* hat der verkündet, die meisten Deutschen seien biedere Reihenhausspießer. Ich bitte dich. Immer noch leben mehr Menschen in behelfsmäßig zusammengekloppten Trümmern als in schmucken Reihenhäusern. Und wenn ich mir eure Kaschemme so angucke, glaub ich, dein Kerl hat nicht alle Tassen im Schrank. Womöglich hat der nicht mal mehr `en Schrank.“

„Igitt, was bist du für eine Schlampe“, hatte die Störchin zwischen ihren blutleeren Lippen hervorgepresst, als sie heute Mittag den Speicher betrat und mit angewidertem Blick auf mich und die Berge aus schmutzigem Geschirr und schmutziger Wäsche schielte. Sie gehört zu den Weibern mit Prinzipien. Jeden Samstag wäscht sie ihre

Wäsche und hängt sie just dann auf dem Speicher auf, wenn ich dort herumhantiere. Dabei schafft sie es, geringschätzig auf mich hinabzuschauen, ohne mich eines Blickes zu würdigen.

Ich kochte vor Wut, als ich den Rücken des Weibes beim Wäscheaufhängen belauerte und hörte, dass Emil vor meiner Schlamperei fliehe, mich aber nicht verlassen wolle wegen Marie.

„Dann haste wohl Pech, du Hure“, schrie ich, zog mich jedoch ins Schlafzimmer zurück, als Josefs Onkel, unser Vermieter, im Erdgeschoß mit dem Stock gegen die Wände hämmerte und brüllend Ruhe verlangte.

Meine Augen sehnen sich gen Himmel, umschwärmen das Dachgaubenfenster und besteigen das Sofa, während ich noch am Stuhl festklebe. Ich erhebe mich, sacke zurück, drücke mich wieder hoch und versuche, die Gedanken einzufangen, die Richtung Fenster wehen. Was ist das für ein Leben? Mein Mann vögelt eine Schaufensterpuppe, mein Kind meidet mich, die Schaufensterpuppe beschimpft mich. Womöglich erfährt auch Josef, was ich für eine Schlampe bin, wenn sich der Onkel beim nächsten Familienfest beschwert über die schreiende Berta, ihren verdroschenen Gatten und die Schmutztürme allerorten.

Wobei Josef wahrscheinlich derselbe Grund außer Landes jagte, der Emil in die Arme der Schaufensterpuppe treibt und Marie meine Nähe scheuen lässt: Mein Schmutzleib, den niemand mehr umfasst und streichelt, den ich nicht einmal mehr selbst berühren und waschen mag. Weil der Ekel stetig wächst, während die Angst vor Wasser, immer schon vorhanden, in der Anstalt zu einer unüberwindbaren Aversion gedieh.

Doch jetzt, unterwegs in Richtung Himmel, muss ich mich nicht mehr waschen. Ich erreiche die Dachgaube, erklimme mit einem Bein das Sofa, das nicht mehr schweigen will und erbärmlich ächzt. Der Kittel zerrt an mir, als hafte er noch am Stuhl, während ich schon davonsegele. Wie ein Schiff auf hoher See schaukle ich in den Wellen des bewegten Sofas. Auf und nieder. Hin und her.

Meine Hand greift nach dem Sims, auf dem vorhin der Spatz piepte und davonflog. Mit der anderen Hand betaste ich den Kittel, der durchweicht an mir klebt. Zwischen Stuhl und Fenster begann er zu triefen. In den Himmeln, im hellen Sonnenlicht und kälter werdendem Nass wird er mit mir ertrinken.

„Wenn ein Mensch stirbt, macht er ein letztes Mal in die Hose“, verriet mir der Vater. Bald werde ich ihn wiedersehen. Stottermotte wird er mich kosen und mich schmunzelnd bei der Hand nehmen. Als sei ich wieder sein kleines Mädchen.

Ohne Scham werde ich sein. Ohne Reue. Jetzt dauert es nicht mehr lang, und es hat sich ausgeschämt und ausgereut. Noch einmal muss ich Schwung nehmen, dann darf ich fliegen und schwimmen zugleich. Ein letztes Mal tanke ich Luft in die Lungen. Mit beiden Händen fasse ich den Sims. Eins, zwei …

Etwas zieht mich nach unten. Ein Gewicht hängt sich an meinen zitternden Leib, umklammert ihn und wimmert:

„Mama, Mama, Mama.“

Bubi und das Allerheiligste

Der Wecker schrillt zu früh. Benommen schrecke ich hoch, schenke mir die Katzenwäsche, qualme eine Zigarette, schlüpfe in das verschlissene Ausgehkostüm, tupfe Tosca hinter die Ohrläppchen, taumle auf die Straße und lande vor einem Fronleichnamszug. Ohne einen Schluck Kaffee im Magen und mit dem Kind im Schlepptau.

Ich bekreuzige mich und knie am Straßenrand nieder, die Augen wie Gewehrläufe auf Marie gerichtet. Damit auch sie in die Knie geht und die Hände faltet. Mangelnde Andacht, Verweigerung des Niederkniens oder ein unerzogenes Gör soll mir niemand nachsagen. Meine Augenlider zucken vor Unruhe und Müdigkeit, obschon ich die Nacht im Bett verbringen konnte und nicht zur Schicht musste.

„Mama, was ist da drin?“ Marie kauert neben mir, faltet brav die Hände, gibt jedoch keine Ruhe: „Sag mal, was da drin ist.“

Wie auf dem Sprung hockt die Kleine, mit gerade aufgerichtetem Rücken und neugierigen Augen. Ich fühle die Muskelkraft aus meinem Körper weichen und sacke trotz angespannter Schulterblätter in den Rundrücken. Momente lang wünsche ich mir, dem herbeinahenden Pastor vor die Monstranz zu plumpsen und dort liegenbleiben zu dürfen.

Dann fallen mir siedendheiß die Brötchen ein, die ich wegen des Feiertages nicht werde kaufen können. Was nun? Bubi wird enttäuscht sein, wenn er zum ersten Frühstück mit seiner neuen Perle in Elses und Christels ebenfalls neuer Wohnung bloß Brot vorgesetzt bekommt. Zur Not muss das Kind rasch zum Bahnhof flitzen, oder Friedel, die nicht weit von Else entfernt lebt, um Brötchen bitten. Außer Alkohol horte sie beinahe alles in ihrer neuen Tiefkühltruhe, hatte die Freundin gesagt, und dass sie mir jederzeit aushelfen werde, wohingegen Emil und Konsorten sehen sollten, wo sie bleiben.

Zu den Konsorten zählt Friedel auch Bubi, der mein Portemonnaie belastet. Wenn ihm etwas fehlt, und ihm fehlt ständig etwas, fängt er mich vor Schichtbeginn an der Pforte der Druckerei ab. Auch scheut er nicht davor zurück, mich vom Pförtner ausrufen zu lassen, um mich anzupumpen. Noch vor zwei Nächten flehte er um ein paar Groschen. Seine Perle, verriet er mir, sei guter Hoffnung und futtere für zwei.

Du hast doch schon ein Kind, das du nicht ernähren kannst, wollte ich einwenden und ihn fragen, weshalb er nicht besser aufpasse, was in seinem Kopf vorgehe, ob er annehme, dass seine Mutter weitere Alimente für ihn abdrücken könne, wo Else doch jetzt schon am Krückstock gehe, finanziell zumindest, was das wieder für 'ne Schickse sei, diese neue Perle, ob ich nicht schon genug hineingebuttert hätte in ihn und seine zahlreichen Juwelen, ob er den Hals denn gar nicht vollkriege, und wie lange er sein jetziges Schmuckstück denn überhaupt schon kenne.

Doch dann gab ich bloß meinem Befremden Ausdruck, dass er die zukünftige Mutter seines Kindes Perle nenne, gehöre sich nicht, mäkelte ich.

„Quatsch", widersprach Bubi, „sie ist 'ne echte Perle, du wirst sehen. Am Fronleichnamsmorgen stell ich sie der Mutter beim Frühstück vor. Wenn du kommst, lernst du sie kennen. Allerdings weiß Mutter noch nix von der Schwangerschaft. Bin gespannt, wie die reagiert."

„Deine Mutter wird hellauf begeistert sein“, seufzte ich, verkniff mir ein Grinsen und steckte Bubi zwei Mark und eine Packung Zigaretten in die Jackentasche.

„Danke, Tante Berta“, murmelte er im Davoneilen, drehte sich dann noch mal um und rief mir hinterher: „Bring Brötchen mit, Tante, wenn du kommst. Ich liebe knackige Brötchen. Fast so sehr wie Perlen.“

„Schlawiner“, höre ich mich murmeln.

Marie schaut irritiert, fühlt sich dann jedoch ermutigt, schon wieder zu fragen:

„Was ist da drin, Mama?“

Ihre Blicke weisen auf die Monstranz, die der Gebete murmelnde Pastor an uns vorbei trägt, eskortiert von Weihrauch spendenden Knaben in festlichen Gewändern. Beschirmt wird der Geistliche von einem goldenen Baldachin, den Ministranten hochhalten. Bei jedem Schritt rascheln die Gewänder, die ihre Alltagskleidung bedecken.

Ich stöhne leise. Maries Augen sind geweitet und doch enggestellt. Als habe sich Empörung in ihre Neugier geschlichen. Bloß weil ich nicht antworte. Derart vorwurfsvoll zu gucken, würde das Kind bei Emil nicht wagen. Diese kleinen, verschreckten Mausaugen, die das Geschöpf so zusammenkneift, dass die Pupillen stecknadelartig zustechen, erzürnen mich. „Bah, wie du guckst!“

Marie senkt den Blick und raunt: „Was ist da drin?“

Empörung und Neugier müssen von den Augen in die Stimmbänder gewandert sein, so rau und aufmüpfig klingt die kindliche Stimme.

„Nun gib endlich Ruhe“, zische ich.

„Da ist doch kein Leichnam drin, oder?“

„Unsinn, Kind! Was lernst du eigentlich in der Schule?“

„Warum heißt es dann Fronleichnamszug?“

„W-Weil es eben so heißt.“

Marie schweigt. Das versöhnt mich. Für Sekunden schmecke ich den Duft von Weihrauch und Morgensonne und könnte etwas ausruhen, wüsste ich nicht, dass Marie weiterbohren und nicht lockerlassen wird. Selbst wenn ich erklären könnte, ob und was die Hostie, die in dem Altargerät vorbeigeschaukelt wird, mit einem Leichnam gemein hat, wird sie mir weiter auf den Zahn fühlen.

„N-Nur weil man von F-Fronleichnam spricht“, stottere ich im Flüsterton, „ist da doch kein L-Leichnam drin.“

Ich streife den Bügel der Handtasche in die Armbeuge hinauf, als wolle ich mich erheben, und greife nach Maries Hand. Doch die Prozession ist noch nicht vorüber.

„Was ist denn da drin, Mama?“

“Da ist der Leib Christi drin“, flüstert eine Frau hinter uns, noch bevor ich etwas sagen kann.

Marie dreht sich um, nickt, als würde sie verstehen, schaut mich dann aber zweifelnd von der Seite an und zischelt: „Der Leib Christi?“

„D-Da ist das Allerheiligste drin. Sei still und bete!“

Gott möge mir verzeihen, dass ich nichts über das Allerheiligste weiß und das Kind mir auf die Nerven geht. Es fragt mir Löcher in den Bauch. Selbst wenn ich das kleine Biest schlage, macht es weiter und fragt und fragt und fragt. Ich kann ihm zur Strafe die Haare abschneiden, weil es beim Kämmen wie verrückt herumwibbelt und von einem Bein aufs andere hüpft, statt mal einen Moment stillzuhalten, aber davon wird nichts besser. Nur dass das

Kind hernach wie angefressen aussieht und mit Stoppeln auf dem Kopf an meinen Nerven sägt.

Emil meint, Marie sei ein braves Kind. Auch müssten Kinder Fragen stellen dürfen, damit sie nicht unwissend blieben. Wohingegen ich, obwohl erwachsen, mit Leidenschaft Sinnlosigkeiten auskundschafte, bloß um andere zu löchern, oder weil ich zu faul zum Nachdenken sei.

Letzteres stimmt nicht. Ich denke viel zu viel nach. Friedel, die mich oft besänftigen muss, meint das auch. Ich solle mir keinen Kopf machen, rät sie, Kinder seien nun mal wahnsinnig anstrengend, und dass sie ihre beiden Blagen, obschon recht vernünftig und beinahe erwachsen, bisweilen erwürgen möchte.

Man müsste jemandem vorübergehend den Hals umdrehen können. Nur eine Frage-Antwort-Phase lang. Vom Würgetod zum Auferstehen im Handumdrehen. Gott sei mir gnädig, was sind das für Gedanken? Ich habe verlernt zu beten und verliere die Fassung, wenn mein Kind nach dem Allerheiligsten fragt.

Verstohlen schiele ich den zu kurzen Hosenbeinen der Ministranten hinterher, die unter den Festtagsgewändern hervorlugen. Sie tragen verwaschene Socken und abgetragenes, zum Teil verdrecktes Schuhwerk, das an Armut erinnert. Auch die Mienen der Menschen, die der Prozession beiwohnen, wirken hinter den Andachtsmasken vertraut raugesichtig.

„Eine arme Umgebung pinselt dir eine ruppige Landschaft ins Gesicht“, hatte Emil seinem Bruder Quasi kundgetan, als der ankündigte, in ein feineres Viertel umziehen zu wollen. „Richtig so“, ermutigte er Quasi, „zieh weg hier! Die Armut stempelt einen Menschen nicht nur ab, sie modelliert ihn um und zeichnet ihm grobe Züge ums Maul. Je ärmer die Gegend, desto mehr Grobheit und Dummheit glotzen dich aus den Gesichtern der Leute an. Auch aus dem eigenen, wenn du in den Spiegel guckst."

Ach, Emil, fragte ich mich, was siehst du wohl in deinem und meinem Gesicht? Was in dem deiner Tochter? Warum bemühst du dich nicht um eine feinere Bleibe in einer feingesichtigen Gegend oder wenigstens um Arbeit? Schau dir dein Töchterchen an in dem abgeschabten, zu kurzen Sommermantel, einem Geschenk der Störchin vom letzten Jahr. Rosafarben, billig und geschmacklos hast du den Mantel gescholten, als der noch neu war. Marie sei nicht käuflich, gabst du der Störchin zu verstehen, und dass Armut keine Schande sei. Was denn, mein tapferes Schneiderlein, was ist Armut für dich, und warum nähst du dem Kind und mir nichts Feines?

„Mama, was genau ist das Allerheiligste?"

Mit einer Hand greife ich nach Maries Arm, sichere mich mit der anderen auf dem Bürgersteig ab, drücke mich langsam in die Höhe, entstaube die Knie, recke mich und schüttle die taub gewordenen Füße aus.

„Die Mama wird alt."

„Schrumpft so ein Leichnam? Passt der dann da rein?"

„Wo rein?"

„In das Kästchen vom Pastor."

„Gott schrumpft nicht, Kind. Und das Kästchen heißt Tabernakel."

„Sind Gott und Jesus das Allerheiligste?"

„Gott, der Sohn und der Heilige Geist. Das ist eins."

„Werden die zu Staub?"

„Red' kein Blech, Kind."

„Papa hat gesagt, Gott ist in allem. Auch im Staub."

„Wenn der dat sacht."

„Staub geht da rein, in das Kästchen von dem Pastor."

„Menschen werden zu Staub, Gott nicht."

„Und Jesus? Ist der aus Brot?"

„Wieso Brot?"

„Papa sagt, die Hostie wird aus Brotteig gemacht, und die heißt auch Leib Christi."

„Das sind Symbole, Kind, nichts Reelles. Apropos Brot. Wenn wir gleich bei Tante Else sind, rennst du noch mal los und fragst Tante Friedel, ob die Brötchen im Haus hat. Aber du darfst nicht sagen, dass Bubi zu Besuch kommt."

„War da Brotteig drin oder nicht?"

„Wo drin? Du machst mich jeck, Kind! Ne Hostie war da drin, ja."

„Warum heißt es dann Fronleichnam?"

„Warum! Warum! Gib endlich Ruhe!"

An der Straßenbahnhaltestelle wartet mit uns ein buckliger Mann auf die Elektrische. „Untersteh dich", warne ich Marie. „Frag bloß nicht, was der da drin hat im Buckel. Damit hast du mich schon mal bis auf die Knochen blamiert. Und gaff den Mann nicht an!"

Statt zu gleiten, rumpelt die Bahn durch die Stadt, von Stößen und Zischlauten durchzuckt. Marie interessiert sich zu meiner Überraschung nicht für den Schaffner, der Fahrscheine verkauft und die abgezählten Groschen in das seitlich an ihm herabbaumelnde Münzgerät steckt.

Ich beobachte sie, wie sie aus dem Fenster starrt und angestrengt versucht, den Buckligen nicht zu beachten, der ihr gegenüber Platz genommen hat. Ab und zu äugt sie verstohlen erst zu mir und dann zu ihm hinüber. Blicke, wie bei Emil abgekupfert. Sie ist ihm nicht nur äußerlich ähnlicher als mir, sie lebt auch näher an seinem Herzen.

Meine Liebe zu ihr erklärte Emil vor kurzem zur Affenliebe, die schädlich sei. „Was willst du?“, unterbrach ich ihn, „ich liebe das Kind vielleicht mehr als du.“

„Das wage ich zu bezweifeln“, tönte er. Denn obschon er sich Marie zuliebe von der Störchin getrennt habe, damit dem Kind fortan mein Geschrei erspart bleibe, fände ich täglich neue Anlässe, laut herumzubrüllen. Ohrenbetäubend und oft sogar mehrmals täglich. Vor allem abends, bevor ich zur Arbeit ginge, tobte ich herum und vermasselte der Kleinen den Schlaf. Dass Marie ihre Fingernägel blutig kaue und oft verängstigt und traurig sei, registriere ich nicht mal. Kaugummis, Glanzbilder und anderen Humbug, den ich nach heftigen Schreiattacken anschleppe, um mein Gewissen zu beruhigen, entschädigten Marie für nichts. Ebenso wenig wie der Schnaps, den ich für ihn kaufe, um mich reinzuwaschen.

„Hau doch wieder ab zu deiner Hure, du Klugscheißer“, giftete ich, „und sauf dich dort zu Tode!“ Aufgebracht und aufgewühlt hätte ich nicht sagen können, was mich mehr verletzte: Der Vorwurf meiner angeblich aus Humbug und Schnaps gepanschten Affenliebe, die verängstigte Traurigkeit Maries oder der genannte Trennungsgrund?

Was die Affenliebe betrifft, zeigen weder Emil noch das Kind Hemmungen, Geschenke anzunehmen. Auch kommt mir Marie nicht ängstlich vor. Dafür ist sie zu frech. Niemals hätte ich mich getraut, derart rotzig aufzutrumpfen, wie dieses Gör mir gegenüber aufzutrumpfen wagt. Frau General Mutter hätte mich totgeschlagen.

Die Traurigkeit allerdings lässt sich nicht leugnen. Marie schaut oft bekümmert drein. Ich weiß nicht, ob sie meine Melancholie geerbt haben kann. Doch neige ich eher dazu, ihren Kummer Emils Storchenliebe zuzuschreiben, um derentwillen er das Kind allabendlich bis tief in die Nacht sich selbst überließ und womöglich weiter überlässt. Er kann mir viel erzählen.

„Schläft der Papa in s-seinem Bett, Kind?"

„Weiß ich nicht. Warum?"

„K-Kommt der Papa spät nach oben, w-wenn er unten bei Eia war?"

„Kann sein. Warum?"

„Nur so, Kind. Was heißt, k-k-kann sein?"

„Kann sein, heißt, kann sein."

„Freches Geschöpf."

Emils Scheißbegründung für die Trennung, so es denn überhaupt eine gab, hallt besonders bösartig in mir nach. Konnte er die Störchin nicht meinetwegen verlassen?

„Bist du mit dem Kind verheiratet oder mit mir?", fragte ich ihn kurze Zeit später. Wieder schrie ich die Frage lauter, als ich wollte. Emil schwieg mit hartem Mund.

Die Trennungsnaht des amourösen Leinens umnähte er mit lockerer Hand und dünnem Zwirn. Wie um sie jederzeit aufriffeln und der anderen Hälfte wieder anfügen zu können. Vielleicht will er vermeiden, dass das Storchenweib sich in ein frisches Nest einquartiert? Und dass für ihn und seine Marie keine Happen mehr von der Beute abfallen, die diese langbeinige Kreatur anschleppt? Weiß der Kuckuck, woher. Pünktlich zu fast jedem Wochenende versorgt die Störchin ihn, das Kind und oft auch mich mit

Koteletts, Gemüse, Obst und anderen Leckereien. Als säßen wir alle in ihrem Nest. Und tatsächlich geht das Kind bei der Störchin ein und aus.

„Gehst du gern zur Eia?"

„Hm."

„Was machst du da?"

„Radio hören, lesen, malen, spielen."

„Kannst du auch oben."

„Nicht so gut."

„Warum nicht?"

„Weiß nicht. Ist doch egal."

„M-Magst du Eia lieber als M-Mama?"

„Nein."

Maries Stimme wirkt wie ein stumpfes Messer, das nicht zustechen will, aber dennoch aufblitzt. Ich sollte meinen Mund halten. „Hetz das Kind nicht auf", ermahnt Emil mich häufig. „Sollte mir was zu Ohren kommen, wirst du es bereuen, Berta! Lass Marie aus dem Spiel!"

„Bist du auch immer lieb zu Eia?"

„Ja."

„Das musst du auch."

„Ja."

„Aber du bleibst doch Mamas Kind oder?"

„Ja, doch."

Die Bahn hält am Ziel. Ich schiebe zahlreiche Ausrufezeichen zwischen das Kind und mich. Als könnte ich uns beide auf diese Weise schützen. Vor der Angst. Schon beim Aussteigen lasse ich Anweisungen auf den Kopf des Kindes niederprasseln wie Regentropfen. Während des kurzen Fußweges zu Elses und Christels neuem Zuhause merke ich, wie ich mich in Vorschriften hineinsteigere, die

Marie eher verärgern und ängstigen, als dass sie ihr die nötige Sicherheit geben, die ich selbst verzweifelt suche.

„Geh ordentlich!“

„Hüpf nicht so!“

„Gib mir die Hand, Kind!“

„Schick dich bloß!“

„Wenn du bei Tante Else bist, machst du einen Knicks! Aber einen richtigen! Nicht so dahingehuscht!“

„Auch bei Tante Christel und Bubi knickst du richtig!“

„Tante Else wird dich begucken!“

„Was immer die sagt, du bist lieb!“

„Sprich nur, wenn du gefragt wirst!“

„Und nicht mit vollem Mund!“

„Sei bloß nicht vorlaut!“

„Hör, was man dir sagt!“

„Kuschen musst du nicht, aber lieb sein!“

„Wehe, Kind!“

„Widersprich nicht!“

„Sonst setzt’s was!“

„Vor allem, fass nichts an!“

„Egal, was da rumliegt!“

„Du brauchst nicht betteln!“

„Du hast alles!“

„Bist verwöhnt genug!“

„Sag danke und bitte!“

„Das gehört sich so!“

„Wenn Renate auftauchen sollte, nenn die nicht Puppa. Wie Mama das manchmal tut!“

„Schickt sich nicht für dich!“

„Und erzähl bloß nichts von Mama und Papa!“

„Kein Wort von Zuhause!“

„Mach mir keine Schande, Kind!“

Schon hänge ich mir kilometerlang zum Hals raus, jiepe nach Kaffee, schmachte nach einer Zigarette, brauch was zwischen die Kiemen, möchte futtern bis ich umfalle, müde, aber rundum satt wie schon lange nicht mehr, dann schlafen, schlafen, schlafen. Wo stecken die verdammten Zigaretten. Ich hab sie vergessen, verflixt, mir ist schlecht, wenigstens ’nen Happen hätte ich frühstücken sollen, stattdessen latsch ich mit dem Kind in Fronleichnamsfallen.

Von wegen Affenliebe. Emil kümmert sich viel weniger um das Gör als ich. Wer weiß, wo der sich heute die Weiber schön säuft, der Halunke. Ich hätte auch mal gern Zeit für mich, um jemanden zu durchlöchern, haha, was ich angeblich so gern tue. Dass ich nicht lache. Komm ich doch gar nicht dazu, zu gar nichts komm ich. Hört sich doch auch keiner an, was ich wissen will und was ich zu fragen hab, interessiert doch keinen. Friedel vielleicht, die versteht mich am ehesten. Ich halte viel zu viel zurück. Einmal im Leben möchte ich so unverfrorene Fragen stellen dürfen wie dieses aufmüpfige Kind.

Während wir die Treppen zu Elses und Christels Wohnung hinaufsteigen, bombardiert mich das Luder schon wieder. „Was ist eine Schande, Mama?“

„Wenn du nicht gehorchst.“

„Kommt Puppa auch?“

„Für dich heißt Puppa immer noch Renate, Kind.“

„Kommt die denn?“

„Wenn ihr Mann sie gehen lässt?“

„Muss die den fragen?“

„Ja.“

„Warum?“

„Der will das Sagen haben."
„Will Papa nicht das Sagen haben?"
„Wieso?"
„Fragst du Papa denn?"
„Papa ist anders."
„Wie anders?"
„Großzügiger. Dem ist egal, wen wir besuchen."
„Und wenn Puppa ihre Mama besuchen will, muss die vorher fragen?"
„Ja, die muss fragen."
„Warum?"
„Darum. Manche Männer sind so."
„Aber warum darf ich nicht Puppa sagen?"
„Schickt sich nicht. Du bist zu klein dafür."
„Warum?"
„Warum, warum. Jetzt halt mal den Mund."
„Wieso nennst du Renate Puppa?"
„Ich bin erwachsen. Ich darf das."
„Und wenn ich groß bin, darf ich das auch?"
„Werde erst mal groß! Noch bist du klein und machst einen ordentlichen Knicks, verstanden."

Marie nickt. Ich klopfe. Else öffnet die Tür mit einem Gesichtsausdruck, als trüge sie ein zu enges Mieder. Zwar schaut sie oft verdrießlich drein, aber diesmal liegt mehr als Verdruss in ihrem Blick.

Ich drücke die Schultern des Kindes, das vor mir steht, nach unten. Aber Else wendet sich mit einer wegwerfenden Handbewegung ab. Das Kind knickst ins Leere.

„Kommt rein, könnt ihr rausgucken."
„S-Sag Tante Else guten Morgen."
„Guten Morgen, Tante …"

„Von wegen guten Morgen. Geht inne Küche gucken, wer da hockt.“

„B-Bubi?“

„Wenn et bloß der Döskopp wär. Geh hin, Berta, und beguck dich dat Gesocks, wat da rumhängt. Die Kanaille, die mit beiden Füßen im Spülwasser planscht, ist die neueste Ische von unserem Galan. Die hat der Esel im Galopp verloren, wenn du mich fragst.“

„F-Füße im Spül …?“

„Geh hin, überzeug dich.“

Marie will voranpreschen.

„Stopp“, brüllt Else, „für Vorwitznasen gibt et da nix zum Gucken.“

Ich winke das Kind zurück. „Sag Tante Else mal ordentlich guten Tag.“

„Nix, Tante Else. Tante Else verduftet. Die ist jetzt fott. De Pänz kann Tante Christel beknicksen und sich dann mit dem Kroppzeug vergnügen. Gibt kein Frühstück, mir ist der Appetit vergangen, aber gehörig!“ Else dackelt in ein seitlich abgehendes Zimmer.

„Mama, was ist Kroppzeug? Darf man Füße im Spülwasser ...“

„Nerv nicht! Lauf schnell zu Tante Friedel und frag, ob die Brötchen im Haus hat. Aber verrat nicht, wer …“

„Wie viele Brötchen?“

„So viel, wie die erübrigen kann. Das Geld kriegt sie später. Hau ab jetzt.“

Marie poltert die Treppen hinunter.

„Langsamer! Nicht so laut! Heb die Füße hoch!“

Trotz aller Neugier verweile ich in der Eingangstür, die direkt ins Wohnzimmer führt. Kurz erwäge ich, umzukehren und Marie zu folgen, aber meine Augen sind bereits eingeflogen und spähen umher. Der Raum vor mir streckt sich zur linken Seite lang und länger ins Wohnungsinnere. Rechts verbirgt eine Schiebetür zwei Schlafräume, die beide zur Straße hin liegen und hell sein sollen. So hatte es Else angekündigt.

Die Schiebetür steht halb offen und lässt Helligkeit erahnen. Die gute Stube aber ist düster, dürftig möbliert und schlauchartig eng. Sie windet sich bis zu einer Treppe, die in die Wohnküche hinabführt. Die Tapeten krumpeln. Selbst die Wände wirken gewellt und schief. Das Mauerwerk könnte dem Schiefen Turm von Pisa alle Ehre erweisen. Dorthin und an die italienische Riviera wollte Emil mit mir reisen, als wir im Kohlenkeller neben der Sitte lagerten und von Sonne und besseren Zeiten träumten.

Hier bröckelt der Putz von der Decke und erinnert an die Kohlenkellerzeit. Daran ändert auch der Fernseher nichts, der seitlich der Treppe mit bewegten Bildern prahlt. Ein langes Sofa vor einer der nackten Wände langweilt sich. Mittig vor der Couch krächzt ein alter Hocker unter der Schwere des massiven und übervollen Kristallaschenbechers. In der Flimmerkiste gibt Ludwig Erhard ein Interview. Tonlos und im nebligen Schwarzweiß redet der Minister beharrlich auf zwei Kneipenstühle ein, die an der gegenüberliegenden Wand stehen und lauschen. Von Elses Entrümplungswut und Erhards Wirtschaftswunder vergessen, harren die Möbel der Dinge, die da kommen.

„Wat stehst du wie so ‘n Fragezeichen inne Tür?“

Christel drängt sich durch die Schiebetür, hinter der Else eben erst verschwand. „Warum kommste nicht rein?“

„Guten Morgen", sage ich.

„Morgen, ja. Wenn de fernsehen willst, dann setz dich."

Mit der Nase weist Christel mir einen Platz vor der kargen Wand auf einem der vergessenen Stühle zu. Ich plumpse erschöpft aufs Sofa. „Habt ihr schlechte Laune?"

„Bubi ist da. Mit 'ner neuen Perle."

„S-So ist der Galan. Immer neue Perlen."

„Die hocken inne Küche, haben sich verbarrikadiert."

„W-Warum?"

„Die hat schon zwei Kinder, die Perle."

„Zwei? Ich w-weiß bloß von einem, und dat is noch im Bauch."

„Bauch? Hab ich Bauch gehört?" Wie ein Geist steht Else in der Schiebetür. Ich nicke zögerlich.

„Aus dem Bauch der Jammergestalt sind die Bälger längst rausgewachsen", zetert Else. Aber womöglich kriegt die Trulla schon wieder en Kind."

„So ist es, Mutter. Die Trulla kriegt schon wieder en Kind. Und zwar von mir." Die Treppe ächzt noch, die Bubi unbemerkt hochgestiefelt sein muss. Zornig steuert er auf Else zu und bellt: „Solltest du dich noch einmal abfällig über meine Liebste äußern, knall ich dir eine. Reiß dein Maul nicht zu weit auf."

„Bubi", schreie ich, „mach dich nicht unglücklich!"

Doch da steht er schon wie ein Schrank vor Else und will wissen, ob sie ihn verstanden hat? Er überragt sie um mehr als eine Kopflänge und stiert auf sie hinab.

„Ob du mich verstanden hast?"

Elses Kommodenbusen schwillt apokalyptisch an. Sie stemmt die Arme in die Hüften und fletscht die Zähne.

„Ich sag dir gleich, wat ich verstanden hab! Du Habenichts, kannst dich nicht mal selbst ernähren, geschweige denn en Balg. Wer zahlt denn die Alimente? Du? Geh du erst mal arbeiten."

„Mit ehrlicher Arbeit, Mutter, kommt man bei dir nicht weit. Ich hab in der Kneipe geschuftet wie en Berserker. Bis du alles verscherbelt hast. Wat Tante Sophie und Bert nicht in Sicherheit bringen konnten, war futsch. Die können jetzt bei null wieder anfangen, die zwei, mit der neuen Kneipe. Wegen deiner Raffgier. Aber die atmen trotzdem auf, weil sie dich endlich los sind. Dich und dein schändliches Maulwerk. Ich bin mal wieder der Gelackmeierte. Und Tante Berta, die verkaufst du sowieso für blöd. Haben wir je einen Pfennig gesehen? Wer hat abkassiert? Du schreckst vor gar nix zurück, Mutter. Das weiß sogar Tante Christel. Die hält die Schnüss, weil sie Angst vor dir hat. Aus keinem anderen Grund. Ein Teil der Knete, die du in diese Bruchbude investiert oder Renate zugesteckt hast, gehört mir. Weil mir ein Anteil aus der Kneipe zusteht. Ist das klar? Ich schlag dir die Bude kurz und klein, wenn …"

„Wat dir zusteht, du Großmaul, findet en blindes Huhn beim Picken in der Nacht. Mach die Augen zu, dann …"

„Ich hab dich gewarnt, Mutter!"

„Hättest du, Nixnutz, wat anderes im Kappes, als die Rumhurerei, die du betreibst, dann wüsstest du, dat die Kneipe en Verlustgeschäft war. Schulden, nix als Schulden, kannste alle haben, schenk ich dir. Bloß wirst du keine müde Mark abbezahlen. Bist du viel zu faul für. Wat machst du den lieben, langen Tag? Schickste die verruchte Schlampe für dich anschaffen? Dat ist nämlich dat einzige, wo du wat von verstehst, von der Hurerei. Aber mein nicht, du könntest hier den dicken Mann markieren."

„Ich erzähl dir gleich wat von Hurerei und wer hier 'ne verruchte Schlampe ist, Mutter."

„Nenn mich nicht Mutter! Einen Großkotz wie dich hab ich nicht geboren. Kann gar nicht sein. Wer weiß, ob dich nicht auch der Esel …"

Krach bum. Bubi stemmt sein ganzes Gewicht gegen Elses mollige Fülle und wuchtet sie an die Wand zwischen Schiebetür und Eingang. Ich springe auf und versuche, ihn wegzuzerren. Christel wimmert in sich hinein.

„Flitz zu den Nachbarn rüber, Berta! Oder du, Christel! Die sollen die Polizei rufen! Der Kerl bedroht die eigene Mutter."

„Bis die Polizei hier ist, siehst du Sternchen, das schwör ich dir! Es sei denn, du entschuldigst dich bei meiner Liebsten und ihren Kindern, die jetzt auch meine sind, für das Kroppzeug und all die Beleidigungen, die du ausgekotzt hast. Und zwar sofort."

„Ich denk nicht dran. Kroppzeug bleibt Kr …"

Rums. Blitzschnell schlägt Bubi zu. Christel rennt kreischend aus der Wohnung. Ich höre sie an die Etagentür der Nachbarn bollern.

„Sei vernünftig, Bubi, sei vernünftig! Du bist doch kein Schläger. Das bist du doch nicht." Greinend zerre ich an Bubis Hemd. Else hält sich die Wange, kann aber nicht aufhören zu wüten. Wobei sie ihre Schimpftiraden jetzt an mich adressiert, als stünde Bubi nicht mehr wie ein Schrank vor ihr.

„Siehste, Berta, wes Geistes Kind dein Bubi ist? Gut, dat du dat auch mal mitkriegst, und zwar in voller Breite.

Nur Schlappschwänze prügeln Frauen. Nur Verbrecher schlagen die eigene Mutter. Pfui Teufel! Aber Kroppzeug ist Kroppzeug und bleibt Kroppzeug. Insofern hat der Sausack die Richtige gefunden. Bloß müssen die mir nicht auf die Pelle rücken und nicht in meiner Küche rumtitschen. Sollen sich vom Acker machen, allesamt! Kannste ausrichten, Berta! Und wenn der Taugenichts dat Kroppzeug tausendmal zum Allerheiligsten verklärt, bleibt dat doch nix anderes als Gesocks. Stell dir vor, Berta, da kommt 'ne wildfremde Schickse hier reingeschneit mit ihren ungewaschenen Blagen und duzt mich, als hätten wir jahrzehntelang zusammen Schweine gehütet. Haben wir aber nicht. Deine Schwester ist keine Schweinemagd, Berta! Und jetzt, verpisst euch, alle, die ihr da seid!"

Erstaunlicherweise lässt Bubi sich abschütteln.

Er tritt einen Schritt zurück, weist mit dem Kopf zur Tür, ballt die Faust, hält sie wortlos drohend vor Elses Gesicht und wendet sich ab. „Deinem Kind zuliebe", faucht er mir zu.

Jetzt erst entdecke ich Marie, die ängstlich durch den Spalt der angelehnten Tür späht.

„Es ist nichts, Kind. Komm rein!" Wenn Christel bloß nicht mit der Polizei anrückt.

„Bei Tante Friedel war keiner. Soll ich Brötchen am Bahnhof kaufen?"

„Nein, komm rein", sagt Bubi, „wir gehen in die Küche und besuchen das Allerheiligste, das deine Tante Kroppzeug schimpft. Brot ist genug da."

Marie eilt zu mir, fischt nach meiner Hand und schaut Else fragend an, deren Augen Gift versprühen.

„Else, lass gut sein", sage ich.

Sie schaut an sich runter, richtet ihre Kleidung und knirscht: „Mampft ihr ruhig, kost euch ja nix. Aber dat is dat letzte Mal."

Als wir in die Küche kommen, ist mir, als hätte ich eine Erscheinung. Bubis junge Perle thront auf einem Hocker inmitten von Wasserlachen und Wuselkindern. Sie schwitzt. Es ist warm wie in einer Dampfsauna. Der gedeckte Tisch wurde an die Wand gerückt, als wolle sich die *Feuchte Erscheinung*, von Wasser umspült, raummittig inszenieren.

Das Wasser suppt, egal, wo ich hinschaue. Zur Untermalung der Szenerie köchelt etwas auf dem Herd, das nach Fisch riecht. Im Flötenkessel brodelt Wasser. Die Flöte liegt in einer Pfütze. Der Erscheinung zu Füßen matschen zwei Kinder im trüben Wasser einer Spülschüssel, pitschepatschenass. Trockentücher dümpeln in Lachen. Zwischen den platschenden Kinderhändchen baden die großen Füße der *Feuchten Erscheinung*. Sie lacht dazu und singt: „Unsre beiden Schatten sehn wie einer aus."

„Darf ich vorstellen", unterbricht Bubi ihren Gesang, „das ist nicht Lili Marleen, sondern meine flotte Biene."

Er zeigt mit weit ausholender Geste auf die Feuchte Erscheinung, die verquollen grinst.

„Und das", er schiebt den Kopf in unsere Richtung, „sind meine Tante Berta und meine Cousine Marie."

„Mama", piepst Marie.

„Wer flüstert, der lügt", sagt die Erscheinung zu Marie und streckt mir die Hand entgegen. „Ich bin Biene."

„Angenehm, Berta. Gib Biene die Hand, Kind!" Das Kind steht in der Pfütze und knickst, kriegt aber die Lippen nicht auseinander.

„S-Sag guten Tag!“

„Ach was“, grinst die *Feuchte Erscheinung* und winkt ab. Die Bienenkinder klatschen in die Hände.

„Wir buchstabieren Biene wie Hummel“, erläutert Bubi. „Eigentlich heißt mein Lieb ja Sabine, aber Biene gefällt uns besser.“

„Und die Kinder?“, frage ich.

„Die matschen gern“, sagt Biene und rollt die Augäpfel. Sie hat große runde Augen und ein noch größeres Vollmondgesicht; in ihm schwimmt ein Ausdruck dumpfer Glückseligkeit.

„W-Wie die Kinder heißen?“

„Lene und Willi.“

„Und w-wie alt sind die?“

„Willi ist drei, Lene zwei. Im Sommer kommt unser Baby. Guck mal!“ Sie streckt den Bauch vor und lacht. „Wird en Junge, wetten.“

Bubi kniet vor ihr nieder, holt einen Fuß aus dem seifengrauen Wasser, bückt sich und lutscht an einer Zehe.

„M-Muss das sein?“, frage ich. „Hier sind K-Kinder.“

„Honig für die Kinder, Bienen für die Männer“, feixt Bubi.

„D-Das ist nicht witzig. Ihr seid doch nicht allein. Und außerdem …“ Fassungslos starre ich auf die total nassen Bodendielen.

„Wir durften die Kinder nicht baden“, erklärt Bubi, als er meinen Blick in die Pfützen tauchen sieht. „Mutter hat sich tierisch aufgeregt und das Bad verrammelt. Vorher hatte sie die Kinder als dreckiges Kroppzeug beschimpft. Ich hätt die Badtür gern eingetreten, hab's aber gelassen, um die Kleinen nicht zu verstören, und das Planschen in der Schüssel macht ihnen ja auch Spaß. Tante Berta, guck nicht so vorwurfsvoll. Ich wisch das Wasser jetzt weg, dann können wir in Ruhe frühstücken.“

Ein lautes Klopfen an der Tür erspart mir die Frage nach Bubis Geisteszustand. Unaufgefordert tritt ein Uniformierter in die Küche und grüßt freundlich.

„Wat willst du?“, ranzt Bubi ihn an.

„B-Bubi, b-bist du übergeschnappt? Kennst du …“

„Wir sind alte Bekannte“, spöttelt der Polizist.

Im Hintergrund höre ich Else und Christel mit einem weiteren Beamten debattieren.

„Und?“, fragt Bubi.

„Wir wollen dich hinausbegleiten“, sagt der Schupo. „Du entscheidest, ob mit oder ohne großen Festzug.“

Vögel und andere Kunstwerke

Wolken, Wiesen, Felder, Häuser und Dörfer rauschen vorüber. Landschaften, eben noch dem Gedächtnis gegenwärtig, wehen ins Vergangene. Vögel flattern hoch, wenn der Zug naht. Nur die Raben trotzen mutig dem lauten Stoßzischen und Getöse des Zugs. Einige krächzen, als wollten sie protestieren, wenn das lärmende Ungeheuer so dicht an ihnen vorbeiprescht, dass man sie beim Namen rufen könnte. Andere schrecken im letzten Augenblick auf und suchen das Weite.

Wenn Raben Vornamen hätten, müssten sie Leo oder Käthe heißen, wie die beiden bekümmerten Vögel, die mit mir im Abteil hocken und einander anschweigen. Während die Eisenbahn mit uns ins Wackerland rattert, wo meine Schwester Josefine die meiste Zeit gelebt hat und im letzten Winter beerdigt wurde.

Auch Leo, Emils bester Freund, stammt aus dem Wackerland. Wie Josefine hält er die Westfalen für ein eigenes, wackeres Völkchen, nicht zuletzt wegen ihres einnehmenden Wackerhochdeutschs: *Tu mich ma wacker, hol mich ma wacker, kannste ma wacker, komm wacker bei mich bei, geh wacker im Bett* ... Etwa so quasselte auch Josefine, als sie noch lebte und zum Verweilen einlud. Doch blieben gegenseitige Besuche kostbare Raritäten, nicht nur, weil das Geld knapp war.

Ich weiß nicht einmal mehr, wie Josefine aussah. Wenn ich die Augen schließe, verschwimmt ihr Bild im Dunkel, kaum dass es entstanden ist. Im milchigen Glas der Zugscheibe blickt mich nur mein eigenes Gesicht an: rat- und sprachlos. Wenn wir einander ähnelten, die Schwester und ich, dann in unserer Ratlosigkeit.

Beide heirateten wir Männer, die uns die Welt erklären sollten. Aber beide Gatten schweigen lieber, und wenn sie reden, klingt es oft unwirsch und barsch. Auch haben sie mit sich selbst genug zu tun. Josefine wäre es in den letzten Ehejahren oft sogar lieber gewesen, ihr Mann hätte den Mund gehalten.

Auch an diesem sonnigen, fast wolkenlosen Sommertag liegt ein Schatten von Müdigkeit und Kummer auf Leos Gesicht. Seit wenigen Jahren wohnt er der Kaschemme gegenüber, gleich neben Käthe, die wegen ihrer vornehmen Allüren von den Nachbarn Gräfin genannt wird, obwohl sie bloß eine knorrige alte Buchhalterin war. Man munkelt, dass sich der viel jüngere Leo die abgetakelte Gräfin schön trinkt. Da dies auf Dauer ein Ding der Unmöglichkeit sei, so die Nachbarn, wäre der Leo quasi gezwungen, sich um den Verstand zu saufen.

Emil dagegen zeigt sich überzeugt, dass die Liaison seines Freundes mit der Gräfin geistiger und musischer Natur sei. Sie schätze seine Virtuosität beim Klavierspiel, er ihr gutes Ohr und ihre literarischen Interessen. Außerdem suche Leo Seelenbeistand bei der empfindsamen Frau.

Mir blieb bisher schleierhaft, was an der unnahbar wirkenden Käthe empfindsam sein soll, aber Männer fühlen und denken offenbar anders. Was sie bei Frauen suchen, finden und vermissen, ist und bleibt mir so fremd wie das Liebesleben der Schwarzgefiederten auf den Feldern.

Wobei mich die Seelenverwandtschaft der beiden Männer beschäftigt. Neben ihrer Vorliebe für Hochprozentiges, teilen Emil und Leo in wichtigen und nichtigen Angelegenheiten ähnliche Überzeugungen, die sie ungeachtet möglicher Nachteile jedem kundtun, der sie hören und nicht hören mag. Bloß ihre Melancholie bringt sie zum Schweigen. Beide leiden unter Schwermut, die sie mal stärker, mal schwächer, dafür aber umso zuverlässiger und in kürzer werdenden Zeitabschnitten heimsucht.

Ansonsten scheinen Fettnäpfe jeder Art wie dafür geschaffen, dass Leo und Emil hineintreten. Oft gemeinsam, im trunkenen Zustand, zum Gespött der Nachbarn und ungeachtet ihres Stolzes. Auch ihre Auffassungen muten an, als seien sie eigens für Fettnäpfe erdacht. Nicht alle kommen so harmlos daher wie ihre Ansicht, der Ruhrpott läge im Herzen des Wackerlandes, und die Wackerländer seien im Vergleich zu den Rheinländern ehrlichere und aufrichtigere Gemüter. Es versteht sich, dass Emil und Leo dies im Rheinland verkünden, nicht etwa im Wackerland.

Seine Seele, so hatte Leo Emil anvertraut, sei im Pott geblieben, genauer gesagt in Duisburg, wo seine Frau und die kleine Tochter leben. Was von ihm im Rheinland herumspuke, sei ein spärlicher Überrest seiner selbst, eine Art seelenlose Hülle. Das mache ihn zu einem fremden Vogel, der nicht heimisch werden könne. Zwar sei ihm das bewusst, doch wisse er sich zugleich in bester Gesellschaft. Denn die meisten Zeitgenossen, davon sind Leo und Emil überzeugt, würden auf widerwärtige Weise unbeseelt durch die Bundesrepublik stromern.

Da man sich für eine Seele nichts kaufen könne, stiege das Interesse für Penunzen, ob im Portemonnaie oder auf dem Konto, und für Einfluss und Macht stetig an. Anstelle eines Charakters besäße so mancher ein Parteibuch, erzkatholisch und tiefschwarz koloriert.

„Ich vermute eher“, hielt ich Emil entgegen, „dass Leo und dir die Arbeitslosigkeit nicht bekommt. Sie bringt euch auf die schwärzesten Gedanken.“

Leo ist arbeitsloser Musiker. Seine Frau, verriet Emil mir, hätte Leo zum Teufel gejagt, weil er zu viel saufe und damit nicht aufhören könne. Doch erst danach wäre der Freund richtig abgestürzt. „Dass gerade du mir das erzählst“, staunte ich. „Ich trink nicht annähernd so viel wie Leo“, grummelte Emil.

Josefine lebte und starb in Essen, wo auch Antonia, meine andere in den Ruhrpott geflohene Schwester, seit Langem zu Hause ist.

In der Früh, am Bahnhof, traf ich zufällig auf Leo und die Gräfin, die mit mir in den gleichen Zug kletterten. Er reise nach Duisburg, sagte Leo, um dort sein Kind zu besuchen. Käthe tat meinem fragenden Blick kund, auch sie habe im Wackerland zu tun. Was, verriet sie nicht, als sie mit zugezogenem Gesicht und dem leicht beschwipsten Leo mir gegenüber Platz nahm.

Meine Versuche, ein Gespräch in Gang zu bringen, scheiterten kläglich. Ich fragte nach dem Allgemeinbefinden, probierte es mit dem Wetter, erzählte sogar von Josefine, Antonia und deren Familien, erntete aber nur Nicken, Kopfschütteln oder Achselzucken, nicht unfreundlich, aber von einer Kümmernis untermalt, dass ich selbst ganz traurig wurde und schließlich aufgab. Zwischenzeitlich floh ich aus dem Abteil, um zu rauchen. Leo, selbst starker Raucher, blieb wehmütig lächelnd sitzen. Der asthmakranken Käthe zuliebe hocken wir im Nichtraucherabteil.

Die Gräfin berappt Leos Miete. Das weiß ich, weil es die Spatzen von den Dächern pfeifen. Leos entfernte Verwandte, bei denen er zur Untermiete haust, bieten den Vögeln beinahe täglich neue Wahrheitskörner zum Fraß an, damit die mit Trällern nicht aufhören. Emil meint, dass es nicht allzu viel sein könne, was da verpfiffen werde. Aber er täuscht sich. Auch seine Annahme, dass Leo die asthmakranke Gräfin am Leben erhält, nicht umgekehrt, scheint eine der Täuschungen zu sein, die neben anderen alkoholtrüben Irrungen Emils Hirn vernebeln.

Er nimmt sogar an, dass die Gräfin ohne seinen Freund schon längst aus einem der Fenster ihrer mondänen, viel zu großen Wohnung gesprungen wäre. Meine Frage, aus welchem Loch Leo wohl springen würde, ohne seine finanzkräftige Käthe im Rücken, konnte oder wollte Emil nicht beantworten. Stattdessen philosophierte er schnapslaunig über die deutsche Nachkriegsgeschichte. Über Details aus Leos Leben wolle er mir gegenüber lieber schweigen, sabbelte er, weil Gefahr bestünde, dass ich die Gerüchteküche um Leo weiter anheize. „Himmel hilf", sagte ich, „ich hab eigene Sorgen."

Im Februar 1961 starb Josefine mit nur zweiundfünfzig Jahren. Der Krebs habe sie aufgefressen, konstatierte ihr Mann. Er beäugte mich missmutig und distanziert, als läge die Veranlagung zu Josefines bösartiger und mit Namen eines gefräßigen Krustentieres bedachten Krankheit in meiner Familie.

Dem Kontakt seiner Frau zu ihren Schwestern stand der sture Bock, den wir auch in Anwesenheit selten Albert nennen, skeptisch gegenüber. Besuche in der Heimat verbot er ihr zwar nicht, erschwerte sie jedoch mit vielerlei Vorbehalten über unnötige Ausgaben. Er war und ist der Auffassung, dass die Mehrheit der Familie seiner Angetrauten aus trüben Tassen besteht, deren noch trüberes Geschwätz sich ausbreitet wie Fußpilz in überhitzten, schlecht gechlorten Badeanstalten. Besonders Else, so erzählte Josefine, könne der sture Bock nicht verknusen.

Zu Josefines Beerdigung waren jedoch neben Else und ihrer Brut auch Bubis *Feuchte Erscheinung* und deren plärrende Nachkommenschaft aufmarschiert. Als Brut betiteln die Wackerländer ausschließlich Bubi, als habe Else nur einen Sohn und keine Tochter geboren. Aber anders als Renate, fallen Bubi und seine Auserwählte nicht nur auf, sie knallen ihren Mitmenschen derart in Augen, Ohren und Nasen, dass deren Gehirne Alarm schlagen.

Bubi und seine Bagage fuhren mit einem Taxi vor, das sie vom Rheinland ins Wackerland kutschiert hatte. Mit weltmännischem Gehabe, umhüllt von atemberaubenden Duftwolken aus künstlichem Rosenöl, herbem Rasierwasser und vollgekackten Windeln stiegen sie am Friedhofseingang aus. Ich wusste von Else, dass Bubi die letzte Miete bei Christel hatte erbetteln müssen.

„Wo hat der Bursche die Knete her?“, flüsterte selbst Sophie, die sich in Belange anderer ungern einmischt.

„Frag besser, wann er wieder hinter Gitter wandert“, riet Emil.

Sie könnten sich ein Taxi leisten, erwehrte sich Bubi der in vielen Gesichtern wabernden Frage.

„Lackaffe“, zischte Else und betrachtete missbilligend den schwarzen Ledermantel und breitkrempigen Hut des Sohnes, die ihm einen anrüchigen Schick verliehen.

„Darf ich vorstellen, Graf Großkotz“, höhnte Else.

Die für einen Teil von Josefines Familie tatsächlich fremde Erscheinung an Bubis Seite und ihre Kinder stellte Else niemandem vor. Doch das schien Bubis Angetraute am wenigsten zu beirren. Mit tomatenroten Handschuhen beledert, die zu den ehemals roten Stöckelschuhen passen sollten, winkte sie der wartenden Trauergemeinde zu. Und tatsächlich wirkte es für Momente, als habe man sich versammelt, um ihrem Auftritt beizuwohnen.

Lässig warf die Diva eine Pelzstola über die Schultern. Darunter zwirbelte sich ein eng anliegendes, auberginefarbenes Kostüm um den ausladenden Leib. Zufrieden grinsend tippelte und tänzelte sie an Bubis Arm, als wolle sie laufen üben.

„Denkt die Trulla, die wär hier aufem Laufsteg“, ranzte

Else laut in Richtung Schwiegertochter. Niemand antwortete. Sogar Bubi blieb still, sein krähendes Kind auf dem freien Arm hin und her schaukelnd.

„Oh je“, stöhnte Antonia leise.

„Peinlich“, raunte Renate, „wie die sich aufführt.“

Als an Josefines Grab ausgerechnet die *Feuchte Erscheinung* das Vaterunser lauter betete als alle anderen, ja, beinahe schmetterte, zischte Else: „Wie abgeschmackt und ekelig! Die Trulla ist ordinär bis zum Gehtnichtmehr. Die tut, als hätt die Wunders wat zu tun gehabt mit unserer Fine. Hat die aber nicht, kannte die nicht mal. Dat gehört sich ganz und gar nicht. Dat ertrag ich nicht. Ich gehe.“

Während ich noch an eine leere Drohung glaubte, schritt sie schon zur Tat, wies Renate und Christel an, ihr zu folgen, und dampfte wutschnaubend davon. Betreten und im Gänsemarsch folgten ihr Tochter und Schwester, ohne dem sturen Bock am Grab Beileid zu bekunden, was sich nach dessen Meinung unbedingt gehört hätte. Seither spuckt der Wackerlandofen erkaltete Asche aus.

Quietschende Bremsen holen mich in die Gegenwart zurück. Zum wiederholten Mal erhebt sich Käthe, um vor dem nächsten Halt die Fensterscheiben herunterzudrücken und tief einzuatmen. Ob wegen Leos Fahne oder ihrer Luftnot, kann ich sie schlecht fragen. Zumal sich die Stimmung verdunkelte, ungeachtet der wärmenden Sonnenstrahlen und der lichten Freundlichkeit des Himmels. Nicht einmal den Frosch in meinem Hals wage ich abzuhusten, um Käthe nicht zu stören. Trotz der Unruhe, die im Zug herrscht und bei geöffnetem Fenster auch von außen hineinstürmt, umgibt die Gräfin gebieterisches Schweigen.

„Ach, Leo“, seufze ich, als der Zug endlich wieder

anrollt. Er nickt, als kenne und verstehe er meine Sorgen. Die Gräfin schließt das Fenster und setzt sich. Hinterhöfe ziehen vorüber. Taubenparadiese, Gerümpel- und Provisorieneldorados. Sie prägen die Gegend wie Ebbe und Flut eine Landschaft am Meer. Selbst in den Gesichtern der Zugestiegenen meine ich, den staubigen Hinterhofcharme zu erkennen, der zum Improvisieren einlädt, um aus Krimskrams und Ramsch ein Zuhause zu zimmern. Das Gesicht der Gräfin lädt niemanden ein. Auch bezweifle ich, dass jemand bei ihr heimisch werden kann.

Aber gelingt es mir denn, für Emil und Marie ein Zuhause zu schaffen? Ich vermag ja nicht einmal, meine Mängel zu kaschieren wie die Gräfin, die ein Hauch von Luxus umweht, und die mit Puder, Lippenstift und Rouge ihr Alter und ihre starre Miene aufzupeppen versteht.

Meine Haut glänzt vor Anstrengung. Selbst jetzt, wo ich bloß still sitze und nachdenke, klebt Schweiß an meinem Körper und perlt auf der Stirn. Beharrlich wie der Gelbstich, der auf Leos und Emils Gesichtern pappt und an die verrauchten Kneipenwände erinnert, in denen die Kerle Zuflucht suchen.

Nicht nur im Wackerland tragen Menschen Hinterhofgesichter, die offenlegen, was sie verbergen wollen. Mein Gesicht mag von Anstrengung und Nervosität, vielleicht sogar von Angst erzählen. Emils altgewordenes Jungengesicht verrät, dass er nicht willens ist, zu improvisieren, und dass er sich nicht abfinden kann. Er schämt sich der Schatten, die auf ihm lasten, und verabscheut die Hinterhöfe, die sein Gesicht kenntlich zeichnen.

Auch verachtet er sich selbst für den Schmerz, den er im Suff verflucht. Das Wackerland lobt er, solange er dort nicht leben muss. Stets sehnt er sich fort, woanders hin, wenn ich auch nicht ahne, wie die Orte seiner Sehnsüchte heißen. Mitunter denke ich, er sehnt sich nach dem Tod.

„Mama, bin ich schuld", druckste Marie vor kurzem herum, nachdem Emil am frühen Abend, noch vor Beginn meiner Schicht, volltrunken ins Bett getorkelt war.

„Woran", fragte ich.

Sie zuckte mit den Schultern und wand den Kopf hin und her, als wollte sie etwas loswerden, könnte aber mit der Sprache nicht rausrücken.

„Woran bist du schuld, Kind?"

Sie verbog den Körper zu einem Fragezeichen und zog eine Grimasse.

„Tut dir was weh?"

„Nein."

„Dann sag schon!"

Ausdauernd zupfte sie unsichtbare Fusseln von ihrem Kleid, öffnete den Mund, schloss ihn wieder, umwand das rechte mit dem linken Bein, sagte aber nichts.

„M-Meinst du, weil der Papa trinkt?"

„Nein. Ja. Weiß nicht."

„Ja, was denn nun? Hör mit den Verrenkungen auf. Woran sollst du schuld sein? S-Setz dich mal da hin."

Ich wies mit den Augen auf den leeren Stuhl mir gegenüber. Sie blieb stehen. Ein kleiner, trotzig verbogener Kinderkörper voll eingefrorener Angst. Plötzlich schlug mein Herz bis in den Hals.

„Kind, w-w-w …?"

„Sind wir beide schuld, Mama?"

„Woran?"

„An Papa."

Maries Fragezeichenkörper ruckelte, um sofort wieder einzufrieren.

„Was meinst du, Kind?“

Sie zog die Schultern höher und presste sich noch weiter zusammen.

„Musst du mal Pippi?“

„Nein.“

„Dann sprich jetzt!“

Marie schwieg. Ich seufzte und wollte schon aufgeben, als sie hervorstieß: „Er will uns in die Luft jagen.“

„W-W-W …“

„Er sagt, wir kommen in die Zeitung, weil was Schreckliches passiert.“

„W-Was s-soll …?“

„Wenn er sehr besoffen ist, schießt er um sich.“

„Womit? Red keinen Quatsch! Er hat gar keine Waffe.“

„Weiß ich auch. Aber er tut so.“

Marie löste die Beine, ging leicht in die Knie und ballerte um sich, als hielte sie ein Maschinengewehr in der Hand: „Bp-Bp-Bp-Bp-Bp-Bp …“

„Hör auf damit! Papa tut dir nichts.“

„Doch. Er dreht auch den Gasherd auf. Oft hab ich den schon zugedreht, weil ich das Gas gerochen hab.“

„Wie? Wann?“

Wieder zuckten ihre Schultern. „Vor Tagen zuletzt.“

„Kind, damit m-macht man k-keinen …!“

„Wenn Papa schläft, geh ich jetzt immer in die Küche und guck, ob der Herd …“

„Kind! Du m-m …“

„Ich hab Angst, Mama.“

„Papa w-würde dir nie was tun. Nie und nimmer.“

„Doch. Er sagt, dass er uns alle umbringt."

„Das meint der nicht so."

„Wenn ich weine, schimpft er, ich sei 'ne Memme und solle froh sein, dass ich nicht wie er in Russland in der Scheiße gelegen hätte."

„Das ist der Fusel. Davon redet einer wirr."

„Aber du kaufst den doch, Mama."

„Manchmal."

„Wir sind schuld, wenn Papa uns umbringt. Oder?"

„Red keinen Unfug! Warum sollte er dich umbringen?"

„Weil …", Marie stutzte und sah mich scheu an, bevor sie weitersprach, „weil er meint, ich wär wie du."

Statt weiterzusprechen, begann sie zu weinen.

Ich versuchte, das Kind zu beruhigen und mich selbst zu beschwichtigen. Ärger, Wut und Angst schnürten mir die Kehle zu, und ich klammerte mich an dem Gedanken fest, Marie könnte übertrieben haben.

Schweren Herzens fuhr ich zur Arbeit. Anderntags stellte ich Emil zur Rede. Er sah mich nur bestürzt an und sprach kein Wort. Auch die Frage, ob er zu besoffen gewesen sei, um sich zu erinnern, beantwortete er nicht.

Marie weicht mir seither aus. Je besorgter ich nachfrage, desto verschlossener zeigt sie sich. Unzugänglich und stur wie ihr Vater. Ich weiß nicht, ob Emil sich inzwischen am Riemen reißt, oder ob sie sich aus Angst vor ihm wegduckt. Dazu müsste er ihr nicht mal drohen. Es reicht, wenn er sie anschweigt, wie nur er schweigen kann.

Sein Schweigen ist von anklagender Finsternis, die einen in gefahrvolle Tiefen hinabzureißen droht. Gestern früh, ich tat, als schliefe ich, hockte Marie flehend vor seinem Bett.

„Papa, bitte, bitte, du musst unterschreiben, die Lehrerin hat schon gemault. Bitte, bitte!“

Er reagierte nicht.

„Papa, bitte, bitte.“ Marie begann zu schluchzen.

Aber Emil lag wie versteinert vor seiner Zeitung und blieb stur.

„Wie hast du dich verändert“, sagte ich, nachdem Marie erfolglos von dannen gezogen war. „Das Kind war doch dein Ein und Alles.“ Emil schwieg.

„Leo“, höre ich mich plötzlich fragen, leise zwar, aber deutlich und stotterfrei, „hat Emil dir je davon erzählt, dass er sich, das Kind und mich umbringen will?“

Leos Wangenknochen zucken. Die Blicke der Gräfin streifen mich ab, von oben nach unten. Ich fühle, wie sie an mir abgleiten, um sich nach einem Wimpernschlag aufzurichten und Leos Gesicht zu befragen. Traurig schaut er mich an. Bei aller trunkenen Müdigkeit wirkt er wach und gegenwärtig.

„Emil hat mir erzählt“, sagt er nach einer Weile, „dass sein Kummer nicht von der schwarzen Galle kommt, wie du glaubst, Berta, und dass die Kamille, die du sammelst, nicht weiterhilft. Weder dir noch ihm. Dass kein Kraut …“

„A-Aber ich habe ihm doch auch B-Bücher gekauft. Heine zum …“

„Dass kein Kraut hilft, Berta, das hat er gesagt. Auch kein literarisches.“

Leo verstummt, als habe er schon zu viel verraten. Seine Hand hebt sich, als wolle er abwinken, verweilt kurz in der Luft und sinkt resigniert wieder auf die Knie, wo er seinen Handrücken wie einen Fremdkörper betrachtet.

„So ist das, Berta.“

Käthe legt den Kopf in den Nacken, als spräche sie zur Decke, und haucht: „Wir wollen den Teufel nicht an die Wand malen."

„Nein", sagt Leo. „Das wollen wir nicht."

Seufzend richtet die Gräfin Nacken und Gemüt. „Man tut, was man kann, Berta. Aber es gibt nun mal Menschen, die …" Ihre Hand schnellt in die Luft und saust hinab, wie um sich des begonnenen Satzes mit einem Fallbeil zu entledigen. Etwas durchzuckt ihr Gesicht und versteckt sich rasch wieder.

Mein Mund ist zu müde, um sie und mich zu entlasten. Er tönt, als wolle er sich der Angst annehmen, die weder die Gräfin noch ich spüren mögen. „Dann weißt du ja Bescheid, Käthe. Pass gut auf deinen Leo auf."

Sie nickt. Ein Nicken wie ein Gefrierschock, der das Gespräch mit sofortiger Wirkung beendet. Bis zum Duisburger Hauptbahnhof spricht niemand mehr ein Wort.

„Tschüss", sagt Leo und lächelt mir traurig zu, als er das Abteil verlässt. Der Rücken der Gräfin hüstelt ein zartes „Adieu" in meine Richtung. „Adiööö", flöte ich; es klingt wie ein Krächzen.

Früher war ich ein ängstlicher Vogel. Andere flogen über mir her. Und heute? Bin ich eine Rabenmutter? Wie soll ich mein Junges vor einem Schluckspecht schützen, der unser Nest in der Nacht zu vernichten droht?

Am helllichten Tag flattert das trunkene Tier auf die Vogelstange und predigt Menschenrechte. Gelegentlich verklärt es Menschen gar zu Kunstwerken: Auf Josefines Beerdigung pichelte Emil mit Bubi, der *Feuchten Erscheinung* und dem sturen Bock um die Wette und begann zu philosophieren. Der Mensch, verkündete er, sei das größte

Kunstwerk auf Erden. Vergänglicher zwar als andere, doch von Gott wesensmäßig kreiert und individuell gestaltet.

Der sture Bock pflichtete ihm bei, beklagte tränenschwer Josefines Tod und pries ihr sanftes Wesen. Bubi rühmte die Schönheit der Frauen und betatschte ungeniert die Rundungen des lallenden Exemplars an seiner Seite. Emil beschwor das Rätselhafte am Kunstwerk Mensch, das so bewegend wie erschreckend sein könne und das man bei Gott nicht immer verstünde.

„Hömma, du Kunstwerk“, unterbrach ihn Antonia, „wat glaubse, wie dat um Gottes Kunstverstand bestellt sein muss? Bei sone Schnapsdrosseln wie ihr seid? Sich satt fressen, fleißig saufen, wacker rülpsen, laut furzen und dann stinken wie die Iltisse? Wat glaubste?“

Emil warf mir einen strengen Blick zu, als prüfe er in meinem Gesicht, was ihm im trunkenen Zustand entgangen und durch mich in Antonias Ohren gelangt sein könne. Aber etepetete, wie er war, benahm sich Emil noch im desolatesten Zustand manierlich und roch sogar gut.

Von seinen nächtlichen Schieß- und Sprengübungen konnte Antonia nichts wissen. Sie musste an ihren Gatten gedacht haben, der nach dem eilig geschlürften Beerdigungskaffee und wenigen, noch eiliger gekippten Schnäpsen zur Arbeit aufgebrochen war.

Emil überlegte und dozierte: „Was du beschreibst, Toni, ist vielleicht abstoßend, aber nicht grausam. Seit dem Krieg werde ich die Vorstellung nicht los, dass Gott tatsächlich angewidert und erschreckt vor dem Kunstwerk Mensch steht und sich fassungslos fragt, wozu er es befähigt hat.“

Auf dem Essener Hauptbahnhof empfängt mich Antonia. Sie strahlt wie von innen beleuchtet. Noch bevor sie mich begrüßt, plappert sie aufgeregt los.

„Der Alte fliegt raus, aber wacker. Mit allem Püngel macht der die Flatter. Husch. Ich hab dat genau überlegt. Wenn dat Stinktier aus der Bude is, kannst du bei mir wohnen, Berta. Mit dem Kind. Hamwa Platz genug für. Tun ma uns endlich mal wat Gutes, wat meinste? Ham wa doch verdient oder? Wennze nämlich ma zusammenrechnest, wat sich son Suffkopp inne Birne kippt und versaubeutelt, da kannse en Häusken von kaufen. So Ham wa nicht gewettet, so nicht! Berta, wat sachste? … Tach übrigens."

Terz, Buhei und Lücken

„Wie ist es möglich, Berta, dass Menschen bei der Namenssuche für ‘ne Kneipe so ’ne Terz veranstalten?"

Sophie spricht leise und sieht mich nicht an. Sie fixiert den sonnengefluteten Kneipentisch, als erwarte sie von ihm und der Sonne klare Antworten. Unruhig beklopfen ihre Finger das stille Holz.

„Was für ’ne Terz?"

„Pst", gebietet Sophie", nicht zu laut." Mit der Nasenspitze weist sie zur offenen Küchentür hinter der Theke. „Meine Schwiegertochter hat Ohren wie ein Luchs."

„Eifersucht", flüstere ich, weniger fragend als schlussfolgernd. Denn wer, wenn nicht ich, könnte ein Scheißgefühl wie Eifersucht gegen die Windrichtung und durch die Wände hindurch wittern. „K-Kannste dran riechen."

Sophie schüttelt kaum merklich den Kopf. „Es riecht nach Frikadellen, Berta."

„Hmmm, was duftet das hier lecker", trompete ich in Richtung Küche.

„Ich brat Buletten", schallt es aus der Schwiegertochter, „kannste gleich probieren, Berta."

„Wenn Bert kommt", posaune ich.

„Dat kann dauern, bis der hier ist", röhrt es zurück.

„Wo ist der Jung?", flüstere ich.

„Dampf ablassen", raunt Sophie.

„Wegen Terz?"

Sophie nickt. Stumm und mit gerümpfter Nase weist sie in Richtung Küche.

„Mein Mann ist nicht der Schnellste", tönt es von dort. „Mit dem appen Bein braucht der halt wat länger, um nach Haus zu hoppeln, wie ich immer sach."

„Ksch", zischt Sophie. „Jeder sieht, dass der Mann humpelt. Warum sagt die hoppeln?"

Ich lange nach dem Aschenbecher am Nebentisch.

„Musst du jetzt rauchen, Berta? Den ganzen Tag die Qualmerei."

„Ich d-dacht, ich wär inner Kneipe."

„Wir haben gelüftet. Kommen noch genug Stinker."

„Was bist du genervt!"

„Kannst du laut sagen."

„Und wie soll die Kneipe jetzt heißen", frage ich leise, nippe am Kaffee und lasse die Zigaretten in der Tasche.

„Bei Muttern."

„Klingt doch schön. Mütter seid ihr schließlich beide."

„Sagt Bert auch.“

„Und Gerti?“

Sophie stöhnt: „Meine Schwiegertochter meckert. Wie immer. Denk mal, wie lange das schon geht.“

Die Eröffnung der neuen Gaststätte liegt Jahre zurück. Seitdem denkt Bert darüber nach, das kleine Lokal *Sophies Kneipe* zu taufen. Seiner Mutter zu Ehren. In seltener Übereinstimmung mit Else und Bubi wird er nicht müde zu betonen, dass Sophie das Mobiliar des elterlichen Wirtshauses gerettet, ihr Sparbuch geplündert und jeden Pfennig dreimal umgedreht habe. Um alles in die neue Kneipe zu stecken, ihre Arbeitskraft inbegriffen.

Anders als Else und Bubi ist er jedoch überzeugt, dass außer seiner Mutter niemand einen Finger gekrümmt und eine müde Mark für das neue Lokal locker gemacht habe. Schon gar nicht Bubi, der bloß abkassieren wolle. Für den feinen Pinkel reiche ein einziger Goldesel zum Dukatenkacken nicht aus. Aber selbst wenn in seinem Keller zwei Esel stünden, wettert Bert, um im Akkord Geld zu kacken, sehe sein Halbbruder Bubi keinen Groschen davon. Weil der Nixnutz alles directement im Puff verjuble.

„W-War Bubi wieder hier?“

„Dat soll der sich wagen“, droht Gerti, die mit einer Schüssel voll dampfender Frikadellen angerauscht kommt. „Guten Appetit, die Damen. Ich muss wieder in die Küche.“

„Wenn es nur Bubi wäre“, stöhnt Sophie.

„Wer und wat denn noch, Mutter?“ Im Weggehen dreht Gerti sich um, zögert kurz, kehrt dann aber zielstrebig an unseren Tisch zurück.

„Du weißt, was ich meine, Gerti“, sagt Sophie leise.

„Nee, aber schieß mal los!“

Sophie schweigt.„In Ordnung, dann schieß ich“, sagt Gerti. „Pass mal auf, Berta, ich erklär ’s dir.“ Sie baut sich vor mir auf, stemmt die Arme in die Hüften und legt los:

„Deine Schwester Sophie verwechselt mich neuerdings mit Frau General Mutter. Sie meint, ich sei deren jüngere Ausführung mit noch schlimmeren Allüren. Na, danke schön. Ich muss dir die Verwandtschaftsverhältnisse ja nicht erklären. Im Grunde pullert meine Schwiegermutter sich ins Hemd, weil sie fürchtet, ich schmeiße sie raus. Wie seinerzeit eure Mutter sie an die frische Luft gesetzt hat, als sie schwanger war mit Bert. Nun sag mir bitte, wer spielt hier verrückt?“

„W- W …“

„Du kennst mich, Berta. Bin ich ein General? Hab ich Allüren? Wer stammt von wem ab? Klär mich auf, bitte.“

„W-Wie?“

„Nix wie. Beantworte meine Frage. Wer bin ich? Bin ich Berts Frau? Oder wer ist dat?“

„Du.“

„Siehste! Und hat der Kerl zwei Kinder mit mir oder mit seiner Mutter?“

„Mit dir! W …“

„Eben. Aber weißte, wat der nich hat? En Hirn im Kappes hat der nich. Manchmal denk ich sogar, der hat keine Eier in der Hose, wie der vor seiner Mutter kuscht.“

„D-Der hat ein Bein ab, aber sonst …“

„Wie kannst du!“ Sophie schiebt den Stuhl nach hinten, wischt meinen begonnenen Satz mit einer schroffen Handbewegung vom Tisch, als wäre er ein Bierdeckel, und hastet in die Küche.

„Wat glaubst du“, zetert Gerti unbeeindruckt weiter, warum der Kerl die Hütte hier *Sophies Kneipe* oder *Bei Muttern* nennen will?“

Ich zucke mit den Achseln: „Ihr seid beide M-Mütter.“

„Von wegen.“ Das wilde Funkeln in Gertis Augen lodert jetzt. Ihr schmaler Brustkorb hebt, senkt und weitet sich. Und schon prasselt das reinste Feuerwerk auf mich, die unschuldig dampfenden Frikadellen und den lauwarmen Kaffee nieder:

„Bert kennt nur eine Mutter, seine. Dann kommt lange nix. Dann der Krieg, dann dat appe Bein, dann noch mal nix, dann die Kinder und dann vielleicht ich. Meinste, dat wär schön? Wir leben und arbeiten in den Stallungen meiner Eltern. Dat hier war en Schweinestall. Meine Eltern mussten latzen und schuften ohne Ende, bis dat hier so aussah, wie dat jetzt aussieht. Mit den Kröten deiner Schwester wären wir nicht weit gekommen. Und nun können wir die meiste Zeit die Miete nicht berappen. Da kennt der keinen Dank, dat meine Eltern uns dat Geld stunden. Macht nix, sagt der, die haben’s doch. Den Vorschlag meiner Mutter, die uns oft unter die Arme greifen muss, die Kneipe *Bierstübchen* zu taufen, findet er zu niedlich. Von *Gertis*- oder *Berts Bierstube* will er auch nix wissen. Dat klingt ihm zu piefig. Fertig. Aus.“

„Aber …“, versuche ich Gertis flammende Rede zu unterbrechen.

„Nix aber, denkst du denn, *Sophies Kneipe* wär der Renner? Klingt dat weniger piefig? Vorhin, bevor du kamst, hatte die gnädige Schwiegermama *Bei Muttern* vorgeschlagen. Das nickte der großzügig ab, der Herr, weil’s um sie geht. Mutter hier. Mutter da. Sie hat ihr Leben lang geschuftet, sagt der. Ja, wir etwa nicht? Sie braucht Sicherheit, sagt der. Ja, brauchen wir keine? Verrat mir mal, du Muttersöhnchen, hab ich zu ihm gesagt, warum deine Mutter seit deiner Geburt keinen Mann mehr mit dem Arsch anguckt? Da denkt der nicht drüber nach. Aber ich. Hier in der Nähe lebt en verwitweter Onkel von mir, en netter, gutmütiger Bauer, der scharwenzelt hier rum und macht deiner Schwester Avancen, Berta. Und der hat einiges zu bieten. Richtig wat anne Füße hat der. Dem müsste ne Frau nix aus dem Kreuz leiern. Der tät die Frau verwöhnen nach Strich und Faden. Auf Händen tragen tät der die. Aber weißte, wat deine Schwester dazu sagt?"

Ratlos schüttle ich den Kopf.

„Da kommste auch nich drauf, Berta! Die sagt zu ihrem Sohn: Bert, sorg dafür, dat der sich vom Acker macht, der Gottfried. Ein Mann mit solchen Pranken wie dem Gottfried seine, sollte Kühe melken und Kälbern auf die Welt helfen. So ein Kalb tät zwischen sechzig und siebzig Kilo wiegen, meint se, und 'ne ausgewachsene Kuh, da hätte der Gottfried sie drüber aufgeklärt, könnt et auf achthundert Kilo bringen. Sie sei inzwischen Oma, würde zusehends weniger und sei auf neunundvierzig Kilo geschrumpft. Dat täte nicht passen. Zum Füttern, Melken und Scheißewegschaffen hätte sie außerdem keine Kraft mehr. Der möge sie in Ruhe lassen, der Gottfried. Dat sollt der Bert dem verklickern."

„Und?" frage ich.

Gerti winkt ab. „Weißte, Berta, wat mein Mann mit eingezogenem Schwanz geantwortet hat? Wat der von sich gibt, ohne drüber nachzudenken, wat noch alles kommen kann, wer für unsre Schulden geradesteht und wer seine

Mutter pflegt, wenn et mal soweit ist, wo die noch nie geklebt hat? Ohne mit der Wimper zu zucken, hat Bert ihr nach dem Mund gebrabbelt: Klar, Mutter, ich sorg dafür! Und wat soll ich dir sagen, fortan wurde hier kein Gottfried mehr gesichtet. Und nun kommst du, Berta."

„Ich g-geh mal nach Sophie gucken."

„Brauchste nicht gucken gehen, die flennt wieder."

„Wieder?"

„Die meiste Zeit gluckt die in ihrem Kämmerchen da oben. Wat weiß ich, wat die da macht. Flennen, brüten, grübeln, Löcher in de Luft gucken, Däumchen drehen. Lass et dir gesagt sein, Berta, der ist nicht zu helfen, der Mutter. Neulich war dein Emil mit seinem Freund Leo hier. Die haben sich und meinen Bert volllaufen lassen. Oberkante Unterlippe, alle drei. Im Suff laberten die, sie würden die Hütte *Spelunke* taufen. *Kaschemme* wär ja schon vergeben. Mir wär's recht gewesen. Hauptsache, dat Palaver hier findet ein Ende. Aber da hättest du mal erleben können, wer hier der General im Haus ist …"

„Sophie", rufe ich aus enger Kehle.

„Sophie", äfft Gerti meine Stimme nach. „Sophie hier. Sophie da. Wenn Sophie mal nicht mehr kann, darf ich sie pflegen. Wetten? Dafür bin ich gut genug."

„Aber, Gerti, so w-weit sind wir doch noch nicht."

„Na, dann beguck dir deine Schwester mal richtig. Aber iss vorher 'ne Frikadelle, Berta. Dat gibt Kraft."

„Hab gar keinen Appetit. Wofür brauch ich Kraft?"

„Hab's gut gemeint. Die werden ja auch kalt."

Gerti latscht in die Küche zurück.

„Ich koch en frischen Kaffee, wenn du magst."

„Nein. Danke."

Ich rauche, verschlucke mich am Qualm und huste. Nach wenigen Zügen drücke ich die Zigarette aus, erhebe mich und richte den Faltenrock, den Sophie mir vor vielen Jahren auslieh und nie zurückverlangte.

„Ich glaub, der Faltenrock will nur von dir getragen werden.“, sagte sie. Dann lachte sie und freute sich über mein Glück. Dabei hatte ihr der Rock, weil sie größer ist als ich, besser gestanden. Faltenröcke verlangen geradezu nach großen stolzen Frauen, wie Sophie eine ist. Wenngleich sie vorhin gebeugt und wenig stolz neben mir kauerte. Mit einem Ausdruck in den Augen, der mich an Emils Stalingradblick erinnert. Obwohl Sophie nicht annähernd so finster und verwildert dreinschauen kann wie Emil. Die Worte allerdings, die er neulich beim Rasieren aus sich herauspresste, um sofort wieder zu verstummen, könnten durchaus zu Sophies Blick passen: „Mir springt mein Leben ins Gesicht“, hatte Emil gemurmelt.

Ich fragte mich zunächst, ob er an die langen Beine oder das ausladende Gesäß der Störchin gedacht haben könnte, oder was sonst lebendig und kraftvoll genug wäre, ihm ins Gesicht zu springen. Doch als ich aufblickte und ihn ansah, meinte ich, Gefechtsfeuer in seinen Augen flackern zu sehen. Da begriff ich, dass Leben für Emil Krieg bedeutet. Auch achtzehn Jahre nach Kriegsende toben die Kämpfe in ihm fort. Was Sophie außer ihrer Schwiegertochter ins Gesicht gesprungen sein könnte, muss ich noch herausfinden.

Ich straffe die Schultern und gehe in die Küche, an deren Seite eine schmale Treppe nach oben führt. Dort logiert Sophie in zwei kleinen Kammern. Für den geplanten Ausbau weiterer Räume als Gästezimmer fehlt das

Geld. Von ihrer Schlafkammer aus blickt Sophie ins Herrenhaus hinüber. Nur ein Innenhof und der darüber liegende Luftkorridor trennen sie von Berts Räumen.

Er lebt mit seiner Familie über der Wohnung von den Schwiegereltern. Um dem Verdacht zu entgehen, sie würde hinüberspähen und selbst unbeobachtet bleiben, öffnet Sophie die Rollläden nur zum Lüften. In ihre Wohnküche, die nur mit einer winzigen Dachgaube ausgestattet wurde, fällt wenig Licht. Da die Stube überdies nach Norden weist, hockt Sophie auch am Tag bei Kerzenschein.

Die Holztreppe knarrt, als ich einen Fuß darauf setze. Gerti hantiert mit Geschirr und beachtet mich nicht.

„Ich geh jetzt hoch", erläutere ich, verärgert darüber, dass meine Worte entschuldigend klingen.

„Tu dir keinen Zwang an."

Um Sophie ist es still. So still, dass ich flüstern würde, wenn mir etwas zu sagen einfiele. Aber mir fällt nichts ein. Schweigend sitzen wir einander gegenüber. Sophie hält den Kopf gesenkt, als könne er der Schwere ihrer Gedanken nicht standhalten. Ihre Bewegungen sind fliehend, wie um sich der Aufdringlichkeit meiner Blicke zu entziehen, und wirken dennoch leicht.

Zum Verschenken leicht. Wie die Zigarette, die sie nach einigem Schweigen aus der Kitteltasche zieht, um sie mir über den Tisch hinweg zuzuschieben. Wie das scheue Lächeln, das um ihre Mundwinkel zuckt, als sie mein freudiges Staunen registriert. Wie die Geldscheine, die sie mir oft schon heimlich zusteckte, wohl wissend, dass sie Bubi damit aus der Patsche half.

„Gib nicht alles dem Krösus", mahnte sie. Weil Bubi

wegen krummer Geschäfte häufiger in den Knast wandert, nennt Sophie ihn Knastkrösus, mitunter aber auch Doktor der Knastologie oder Loddel für *Feuchte Erscheinungen.*

Else behauptet, ihr Sohn könne ohne Knastluft nicht existieren. Schließlich sei er nur solange auf freiem Fuß, bis es ihm gelungen sei, die *Feuchte Erscheinung* ein weiteres Mal zu schwängern. Anschließend bevorzuge er wieder Gitterstäbe. Weil die Tanten ihres Sohnes bescheuert genug seien, die Gangsterküken nebst ihrem Erzeuger durchzufüttern, nähme das Elend kein Ende.

„Meinst du, wir sind beide bekloppt", frage ich in die Stille. Sophie schaut mich nachdenklich an. „Weder du noch ich machen so einen Buhei."

„Das mein ich nicht."

„Was denn?"

„Die Sorgen mein ich. Du sorgst dich um Bert, ich mich um Bubi, um Emil, um …"

„Ja, und wer sorgt sich um uns?", unterbricht Sophie meine Aufzählung.

„Du. Du hast dich immer um mich gekümmert, und ich hab' mich um …"

„Stimmt. Aber bald …"

„Was ist bald?"

„Ich besteh nur noch aus wenig Gewicht, Berta."

„Das seh ich. Isst du nicht genug?"

Sophie winkt ab. „Selbst, wenn die Waage unter mir zusammenkrachen würde, hätt ich kein Gewicht mehr."

„Ach was, das meinst du nur. Gerti ist zwar ein Haudegen, aber d-die hat auch ein Herz."

„Wenn du wüsstest."

„Wenn ich was wüsste?"

Sophie sackt in sich zusammen, meidet meinen Blick.

„Warst du mal beim Doktor?“, frage ich unbeirrt.

Sie antwortet nicht, bewegt aber den Kopf, als wolle sie meine Frage gleichzeitig bejahen und verneinen.

„Red mit mir“, insistiere ich, „hast du dich mal untersuchen lassen?“

„Sieht nicht gut aus“, sagt Sophie leise.

„Wer sagt das?“

„Der Arzt.“

„Was meint der damit?“

„Sieht nicht gut aus, hat der zwei oder dreimal wiederholt. Sieht gar nicht gut aus, sagte der sogar. Mit ‘nem zugenagelten Gesichtsausdruck, in dem du nichts lesen kannst. Und ich dachte immer, ich könnt gut in Gesichtern lesen. Aber dieser Ausdruck!“

Sophie zieht die Schultern hoch und lässt sie sinken: „Wer weiß, wofür ’s gut ist.“

„G-Geh doch mal zu ‘nem anderen Arzt.“

„Ärzte wissen auch nicht alles.“

„Bestimmt nicht, aber …“

„Selbst, wenn die was wissen, wird nichts besser. Das Kind hat ‘nen Namen, aber besser wird nichts. Schon gar nicht, wenn mehrere Ärzte an einem rumdoktern. Denk an unsere Fine. Die war schneller tot, als die Herren Doktoren sich einig wurden, was ihr fehlt. Was wussten die schon? Derselbe Kuddelmuddel wie hier. Sagt einer Hü, sagt ein anderer Hott. Nicht mal für den ömmeligen Gasthof finden wir ‘nen Namen. Woran krankt das, Berta?“

„Lenk nicht ab.“

Sophie lacht. Doch das Lachen kann die Schatten nicht vertreiben, die auf ihrem Gesicht lasten.

„Ich wüsste gern, was dir fehlt“, flüstere ich und würde am liebsten schreien. Aus der Kneipe dringt Stimmengewirr. Ein Mann grölt. Tische werden hin- und hergerückt. Ruhe da unten, möchte ich brüllen, aber ich bin wie erstarrt und kann mich nicht mucksen. In meinem Magen grummelt’s, als zöge ein Gewitter auf. Die tief stehende Wintersonne hinter der Gaube hüllt sich in Schleierwolken, als suche sie Schutz. Mir ist kalt.

„Frierst du?“ Ohne meine Antwort abzuwarten, steht Sophie auf und holt eine Wolldecke aus der Schlafkammer. „Kuschle dich da rein. Das tut gut.“

„Und du?“

„Mir ist nicht kalt. Höchstens von innen. Aber da nützt keine Decke was.“

„Was nützt denn?“

„Manchmal hilft ein Grog, Berta, heute bist du da, morgen geschieht vielleicht ein Wunder.“

„Ich komm morgen wieder.“

Sophie lacht: „Lass gut sein.“

„W-Wir haben doch noch immer ‘nen Weg gefunden, Sophie. Oder wenigstens ‘ne Lücke zum Überleben.“

„Ja, das haben wir. Mit Lücken kennen wir uns aus.“

Ich wickle mich in die Decke und atme Sophies Duft ein. Ein Gemisch aus Lavendelseife und verschwitztem Haar. Sophie schwitzt nur am Kopf. Den müsse sie Tag für Tag waschen, klagt sie oft, auch wegen der Qualmerei in der Kneipe. Das würde Haaren und Kopfhaut arg zusetzen. Sophie will niemandem zusetzen. Nicht mal ihrem inzwischen ergrauten Schopf.

Sie trüge das Haar gern offen, sagt sie, flechte es aber, weil es spiddelig geworden sei, zu einem Dutt zusammen.

Das ergebe mehr Volumen und sei außerdem hygienischer als das Schwalbennest, das sie früher auf dem Kopf getragen und für dessen Form und Pflege ihr der Friseur viel Geld abgeluchst hätte.

„Du musst aus deinen Schwächen Stärken machen“, fordert sie mich bisweilen auf und behauptet, dass eine Lücke nichts weiter als eine Lücke sei, die man sinnvoll nutzen könne. Ihre lichten Zotteln weiß Sophie so kunstvoll zu flechten, dass das Haar füllig und nach der Wäsche beinahe kräftig aussieht. Auch ihre Gestalt wirkt bei aller Zerbrechlichkeit zäh und stark.

Was ein Mensch braucht, um Lücken zu füllen, Löcher zu stopfen und Notzeiten wie den Winter zu überstehen, konnte ich von Sophie lernen. Auch wenn Tiefe und Beschaffenheit der Löcher, die sich vor uns auftaten und weiter auftun, unterschiedlicher nicht sein können, und Sophie mit wesentlich größerer Kraft, Lebensklugheit und Mut ausgestattet sein mag als ich: Im Lückenfüllen stehe ich ihr in nichts nach. Doch handelt es sich dabei um andere Tiefen als die, in die man fällt, wenn ein geliebter Mensch stirbt und eine Lücke hinterlässt, die man nicht schließen kann. Womit auch?

Wenn Sophie sterben sollte, wird nichts mehr sein, wie es war. Der Riss wird tiefer klaffen und schmerzen als all die Risse, die bisher mein Leben zerklüfteten. Du wirst damit leben lernen, könnte Sophie sagen, wenn ich sie um Rat bitten würde. Aber darf ich das? Habe ich das Recht, sie zu fragen, wie ich weiterleben soll, wenn sie stirbt?

Noch lebt und atmet sie. Noch sieht es bloß nicht gut aus. Wird es morgen besser aussehen? Alles verändert sich, Krankheiten können verschwinden, auch Todkranke genesen, Wunder geschehen. Und doch werden sie die Lücke nur hinauszögern, die entstehen wird. Eines Tages.

Es gibt Lücken, verrate ich der Stille, die sind zum Weinen. Die Stille nickt.

Als Antonia mir vor etwa zwei Jahren anbot, zu ihr in den Ruhrpott zu ziehen und ich drauf und dran war, die Koffer zu packen, um mein Kind in Sicherheit zu bringen, konnte ich nicht aufhören zu weinen. Allein die Vorstellung, Emil und Sophie zu verlassen, quälte mich. Zudem setzte Marie alles daran, beim Papa zu bleiben. Für den Fall, dass ich sie mitnehmen würde, drohte sie, fortzulaufen. Ich war gezwungen, ein neues Leben zu beginnen, ohne das alte aufzugeben, und richtete mich im Dazwischen ein.

Das Kind wird älter, beruhigte ich mich. Es wird sich wehren und dir verraten, was Emil nachts treibt. Zudem liebt es den Papa abgöttisch und will lieber bei ihm sein als bei dir. Die Episoden mit dem Gasherd sind entsetzlich, aber doch nur Ausrutscher, die sich nicht wiederholen werden. Der Herd kommt weg, und das Gas wird abgeklemmt. Schließlich gibt es Öfen, auf denen man kochen kann. Und Maschinengewehre aus Albträumen und Trunkenheit töten niemanden.

Emil schämt sich vor sich selbst. Der wird sein Kind nicht umbringen. Der nicht. Was immer der im Suff verzapft, Alkohol hin oder her: Emil und Marie, die darfst du nicht trennen. Daran gingen beide kaputt. Und du auch. Zudem lebt die Störchin ‘ne Etage drunter. Die soll Augen und Ohren offenhalten, wenn du zur Schicht fährst.

So redete ich mit mir und kaufte, um mich im Dazwischen einzurichten, einen großen Ofen, den Berts Schwiegereltern mir günstig überließen. Emil schleppte kommentarlos das alte Öfchen und den Gasherd in den Keller. Dass ihm dabei ein weiterer Finger abhandenkam, ist eine andere Geschichte, die aber gut zu dem Mann passt, den ich geheiratet habe. Der rennt, wenn ihm was fehlt, selbst wenn es ein unter dem Ofen eingequetschter und verloren gegangener Finger ist, mit dem abgebundenen Stumpf zu seinem Freund Leo und von dort in die nächste Kneipe.

Ich appellierte derweil ans Gewissen der Störchin, Emil keinen Alkohol mehr einzuschenken und bat sie, wachsam zu sein. Auch entschied ich mich, so oft wie möglich mit Marie in den Ruhrpott oder ins Bergische zu fahren, um Antonia daheim oder Lene im Kloster zu besuchen und bei ihnen zu übernachten. Das sind Lücken, in die ich schlüpfen kann. Wenn ich mich nur nicht trennen muss.

„Man richtet sich ein", sagt Sophie, „so gut es geht. In letzter Zeit muss ich oft an Christel denken. Weißt du noch, Berta, als der Ami damals die Flucht ergriff und sie allein ließ, kurz nachdem der verstanden hatte, dass er Vater werden würde, da dachten wir, unsre Christel geht uns ein wie ‘ne Primel. Dann die Abtreibung. Hat sie alles überlebt, ja. Aber seitdem, mein ich, wär sie nicht mehr richtig bei sich. Weder in ihrem Leib, noch in ihrem Leben. Sieht sie nicht auch aus wie ein Mehlwurm, Berta, der sich am liebsten verkriechen würde? Richtig einrichten kann sie sich bis heute nicht. Was meinst du?"

Braucht sie auch nicht, überlege ich. Wozu benötigt Christel eine Einrichtung, solange sie eine Else hat, nicht selber denken braucht, im Akkord Löcher stopft und sämtliche Lücken und Leeren mit Else, Else, Else und noch mal Else zuscharren kann?

„Wenn Else nicht gewesen wäre“, fügt Sophie hinzu, als ahne sie meine zynischen Gedanken, hätte Christel sich womöglich überhaupt nicht mehr bekrabbelt.“

„Meinst du?“

„Ja, mein ich. Die wärmen sich gegenseitig, die beiden. Und Wärme, das weißt du so gut wie ich, Berta, ist mehr als die Abwesenheit von Kälte.

„Aber Christel hätte doch mit dem Ami mitgehen können. Dann w-wär sie mal rausgekommen und von Else weg. Christel hätte in Amerika …“

„… andere Luft geatmet, ja. Vielleicht war aber die Bindung an Else stärker. Weißt du das? Was ich für dich bin und was du für mich bist, das ist Else für Christel und umgekehrt. Wenn ich nicht mehr bin, dann …“

„S-S-Sophie, bitte!“

„Kann schnell gehen, kann dauern. Krebs ist unberechenbar. So, nun hat das Kind doch noch ‘nen Namen bekommen. Jetzt hat die liebe Seele Ruh. Für die Kneipe wird Gerti auch ein Name einfallen, den Bert akzeptiert. Vielleicht *Gerti*. Oder *Bei Gerti*. Geht doch, oder? Hauptsache, uns beiden bleibt noch ein bisschen Zeit für die ein oder andere Tasse anständigen Kaffee. Nicht so ‘ne Plörre wie bei Gerti. Bloß nach Lourdes, wo du hinpilgern willst, Berta, das schaff ich nicht mehr. Nicht mal mehr nach Kevelaer komm ich. Da müssen wir mit dem Kapellchen vor Ort vorliebnehmen. Guck nicht so elendig, Bertakind. Wenn du nach Kevelaer marschierst eines Tages, bin ich im Geist dabei. Das wirst du merken. Überhaupt bin ich bei dir. Weißt du das nicht? Du solltest das wissen! Und wenn ich erst tot bin, hab ich auch mehr Zeit. Aber noch leb ich ja. Und ich bin zäh.“

Alltag in der Kaschemme

Können Sonnen trauern? Oder verweigert das Dunkel in mir die Aufhellung? Als ich in der Früh von der Nachtschicht nach Hause kam, stand die Wintersonne wie eine Kugel am Himmel und sah sehr einsam aus. Als sei sie dort vergessen worden und habe die ganze Nacht allein da oben rumstehen müssen. Auf leuchtkraftamputierten Beinen. Was selbst die stärksten Sonnen ermüden und frösteln lässt.

Deswegen, so dachte ich, versteckt die Sonne ihr Antlitz hinter einer Nebelwand, verkneift sich das Strahlen und funzelt nur noch. Aber immerhin, sie schenkte mir ein Blinzeln. Was mich beinah ermutigt hätte, sie zu fragen, ob ihr in den Himmeln was von Sophie zu Ohren gekommen sei. Doch dann traute ich mich nicht. Es war zu kalt für ein Gespräch mit der müden Sonne. Ich huschte zu Emil ins Bett, achtete auf Maries ruhige Atemzüge und dachte an Sophie.

Wir schreiben den 05. Dezember 1966. Der erste Advent ohne Sophie. Sie ginge bloß voraus, hatte sie angekündigt, in ein anderes Sein, wo es friedvoller zugehe als auf der Erde. Dort finde sie ein richtiges Zuhause ganz nah bei Gott, wo sie in aller Seelenruhe auf mich warten werde. Aber ich solle mir Zeit lassen, alle Zeit der Welt. Denn die habe sie in den Himmeln auch. Sophie starb an meinem Geburtstag, als habe sie damit ein Zeichen setzen und mich ermahnen wollen: Lebe, Berta, lebe!

Während des Krieges und auch in den Elendsjahren danach, hatte Sophie bisweilen laut gepredigt, wenn einer von uns zu verzagen drohte. „Das Leben ist kostbar, nackt wie es ist, wir leben, Menschenskinder, wir leben.“ Seit Sophie in ihrem richtigen Zuhause weilt, spricht sie mich manchmal direkt an. „Vergiss nicht, du lebst, Berta, du atmest, du bist da!“

Wenn ich sie frage „wozu?“, antwortet sie nicht. Aber sie lächelt. Leise und wehmütig zwar, weil sie Zweifel am Sinn des Lebens traurig stimmen, aber auch freundlich und zuversichtlich. Ihr Lächeln wärmt mich und schenkt mir Trost in kalten Winternächten. Ich trage es bei mir, wenn ich frierend an der Haltestelle stehen muss, um zur Nachtschicht zu fahren. Es leuchtet in mein Dunkel wie eine von Maries Laternen, die sie Jahr für Jahr zu Sankt Martin bastelt. Froh und lebensbejahend flackert der Kerzenschein in den Novemberabend.

Bei anstrengenden und stumpfsinnigen Arbeiten während der Nacht fällt etwas von Sophies Zuversicht wie Licht auf mich herab. Im Morgengrauen, wenn ich müde im Bett liege und kurz vorm Einschlafen bin, spüre ich ihr Lächeln auf meinem Gesicht. Mittags, wenn ich aufwache, weiß ich weder, ob und was ich geträumt habe, noch bleibt Zeit, mich an Sophies Lächeln zu erinnern oder gar die Frage zu beantworten, wieso mich ihr Tod gleichermaßen traurig und versöhnlich stimmt.

In jüngster Zeit und zunehmend häufiger, dringt Quasis tiefe Brummstimme an meine Ohren, kaum dass ich erwacht bin. So auch jetzt.

Ich fröstle. Durch die Fensterritzen der Gaube zieht Kälte ins Schlafzimmer der Kaschemme. Die Wintersonne muss Reißaus genommen haben. Stattdessen peitscht usseliger Schneeregen gegen die Scheiben, und Quasis dröhnender Bass dringt durch die Wand.

Noch zu benommen, um aufzustehen, frage ich mich, seit wann Emils Bruder, früher ein ruhiger und gemütvoller Mann, so laut palavert. Emil mutmaßt, Quasi ginge seiner Gretel seit der Berentung auf die Nerven. Deshalb hätte sich das gewiefte Weib was einfallen lassen. Dumm sei nur, dass nicht sie, sondern er dafür die Zeche zahle.

Weil Gretel Quasis Gequassel nicht mehr ertragen könne, nötige sie den Gatten schon in aller Herrgottsfrüh, die Kaschemme zu bevölkern. Und zwar ausdauernd. Weswegen sonst säße sich der Kerl an Emils Arbeits- und Küchentisch den Hintern platt? Vom frühen Morgen bis zum späten Mittag, ohne auch nur einmal die Luft anzuhalten.

Gelegentlich verpasse Quasi sogar das Mittagessen seiner Holden. Auf diese Weise hielte sich Gretel nicht nur stundenlang den Mann und sein Gequatsche vom Leib, sie sorge zugleich dafür, dass anderer Leute Nerven statt der ihren malträtiert werden. Ob Quasi seinen Redeschwall jemals noch zügeln oder bremsen könne, sei unklar, befürchten müsse man jedoch das Schlimmste. Möglicherweise handle es sich um eine Erkrankung. Er tippe auf chronischen Sprechdurchfall.

Wegen der krassen und anhaltenden Symptome fehle ihm, Emil, sowohl die Zeit zum Nähen als auch zum Kochen. Marie, die aus der Schule getippelt käme, und Opa Peter, der sich in die Kaschemme schleppe, um was zum Futtern vorzufinden, müssten in der Folge mit schnell geschmierten Butterbroten vorliebnehmen oder selber kochen. C'est la vie.

Da sich im Keller der Kaschemme die Konservendosen nur so türmen würden, die seine Frau Berta mit Hilfe ihrer Freundin Friedel während der Kubakrise angeschleppt hätten, sei er unbesorgt. Verhungern würde keiner. Und Büchsen könne jeder Depp öffnen und erwärmen. Also auch Opa Peter oder Marie. Außerdem habe der Dosenfraß Geld gekostet und müsse vertilgt werden. Ob er munde oder nicht. Mit freundlicher Empfehlung an die holde Gretel, die dies zu verantworten hätte.

„Nicht, dass die Krankheit ansteckend ist“, hielt ich Emils ungewohntem Wortschwall entgegen. „Ich mein, Quasis Gequatsche hätt schon auf dich abgefärbt.“

„Sicher nicht“, sagte Emil. Doch ich sah seinem Gesicht an, dass Quasis Anwesenheit ihn freut, wenn ihn auch ärgern mag, was der Bruder quasselt.

Ich steige in die Kleider, schleiche zur Toilette eine Etage tiefer und wieder hinauf, behutsam auf die knarrenden Holzstufen tretend. Aber vermutlich hat Emils scharfes Gehör mich bereits registriert, den sich nähernden Feind ans Gehirn gemeldet, damit flinke Hände die Flasche Dujardin und die dazugehörigen Gläser verstecken können. Quasi bringt gern Dujardin mit, um Emils Laune aufzufrischen. Aber auch, um sich in ein spendables und gefälliges Licht zu rücken. Es gibt keinen Winkel in der Kaschemme, wo ich das Gesöff nicht schon entdeckte.

Auf dem kalten Speicher zwinge ich mich zu einer Katzenwäsche. Das Wasser plätschert. Die Dielen knarren. Nebenan senkt Quasi den Lautpegel seiner Stimme. „Wenn der Chinese die Weltmacht innehat, und dat werden weder Russen noch Amis verhindern können, dann erobert der …“

Das Quietschen der Tür zerschneidet die chinesische Weltmacht. Rauch und warme Luft wehen mir entgegen.

„M-Mahlzeit die Herren. Seid ihr wieder beim Erobern? Liegt hier nicht vom letzten Krieg noch genug im Klump?“

„Morgen, Berta, ich sag grad, wir steuern quasi auf ‘ne chinesische Weltmacht zu. Der Chinese krallt sich ...“

„Verschon mich, Quasi, ich hab schwer malochen müssen heut Nacht. Im Gegensatz zu dir.“

„Morgen, Berta“, knurrt Emil, ohne von der Zeitung hochzuschauen, die vor ihm ausgebreitet auf dem Tisch liegt. Quasi setzt zur Verteidigung an. „Brass hatte ich auch genug im Leben, Berta, dat darfste glauben. Aber meine Rente will ich genießen. Gretel meint …“

„W-Will ich ausnahmsweise mal nicht wissen, was deine Gretel meint. Ich mein, du könntest allmählich abpeesen. Gretel wartet sicher.“

„Tut die nicht. Und wenn, dann hätt die sich quasi schon beschwert. Dein Mann und ich …“

„Mein Mann hat zu tun. Der wollte Jüddeäppel kochen, Maries Lieblingsessen.“

„Dat ist lecker. Obwohl da quasi nix reinkommt außer Kartoffeln, Zwiebeln, wat Milch und en bisschen Butter. Dat is quasi en Armeleuteessen. Wat mich wundert, ist der Name. Denn die Juden hatten ja genug Geld, um sich …“

Emils Dreifingerhand schnellt in die Luft:

„Halt ein, Quasi, ich koch jetzt, und Berta geht zur Schule.“

„Bitte? W-Wo geh ich hin?“

„Marie hat Mist gebaut.“

„Was denn nun schon wieder?“

„Die Einladung kam gestern, per Post. Hätte ich fast vergessen. Liegt in der Schublade. Einer von uns muss …"

„Warum schon wieder ich?"

Emil schweigt. Im stummen Einvernehmen mit der Zeitung.

„Der Direktor da, ist doch der olle Hansen", fragt Quasi. "War der eigentlich im Krieg? Hat der gedient?"

„Und die Lehrerin", wundere ich mich, „hat die vorher nix verlauten lassen? Tut die doch sonst. Hat dat Kind nix gesagt, Emil?"

„Ich glaub, der war nicht im Krieg, der olle Hansen." Quasi legt die Stirn in Falten. „Wenn einer im Krieg war, interessiert der sich nicht für Kinderkacke."

„Die Kinderkacke", entrüste ich mich, „kann Maries Zukunft verbauen. W-Weißt du noch, Emil, beim letzten Mal, hat dat Kind die Stinkbombe bei Beckers in den Laden geschmissen, weil ihr depperten Kerle die Beckers zu Judenfeinden erklärt hattet."

„Wat wahr ist, muss wahr bleiben", beharrt Quasi. „Dat waren Nazis, die Beckers. Ausgeraubt ist quasi ausgeraubt. Die krummen Touren von denen sind stadtbekannt."

„G-Geht hier nicht um krumme Touren und auch nicht um eure Scheißpolitik, et geht um dat Kind."

„Feines Früchtchen, dat Kind. Prügelt sich, wirft Stinkbomben, klaut Glanzbilder, schmeißt den Ranzen in et Plumpsklo, absichtlich gewissermaßen. Dat ist quasi auch son Ding, dat die Kinder in der Schule noch immer auf en Plumpsklo gehen müssen. Ist doch sonst quasi für alles Geld da. Aber da war noch wat? Als dat Früchtchen noch kleiner war, vor ein paar Jahren in etwa, dat war noch doller als dat, wat dat Blach sich heut so leistet. Wat war dat noch? Ach ja, nu fällt mir dat wieder ein. Et betitelte Adenauer in der Schule als Verräter, der Deutschland quasi an die Amis verkauft hat. Weil Emil, der verblendete Sozi, so ‘nen Stuss gern mal verkündet und sich dann wundert, dat die Lehrerin dat Kind aufem Kieker hat.“

„Ruhe!“ Emils Faust donnert auf den Zeitungstisch. Missmutig schaut er zur Uhr: „Wird Zeit, setz dich, Berta. Ich koch Kaffee und mach dir ein Brot. Dann kümmere ich mich ums Essen, und du gehst zum Direktor.“

„W-Warum immer ich?“

„In Schulen gehen quasi nur Kinder und Weiber“, tönt Quasi.

Jetzt erst entdecke ich die Flasche Dujardin, die schamlos vor der Zeitung auf dem Tisch prangt, inmitten zweier Cognacgläser, die, von Emils Faustschlag erschüttert, leicht vibrieren.

„Toll“, wettere ich, „wirklich toll. Frauen arbeiten, rennen in Schulen, und ihr lasst euch volllaufen.“

„Tun wir nicht“, hebt Quasi an. Aber Emils Dreifingerhand stoppt ihn.

Mit finsterer Miene steht Emil auf, während ich neben Quasi Platz nehme, und stellt den Wasserkessel auf den Ofen. Sein abgewandter Rücken windet sich vor Unmut.

„Marie hat meine Unterschrift gefälscht. Mehrfach. Letztens hat eine Mitschülerin sie auf frischer Tat ertappt und verpetzt. Marie muss wohl gedacht haben, sie könne die Unterschrift während des Unterrichts mal eben so hinschmieren. Als ich sie heute früh zur Rede stellte, behauptete sie, ich hätte nichts mehr unterschreiben wollen, trotz guter Noten, und du würdest morgens schlafen wie ein Stein, Berta. Ich kann mich zwar nicht erinnern …“

„Als ob ich ständig schlafe. Das Kind spinnt. Aber im Grunde hast du's mal wieder versaubeutelt, Emil. Dann geh du auch …"

„Geht's darum, wer's versaubeutelt hat? Oder darum, wer mit dem Philister reden kann? Das kannst du in jedem Fall besser als ich."

„M-Mit der Lehrerin hast du auch nicht reden wollen."

„Ist die Lehrerin", schaltet sich Quais wieder ein, „immer noch die alte Dressen, die olle Schrapnell? Die hat seinerzeit schon unseren Herbert gepiesackt. Dat baut die quasi auf, wenn die Kinder quälen kann. Sogar Gretel meinte damals, die Dressen wär 'ne verbiesterte alte Jungfer, quasi en besonders harter Brocken, wenn die wegen dem Herbert mit der was zu verhackstücken hatte."

„K-Kannste nicht einmal den Mund halten, Quasi?"

„Ich mein ja nur. Aber eins muss ich noch zurechtrücken, bevor ich quasi aufbreche, wie Madam befehligen: Dein Mann und ich, Berta, wir saufen nicht zusammen! Einen einzigen Dujardin haben wir uns gegönnt. Weil Kiesinger jetzt Kanzler ist. Nun sitzen die Oberen quasi in 'nem schwarzroten Regierungsboot, und man fragt sich, ob der Kahn seetauglich ist, gewissermaßen, in etwa. Aber die Hoffnung stirbt quasi zuletzt, sag ich immer. Bloß dein Mann denkt mal wieder bloß über alte Naziköppe nach und beschwert sich."

„Mein Mann redet so karg, wie wenn er schweigt, Quasi. Der ist nicht wie du. Aber beschweren tut der sich gern, da haste recht." Ich wende mich an Emils abgewandten Rücken.

„Kannste mir mal erklären, was aus dem Kind werden soll? Nicht mal Schularbeiten kann dat hier machen, weil der Tisch en Saustall ist. Zeitungen, Bier, Schnaps, Utensilien zum Nähen, Teller, Tassen, Aschenbecher. Und dann euer Palaver."

„Keiner palavert hier", dröhnt Quasi.

„Halt d-du dich da raus, verdammt! Der Ranzen ist deshalb ins Klo geplumpst, weil Marie gezwungen war, die Aufgaben vor dem Unterricht auf dem Lokus zusammenzuklauben. Hier kann sie dat ja nicht. Und da ist nicht viel Platz auf dem Rand von dem Plumpsklo, der ist schmal. Ich lass mir das Kind nicht als f-feines F-Früchtchen betiteln, nicht von so 'nem Rhinozeros wie …"

„Lass gut sein, Berta." Emil dreht sich um und schaut mich an. Mit einem Ausdruck in den Augen, als hätte ich ihn angeschossen. „Ich räume mittags auf."

„Nix lass ich gut sein. So wenig, wie du aufräumst. Du brauchst mir keinen Kaffee kochen, Mann. Mach dem Kind was zu essen. Das Kind hat noch nie geklaut. Da leg ich die Hand für ins Feuer. Die Glanzbilder hat Marie der kleinen Karin geschenkt."

„Erst geklaut und dann verschenkt. Aber reg dich nicht auf, Berta, ich bin quasi schon durch die Tür." Quasi erhebt sich, klopft Emil auf die Schulter und winkt mir zu. „Nix für ungut. Denk dran, Berta, en Mensch braucht quasi Achtung und Beachtung."

„W-Wat willst du damit sagen, d-du Rhinozeros?" Ich schäume vor Wut. Aber Quasi bleibt gelassen an der Tür stehen und lacht, die Arme auf dem zur bequemen Molligkeit herangereiften Bauch verschränkt.

„Denkt mal, ich hab in der Zeitung gelesen, in Asien gibt et Rhinozerosvögel. Dat sind Riesenviecher. Die Männchen mauern ihre Weibchen quasi in 'ner Nisthöhle ein und lassen bloß ‘nen winzigen Spalt offen, um die zu füttern. Erst wenn die Jungen geschlüpft sind, kommen die Weibchen quasi wieder frei. Vorausgesetzt, dat den Männchen unterdessen nix passiert ist. Sonst müssen die Weiber gewissermaßen in der Höhle krepieren.“

„W-Warum erzählst du dat schon wieder?“

„Damit du hörst, wat et quasi alles gibt auf der Welt.“

„Hau ab, Quasi“, lacht Emil, „deine Holde braucht Futter.“ Umständlich polternd streift Quasi auf dem Speicher seinen Mantel über und zischt ab. Emil zündet eine Zigarette, inhaliert, gießt brodelndes Wasser auf das Kaffeepulver und reicht mir schließlich ein mit Leberwurst bestrichenes Brot. „Iss erst mal was“, brummt er.

Zögernd nehme ich das Brot, beiße hinein und kaue. Mein Magen fühlt sich zu blümerant an, um Emils Brummen zu widerstehen. Davon abgesehen, dass Protest nichts bewirken und niemandem helfen würde.

„Hab ich noch Zeit, mich umzuziehen“, frage ich mit vollem Mund. „Ich mein, der Direktor wär en arg feiner Pinkel.“

„Reicht noch“, sagt Emil mit einem schnellen Blick zur Uhr. „Den grauen Rock hab ich gewaschen und gebügelt, hängt im Kleiderschrank. Bluse und Mantel lüften auf dem Speicher. Nutz die Gelegenheit, Berta, und schrubb deine Hände, vor allem die Fingernägel. Waschen reicht nicht, nicht für feine Pinkel.“

Er geht zum Schrank, holt das Schreiben des Rektors aus der Schublade und legt es vor mich hin. Immer noch missmutig, bleibt er neben mir stehen und schaut mir über die Schulter beim Lesen zu. Doch im Klang seiner Stimme liegt Dankbarkeit, als er beteuert: „Wenn du zurück bist,

Berta, gibt's Jüddeäppel. Ich geh jetzt in den Keller und hol Kartoffeln und Zwiebeln. Das Kaffeewasser müsste gleich durchgelaufen sein."

„Ist gut, Jung." Ich nenne Emil auch heut noch gerne Jung, allerdings viel seltener als früher. Es passt schon lange nicht mehr, dass ich liebevoll an ihm herumzuzzle und krittele, wie ich es damals tat, um ihn auf eine Größe zu schrumpfen, der ich mich gewachsen fühlte. Emil ist sich selbst nicht mehr gewachsen. Wenn ich ihn heute Jung nenne, dann, weil ich ihn beschützen will. Am meisten vor sich selbst.

Er leidet darunter, dass er aus seinem Leben nicht mehr hat machen können. Nicht einmal Mittelmaß habe er erreicht, bedauerte er vor kurzem. Das sei ihm in Stalingrad verbogen worden. Ich habe keine Ahnung, wie ein in Stalingrad verbogenes Mittelmaß aussieht, aber ich weiß, dass Emil ein heller Kopf ist. Früher leuchtete und sprühte er, wenn er etwas von der Welt zu verstehen glaubte.

Wenn mir jemand komplizierte Sachverhalte auseinanderklamüsert, beginnt es in meinem Kopf zu rauschen. Wie wenn man in einem Radio den Sender sucht. Emil dagegen erfasst Zusammenhänge auch heute noch blitzschnell, jedenfalls solange er einigermaßen nüchtern ist. Aber sie interessieren ihn nicht mehr. Lange schon hat er aufgehört, die Welt rätselhaftschön oder wenigstens interessant zu finden. Sein früher leichter und stolzer Gang wirkt schwer und wacklig, als zweifle er inzwischen sogar daran, aufrecht gehen zu können. Vieles, was er liebte und von dem er mit leuchtenden Augen sprach, büßte jegliche Wirkkraft ein.

Umsonst schleppe ich ihm Buch um Buch in die

Kaschemme und bitte ihn, mir vorzulesen. Seine fingerarme Hand winkt kommentarlos ab. Die Haus- und Näharbeiten, die er verrichten soll, beschämen ihn tief. Es macht ihn verlegen, dass ich ihn vor seinem Bruder auffordere, in die Schule zu gehen und mit dem Rektor zu verhandeln. Aber wie soll ich ihm die Schmach ersparen?

Mein Zorn ist mir im Weg. Emil möchte nicht, dass jemand erfährt, dass ich nachts arbeiten und er den Haushalt schmeißen muss. Schulische Belange bestreikt er. Sie sind ihm hochnotpeinlich, auch wenn er nicht, wie sein Bruder, von Kinderkacke sprechen würde.

Quasi, den Emil für einfach gestrickt und ziemlich spießig hält, bezieht als ehemaliger Beamter eine passable Pension, die es ihm und seiner Gretel erlaubt, drei Wochen Ferien in Rimini zu genießen. Sommer für Sommer. Emil kennt sein geliebtes Frankreich nur aus dem Krieg.

Wie ein weiblicher Rhinozerosvogel mag er sich in einer Höhle eingemauert sehen, die er Kaschemme schimpft, und aus der er nicht herauszukommen weiß. Ich schleppe das Futter heran. In Nächten, in denen er mit Dämonen ringt. Sie riechen nach Gas, tragen Maschinengewehre unterm Arm und Schmutz unter ihren Fingernägeln. Schmutzränder trage auch ich, ungeachtet seines Ekels. Marie, die eher spürt als weiß, dass die Zeit des Nistens längst abgelaufen ist, nannte die Kaschemme vor kurzem eine enge, schreckliche Höhle, aus der sie so schnell wie möglich abhauen wolle. Möglich ist, dass sie ihrem Vater aus der Seele sprach.

Emil hat inzwischen Bluse, Rock, Mantel und meine Schuhe in die Wärme der Küche geholt und begonnen, Kartoffeln und Zwiebeln zu schälen. Ich nippe am heißen

Kaffee und betrachte seinen jungenhaft schlanken Rücken. Sophie nannte Emil manchmal Sonnyboy. Das Wort hatte sie nach Kriegsende von Christels Ami aufgeschnappt und als Ausdruck für Emils sonnige, dem Leben zugewandte Seite beibehalten. Auch noch, als sie verstanden hatte, wie finster er geworden war.

Erst als Emil mit der Störchin anbändelte und Sophie mich leiden sah, betrachtete sie ihn skeptischer. Dennoch ermutigte sie mich, um Emil zu kämpfen. „Du wirst viel Kraft brauchen", erklärte sie mir, „aber wenn es einer wert ist, dann dein Emil."

Sogar Emils Alkoholproblem schätzte Sophie anders ein als die Schwestern oder Friedel, die als trockene Alkoholikerin überzeugt ist, ihre Leidensgenossen und deren Suchtverhalten genau zu kennen. Sophie nahm an, dass Alkohol für Emil heilsame Medizin sei. Emil würde ohne zu trinken, verrückt werden, sagte sie.

„Das kauft dir jeder Abhängige gern ab", zürnte Friedel, der ich davon erzählte, „aber genau dieser Quatsch ist von Übel und hilft Emil nicht, Berta."

„Woher willst du wissen, dass Emil verrückt wird, wenn er nicht trinkt", fragte ich Sophie. „Erzählt der dir was, wovon ich nix wissen darf?"

„Nein", sagte Sophie, „wenn er reden würde, wär's weniger schlimm. Guck ihm in die Augen, schau dir die Wangenknochen an, wie die malmen, wenn er schweigt. Fühl da mal rein, dann weißt du Bescheid."

„Davon krieg ich Herzklabastern und dat arme Dier."

„Eben", sagte Sophie, „nicht mal den Abklatsch von Not wollen wir spüren, geschweige großen Schmerz. Auch Emil will das nicht. Ich denke, er kann es auch nicht."

Das Leitungswasser auf dem Speicher scheint noch kälter geworden zu sein. Bibbernd schrubbe ich Hände und Fingernägel von der Druckerschwärze frei. In die Wärme der Küche zurückgekehrt, zurre und straffe ich die aufgewärmten Kleider in Form, als Opa Peter hereinwettert.

„Tach zusammen. So en Mistwetter. Bin nass wie en Hund.“ Um seine Füße tropft und suppt es.

„Kannst du nicht anklopfen“, ranzt Emil ihn an. „Und zieh Mantel und Schuhe verdammt noch mal auf dem Speicher aus, du Döskopp.“ Emil eilt hinaus, um einen Aufnehmer zu holen.

„Ist dem Jung ‘ne Laus über die Leber gelaufen, oder habt ihr dicke Luft?“

„Tach, Opa. Gib mir den Mantel! Emil kocht gerade.“

„Hoffentlich nix aus der Büchse. Dat Kind braucht Vitamine. Hab ich euch oft genug gesagt. Nützt bloß nix. Drum hab ich ‘ne Tüte Obst mitgebracht. Guck!“ Er öffnet den triefnassen Mantel und reicht mir einen kleinen Beutel mit Äpfeln.

„Dankeschön, Opa, ich leg die auf den Tisch. Dat Kind kommt gleich.“

Emil erscheint mit dem Aufnehmer, wirft ihn in die Pfütze und wendet sich dem Herd wieder zu.

„Ich muss weg“, seufze ich, und rücke einen Stuhl vor die Pfütze: „Setz dich, Opa.“ Doch die Flasche Dujardin auf dem Tisch lenkt ihn ab.

„War Quasi hier? Haben die Herren wieder gepichelt?“ Emil antwortet nicht, sondern stellt das Radio an.

„Bah, nu auch noch Negermusik“, klagt Opa und windet sich aus der regenschweren Umhüllung. „Dat ist wat laut für en fies kalten Montag und ‘nen durchmatschten alten Mann. Halt den Mantel mal fest, Berta, danke schön. Ich schlepp den gleich raus, alles mit der Ruhe und der Reihe nach.“ Er lässt sich auf den Stuhl plumpsen. „Brauchst mir nicht helfen, muss ich allein schaffen.“

Emil schnappt sich den Mantel und trägt ihn hinaus.

„Wo gehste hin, Berta, so fein gemacht?“

„In die Schule, zum Rektor.“

„Warum? Wat is nu wieder los?“

„Soll dat Kind dir selbst erzählen.“

„Du hörst gerade die Lieblingsnegermusik deiner Lieblingsenkelin“, sagt Emil zu Opa, als er mit frischer Fahne wieder hineinweht. Er drückt sich an mir vorbei, um das Radio lauter zu stellen. „Die Pilzköpfe und ihr Geschrei. Yeah. Yeah…“

„Man versteht nix von dem Gegröle“, greint Opa, „kannste so laut drehen, wie du willst. Oder weißt du, wat die plärren?“

„Leider nicht“, murrt Emil und beschnuppert die brutzelnden Zwiebelringe.

„Dann stell den Krach ab oder wenigstens leiser!“

„Ich mach mich vom Acker“, rufe ich, schon halb durch die Tür.

„Seid friedlich. Bis gleich.“

Wie Glück duftet

Er spaziert neben mir her, die Hände auf dem Rücken verschränkt und die Lippen leicht gespitzt, als wolle er ein Lied pfeifen. Seine Haltung markiert Entschlossenheit. Der Blick, gefestigter als sonst, flattert nicht umher, sondern beobachtet amüsiert und spöttisch das Treiben auf den Straßen.

Frisch gewaschen und rasiert, duftet Emil wohltuend. Ein Hauch von Spekulatius, Pfefferminze, Bier, Tabak und viel Erfahrung umweht ihn. Seit Sophies Tod kenne ich niemanden, der so nach Geborgenheit riecht wie er. Ich muss nur an ihm schnuppern, um mich zugehörig zu fühlen.

„Du duftest wie Weihnachten kurz vor der Bescherung", schmunzle ich. Er bleibt stehen, stöhnt leise, löst die rücklings verschränkten Hände, zieht ein Taschentuch aus der Hosentasche und wischt Schweiß von der Stirn.

„Doch, doch", beharre ich, „sogar an einem so warmen Sommertag wie heute, riechst du nach leckerem Allerlei. Und das noch nach siebenundzwanzig Ehejahren."

„S i e b e n u n d z w a n z i g", wiederholt er so langsam, als müsse er nachrechnen, ob es sich womöglich um zweiundsiebzig Jahre handeln könnte, und welche Bedeutung einer solchen Zahl beizumessen wäre. Mit einem Gesichtsausdruck geduldiger Unduldsamkeit verstaut er das Taschentuch erst in der linken, dann in der rechten Hosentasche und murmelt: „Ich schwitze."

„Stimmt trotzdem, Jung, rechne nach. S-Sind genau siebenundzwanzig Jahre."

„Wenn du's sagst." Er schwingt die Arme auf den Rücken, streckt den Oberkörper, grinst und setzt sich wieder in Bewegung. Um das Geld für den Bus zu sparen, marschieren wir zu Fuß zum Wohnungsamt. Emil hat sich schick gemacht. Eine helle Hose, die elegant fließend an ihm hinab auf leichte Lederschuhe fällt, passt perfekt zu seinem dunklen Hemd. Trotz der Dujardin- und Bierkugel, die sich unter dem Hemd abzeichnet, gibt Emil eine gute Figur ab. Lässig und vornehm. Für einen Kerl, der so viel säuft, mehr als passabel. Dennoch höre ich mich mäkeln: „Das Hemd spackt und spannt, Jung."

Er schaut an sich hinunter, zieht den Bauch ein und die Schultern hoch, stoppt die Atmung und presst heraus: „Der Lack ist eben ab, Berta."

„Aber du siehst trotzdem lecker aus", tröste ich ihn.

„Tsch", zischt Emil.

„Hauptsache, es geht dir gut, Mann!"

„Tsch", wiederholt er, betrachtet mich belustigt von der Seite und fügt hinzu: „Wir haben noch keine neue Wohnung."

„Warte ab, wir kriegen eine, hab ein gutes Gefühl."

Den Grund für das gute Gefühl kann ich Emil nicht anvertrauen. Bis heute weiß er nicht, dass Josef, mein entschwundener und heimgekehrter Verlobter, seinerzeit mit den Behörden und unseren Vermietern verhandelt hatte, damit wir in die Kaschemme einziehen konnten. Ebenso wenig ahnt er, dass Josef unsere Hausherren Tante Klara und Onkel Gustav nennt. Auf deren Beerdigung traf ich Josef wieder. Die alten Siepmanns waren an zwei aufeinanderfolgenden Tagen verstorben und wurden gemeinsam zu Grabe getragen.

„Das nenn ich Treue“, spottete Emil, der das letzte Geleit verweigerte. Zum einen, weil er beide nicht schätzte, zum anderen, weil die Hinterbliebenen noch vor der Bestattung die Mietverhältnisse gekündigt hatten.

Während die Störchin und ihre Schwester sofort begannen, eine neue Bleibe zu suchen, wünschte Emil der Erbengemeinschaft die Pestilenz an den Hals und drohte, einen Anwalt einzuschalten. Erst nachdem ich mit Josef gesprochen hatte, gelang es mir, das Blatt zu wenden und Emil zu überreden, beim Wohnungsamt vorzusprechen.

Eine seiner Cousinen, hatte Josef mich informiert, wolle mit Mann und Maus in das Haus einziehen.

„Brauchen die drei Etagen?“, fragte ich verdutzt.

„Ja, laut Familienplanung“, sagte Josef und beteuerte, er werde ein weiteres Mal seine und die Kontakte seiner Eltern zu den Behörden nutzen, um für uns eine günstige Wohnung zu finden.

„Du lebst doch gar nicht mehr hier“, wandte ich ein.

„Aber ich kenne die Pappenheimer“, sagte er.

Wenige Tage später rief er bei Else und Christel an, um Emil, den ein Anruf bei den Nachbarn irritiert hätte, zu umgehen. „Sag‘ Berta, sie möge sich an Herrn Mölder im Wohnungsamt wenden“, wies er Else an. „Der Mann weiß Bescheid und wird helfen.“

Wie zwei enge und doch fremde Verwandte, die sich nach Jahren wiedertreffen, hatten Josef und ich einander auf dem Friedhof beäugt. Von fern und nah. Verstohlen und direkt. Hatten wir uns sehr verändert? Welche Welten lagen zwischen uns und denen, die wir waren und zu lieben glaubten? Erinnerten wir uns an sie? Schüchtern lauschten wir auf Zwischen- und Untertöne. Wie um

Fremdvertrautes zu entdecken und sofort wieder zu verscheuchen.

„Bunt sind schon die Wälder, gelb die Stoppelfelder. Weißt du noch?“ Mitten im Sommer leuchtete der Herbst unseres Frühlings. Leicht stellten wir uns nebeneinander auf, als fürchteten wir nichts. Hielten Abstand, verkürzten und vergrößerten ihn, taxierten, lavierten, jonglierten und probten Drahtseilakte aus eiligem Geplauder. Bloß nicht fallen, Blöße meiden, Haltung wahren, Mut maßen.

„Meine Frau ist krank.“

„Mein Mann ist verhindert.“

„Wie schade.“

„Hast du Kinder?“

„Wie schön.“

Die schwer auszulotenden Gesten, leicht getan, der Klage enthoben, vom Vorwurf verschont und längst verwittert? Dachten wir ans Verzeihen, und worauf warteten wir? Vergaßen es wieder, wogen ab, befanden uns als zu schwer, lächelten die Wehmut weg, wurden sie nicht los und lenkten uns ab.

All die Menschen um uns herum halfen uns beim Zerstreuen und Verhüllen. Wie sie versteckten wir uns in Redensarten, von Laub bedeckt, dem Lauf der Zeit geschuldet, sprachen wir vom Älterwerden und vom Leben wie von Dingen und Belangen unbekannter Leute, suchten Spuren der Jugend in den Augen des anderen, wollten nichts und alles voneinander wissen und gingen erleichtert auseinander.

„Bist du glücklich, Berta?“, hatte Josef leise gefragt.

„Ja, ich bin glücklich“, hatte ich zu laut geantwortet, um mich seither zu fragen, ob man Glück riechen kann.

Meine Nase erkannte Josef nicht mehr. An seinen früheren Geruch erinnere ich mich nur flüchtig. Ein verwehter Duft aus jener Zeit, in der ein Sturm losbrach, wenn ich ihn nur ansah. Doch in den rauschenden Stunden, in denen ich mit ihm verschmelzen wollte, blieb ich allein.

Aber kann man mit einem Menschen eins werden? War ich es je mit Emil? Wie oft war ich unglücklich, obwohl ich in seinem Duft baden könnte? Selbst wenn Emils Atem nach Mettbrötchen, Zwiebeln oder Ärgerem riecht, sodass ich mich abwenden muss, erkennt meine Nase ihn und weiß von meiner Liebe. Sicherer als meine Nase kann ich nicht sein.

„Emil, magst du mich eigentlich gern riechen?"

„Wenn du gebadet hast."

„Das mein ich nicht. Seife riecht an jedem anders. Sie nimmt den Geruch eines Menschen an. Die persönliche Duftnote mein ich."

„Aha."

„Alles auf der Welt hat einen eigenen Duft, den man mag oder nicht."

„Ja, aber gewaschen ist mir die Welt lieber als ungewaschen. Stell dir vor, es würde nie regnen."

„Ich hab die Finger geschrubbt."

„Was du nicht sagst." Emil lacht.

„Du bist en Pingel und kannst w-womöglich gar nicht riechen, wie Glück duftet."

„Wie duftet denn Glück deiner Meinung nach?"

„Wie Nachhausekommen."

Emil nickt und schweigt. Ich würde ihm gern erzählen, dass ich mich nicht waschen muss, um glücklich zu sein. Doch ich weiß zu gut, dass ich damit nicht bei ihm landen kann. Außerdem verdüstert sich sein Gesicht schnell, wenn ich zu viel quatsche. Emils Glück liebt Sauberkeit und Stille. Letzteres kann ich verstehen.

Morgens, wenn ich von der Nachtschicht komme und die Stadt noch friedlich in der Koje schlummert, um sich vielleicht noch einmal herumzudrehen, bevor sie ans Aufstehen denkt, riecht das Glück frisch und sauber. Ganz nach Emils Geschmack.

Bevor ich die Stufen zur Haustür hinaufklettere, schau ich den Himmel an, der die Dämmerung feiert. Er begrüßt das Licht, verabschiedet das Dunkel, beides nicht fürchtend, und lädt zum Durchatmen ein: Mich, den beginnenden Morgen und die frühen Vögel. Ich mag das Krächzen der Raben in den Hinterhöfen, wenn sie gerade erwachen.

Als ich noch klein war und mich fühlte, als sei ich aus dem Nest gefallen, wäre ich gern davongeflogen. Heim- und himmelwärts zu den anderen Vögeln, zu denen ich gehören wollte. Die Raben wollt ich bitten, mir das Krächzen beizubringen, um eine von ihnen zu werden. Ein fremdes Tierchen zwar, aber doch eines, das weiß, wo es hingehört. Egal, was es sonst noch zwitschert oder rhabarbert und wie andersartig es auch sein mag.

Der Himmel duftet nach Frische und Glück, bevorzugt in der Morgendämmerung. Er heißt mich willkommen, ein Teil von ihm zu sein. Teil des Ganzen: der Erde, der Vögel, der Nacht und des beginnenden Tages. Vielleicht sogar ein Teil von Emil und Marie, wie getrennt von mir sie auch sein mögen.

Ab und an verweigere ich Emil die Zeitung, nach der er verlangt, sobald ich ins Schlafzimmer flattere. Seit er darüber klagt, dass sein Herz klabastert und kaspert, statt ruhig und regelmäßig zu pochen, möchte ich meinen Kopf am liebsten dauerhaft auf seine Brust legen. Als könne ich auf diese Weise den Rhythmus seines Herzens und mich beruhigen. Emil lässt mich gewähren. Erst kurz bevor ich in den Schlaf sacke, schiebt er mich vorsichtig beiseite und greift nach der raschelnden Zeitung. Mein Glück hängt an einem seidenen Faden. Das weiß ich.

Jede Jahreszeit riecht anders. Auch Tages- und Nachtzeiten duften unterschiedlich. Fast wie Menschen. Wenn ich einen Raum betrete, weiß meine Nase, wer dort lebt. Manchmal erschnuppert sie auch dessen Glück oder Unglück. Ohne dass ich sagen könnte, wie sie das anstellt, die Nase. Emils Spekulatius- und Bierduft wird leicht überschwemmt von säuerlichen Ausdünstungen, wenn er sehr unglücklich ist, sein Leben für verpfuscht erklärt und darüber nachdenkt, es zu beenden.

Meinen Geruch kenne ich nicht. Marie sagt manchmal: „Mama, du stinkst." Dann fege ich ihr eine, lüfte die Küche und quäle mich auf dem zugigen Speicher mit eklig kaltem Wasser ab. Friedel, die Marie und mich gern in ihre hauseigene Badewanne einlädt, meint sicher zu wissen, dass ich mit Baden gar nicht mehr aufhören und weit hinausschwimmen würde, wenn ich ein richtiges Badezimmer mein Eigen nennen dürfe. In Kenntnis lebenslanger Vorlieben und Gewohnheiten bezweifle ich das, würde aber in eine Wohnung ohne Bad und WC nicht mehr einziehen wollen. Marie und Emil zuliebe.

„Emil, ich hab gehört, am äußersten Stadtrand entstehen neue Siedlungen. Überall wird gebaut, richtig luxuriöse Wohnungen mit Bad, Balkon und allem Pipapo."

„Die muss man auch bezahlen können.“,

„Wir kriegen einen W-Wohnberechtigungsschein und damit eine günstige Wohnung.“

„Wer sagt das?“

„Herr Mölder, v-von dem ich dir erzählt hab, der verwandt ist mit meinem Vorarbeiter, dem Franz, weißte; der hat den angerufen und flott gemacht.“

„Wie, flott gemacht?“

„Na, der hat sich für uns eingesetzt.“

„Und du meinst, bloß weil der flotte Franz dein Vorarbeiter ist und mit einem Herrn Mölder verwandt, hat der Einfluss?“

„Der nicht, aber der Mölder. Und der ist nicht irgendeiner, sondern der Chef.“

„Sagt der Franz?“

„Ich hab doch mit dem Mann schon telefoniert, Emil. Daher weiß ich, wann wir kommen können und dass wir ‘nen Wohnberechtigungsschein brauchen.“

„Der Mann hat doch Angestellte, wenn er der Chef ist.“

„Ja, aber wegen dem Franz kümmert der sich höchstpersönlich um uns.“

Auf dem Bahnhofsvorplatz bleibt Emil stehen und zeigt auf eine Gruppe junger Leute mit Megafon und Plakaten.

„Guck an, die APO! Nun auch schon bei uns in Hintertupfingen.“ Eine skandierende Menge, der wenige Polizisten gegenüberstehen, schwenkt Fahnen, verteilt Flugblätter und brüllt Unverständliches.

„Was schreien die?“, frage ich Emil.

„Ho- Ho- Ho- Chi- Minh“, übersetzt er. Als sei das verständlicher.

„Und was heißt das?“

„Das ist der Protestruf der APO gegen den Vietnamkrieg. Ho Chi Minh ist ein vietnamesischer Untergrundkämpfer und die Symbolfigur gegen den imperialistischen Krieg der Amis."

„Ich s-sehe bloß Deutsche in dem Pulk. Wogegen protestieren die?"

„Gegen Krieg und Aufrüstung, gegen Altnazis, die aus allen Löchern kriechen und schon wieder mitregieren, gegen Notstandsgesetze, gegen die Erschießung Benno Ohnesorgs, gegen die Schüsse auf Rudi Dutschke, die …"

„Schon gut, schon gut", unterbreche ich ihn, „das ist zu viel auf einmal. Findest du nicht?"

„Es ist viel los in der Welt."

„In welcher Welt?"

„In unserer, Berta. Vietnam lauert überall. Auch wenn es hoffentlich keinen Weltkrieg mehr geben wird. Aber es könnte schnell wieder losgehen. Erinnre dich an die Kubakrise und an deine Konserven im Keller. Die Großmächte und die Waffenindustrie rüsten auf wie bekloppt, obwohl die mit ihren Atomwaffen die Menschheit schon jetzt doppelt und dreifach vernichten könnten."

Emil schnauft verächtlich. „Macht, Macht, Macht und viel Geld, darum geht's. Unsere Regierung applaudiert den Amis, weil die uns angeblich schützen. Dafür nimmt der deutsche Michel den Wahnsinn in Kauf. Und die Altnazis, die sich überall wieder einnisten, als wär nichts gewesen, ändern erst recht nichts. Wir brauchen frischen Wind. Es ist gut, dass die jungen Leute den alten Mief lüften."

Nach der langen Ansprache zieht Emil abermals das Taschentuch aus der Tasche und wischt sich die Stirn.

„Du solltest dich mehr für die Welt interessieren."

„W-Wenn ich Zeit finde und Ho Chi Minh uns ‘ne neue Wohnung besorgt.“

„Das erledigt doch schon der flottgemachte Herr Mölder, oder nicht?“ Emil steckt das Taschentuch weg, angelt mit der fingerarmen Hand nach der Zigarettenschachtel in der Brusttasche, bricht die Bewegung ab, wirft mir einen bedauernden Blick zu und verstaut die Packung wieder. Vor Frauen, die auf Straßen rauchen, graut ihm womöglich mehr als vor dem Wettrüsten.

„Steck dir ruhig eine an, Emil. Macht mir nix aus. Guck mal, die Ho Chi Minh Weiber da vorn qualmen auch.“

„Das ist nicht schön. Das ist ordinär! Du willst doch nicht etwa …?“

Zögernd schüttle ich den Kopf. Er zündet eine Zigarette und trabt weiter. Wir hören die Protestrufe bis in die Flure des städtischen Verwaltungsgebäudes, das dem Bahnhof gegenüberliegt. Im zweiten Stock ist das Wohnungsamt untergebracht. Menschen irren durch verwinkelte Gänge, suchen, warten, stöhnen und verströmen ein Duftgemisch aus Nervosität und Hoffnungslosigkeit. Vielleicht weil allen gemeinsam etwas fehlt: Wohnraum, Geld, Papiere oder ähnlich Elementares.

Der Geruch des Mangels schüchtert mich ebenso ein wie die strenge Muffigkeit des Amtsgebäudes. Ich greife nach Emils Hand, rücke dicht an ihn heran, sauge seinen vertrauten Duft ein und fühle mich schon mutiger. Dankbar knuffe ich seinen Arm. Er späht nervös umher, macht ein Regengesicht und kaut auf der Unterlippe.

„Zimmer II B 09“, liest er mir vor. „Hier gibt es Wohnberechtigungsscheine.“

„Brauchen wir nicht, kriegen wir von Herrn Mölder.“

„Wieso?“

„Hat der gesagt.“

„Tsch.“

„Glaub mir doch mal!“

Wir durchforsten den Gang und finden in einem Seitentrakt ein Zimmer ohne Nummer. Es trägt die Bezeichnung: *Amtsleitung, Herr Mölder*

„Da sind wir“, sagt Emil, wirft einen flüchtigen Blick auf die Uhr, schenkt mir ein aufmunterndes Lächeln und klopft an.

„Herein“, tönt eine Männerstimme.

Emil öffnet die Tür einen Spalt weit, steckt den Kopf in den Raum, grüßt freundlich, nennt seinen Namen und fragt, ob wir eintreten dürfen.

Ich schiebe Emil ein wenig nach vorn und mich an seinem Rücken vorbei.

„W-Wir haben miteinander telefoniert, Herr Mölder.“

„Bitte“, sagt der und zeigt auf zwei Stühle vor dem Schreibtisch. Dahinter präsentiert er sich in maßgeschneidertem Braun. Hemd und Krawatte sorgfältig abgestimmt. Streng gescheiteltes Haar, moderne Brille, perfekte Rasur, reservierter Gesichtsausdruck.

Während ich ihn noch betrachte und mit dem Stuhl ruckle, sitzt Emil schon kerzengerade auf dem zugewiesenen Platz, legt die Stirn in Falten und schaut interessiert an Herrn Mölder vorbei. Der folgt Emils Blick, erhebt sich, schließt das Fenster, murmelt etwas von halbgarem Gemüse und setzt sich wieder. Ho- Ho- Ho- Chi- Minh klingt es durch die geschlossenen Scheiben.

„Ich bin im Bild“, sagt Mölder, „Herr Gründer …“

„D-Das ist gut“, unterbreche ich ihn hastig und spüre, wie die Hitze mir ins Gesicht steigt. „Das ist sehr gut. Wir brauchen nämlich dringend eine neue Wohnung.“

In Emils Faltengesicht grimassieren Fragezeichen.

„Ja“, sagt Herr Mölder streng. „Ich bin, wie gesagt, im Bilde. Herr Grün …“

„G-G-Genau.“ Wie Kugeln schießen Buchstaben aus mir heraus und durchlöchern Josefs Namen. „W-W-Wenn Sie schon im Bilde sind, Herr M-Mölder, haben Sie denn auch was für uns?“

„Hm“, sagt Herr Mölder, und eine kleine Irritation durchhuscht seinen selbstgewissen Blick. „Hm“, wiederholt er, als gelänge es ihm auf diese Weise, sich zu konzentrieren:

„Ich habe da, auf Wunsch von Herrn Gründer …“

Er unterbricht sich, mustert Emils Fragezeichengesicht, und spricht langsam weiter: „… etwas vorbereitet …“

Erneut stoppt er, linst über die Brille, diesmal streng in meine Richtung, öffnet dann ruckartig eine Schublade, entnimmt ihr einen Stapel Vordrucke und zwei Karteikarten, räuspert sich und doziert:

„Füllen Sie die Unterlagen bitte vollständig und sorgfältig aus. Bringen Sie alle Formulare unterschrieben und mit allen erforderlichen Nachweisen versehen in der nächsten Woche wieder mit. Bis dahin haben Sie bitte geklärt, ob Sie eine der zwei Wohnungen am westlichen Stadtrand mieten möchten. Es handelt sich in beiden Fällen um Erstbezüge. In den Objekten befinden sich noch Handwerker. Nach Abschluss der Arbeiten sind die Wohnungen bezugsfertig. Alle nötigen Angaben, einschließlich Quadratmeterzahl und Kaltendmiete, finden Sie auf der

Vorderseite der Karten. Ich bin autorisiert, im Auftrag der Gesellschaft Vermietungen vorzubereiten. Voraussetzung ist, dass Sie die vorgeschriebene Einkommensgrenze nicht überschreiten. Aber das dürfte, wenn ich Herrn Gründer richtig verstanden habe, nicht der Fall sein. Noch Fragen?“

„Nein“, sagt Emil, dem die Fragenzeichen nur so aus dem Gesicht purzeln.

„K-K-Können wir die Wohnungen angucken?“

„Sicher. Zwischen dreizehn und sechzehn Uhr sind die Objekte zugänglich. Kontaktieren Sie bitte die Handwerker. Die haben nichts dagegen, dass Sie sich ein Bild machen, solange Sie nicht bei der Arbeit stören. Wir sehen uns in der kommenden Woche um die gleiche Zeit hier in meinem Büro. Sollten Sie sich anders entscheiden, rufen Sie bitte an!“

„G-Gibt es Heizungen in den W-Wohnungen?“

„Natürlich.“

„U-Und auch E-Elektroherdanschlüsse?“

„Üblicherweise.“

„Emil, f-fahren wir gleich …“

„Das besprechen Sie bitte draußen“, unterbricht mich Herr Mölder. Er steht auf, knüpft das Jackett zu, richtet den Schlips und wendet sich zum Fenster, um es wieder zu öffnen.

„Ho- Chi- Minh“, murmelt Emil und eilt zur Tür.

„Auf Wiedersehen“, sage ich.

„Auf Wiedersehen“, echot Emil.

„Vielen Dank und bis nächste Woche“, ergänze ich.

„Wat sachste nu?“, frage ich, als ich ihn im Treppenhaus einhole.

„Darauf einen Dujardin“, grummelt er und grinst dabei.

„Aber nur einen, Emil!“

Schnurstracks marschieren wir in die Bahnhofsgaststätte. Emil bestellt Kaffee und billigen Fusel. Hastig stürzt er den Schnaps hinunter, zerfurcht das Gesicht und fragt: „Heißt der flotte Franz neuerdings Gründer?“

„Nee, Becker, weißte doch.“

„Eben. Wer ist dann Herr Gründer? Ich hab den Namen wohl schon mal gehört.“

Hastig überlege ich, ob Emil sich dumm stellt, oder ob er Josefs Familiennamen wirklich vergessen haben könnte. Gleich mehrere Hitzewellen schwappen an mir hoch.

„Puh, das sind die W-Wechseljahre.“

„Veräppeln lassen muss ich mich nicht!“

„Nee. Wie kommst du da drauf? Tut doch keiner. Aber meinst du nicht, dass es egal ist, w-wer mit dem Mölder gesprochen hat? Hauptsache …“

„Irgendwas stimmt da nicht.“

„Was soll da nicht stimmen?“

„Wieso hast du den Lackaffen ständig unterbrochen?“

„W-Weil er ein Lackaffe ist. Du hast s-sogar die Nase gerümpft.“

„Hab ich? Kann sein, solche Typen stinken mir. Aber nun verrat mir bitte, wer Herr Gründer ist!“

„Muss ich den flotten Franz fragen heut Abend. V-Vielleicht hat der noch wen eingeschaltet.“

„Wenn du klüngelst, Berta, solltest du mich das wissen lassen.“

„Ja, Mann.“

„Sonst zieh ich nicht um.“

„W-Wir müssen umziehen. Gegen Eigenbedarf kann man nichts machen. Abgesehen davon, dat deine Tochter in der Kaschemme kreuzunglücklich ist. Das musst du doch merken! Sie hat schon gedroht, allein …"

„Halbgares Gemüse", grinst Emil und bestellt noch einen Fusel.

„Dich sollte man garen, Mann, wenn du so stur bist!"

„Vorteile hätte ein Umzug", lenkt Emil ein, „vor allem in der Früh. Sonst hau ich Marie noch mal windelweich."

Morgens, wenn Marie aufstehen muss, zürnt und flucht Emil wie ein Berserker. Er flüstert die Flüche zwar, weil er mich nicht wecken will, meint aber, das Kind nur auf diese Weise aus dem Bett bugsieren zu können.

Seit Marie eine kaufmännische Lehre macht, mag sie überhaupt nicht mehr aufstehen. Schon früher war das oft schwierig. Jetzt poft sie bis zur letztmöglichen Sekunde und spurtet dann im Dauerlauf von mindestens einer halben Stunde in die Lehrfirma. Öffentliche Verkehrsmittel zu nutzen wäre umständlicher und zeitaufwendiger.

Im Büro kreuzt sie nach Auffassung der Chefin völlig verschwitzt auf, und zwar grundsätzlich auf den letzten Drücker, mit matschbespritzten Nylonstrümpfen, schmutzigen Schuhen und zerfledderten Haaren.

Das bringt die Chefin, eine Witwe, die bevorzugt in französischer Sprache mit Marie parliert und kilometerweit nach französischen Parfüms stinkt, mehr noch aus der Contenance als die Tatsache, dass das Kind kein Französisch versteht.

Zwar hat sich Marie auf der Abendschule angemeldet, um das Abitur nachzuholen, aber das ermüdet sie noch mehr. In der Kaschemme, so klagt sie, fände sie weder Platz zum Lernen, noch zum Schlafen. Außerdem rieche es wie in einer Großküche, nur verqualmter. Die Gerüche würden sich in Haare, Haut und Kleider fressen, und nicht nur die Witwe rümpfe die Nase.

Emil wertet die Möchtegernfranzösin zwar als bieder und einfältig ab, stimmt aber mit ihr überein, dass Marie früher aufstehen und lernen müsse, dass Lehrjahre keine Herrenjahre seien. Marie weint oft schon morgens. Zwar meint sie, dass niemand übler stinke als die Witwe selbst, doch wolle sie auch nicht ständig bei ihr anecken. Sie müsse aus der Kaschemme raus, so schnell wie möglich, zur Not allein.

„Gut, dat du dat einsiehst, Emil, dat Kind braucht wirklich en eigenes Zimmer und auch en Bad."

„Hatten wir das früher?"

„Nee. Aber die Zeiten ändern sich. S-Sagst du doch immer. Alles ist im Fluss, so redest du. Hört dat beim Wohnen auf, dat Fließen? Wenn Marie ein eigenes Zimmer hat, musst du morgens auch nicht mehr so fluchen. Kannste in Ruhe die Zeitung lesen, und sie muss gucken, wie sie klarkommt."

„Die wird sich umgucken."

„S-Soll sie ruhig. Ist alt genug. Übrigens liegt Maries Firma gar nicht weit weg vom westlichen Stadtrand."

Ich krame in der Tasche und ziehe die Karteikarten hervor. Emil fingert zwei Zigaretten aus der Brusttasche, steckt sie an, reicht mir eine, nimmt die Karten an sich, raucht, liest und lacht. „Sechsundsiebzig Quadrat, stell dir das vor. Fast doppelt so groß wie die Kaschemme, wenn man den Speicher nicht mitrechnet. Und in Relation nicht mal viel teurer."

„D-Da können wir Opa mitnehmen. Marie wird in die Luft springen vor Freude."

„Der ist schon arg tatterig. Willst du den pflegen?"

„Wird alles nicht so heiß gegessen wie gekocht, Emil."

„Du stellst dir das zu einfach vor. Außerdem müssen wir die Einkommensgrenzen beachten."

„Opa kriegt doch kaum Rente. Die paar Mark."

„Du machst den zweiten Schritt vor dem ersten, Berta. Wart 's ab. Je nachdem, wie die Wohnungen geschnitten sind, hat sich das Problem von vornherein erledigt."

„Da hast du recht, Jung. Wenn wir uns jetzt beeilen, können wir die Wohnungen heut noch angucken."

„Willst du nicht noch ein paar Stunden schlafen? Ich könnte morgen mit Leo losfahren und alles anschauen."

„Von wegen Leo. Bist du verrückt? Soll der da einziehen?"

„Hab's nur gut gemeint."

„Wenn du's gut meinst, dann lass uns jetzt fahren."

Emil winkt die Kellnerin herbei, zahlt, gibt reichlich Trinkgeld, erhebt sich und flachst: „Hab was draufgelegt für den unbekannten Herrn Gründer, Berta. Man will sich ja erkenntlich zeigen. Wenn ich mich schon nicht direkt bei ihm bedanken kann. Aber ich krieg raus, wer das ist, verlass dich drauf! Bei Gelegenheit lad ich den flotten Franz mal auf ein Bier ein und fühl ihm auf den Zahn."

Trotz aufgeregter Freude über die neue Wohnung hadere ich mit meinem Mangel an Vorstellungskraft, hatte ich doch angenommen, dass das Gemauschel um die Vergabe einer günstigen Wohnung diskret geschieht und Josefs Name unerwähnt bleibt.

Nun bin ich gezwungen, für meinen Vorarbeiter entweder eine Geschichte zu erfinden, die der mir abkauft, oder ihm reinen Wein einzuschenken. Auch Quasi muss ich einweihen. Denn Emil wird ihn als ehemaligen Beamten garantiert nach Herrn Gründer fragen.

Doch quasi, dem Quasselskopp, der sich schon lange wünscht, dass sein Bruder eine bessere Bleibe findet, wird gewiss eine Notlüge oder eine glaubwürdige Geschichte einfallen. Gewissermaßen, in etwa, eine dem Zweck dienliche Anekdote zu Herrn Gründer.

Im Bus beugt Emil sich zur Seite und schnüffelt an mir. „Ich glaub, es stimmt, Berta: Glück duftet."

„W-Wonach?"

„Nach sich selbst, ganz wie du, kernig und zuversichtlich."

Schlimmer als die Raben

Man kann Armut nicht verscheuchen. Auch nicht, wenn sie zwischenzeitlich woanders herumspaziert und die neue Wohnung vorweihnachtlich geschmückt mit Behaglichkeit prahlt. Die Not klimpert fort. Als wäre mein Innenleben ihr Klavier und ich ein geeigneter Resonanzboden für schräge, schrille und viel zu laute Elendstöne. Neuerdings spielt Opa auf:

„Kannste auf der Klampfe auch mal wat Vernünftiges spielen, wat ma verstehen tut? Wir sind in Deutschland. Immer der englische Mist. Auch dat deutsche Geleier von dem Heini mit den Felsen, die der zum Weinen bringt, dat passt doch alles nicht in die Adventszeit. Da singt man wat zum drauf Freuen auf dat Fest. *Dort oben vom Berge, da wehet der Wind, da sitzet Maria und wieget dat Kind.* So wat musste singen. Den anderen Klimbim kannste dat ganze Jahr über trällern. Draußen schneit et. Spiel ma wat vom Schnee. Oder *Kling Glöckchen.* Geht auch. Haste früher gern gesungen. Wollteste gar nicht mit aufhören."

„Ja, Opa", sagt Marie, „später singen wir Kling Glöckchen."

Sie legt die Gitarre zur Seite und verschwindet im Bad. Minuten später übertönt ihr Orpheuslied das Rauschen des Badewassers und beschallt durch zwei Wände hindurch Opas Gehörgänge. Von denen einige verstopft zu sein scheinen, andere taub oder halb taub und wieder andere feinhörig und empfindsam.

„Neumodischer Kram", schmollt er und wendet sich der Zeitung zu. Wir sitzen im Essraum. Ich puste die vierte Adventskerze aus, trinke den letzten Schluck Kaffee und spähe sorgenvoll ins Wohnzimmer. Emil hat sich aufs Sofa gelegt und schweigt vor sich hin. Seit gestern sprechen er und Marie nur noch das Nötigste mit mir. Wogegen Opa die Schandtat, welche die beiden mir anlasten, vergessen zu haben scheint.

Ich erhebe mich, beginne den Frühstückstisch abzudecken und will in der Küche den von Emil vorbereiteten Sonntagsbraten in die Röhre schieben, als Opa ruft: „Hilfe! Dat verdammte Luder hat mich wieder beklaut. Ruf die Polente, Emil, schnell!"

Halt, kreischt und quietscht es in mir. Wie wenn ein Auto bei Höchstgeschwindigkeit abrupt abbremst, sich mit qualmenden Reifen um die eigene Achse dreht und dann gegen eine Wand brettert, so steht in meinem Kopf etwas still. Ferngezündet und ausgebremst. Mein Verstand kapituliert vor der Wut, die sich meiner bemächtigt. Und obwohl ich Gefühle und Gedanken wahrnehmen kann, als sei ich mit einer inneren Kamera ausgestattet, übermannt mich rasender Zorn. Blindwütig möchte ich den Kerl verhauen. Dieses Scheusal, das mich des Diebstahls bezichtigt und Schlimmeres ersinnt, um es mir vorzuwerfen.

Kaum mehr erinnert das sabbernde und in die Hosen pinkelnde Etwas an den Opa, den ich liebte und dessen sanftfreundliches Wesen mich ruhig und friedlich stimmte. Vor nicht langer Zeit. Als habe das grobknochige Gestell, auf das er zusammengeschrumpft ist, sich seiner bemächtigt und alle Sanftmut und Freundlichkeit ausgemerzt.

Ich wringe ein Handtuch, schleudere es an die Wand, atme tief, stoße einen Schrei aus. Nichts hilft. Die Wut kocht. Ich schieße vom Herd weg in den kleinen Essraum, der das Wohnzimmer von der Küche trennt. „Halt ’s Maul, d-d-du … oder ich k-knall dir …“

„Zügle dein unflätiges Mundwerk, Berta! Und wenn du Opa noch einmal attackierst, ruf ich wirklich die Polizei.“

Emil ist vom Sofa aufgesprungen. Obwohl er selbst keinen Streit mit Opa scheut, nimmt er ihn nun in Schutz und schirmt ihn vor mir ab.

„Ich hab den nicht attackiert. Mir ist die T-Tasse ausgerutscht.“

„Gegenstände einem wehrlosen, alten Mann an den Kopf zu knallen ist das Allerletzte, verdammt. Sieh dir die Wunde an, du Hysterikerin!“ Auf Opas Stirn klafft ein blutverkrustetes Wundmal.

Gestern, am Samstagmittag, als Marie in der Tür stand, die Schultasche noch in der Hand, lief Blut über Augen und Nase an ihrem Opa hinab. Wie ein Gebirgsbach floss der Saft in die Tiefe, tränkte Opas Kleidung, den Sessel, die Puschen, den Boden.

„Opa, Opa“, schrie Marie, warf die Tasche in die Ecke und sank vor seinem Sessel auf die Knie. Er fuhr sich mit der Hand durchs Gesicht, wischte das Blut an der Jacke ab und versuchte, nach dem Becher zu greifen, der wurfgeschossartig meinen Händen entflogen war, als mir die Sicherungen durchbrannten. Es war, als hätte das Porzellan geschleudert werden wollen, um mutwillig seine Stirn zu verletzen. Dann lag es reglos auf der Eckbank neben dem Sessel. An der Wand klebten Blutspritzer.

Marie kam Opas Wurfversuch zuvor, nahm ihm das Geschoss weg, sprang auf und schritt in drohender Haltung und mit funkelnden Augen auf mich zu. Ich stand reglos in der Küchentür, obwohl ich innerlich zitterte und fürchtete, Marie könne auf mich losgehen. Doch sie fauchte bloß: „Mama, warst du das?“ Ich antwortete nicht.

Mit Tüchern, die er irgendwo zusammengerafft hatte, stürzte Emil herbei, presste Tuch um Tuch auf Opas Stirn, bis das Blut gestillt war, und wies Marie an, reinen Alkohol im Bad zu holen, um die Wunde zu desinfizieren. In Windeseile schaffte sie das Gewünschte herbei. Wimmernd, als sei sie selbst verletzt, betupfte sie Opas Wunde.

„Dat Luder bringt mich um“, jammerte der.

„Wir haben kein Verbandszeug und kein Pflaster“, klagte Marie.

„Macht nichts, muss Luft dran“, beruhigte Emil sie.

„Wag es nicht, Opa noch einmal anzurühren“, drohte Marie, ohne mich eines weiteren Blickes zu würdigen, „sonst lernst du mich kennen.“

Beschämt und erschreckt von meinem Jähzorn, zog ich

mich in die Küche zurück und schloss die Tür. War ich zum Mitfühlen mit dem alten Mann nicht mehr fähig? Hinter der Tür hörte ich Emil und Marie leise tuscheln. Sie rekonstruierten die Schandtat und besänftigten Opa. Auch schienen sie Urteile und mögliche Strafen abzuwägen.

Den Schuldspruch vernahm ich nicht, und doch stach er mir ins Herz. Mit geschliffen scharfer Klinge. In wilder Bangigkeit begannen Sätze aus mir heraus zu poltern. Unbändig, böse und stotterfrei verschafften sie sich Gehör. Als könnten sie mich auf diese Weise verteidigen. Nur durch das Holz der geschlossenen Tür abgepuffert, müssen sie schrilllaut in Maries Ohren geklungen haben.

„Als ob ich dich nicht kenne, du hässliches Geschöpf. Dein Leben lang kenne ich dich. Wie dich sonst keiner kennt, du Biest. Warum wischst du den Dreck nicht weg, den dein Opa hinterlässt? Entsorge du doch die ekligen Haufen, wenn er vor den Schrank geschissen hat! Putz du zigmal am Tag das Klosett und den Boden drum herum, weil er daneben pinkelt, der Mümmelgreis. Wer arbeitet denn Tag und Nacht? Dein Vater, der Held? Dem tut das Kreuz weh, wenn er wischen muss. Und was glaubst du, wer du bist, du unnütze Kreatur? Machst jetzt schon einen auf studiert und bist so dumm, wie du lang bist. Gemeingefährliches Zeug verzapft der Tattergreis. Wieso verdächtigt der dich nicht? Warum kommt der nicht auf die Idee, dass du ihn bestiehlst? Wieso immer ich?“

Ich verschluckte mich vor Zorn und wütete dennoch weiter. „Der erzählt seinem Doktor, ich tät an ihm rumfummeln, ich wollt wat von dem. Wenn ich nachts von der Arbeit käme, müsste er ran. Nacht für Nacht. Was soll der Arzt denken? Woher soll der wissen, dat die Schweinebacke fantasiert und bloß Sauereien im Kopf hat. Als ob … Bin ich ein Mumienschänder? Ich bin doch nicht bekloppt. Ich bin überarbeitet. Aber das sieht keiner. Das will keiner sehen. Mit welchem Recht klagst du mich an? Deinen Vater, der dich früher mit dem Feuerhaken traktiert hat, beschuldigst du nie. Weil du zu feige bist. Wenn ich nicht dazwischen gegangen wär, wärst du schon tot!"

Nebenan dröhnte die Stille. Ich riss die Tür wieder auf. Marie mühte sich, Opa ein sauberes Hemd und eine andere Strickjacke anzuziehen. Emil putzte den Boden. Er warf mir einen grimmigen Blick zu, sagte aber nichts. Auch Opa schwieg. Ich verzog mich ins Schlafzimmer und versuchte zu weinen. Aber statt Tränen blecherte es aus mir heraus. Scheppernder Missmut aus steinig enger Brust, verzweifelt aufgetürmt und ratlos ausgespien.

Danach herrschte Stillschweigen. Marie floh aus dem Haus. Ich weiß nicht, wann sie am Abend zurückkehrte. Ich versorgte Opa, wusch ihn, machte ihn bettfein, püngelte ihn morgens wieder raus aus den Federn, bat Emil, ihn untenrum zu waschen, was frühmorgens unerlässlich ist, weil er dann stinkt wie ein Iltis, und geleitete ihn zum Sonntagsfrühstück.

Den Tisch hatte ich zuvor adventlich geschmückt und die vierte Kerze angezündet. Marie, die ich weckte und zum Frühstück bat, setzte sich schweigend neben mich. Offenbar war sie mit ihrem Vater einig geworden, mich vorerst zu ignorieren. Bloß Opa plapperte drauflos, als wäre nichts gewesen, schien die ungeteilte Redefreiheit zu genießen und forderte Marie schließlich zum Singen auf.

Marie holte die Klampfe, die ich gebraucht und günstig erstanden hatte, damit Opa sie ihr zum Geburtstag schenken konnte, hockte sich auf die Couch im Wohnzimmer und spielte ihren Bob Dylan rauf und runter. Und natürlich den Orpheus von Reinhard Mey, der nie fehlen darf.

Emil schlich ins Wohnzimmer und setzte sich zu ihr. Marie spielt oft und gern für ihn. Ich glaube, er mag die Lieder, auch wenn er kein Englisch versteht und nie ein anerkennendes Wort verliert. Gelegentlich übersetzt Marie eine Textpassage. Dann nickt er, als wäre er einverstanden. Opa hingegen legt regelmäßig Beschwerde ein.

„Was ist jetzt schon wieder los?" Handtuchumhüllt und mit klitschnassen Haaren steht Marie in der stets offenen Glastür zwischen Wohn- und Essraum.

„Schon gut, Kind", murmle ich, um erleichtert festzustellen, dass mein Gedankenkarussell und Emils körperliche Präsenz die Wut heruntergeköchelt haben. „Dein Opa meinte bloß wieder, ich tät ihn beklauen. Aber das ist ja nix Neues."

„Ach, Opa", sagt Marie, „hier klaut doch keiner."

„Ihr klaut alle", knurrt Opa. „Schlimmer als die Raben klaut ihr. Meine Rente ist futsch."

„Na, wunderbar", blödelt Emil, winkt ab, schiebt Marie beiseite und latscht zurück zur Couch.

„Vor allem dat Miststück da", schimpft Opa, und zeigt auf mich. „Dat klaut mir die Hemden vom Wanst."

„Ohne mich hättest du gar kein Hemd mehr an deinem Wanst, d-du …"

„Stopp, Mama, zank dich nicht wieder mit ihm!"

„Der zankt mich, n-nicht ich ihn."

„Du wolltest, dass er einzieht", tönt es aus der Sofaecke. „Nun hast du den Salat."

„W-war ja auch schön. Oder? Am Anfang …"

„Wo sind meine Möbel? Habt ihr die alle verhökert? Wie dat Kommödchen von meiner Anna? Hätt ich mir denken können, dat ihr alles verscherbelt, verprasst und verjubelt. Wie viel Hundert Mark habt ihr dafür gekriegt? Dat wollt ihr mir nicht verraten, ihr Banditen. Womöglich waren dat tausend Mark."

„F-Für den ollen Ramsch mussten wir bezahlen, dass der wegkommt."

„Mama, bitte!"

„Sag doch einfach zweitausend Mark", empfiehlt Emil.

„Um zweitausend Mark habt ihr mich geprellt? Mein lieber Herr Gesangsverein. Da muss et euch ja gut gehen, wenn ihr zweitausend Mark eingesackt habt. Und für die anderen Sachen, wat habt ihr dafür kassiert?"

Niemand antwortet.

„Wat macht ihr mit all dem Geld?"

„W-Wir f-fressen, s-saufen und schwelgen", höhne ich.

„Pst!" Marie legt den Finger auf die Lippen und schaut mich an. Ich halte ihrem Blick stand. Bis es in ihren Augen zuckt. Und ich mich frage, ob sie die Tränen spürt, die ich nicht weinen kann, und vielleicht doch etwas von der Not erahnt, die mich Gift und Galle spucken lässt.

„Kind", sage ich, und sie nimmt mich in den Arm. Und ich schluchze: „Den D-Dachschaden hab nicht ich, glaub dat bitte nicht."

„Sollte man aber meinen", grollt es aus Opa, „dat in deinem Oberstübchen wat defekt ist bei all den Schandtaten, die du verübst. Na, ich will besser schweigen vor dem Kind. Ist ja auch bald Weihnachten. Da wollen wir uns drauf freuen. Warum hast du die Kerze ausgeblasen, Berta? Hör auf zu flennen und mach die wieder an."

Abermals könnte ich ihm eine tacheln. Doch Maries Arme umschließen mich fest und schaukeln mich hin und her. Sodass ich bloß hauche, was ich liebend gern gebrüllt hätte: „Geh woanders um Licht kötten, du Schluffen!“

Das Dunkel

Friedels sonst lebhafte Gesten wirken wie eingefroren. In ihrem freundlichen Suppentellergesicht schwimmt ein Dunkel, verwaist und eingetrübt, aber mit einer Wirkkraft ausgestattet, die den Kneipenbetrieb um uns herum zum Erliegen bringen könnte, wenn Friedel das wollte.

Sie bestellt Miesmuscheln rheinischer Art und zwei Sprudelwasser für uns beide. Zwar haben wir uns zum Muschelessen verabredet, aber früher hätte sie wenigstens gefragt, was ich trinken möchte. Ein bestürztes Zucken im Gesicht der Kellnerin, als Reaktion auf Friedels schroffen Ton, scheint mich warnen zu wollen.

Wie schon oft in jüngster Zeit fühle ich mich hin- und hergerissen zwischen dem Bedürfnis, Friedel nach ihrer Befindlichkeit zu fragen und Anteil zu nehmen, und dem Wunsch, mir die Ohren zuzustopfen und den Blick abzuwenden. Trotz Neugier, Mitgefühl und einer über viele Jahre gewachsenen Liebe für Friedel ängstigt mich ihr Dunkel sehr.

Zwei Männer an der Theke, die uns verstohlen beäugen, senken ihre Stimmen und beginnen zu tuscheln. Vielleicht weil Friedels Dunkel zuzutrauen ist, dass es aus ihrem Gesicht hechtet, um jeden anzuspringen, der es mit unbedachten Lauten hervorlockt. Möglich ist auch, dass das Dunkel nicht einmal Gründe braucht, um Friedel und anderen die Laune und den Appetit zu verderben.

Meine Lust auf Muscheln hält sich längst woanders auf. Vermutlich dort, wo Friedels Laune weilt. Seit ihr Mann, die *Fleißige Ameise*, ins Auto stieg, vorgab Zigaretten zu holen und verschwand. Ohne dass jemand ahnt, wohin. Weder die Ameise noch ihr Auto wurden wieder gesichtet.

Zwar verduftete der Kerl erst im vergangenen Sommer, also vor weniger als vier Monaten, doch kommt es mir vor, als seien seither Jahre ins Land und durch Friedels Gemüt gestiefelt. Sie wartet seitdem, wie der Tag auf die Nacht wartet. Wobei nichts geschieht. Außer, dass sich alles an der Freundin verfinstert. Ihr ehemals wacher Blick wirkt müde. Das graublonde Haar verlor an Glanz. Bis zum Sommer trug Friedel eine Löwenmähne, die sie sorgfältig zurecht toupierte und deren gepflegte Wildheit nicht nur mich beeindruckte.

Heute zwirbelt sie das Haar frühmorgens zu einem Knoten im Nacken zusammen. Tagsüber lösen sich mehr und mehr Strähnen aus dem Gezwirbelten, die ihr wirr ins Gesicht zotteln und umherwehen, als wollten sie das Dunkel in der Tellertiefe ihres Gesichtes mit Schattenspielen umflirren. Spätestens am Nachmittag sieht Friedel besorgniserregend verwildert aus. Sie kümmert sich nicht darum und streicht oder pustet kein einziges Haar beiseite.

„Ist warm hier", wage ich mit einem Seitenblick auf Friedels behandschuhte Hände festzustellen und biete ihr eine Zigarette an. Sie betrachtet die langen, schwarzen Handschuhe, die ihr die *Fleißige Ameise* nach einem

Besuch des Musicals *My fair Lady* geschenkt hatte. „W-Willst du die nicht ausziehen?“

Irritiert schaut sie auf, ignoriert die Zigarette und schüttelt den Kopf: „Meine Hände sehen schäbig aus.“

„D-Das m-meinst du sicher bloß.“

Dass Friedel Äußerlichkeiten noch etwas bedeuten, beruhigt mich ein wenig. In den vergangenen Wochen hatte sie ihr Haus räumen lassen und mit dem noch bei ihr lebenden Sohn in eine kleine Mietwohnung umziehen müssen. Spekulationen von Freunden, Bekannten und Nachbarn, die ins Kraut schießen, scheint sie zu überhören oder an sich abperlen zu lassen.

Selbst Emil, der sich beim Umzug mit einer versteckten Flasche guten Bordeaux aus dem verlassenen Keller belohnt hatte, spekulierte nach getaner Arbeit eifrig mit. Ich glaube nicht, dass Friedel hinhörte, als er weinlaunig seine Vermutungen hinausposaunte, Georg, die Fleißige Ameise, habe sich verhoben, zu schwer geschleppt, auf zu vielen Baustellen geschuftet, für Hochzeit und Aussteuer der Tochter unnötig geblecht, kostspielige Autos von seinem Herrn Sohnemann zu Schrott fahren lassen, Designerklamotten und Möbel für die Gattin erstanden, Badestrandurlaube gebucht, Konten überzogen und mit einem Schweinegeld jongliert, sodass ihm schließlich die gesamte Existenz um die Ohren habe fliegen müssen. Für ein Wolkenkuckucksheim namens Familie, deren weibliches Oberhaupt er, Emil, für klüger gehalten hätte.

Dass die *Fleißige Ameise* nach der Insolvenz die Mücke gemacht habe, vermutlich auf Nimmerwiedersehen, sei so folgerichtig wie nachvollziehbar. Sonst wäre der Schwachkopf im Wutfeuer seiner Frau verbrannt. Friedel aber habe nicht nur ihren Mann und das Wolkenkuckucksheim verloren, sondern auch die Kontrolle über ihr Erscheinungsbild, ihre Mimik und ihren Ton. Und das, weil sie sehenden Auges habe geschehen lassen, was zu verhindern gewesen wäre. Mit etwas Verstand und weniger Gier.

„Kannste nicht wissen", wandte ich ein, vielleicht hat der Kerl ein Liebchen gefunden. Irgendwo auf der Welt."

„Quatsch", meinte Emil, „außer Arbeit für Friedel und die Blagen kannte der nichts. Kein Lieb und kein Leben."

Die Kellnerin serviert uns zwei Altbier und säuselt: „Von den Herren an der Theke."

„Pfui Deibel", schimpft Friedel, zuckt mit dem Oberkörper zurück, als gelte es, einem Anschlag auszuweichen, und macht eine Handbewegung, als wolle sie die Gläser vom Tisch fegen. „Weg damit! Ich habe Wasser bestellt."

„Mach doch nicht so' n Heckmeck drum", murmle ich.

Missmutig schnauzt sie mich an: „Willst du, dass ich wieder saufe? Kannste haben! Musste bloß sagen."

Das Dunkel in Friedels Gesicht wetterleuchtet. Noch bevor ich antworten kann, springt sie auf, reißt der Bedienung, die mit den Bieren schon wieder abmarschieren will, ein Glas vom Tablett und schüttet den Inhalt in sich hinein. Einer der Männer lacht: „Zum Wohle, Madam!"

Die Kellnerin starrt erst Friedel und dann mich fragend an, entzieht das zweite Glas Friedels Zugriff und spricht lauter, als ich mir vorstellen konnte, dass ihr Piepstimmchen sprechen kann: „Nehmen Sie bitte Platz, gnädige Frau. Ich bringe Ihnen das bestellte Sprudelwasser."

Seltsamerweise nickt Friedel, schaut Bier und Kellnerin mit abfallenden Schultern, hängenden Armen und traurigen Augen hinterher, wendet sich ab und plumpst auf ihren Stuhl zurück: „Von wegen Heckmeck.“

„Das hab ich doch nicht bös gemeint.“

Etwas in Friedels Gesicht schaudert, als federe sie eine Ohrfeige ab. „Ich mach keinen Heckmeck. Ich hab Grund zu saufen.“

„B-B-Bitte“, stottere ich, „das ist kein Kerl wert.“

„Dürfen wir uns dazu setzen, mein Freund und ich?“ Einer der beiden Männe steht vor unserem Tisch, knöpft sein Sakko zu und verneigt sich leicht.

„Verpiss dich“, zischt Friedel in die zum Grinsen bereite Visage hinauf, die sich postwendend verhärtet.

„N-Nichts für ungut“, flöte ich, um Beschwichtigung bemüht: „Wir möchten gern allein sein.“

Der Mann wirft Friedel einen Blick zu, als wolle er sie töten, und verzieht sich.

„Du hast keine Ahnung“, giftet sie nun in meine Richtung.

„W-wovon?“

„Von mir. Und von meinem Mann erst recht nicht.“

„Wie denn? Wenn du nix erzählst.“

„Du hast kein Ohr dafür.“

„Wieso hab ich kein Ohr?“

„Keine Zeit, keine Nerven, kein Interesse. Und den Kopp voll Moralin.“

„S-Sei nicht so ungerecht!“

„Du denkst wie alle, Georg habe sich krummgelegt für mich und sich zu Recht aus dem Staub gemacht.“

„N-Nee.“

„Lüg auch noch!“

„Ich lüg nicht.“

„Stimmt aber leider. Er hat sich krumm gemacht. Für die Kinder und mich."

„Ja, d-du doch auch."

„Nicht annähernd."

„Z-Zum Schluss …"

„...war's zu spät."

Die Kellnerin stellt zwei Mineralwasser vor uns hin. „Die Muscheln kommen gleich."

Wir verstummen. Erst als die laut sprechende Piepstimmchenbedienung außer Hörweite ist, wage ich zu fragen: „Was meinst du mit M-Moralin im Kopp?"

„Dass man dir nicht alles erzählen kann."

„Weil ich ausgelaugt bin v-von der Arbeit, v-vom Stress mit Opa und Emil?"

„Opa ist dreivierteltot und seit einem halben Jahr im Pflegeheim. Und dein Emil ist der Dauerbrenner, seit ich dich kenne, Novemberkind."

„Novemberkind", wiederhole ich und frage mich, ob Friedel an unser Versprechen, aufeinander aufzupassen, anknüpfen oder mir eine Rechnung präsentieren will. „Das hast du z-zum ersten Mal zu mir gesagt, als wir zusammen in der Klapse saßen. Bloß nicht verkommen, Novemberkind, hast du gesagt."

„Weil du so traurig aussahst."

„Nun siehst du so aus."

„Und verkommen bin ich auch. Immer noch."

„Wieso denn?"

„Die Kinder sind nicht von Georg."

„Was redest du?"

„Die *Fleißige Ameise* ist nicht der Vater meiner Kinder. Jedenfalls nicht der leibliche. Davon rede ich."

Friedels Stimme flattert. Das Dunkel in ihrem Gesicht changiert ins Violette. Prüfend schaut sie mich an. „Mach den Mund zu, Berta."

„W-Warum hast du das nie erzählt?"

„Georg wollte so sehr der Vater sein, dass er's über weite Strecken einfach selbst geglaubt hat. Da durfte ich nicht drüber reden. Hab's versprochen. Dafür hat er mich aus der Scheiße geholt, wieder und wieder, die Saufereien ertragen und die Kinder versorgt. Ohne ihn …"

„Aber du bist doch trocken seit …"

„Denkst du."

„Etwa nicht?"

„Ich hatte Rückfälle. War am Titisee, in Rimini …"

„U-Und die Kinder?"

„Wissen von nichts."

„Denkst du, das is richtig?"

„Ich weiß nicht, was richtig ist, wie's weitergehen soll und wie das alles zusammenpasst."

Die Piepstimmchenbedienung stellt zwei Kochtöpfe, prall gefüllt mit Muscheln, und einen Teller mit Schwarzbrot und Butter vor uns hin. „Guten Appetit."

Friedel betrachtet die Töpfe, als habe sie etwas Befremdlicheres selten gesehen, und rümpft die Nase.

„Mir wird ganz mulmig."

„V-von dem Geruch?"

„Von allem. Mitunter denk ich, ich hätt es verstanden, und es fällt mir wie Schuppen von den Augen. So, als würde ich's endlich begreifen. Aber ich kann nicht zu Ende denken. Ich kann es nicht begreifen. Es ist wie wissen, ohne zu wissen. Kennst du das?"

„W-Was meinst du mit ‚es'?"

Friedel zuckt die Achseln. „Meine Familie und mich."

„Aber w-wenn einer was davon w-wissen kann, dann doch du. Wer sonst? Außerdem bist du eine, die mit gesenktem Kopf nach vorn schaut. Oder nicht? Erinnre dich. Das sind deine Worte. Als es mir dreckig ging, hast du mich aufgefordert, ich soll …"

„Ich hör mich gern schwätzen. Wie alle Klugscheißer."

„Und w-was ist mit dem Moralin in meinem Kopp?"

„Wahrscheinlich ist's gut, dass es da ist, dein Scheißmoralin. Sonst wüsstest du noch mehr schreckliche Dinge, von denen du besser keine Ahnung hast. Du würdest dich nur entrüsten."

„T-Tu ich nicht."

„Ich mag 's nicht ausprobieren. Du weißt genug."

Schweigend stochern wir mit jeweils einer leeren Muschel in den Muschelbergen herum. Friedel legt die meisten ungeöffnet in den Deckel des Topfes und sinniert. Ich türme Frage auf Frage, ohne dass ich sie zu stellen wage. Sie könnten unbekömmlich sein.

Friedels Idee, etwas zu wissen, ohne es zu wissen, fühlt sich vertraut an. Was bekomme ich überhaupt mit von der Welt? Verstehe ich Friedel? Begreife ich mich selbst? Und vor allem: Wie viel Geheimnis und Verhüllung braucht das fremde und wie viel mein eigenes Dunkel? Hätte ich wissen können, dass Friedel trinkt, wenn ich zum Sehen und Erkennen bereit gewesen wäre? Emil säuft seit Ewigkeiten, ohne dass er oder ich das wirklich wahrhaben wollen. Wir verstecken und schämen uns. Sehenden Auges.

„D-Du weißt auch nicht alles von mir."

Friedel schaut vom Teller nicht hoch. Ihr Blick scheint

die Muscheln, die sie inzwischen nicht mal mehr kosten mag, durchbohren zu wollen. „Was weiß ich denn nicht?“

„In meinem Leben passt nix zusammen.“

„Aha. Und warum ist Emil noch nicht abgehauen? Ich hätte geschworen, dass der …“

„Der vergisst. Was dem nicht schmeckt, vergisst der. Der säuft sich die Welt parat.“

„Aha. Dann weißte ja, wie's geht.“

„Sicher.“

„Und?“

„Jeder w-wie er kann. Priester können mit v-vollen Händen beten, sagst du immer. Und dass die Leute reden, ohne was zu sagen. Dass sie aus Scheiße Geld und alles passend machen.“

„Und?“

„B-Bloß wir beide zweifeln ständig an uns selbst. Du siehst vom Grübeln schon ganz krank aus, Friedel.“

Ich schiebe den Muschelteller zurück und greife nach der Zigarettenpackung. Doch das Dunkel in Friedels Gesicht formt ein neues Tief, wirbelt herum und scheint vor Unmut speien zu wollen. Schon poltert sie los.

„Vom Grübeln und von den Lungenbrötchen, die du dir einverleibst, wird nichts klarer, Berta. Reden, ohne was zu sagen, kannst du hervorragend. Wie nennst du das Geschwätz: Anteilnahme? Ermutigung auf niedrigstem Niveau? Mit und ohne Stottern kann ich's nicht ertragen. Aber martere nicht dein Hirn, mein Suff soll dich nicht kümmern. Ruf die blondierte Pute! Ich möchte zahlen.“

„M-M-Moment“, höre ich mich stammeln. In meine Unsicherheit mischen sich Kränkung und Zorn. Verhalten zwar, aber stark genug, sich Friedel zu widersetzen. „Du bist doch nicht allein hier. Und du bist auch nicht der einzige Mensch, der unglücklich ist."

„Sag bloß."

„W-Wenn du so z-zynisch bist, das hilft erst recht nicht weiter. Das verletzt, s-sonst nix."

„Dass du mich verletzt, da kommst du nicht drauf?"

„W-Womit?"

„Mit Ignoranz und Ichbezogenheit."

Ich atme tief durch. „Trinker finden immer Gründe, um zu saufen. Der Satz stammt auch von dir. Was s-soll ich denn t-tun, w-was erwartest du?"

„Dass du dich für mich interessierst."

„Tu ich doch."

„Du hattest bis eben nicht mal 'ne Ahnung von meinen Rückfällen. Und selbst, wenn du 'ne Spur aufmerksamer mit mir umgingest, dürfte es nur Sekunden dauern, bis du wieder bei dir landest. Nein, nicht mal bei dir, sondern auf deinem Ausweichlandeplatz Numero eins, bei Emil."

Die Kellnerin erscheint und fragt, ob's gemundet hat. Friedel reagiert nicht. „Danke", sage ich, bestelle noch ein Sprudelwasser, schaue beim Abräumen zu und lasse den Blick durch die Kneipe wandern. Als könne das helfen, den aufziehenden Schmerz im Hals und in der Brust zu betäuben.

Zwei Frauen mittleren Alters stehen gebeugt und kichernd vor der Musikbox. Der Typ von der Theke, der sich eben noch zu uns setzen wollte, gesellt sich zu ihnen, quasselt irgendwas, was ich nicht verstehe, wirft Geld in die Box und überlässt den Frauen die Musikauswahl.

‚Es geht eine Träne auf Reisen', scheppert es kurz darauf aus dem Lautsprecher. „Auch das noch", stöhnt

Friedel. Verzagt und verstört schaut sie mich an: „Weißt du, dass meine *Fleißige Ameise* dem Sänger, diesem Adamo, ähnlich sieht. Nur dass Georg älter ist."

„Und keine Haare mehr hat", ergänze ich, froh, dass Friedel wieder im nicht verletzenden Ton mit mir spricht.

„Hatte die *Fleißige Ameise* auch mal", erinnert sich Friedel, „tiefschwarzes Haar." In ihren Augen sammeln sich Tränen. Still und bewegungslos beginnt sie zu weinen. Wie ein verlassenes Kind. Ohne Fassade, ohne Hoffnung, voller Schmerz. Bei erhobenem Kopf senkt sich ihr Blick, als tauche er nach innen ab, um sich dem Dunkel zu widmen.

Auch ich kämpfe mit den Tränen. Aber ich will nicht weinen. Mit beiden Händen greife ich über den Tisch nach Friedels Arm. Sie überlässt ihn mir, und ich drücke ihn sanft und etwas fester, als ich spüre, dass eine neue Schmerzwelle ihren Körper ergreift.

Die Kellnerin verlangsamt im Herannahen den Schritt. Vorsichtig stellt sie ein Glas Wasser auf den Tisch, wirft mir vielsagende Blicke zu und entfernt sich wieder.

‚Es geht eine Träne auf Reisen, die unsere Trennung beklagt', schluchzt Adamo. Wie oft wollen die Frauen das Lied noch drücken? Inzwischen stehen sie rauchend und schäkernd bei den Männern an der Theke. Was sie nicht hindert, verstohlen zu uns herüber zu schielen. Friedel scheint das zu spüren. Sie befreit ihren Arm von meinen Händen, wischt sich über die Augen und seufzt: „Komisch, dass ich solche Schnulzen brauch, um zu weinen, Novemberkind."

Erleichtert lasse ich das Wort Novemberkind in mir nachklingen. „D-Du bleibst meine Freundin, oder?"

„Sicher.“ Friedel windet ein Taschentuch aus dem Ärmel und schnäuzt sich.

„M-Manchmal m-mein ich, ich hab zu viel Angst. Ich bin zu unsicher, um dich und andere zu verstehen.“

„Da bist du nicht allein mit. Zum Glück bestehen wir aus mehr als Angst und …“ Friedel wirft die immer noch behandschuhten Hände in die Luft und sucht ein Wort.

„...Ichbezogenheit?“, frage ich.

„Das hat dich getroffen, ja!“

„W-weil’s stimmt. Ich hab nicht mitgekriegt, dass du säufst, dass die *Fleißige Ameise* nicht der Vater deiner Kinder ist, dass bei euch so viel im Argen liegt. Ich kann schlecht zuhören, überhör Zwischentöne und schlimmer noch, ich prügle Menschen, die ich liebe.“

„Du meinst Opa?“

„Wenn ’s nur der wär.“

„Wen denn noch?“

„Marie. Ich könnt ihr ständig eine klatschen.“

„Könntest du oder tust du?“

„Meistens tu ich’s.“

„Au backe. Hält die noch still?“

„Sie haut einfach ab. Bis sie wieder so vorlaut ist, dass mir die Hand ausrutscht. Blitzschnell geht das. Jüngst hat sie gedroht: Du schlägst mich nie wieder, sonst bin ich weg. Ich hab ’s ihr versprochen. Aber ich hab Emil auch schon oft beteuert, dass ich ihn nicht mehr schlage.“

„Emil?“

„Ja, w-wovon, glaubst du, sieht Emils Gesicht oft so demoliert aus?“

„Berta!“

„Jetzt bist du empört.“

„Emil ist viel stärker als du. Lässt der sich schlagen?"

„Er w-wehrt sich nicht mal. Mich hat der nicht einmal gehauen. In all den Jahren nicht. Marie ja, mich nie. Das Kind vertrimmt er. Aber ohne so 'ne heiße Wut, wie die mich überkommt, wenn ich wen verkloppe. Ich koch dann vor Wut. Emil dagegen inszeniert ein Tribunal, drischt auf Marie ein und zählt die Hiebe ab."

„Als Erziehungsmaßnahme?"

„Ja, aber der kriegt 'ne kalte Wut beim Zuschlagen. Da kannst du bei zugucken, wie der sich in was Furchtbares reinsteigert, sodass ich dazwischen gehen muss."

„Kannst du ihn denn stoppen?"

„M-Muss ich doch. Ich bin die Mutter. Bloß weiß ich nicht, was Emil nachts anrichtet. In seinem besoffenen Kappes. Marie hat als Kind mal angedeutet, dass er droht, sie und uns alle umzubringen."

„Dann dürftest du nachts nicht arbeiten gehen."

„Jetzt bist du moralisch! Wovon sollen wir leben?"

„Droht der immer noch?"

„Er hat ihr mal en Kissen aufs Gesicht gedrückt. Ist nicht lang her. Marie dachte, sie müsste ersticken. Inzwischen ist sie groß genug und kann sich w-wehren. Oder?"

„Frag sie!"

„Nee."

„Das heißt, du willst es wissen und doch nicht wissen."

„Genau."

Grübelnd lassen wir uns beide in die Stühle zurücksinken. Meine Gedanken tauchen in Szenen ab, in denen ich Emil verdresche. Heute seltener als früher, immerhin. Aber warum wehrt er sich nie? Als nähme er die Schläge auf sich, um mich anzuklagen. Stoisch und mit undurchdringlicher Miene hält er still. Was meine Wut steigert. Dabei bräuchte er bloß meine Hände festhalten. Warum macht er das nicht? Wieso schlägt er nie zurück?

„Ich prügle keine Frau“, sagt er und hält sich daran. Wohl aber Marie, die vertrimmt er. Sogar mit dem Schürhaken drosch er auf sie ein. Zwar legte er zuvor ein Kissen auf ihren Po, im Glauben, das schwäche die Schläge ab, die sie verdient habe, aber dann prügelte er sich in Rage. Marie, beinah so stur wie ihr Vater, hielt die Luft an und gab keinen Mucks von sich. Obschon sie anschließend kaum mehr laufen, geschweige denn sitzen konnte.

„Es ist leichter, über Emil nachzudenken“, sage ich laut, als über mich selbst. Obwohl mir ein widersprüchlicherer Mensch als Emil noch nie untergekommen ist.“

„Och, da fielen mir etliche ein“, meint Friedel. „Ich hab oft gedacht, Menschen sind fleischgewordene Widersprüche, mich selbst einbezogen. Aber nun sind wir fast quitt mit dem, was wir uns bisher in aller Freundschaft verschwiegen.“

„Fast“, wiederhole ich, „fast.“

Gut, dass die Elektrische nicht mehr fährt

So oft ich im Omnibus sitze oder stehe, denke ich diesen Satz: *Gut, dass die Elektrische nicht mehr fährt.* Als könnte ich dem motorisierten Riesen nicht auch vor das Chassis knallen oder zwischen die Reifen rutschen, sollte der Föhn in meinem Kopf wieder zuschlagen.

Was er zu Zeiten der Elektrischen häufig tat. Bevorzugt in heiklen und brenzligen Situationen warf der Föhn mich um. Weshalb ich für gewöhnlich im Straßenverkehr aufpasse wie ein Luchs, vor allem beim Ein- und Aussteigen in Busse und Züge. Nur nicht unnötig schwanken, stolpern oder gar der Länge nach hinsegeln.

Meist versuche ich, schnell einen Sitzplatz zu ergattern. Zur Not erinnere ich jemand Junges daran, dass ich schon länger auf der Erde verweile als er oder sie. Und dass man vom Verweilen müde wird, zumal, wenn man stehen muss.

Im vergangenen Monat bin ich Sechzig geworden. Das sei kein Alter, behauptet Emil, der seinen sechzigsten Geburtstag vor zwei Jahren ignorierte, von der Anzahl meiner Lebensjahre aber durchaus beeindruckt scheint.

Seit unserer Hochzeit im Kriegsjahr 1941 erinnere ich mich an keinen Geburts- oder Festtag, den er einer Feier für würdig befunden hätte. Nicht einmal die Geburt seiner Töchter mochte er feiern. Vor Festen graue ihm, wiederholte er stets, bevor er sich verdrückte. An meinem Sechzigsten im Februar hingegen glänzte er nicht nur durch Anwesenheit, sondern verwöhnte mich mit guter Laune, Witz und vielerlei Überraschungen. Natürlich gab mir das Rätsel auf. Aber dazu später.

Im Mittelgang muss ich mich gut festhalten, um die Bremsmanöver des Fahrers abzufedern und nicht durch die Gegend zu fliegen. Ich kann niemanden erspähen, der für mich aufstehen würde. Mit mir schaukeln vergleichbare Semester in die mittäglichen Stunden des Aschermittwochs. Einige husten, verschnupft und erkältet, anderen prangt ein Aschenkreuz auf der alternden Stirn, wieder anderen spukt noch das Karnevalstreiben durchs übernächtigte Gesicht.

Hinter beschlagenen Scheiben wanken Häuser, Gärten und Autos vorüber. Zwar falle ich seit dem Aufenthalt in der Anstalt nicht mehr in Ohnmacht, aber bisweilen greift eine Müdigkeit nach mir, die einer Ohnmacht gleichkommen könnte, wenn ich nicht aufpasse. Mit Schlaf ist dieser Müdigkeit nicht beizukommen. Warum ich früher umfiel und heute standhaft bleiben kann, ist mir schleierhaft.

In jüngster Zeit vermute ich, dass eine unbewusste Angst vor den lauwarmen Bädern in der Anstalt mich vor Ohnmachten bewahren und schützen will. Möglicherweise hat mich Marie mit ihrem Hang zum Psychologisieren schon angesteckt. Neuerdings liest sie Freud, analysiert Träume und plappert vom Es, Ich und Über-Ich wie andere Leute von Gewürzen und Zutaten in ihren Suppen. Auch wird sie nicht müde, mir die Vorzüge warmer, wohlduftender Wannenbäder näherzubringen.

Zum Geburtstag schenkte sie mir, all meinen Ängsten und Widerständen zum Trotz, eine Riesenflasche Badedas. Emil lästerte, dass eine Viertelstunde Baden für mich schlimmer sei als für ihn Jahre beim Militär, und das wolle was heißen, aber Marie schien den Spott zu überhören.

Kein Es, Ich oder Über-Ich und keine andere Instanz der Welt, trumpfte Emil auf, wären in der Lage, meine Wasserscheu zu überwinden. Leider Gottes.

Mir fehlt der Boden, den die meisten Menschen ganz selbstverständlich unter ihren Füßen spüren. Mir ist nichts selbstverständlich. Zwar fühle auch ich, dass etwas gegen meine Schuhsohlen drückt, selbst in diesem wackligen Gefährt hier, aber ich bin nicht sicher, dass mein nächster Schritt noch zuverlässig aufgefangen wird vom Boden unter mir.

Mitunter wackle ich mitten im Schritt und hopse, als müssten meine Füße einem sich öffnenden Erdloch ausweichen. Das geschieht unwillkürlich oder unbewusst, wie Marie sagen würde, und für Außenstehende kaum erkennbar, aber mein Körper registriert die leichten Erschütterungen sehr wohl und wundert sich, dass die Erde mich und meine Unbeholfenheit erträgt.

‚Alter Markt', verkündet die Stimme des Fahrers, der den Bus stoppt. Mit lautem Zischen und Schnauben öffnen sich die Türen. Zahlreiche Fahrgäste geraten in Bewegung, hieven sich hoch, befühlen Taschen, richten den Blick, Mäntel und Jacken, schultern Gepäck, drängen hinaus, weichen aus, kennen sich aus. Oder tun sie nur so?

Andere steigen zu, müssen sich erst orientieren, Ausschau halten, Plätze erobern, nach Haltegriffen angeln, mal rasch, mal sacht, mal bedacht. Als würden Karten neu verteilt. Bei Durchzug, frischer Luft und munterem Stimmengewirr, das von draußen hereindringt.

Für eine Station muss ich nicht mehr sitzen und sollte mich schon mal zur Ausgangstür schieben. Hinter meiner Stirn hängt eine Liedzeile fest: ‚Wir sind nur Gast auf

Erden‘. Wie eine kaputte Schallplatte. Woher kenne ich das Lied? Habe ich es in einer Kirche gesungen?

Vor zwei Jahren, als Opa beerdigt wurde, saß ich neben Marie in der Kirchenbank. Sie zitterte und drückte meinen Arm. Bis ich ihre Hand nahm und festhielt. Zum Singen war sie nicht imstande. Emil saß verloren und mit verschlossener Miene in einer der hinteren Reihen. Opas Tod hatte ihm mehr zugesetzt, als er zeigen mochte.

Ob Emil manchmal noch an seinen Stiefvater denkt? Ob er sich an die Schatten erinnert, die Opas Gesicht bedeckten, als wir ihn in ein Pflegeheim bringen mussten? Sie gruben sich tief in mich hinein, als wollten sie die Erinnerung bewahren an ein Gesicht, das es bald nicht mehr geben würde. Opas Landschaftsgesicht, das nun in der Gruft liegt und verwest.

Emil behauptet, nichts bliebe von Verstorbenen übrig. Nichts. Jedenfalls nicht dauerhaft und allenfalls solange, wie die Lebenden der Toten gedenken. Als existierten wir nur im Kopf. In diesem ohnehin fragwürdigen Zerfallsprodukt, das Opa gern Runkelrübe oder Deetz nannte, und das ihm schneller den Dienst versagte als sein klappriger Rest.

„Mine Deetz ist eher fott als ich“, klagte er manchmal, als es ihm noch möglich war, das Unheil kommen zu sehen. Ob er jetzt weiß, was er zu Lebzeiten nur glaubte: Dass der Wesenskern des Menschen überdauert und der Mensch eine unsterbliche Seele besitzt?

Emil zweifelt natürlich an allem, und Marie äußert sich dazu nicht. Sie ist zu jung. Opa, sagt sie, sei ein Schatz gewesen und werde in ihr weiterleben. Aber schiebt sie das Problem des Sterbens und Verschwindens nicht ebenso wie Emil nur ein oder zwei Haltestellen weiter weg?

‚Nächster Halt Gruft. Die Fahrt endet hier'. Vermutlich denkt Marie nicht im Traum daran, dass ihre Eltern die nächsten sein könnten, die von der Gästeliste gestrichen werden, und erst recht noch nicht an den eigenen Tod.

Das Ruckeln des Busses und der Geruch des Mannes neben mir holen mich in die Gegenwart zurück. Der Mann riecht nach Gulaschsuppe. „Soll ich dir ein Süppchen kochen?", frage ich Emil, wenn ich meine, dass er Trost braucht. Man kann niemandem hinter die Stirn schauen.

‚Kaufhof' ruft der Fahrer.

Ich folge der Gulaschsuppe Richtung Ausgang. In der offenen Bustür dreht der Mann sich nach mir um. Als habe sein Rücken meine Unsicherheit gewittert: „Kann ich helfen? Die Stufen sind sehr hoch." Nach einem Schmunzeln fügt er hinzu: „Und Sie so klein."

„S-So klein auch wieder nicht", wage ich einzuwenden, greife aber dankend nach dem mir dargebotenen Arm und stakse die Stufen hinunter. Gern würde ich damenhaft und elegant dabei aussehen. Aber das ist ein Ding der Unmöglichkeit mit solchen Galoschen an den Haxen. Eher verwandeln sich Gulaschsuppendünste in Weihrauchschwaden. Ob der Mann Koch ist? Fromm wie ein Messdiener sieht er nicht aus. Und mit Fasten und Büßen hat der gewiss nichts im Sinn.

„Gut, dass die Elektrische nicht mehr fährt", sage ich, „da drin hatte ich noch mehr Angst zu fallen."

Der Mann nickt. Als wüsste er, wovon ich spreche. Dann kräuselt er die Nase und mäkelt: „Aber in den Bahnen stank es nicht so …" Verlegen grinsend fächert er mit den Händen frische Luft vors Gesicht, „… nach Benzin", ergänzt er, als er meinen überraschten Blick bemerkt, schmunzelt wieder, zieht zum Gruß einen nicht vorhandenen Hut und taucht in der Menge unter.

Ausgerechnet! Solche Kerle standen früher hinter der Theke, frisch gewaschen, mit Rasierwassern und anderen Duftnoten besprenkelt und himmelten Christel und mich an. Ergeben, spendabel und schmachtend. Sophie nannte die Blicke liebestoll und warnte uns gelegentlich: „Die Kerle haben's nötig. Nehmt euch in Acht!"

Siehst du, Berta, tröste ich mich, das Alter birgt Vorteile, man muss sich nicht mehr allzu doll in Acht nehmen.

Christel, die ich im Kaufhof treffen will, gibt nicht mal mehr Acht auf sich selbst. Allenfalls mit Else und Bubis Belangen geht sie fürsorglich um. Ihre magere Blässe wird von tiefen Falten zerfurcht. Sophie, die vor zehn Jahren starb, dachte damals schon an einen Mehlwurm, wenn sie die Schwester voller Sorge betrachtete. Heute müsste sie bei Christels Anblick erschauern.

Ähnlich wie Friedel, meine Freundin, drückt auch Christel ihre seelische Schieflage durch schlecht gewählte Fummel aus, die sie zeltartig an ihrem dürren, lebensgegerbten Leib hinabsegeln lässt.

Emil meint, dass für Christels schlabberige Zeltbedeckungen ein Wort wie Kleidung zu anspruchsvoll sei. An meinem Geburtstag amüsierte ihn Christels krausgraue Topffrisur, die sie sich aus alltagspraktischen Gründen zugelegt hatte, und die auch genauso aussah: alltagspraktisch und zugelegt.

Gottlob verschonte er sie mit Witzen. Ich weiß nicht, wo Männer, die selbst weder jünger noch schöner werden, die Courage hernehmen, derart kritisch auf Frauen zu schauen. Zwar finde auch ich, dass von Christels ehemaliger Schönheit nur der stille und verführerische Glanz ihrer Rehaugen übrig geblieben ist, aber das stimmt mich eher nachdenklich. Ob ich mir Emils Sichtweisen zu sehr zu eigen mache?

Den Kaufhof betiteln Christel und Else gern als Zubrotcenter, weil beide dort für Zubrote sorgen müssen. Trotz Willy Brandt und seiner Rentenreform beziehen die Schwestern keine oder nur eine winzige Rente.

Else beschuldigt ihren Textilunternehmer, den sie inzwischen nur noch Verbrecher nennt, nicht für sie geklebt zu haben. Christel beklagt, dass ihr aufgrund einer Rentenauszahlung nach dem Krieg kaum was zum Leben, aber zu viel zum Sterben übrig bleibe. Ratzfatz wären die Moneten weg, stöhnt sie, lange bevor ein elend langer Monat sich dem Ende zuneige. Ich wüsste für mein Leben gern, wie viel in Bubis Taschen versackt.

Während Else in einer Putzkolonne frühmorgens die Verkaufshallen des Zubrotcenters schrubbt, um danach den mageren Verdienst als Toilettenfrau aufzubessern, löst Christel die Schwester am Nachmittag bei der Arbeit auf dem Lokus ab.

Anders als Else wischt Christel nach jedem Toilettengang ordnungsgemäß die Kloschüsseln, vergisst dabei aber allzu oft die Zahlungsmoral der Benutzerinnen. Weshalb sie nicht nur von Else gescholten wird, sondern auch deren Kontrollwut und Belehrungssucht über sich ergehen lassen muss. Zu diesem Zweck hockt Else bis Ladenschluss neben Christel im Vorraum der Kaufhoftoiletten:

„Pass auf, wie ich dat mache. Erst kassier ich, dann mach ich sauber. Auf keinen Fall umgekehrt. Wenn die Frau vom Lokus kommt, musst du die direkt ins Visier nehmen. Aber flott. Da lässt du die auch nicht wieder raus aus dem Visier, bis die bezahlt hat. Kapiert?“

Tatsächlich traktiert Else Frauen, die das stille Örtchen verlassen, zunächst nur mit Blicken. Schaut die Kundin weg oder wäscht unschuldig ihre Hände, räuspert Else sich, greift den Teller mit wenigen Groschen und klimpert damit herum. Zu viele Geldstücke, sagt sie, schadeten dem Geschäft, und Pfennige müssten umgehend in den Kitteltaschen verschwinden.

Droht Klimpern nicht zu helfen, wofür Else einen Riecher zu haben glaubt, rappelt sie sich auf und stöhnt und hustet, als sei sie sterbenskrank. Verbessert auch das die Zahlungswilligkeit der Kundin nicht, verwandelt sich Else in eine Art Zahlungskomitee. Blitzschnell platziert sie den Klimperteller auf Höhe ihres Kommodenbusens, stellt sich der Kundin breitbeinig in den Weg und posaunt: „So ärmlich sehen Sie gar nicht aus, Gnädigste, dat Sie nicht bezahlen können.“

Hat die Gnädigste einen Obolus entrichtet, belehrt Else Christel: „Haste gesehen? So musste dat machen! Tu nicht so genant! Da wirste nicht satt von!“

Ich hoffe, Christel allein anzutreffen, denn in Elses Beisein erfahre ich nichts von Bubi. Zwar äußert Else keine Einwände, wenn Christel sich ab und an auf den Weg in den Knast macht, um Bubi zu besuchen, doch dafür hatte Christel ihr versprechen müssen, weder seinen Namen, noch sonst ein Sterbenswörtchen von ihm jemals wieder verlauten zu lassen.

Wenn sie Geld erübrigen kann und nicht versäumt, ihren Besuch rechtzeitig anzumelden, düst Christel los. Weil Bubi nach jeder Entlassung schnell wieder einsitzt, als plane er sein Leben überwiegend hinter Gittern zu verbringen, wenn auch in unterschiedlichen Haftanstalten der Republik, unkt Christel, sie bekäme ordentlich was zu sehen vom Land. Sogar im Freistaat Bayern sei sie schon gewesen. Mühen und Fahrtkosten scheue sie nicht, wenn der Junge die krummen Geschäfte nur endlich bleibenlassen würde.

Ich bezweifle, dass der Besuch seiner Tanten dazu beitragen kann, fahre aber trotzdem gelegentlich mit. Wobei Bubi kein Interesse zeigt, weder an uns, noch an seiner Frau, der *Feuchten Erscheinung*. Sogar Nachrichten von den Kindern nimmt er regungslos zur Kenntnis. Er wirkt zermürbt und missmutig. Lediglich Bargeld scheint seine Lebensgeister zu wecken. Obschon er weiß, dass wir ihm nichts geben dürfen, bettelt er in Gegenwart der Wärter: „Habt ihr mal 'nen Heier …?“

„Herr Heiermann hat sich aufgehängt“, unterbricht Christel ihn, droht mit dem Arthrosefinger, dass sie aussieht wie eine Hexe, und fügt vorsichtshalber hinzu: „Die Herrschaften Einemark und Zweimark hängen gleich daneben.“

Nichtsdestotrotz schafft sie es jedes Mal, ihm heimlich ein Fünfmarkstück zuzustecken, allen Kontrollen zum Hohn. Immerhin erhellt das Geld Bubis Miene. Ansonsten entschädigt uns seine miese Laune kaum für die Strapazen der umständlichen und langen Fahrten.

Seine Bewacher, ihre geringschätzigen Blicke und fiesen Kommentare, das nicht enden wollende Auf- und Zuschließen stählerner Türen schüchtern mich zusätzlich ein. Was hab ich verbrochen, denke ich jedes Mal, dass ich das über mich ergehen lassen muss?

Ausweise und Schirme kassiert ein Beamter gleich an der Pforte mit einem Gesichtsausdruck ein, als wolle er einen vorerst nur entwaffnen, behalte sich aber schärfere Maßnahmen vor. Weitere Beamte sperren Taschen weg, filzen die Kleidung und bewachen jeden Schritt. Wie konnte Bubi hier landen? Das frage ich mich bei jedem Besuch. Der Junge mag ja ein Dummkopf und Hallodri sein, aber er war und ist gewiss kein schlechter Kerl.

„Weißte, wer gestorben ist?“ Aufgeregt flattert mir die Frage entgegen, als ich das Zubrotcenter, Abteilung Lokus, betrete. Christel sitzt, nein, sie pappt an der Wand des Toilettenvorraumes, festgeklebt auf einem Hocker. Vor ihr ein schmaler Tisch, der von einem Zeitungsblatt mit Todesanzeigen bedeckt wird.

„Tach, Berta! Bubis Schwiegermutter hat's erwischt!“

„Tach, Christel. W-wann …?“

„Weiberfastnacht, wenn ich dat richtig lese. 01.03.1973, da war doch Altweiber, oder? Rechne mal nach! Den Mantel kannste anlassen. Warm ist dat nicht hier drin.“

„Wie alt …?“

„Dreizehn geboren. Dein Jahrgang.“ Christel dreht das Zeitungsblatt in meine Richtung. Ich ziehe den zweiten Hocker unter dem Tisch hervor, setze mich und fahnde in meiner Handtasche nach der Brille.

„W-Woran ist die gestorben?“

„Steht da nicht. Altersschwäche? Großmannssucht? Oder sagt man Großweibersucht? Ich weiß nicht mal, wovon die gelebt hat und womit die *Feuchte Erscheinung* die protzige Anzeige hier berappen will.“

„Auf Pump. Die bezahlen alles auf Pump.“

„Kannste nicht. Musste direkt blechen.“

„W-Weiß Else Bescheid?“

„Muss die nicht wissen.“

„Aber …“

„Nix aber, du kennst doch *unser* Else.“

„Aber wenn einer stirbt?“

„Kann Else nix dafür. Außerdem haben die sich lang nicht gesehen. Als die Elektrische noch fuhr, da sind die mal zusammen ins Grüne gefahren: Bubi, die Schwiegermama, die *Feuchte Erscheinung*, die Pänz und *unser* Else. Ich nicht. Da waren die grad verheiratet, glaub ich.“

„Verstanden haben die sich nie. V-Von Anfang an …“

„… hatten die Krieg. Else hat immer gemeint, die Frau wär en Geschoss. Sie könnt gar nicht verstehen, dat die *Feuchte Erscheinung* da Mama für sagt. Vor so ‘nem Geschoss, meint se, tät sogar unsre Mutter strammstehen. Wenn die noch leben tät. Gott hab sie selig.“

„Wann ist die Beerdigung?“

„Hättest du ‘ne Brille, könntest du lesen. Wie lange willst du noch in der Tasche kramen, Berta?“

„Ich f-find nix.“

„Wirste nu auch schon tüddelig?“

„Ich geh da sowieso nicht hin.“

„Auch nicht, wenn Bubi kommt?“

„Denkst du, der kommt?“

„Wenn einer in der Familie stirbt, kriegt der Ausgang.“

„Aber die m-müssen den bewachen. Sogar auf dem Friedhof. Und mit ’nem Uniformierten geht Bubi nirgends hin. Dafür ist der zu stolz.“

„Vielleicht erfährt der auch von nix. Die *Feuchte Erscheinung* hat die Scheidung eingereicht.“

„Kann ich verstehen, Christel."

„Musst du die Schlampe nun auch noch in Schutz nehmen, Berta? Guck dir mal dat jüngste Blach von der an, dat Julchen! Wenn dat von unserem Bubi ist, fress ich den Schrubber, der da in der Ecke steht. Außerdem wär unser Bubi nie im Leben so abgerutscht, wenn der dem Schusseltier nicht übern Weg gelaufen wär. Nie im Leben wär der so kriminell geworden."

„Da geht's jetzt nicht drum, Christel."

„Ach, und wo geht dat jetzt drum?"

„Um die Beerdigung. Und dat du dich von Else zu sehr beeinflussen lässt. Ich hör Else mosern, wenn …"

„Da könnt ich viel zu sagen. Von wegen mosern und beeinflussen. Aber ich schweige lieber. Ich sag bloß Emil. Da weißte Bescheid."

Eine Frau betritt die Toilette. Ihr freundlicher Gruß weht durch die stickige Luft. Christel nickt artig, ohne auf den Gruß und das Lächeln der Kundin zu reagieren. Stattdessen presst sie die Lippen zusammen und gebietet mir mit den Augen zu schweigen. Sie faltet die Zeitung, erhebt sich, greift ein Wischtuch und feudelt damit in den freien Kabinen umher.

Ich würde gern noch sagen, dass ich mit Emil verheiratet bin, Christel aber unter Elses Fuchtel steht, ohne Not und Trauschein, dafür jedoch seit Kindesbeinen und wahrscheinlich bis der Tod sie scheidet. Aber tragen Rummosern und Beeinflussen in einer Ehe hübschere Gewänder als unter Schwestern? Wir alle versuchen, mit den Menschen, die uns lieb und teuer sind, zurechtzukommen. Man sägt den Ast nicht ab, auf dem man sitzt. Auch wenn der Preis dafür zeitweilig in schwindelerregende Höhen schnellt. Hauptsache, wir verstehen, was den jeweils anderen umtreibt, und werden einander nicht fremd.

Friedel hörte ich jüngst sagen, sie habe keine Angst vor Fremden, eher fürchte sie die Fremdheit untereinander. Das Gespräch fand an meinem Geburtstag statt, als die Rede auf die Gastarbeiter kam, die seit vielen Jahren in die Städte fluten, und die Else und Christel gern Spaghettifresser oder Alditütenträger schimpfen.

Fremdländisch könne sie nicht verstehen, wetterte Else, weshalb die Fremden fremd blieben, basta.

Ich sah, wie Emil seinen Zorn zu unterdrücken versuchte, dann aber doch herausplatzte: Deutsche Juden seien der Sprache meist mächtiger gewesen als ihre arischen Landsleute, belehrte er Else. Trotzdem wären sie so fremd geblieben, dass der deutsche Michel geglaubt hätte, sie ausrotten und vergasen zu müssen.

„Kommt der schon wieder mit den ollen Kamellen", nölte Else in die Runde.

„Als ob wir da dran schuld wären", ergriff Christel das Wort, um Else zu unterstützen, der zuliebe sie auch Geschichte und Politik zurechtbiegen würde, obschon sie sich nicht die Bohne dafür interessiert. „Erstens haben wir davon nix gewusst, und zweitens gab et hier kaum Juden", keifte sie in Emils Richtung: „Oder kanntest du welche, Monsieur? Dat hat sich weitgehend im Osten abgespielt, dat Drama. In Schlesien und Polen zum Beispiel, da ging dat den Juden richtig an den Kragen."

„Von uns war keiner inne Partei", ergänzte Else fast triumphierend.

Emil warf mir einen vielsagenden Blick zu, zermalmte

seinen Protest zwischen den Wangenknochen, erhob sich und begann, die Küche aufzuräumen, wo er seit dem frühen Morgen gekocht, gebrutzelt, gebacken und herumgewirbelt hatte. „Berta hat Geburtstag“, tönte er in die kurz entstehende Stille.

Die freundliche Kundin wirft einen Groschen in den Teller und verschwindet.

„Triez mich nicht, Berta“, zischt Christel, als sie mit dem Wischtuch wieder auftaucht. „Hab en mageres Geschäft heut. Da fehlen mir deine Sprüche grad noch.“

„S-Soll ich abhauen?“

„Ach wat.“

„Womit triez ich dich denn?“

„Du stänkerst gegen Else, wo du nur kannst.“

„W-Weil du dich für Else krumm machst.“

„Ist sie nicht auch deine Schwester? Ich glaub nicht, dat et dir um mich geht, Berta, oder darum, ob ich mich krumm mach. Dich interessieren bloß dein Göttergatte und die großen Töne, die der spuckt. Dat is en Metier, wat der beherrscht. Wenn er auch sonst nix kann. Aber da drin kann der seinen Doktor machen. *Unser* Else ist en Waisenkind gegen den.

„S-S-Siehste, dat mein ich. Alles, wat du verzapfst, ist auf Elses Mist gewachsen.“

„Und wenn?“

„Du hattest immer dat Herz am rechten Fleck.“

„Else auch.“

„Weiß ich doch.“

„Dann hör dat Knöttern auf.“

„Ich k-knöttere nicht.“

„Wie soll ich dat denn nennen, wat du tust?“

„Ich sorg mich, Christel.“

„Um wen?“

„Um dich. Wat meinste, wie lang du hier noch hocken kannst? Für ’n paar ömmelige Kröten, die sowieso in Elses oder Bubis Taschen landen.“

Christel zuckt zusammen. Dann donnert ihre Faust auf den Tisch, dass der Klimperteller wackelt und die Groschen hüpfen.

„Pack dich an die eigene Nase, Berta! Da haste zu tun. Und wenn du tausendmal behauptest, dat stammt alles von Else, wat ich sag: Wahrheit bleibt Wahrheit! Egal, von wem die stammt. Haste dich mal gefragt, wovon du lebst, wenn dein Fräulein Tochter anfängt zu studieren und du nicht mehr in die Nachtschicht juckeln kannst, weil du zu alt bist? Gehste betteln? Erkundig dich mal nach deiner Rente! Für die Penunzen kriegt dein Emil nicht mal mehr Bundfalten in seine schicken Hosen gebügelt. So schnell wie euch der Strom abgeklemmt wird, kann der gar nicht bügeln. Dann schlüpft der auch nicht mehr in seine Lederschühchen und geht Gassi, beziehungsweise saufen. Da ist nix mehr mit Dujardin. Meinste, der glaubt dann immer noch, er wär wat Besseres?“

„Quatsch. Emil ist nicht so.“

„Pass auf, Berta, weil du dich, genau wie ich, immer für Bubi starkmachst, bin ich bereit, viel zu verzeihen. Ich vertrag auch ‘ne Menge. Dat weißte. Aber ich muss dir trotzdem wat verklickern. Damit du begreifst. Aber dat muss unter uns bleiben. Versprochen?“

„Ja, sicher.“

„Gut. Solltest du dich da nicht dran halten, lernst du mich von einer Seite kennen, die du nicht für möglich gehalten hättest. Weil in deinem kleinen Kappes ja vieles nicht reinpasst. Schon gar nicht unser Else. Wat die durchgemacht hat und dat die ganz anders ist, als du dir vorstellst. Else ist keine Rabenmutter, wie alle denken. Du denkst dat ja auch. Aber Else liebt Bubi. Nicht so romantisch, wie man sich die Liebe erträumt, wenn man jung, dumm und kinderlos ist. Anders. Eher vertrackt und kompliziert, so wie die Liebe wirklich ist. Auch bei Müttern."

Christel rückt ihren Hocker zurecht, setzt sich und streckt den Rücken. „Egal, wie oft Else dat Gegenteil behauptet, die liebt ihren Sohn. Ob du, Berta, dat glaubst oder nicht. Dat Bubis Vater sie damals vergewaltigt hat, kannste nicht wissen. Da schämt Else sich für. Renate war gerade erst geboren. Aber die Details musste nicht kennen, die belämmern dich bloß. Dat der Kerl en Verbrecher ist, wissen wir ja. Aber dat unser Else da bis heut dran knabbert, weiß keiner. Bubi hat Else immer an die Prügel erinnert, die sie gekriegt hat, damit sie die Beine breitmacht. Sie hat dagegen angekämpft, seit Bubi auf der Welt ist. Aber der Widerwille gegen dat Kind war stärker. Sie kam da nicht gegen an. Dat hat sie so fertiggemacht, dat sie kotzen musste. Ne Zeitlang hat die sich die Seele aus dem Leib gekotzt. Tag für Tag. Jede Mutter liebt ihr Kind, warum kann ich de Jung nicht richtig lieben, hat sie gejammert. Warum, warum, warum?"

Christel klimpert mit den Münzen, wie um sich zu beruhigen „Später hat sie mich auf Knien angefleht, für Bubi da zu sein. Aber mit seinen Schandtaten sollt ich sie verschonen. Die wühlten zu viel auf, womit sie nicht fertig werden würde. Und glaub mir, Berta, Else ist heilfroh, dat auch du an Bubi festhältst. Bei allem, wat der so veranstaltet, ist dat ja nicht selbstverständlich. Dat weiß Else. Die vergisst nie, wie der als Winzling schon krakeelt hat und mit welcher Engelsgeduld du dich gekümmert hast."

Ein Schwarm junger Mädchen flattert in die Toiletten, schnatternd, glucksend, gackernd. Erfrischende Wechselduschen für gemischte Gefühle. Christel erhebt sich und nimmt die Arbeit wieder auf. Mein Kreuz schmerzt. Ich verändere die Position, presse den Rücken gegen die Wand und versuche, meine Gedanken zu entwirren.

Dass Christel mir Geheimnisse anvertraut, verwirrt mich. Vor allem aber staune ich. Wie konnte es sein, dass ausgerechnet Else, mit ihrem Schnodder- und Schandmaul, einen solchen Drecksack noch Jahre nach dem beschämenden Ereignis ihren Mann nannte? Dass sie Bubi von sich wegstieß, mag verständlich sein. Aber sie hörte lange Zeit nicht auf, den Kerl, der das verursacht hatte, in einer Weise zu hofieren und zu verhätscheln, dass selbst unser alter Vater herumrätselte, ob Else dem Textilunternehmer hörig sein könnte. Hatte sie Angst? Bekam sie regelmäßig Schläge? Wusste Christel Bescheid?

Ich könnte sie fragen. Aber mir widerstrebt es, ihre Antworten anzuhören. Christel hat für alles, was Else angeht, Mitgefühl und Verständnis. Immer schon gehabt. Sollte Else jahrelang Schmach und Schande ertragen haben, ohne aufzumucken oder wegzulaufen, fände Christel dafür eine ebenso einfühlsame Erklärung wie für die Tatsache, dass Else ihren kleinen Sohn anstelle seines Vaters böse schalt und vernachlässigte.

Sophie wurde abgekanzelt und verurteilt, weil sie ein Kind von dem gleichen Kerl in die Welt setzte. Viele Jahre zuvor. Sie musste ihren Sohn allein, ohne jede Unterstützung großziehen. Über Sophies Tod hinaus fanden Else und Christel kein Wort der Anerkennung für die Schwester. Ebenso wurmt und kränkt mich, dass auch ich nicht anerkannt wurde und unter dem Druck stand, mich erklären, verteidigen und ins rechte Licht rücken zu müssen.

Sophie litt, wenn sie mitbekam, wie mir die Worte beim Zurechtrücken davonschwammen. Meine Anstrengungen empfand sie oft schmerzhafter als ihre eigenen vergeblichen Mühen. Sollte ich nicht endlich aufhören damit? Sophie zuliebe? Warum nicht jetzt? Ausgerechnet jetzt? Auch wenn Sophie sich nicht mehr mit mir freuen kann, Emil und Marie würden es an ihrer Stelle gern tun. Sie sind Else bis heute ein Dorn im Auge. Emil gilt als Klugscheißer, Trinker und Taugenichts, Marie als seine verzogene Brut, die zu hoch hinaus will, mehr oder weniger spinnt und sich noch umgucken wird.

Zu meinem Geburtstag hatten Else und Christel ihr Kommen angekündigt. Sie wollten gratulieren und endlich meine neue Wohnung besichtigen. Seit dem Umzug aus der Kaschemme, der mehr als vier Jahre zurückliegt, hatten sie sich rar gemacht, trotz mehrfacher Einladungen.

Die Unruhe, die sich in mir breitmachte, ertrug Emil eine Zeit lang schweigend. Wenige Tage vor dem Geburtstag kündigte er an, er wolle mir zuliebe gleich zwei Grundsätze über Bord werfen: Erstens werde er mit mir feiern, zweitens meine Schwestern ungebührlich freundlich empfangen. Gebührlich ginge nicht, denn dann müsste er sich mokieren, schmähen, mäkeln und sauertöpfern. Lauter Dinge, die ihm widerstrebten und die er angesichts der beachtlichen Anzahl von Lebensjahren auf meinem Buckel als unzumutbar verwerfe.

„Woher der Sinneswandel“, fragte ich.

„Du wirst alt, und ich weise“, scherzte er, um kurz darauf zu singen ‚Wunder gibt es immer wieder‘ und grinsend mehrere Zettel zu bekritzeln, mit denen er Marie später zum Einkaufen schicken wollte.

Seit Kriegsende hatte ich Emil nicht mehr singen hören. Ich war beunruhigt und fragte mich, ob er seiner täglichen Picheldosis irgendwelche Pillen beigefügt haben könnte. Im Krieg, das wusste ich, hatte er zeitweilig Pervitin geschluckt, um Schmerzen und Strapazen besser aushalten zu können. Vor Kurzem hatte ich seinen Freund Leo mit gedämpfter Stimme von einem Arzt sprechen hören, der ihm die Wunderpille besorgen könnte, das Gespräch danach aber wieder vergessen. Nun begann ich zu forschen: „Nimmst du was ein?“

„Unsinn“, sagte er, „mir reicht’s völlig, mit dir und dem Alkohol zu kämpfen.“

Heimlich durchsuchte ich Schränke, Schachteln und Schatullen, sah unter die Matratzen, durchwühlte Emils Jacken- und Hosentaschen, wurde aber nicht fündig.

Der Strom der Kundinnen reißt nicht ab. Christel huscht beschäftigt hin und her. Außer dem vorwurfsvollen Satz: „Berta, kannste mal mit aufpassen, die Rotzlöffel vorhin haben nix bezahlt“, habe ich lange kein Wort mehr von ihr gehört. Doch dann steht sie plötzlich vor mir, als könne sie Gedanken lesen, wedelt mit dem Wischtuch vor meinem Gesicht und fragt: „Träumste oder biste baff?“

„Beides, Christel.“

„Und wat meinste?“

Einer von Elses Sprüchen geht mir durch den Kopf: „Ein gebranntes Kind …“, beginne ich, unterbreche mich aber, weil ich an Emils Allergie gegen Allgemeinplätze denken muss, und spar mir den Rest.

„… scheut das Feuer“, ergänzt Christel, sich abwendend.

„Ein gebranntes Kind ist auch kein Zuckerschlecken“, rufe ich ihr hinterher.

„Wat soll mir dat sagen?“

„Dat du dat nicht leicht hast mit Else, mein ich.“

„Versteh ich nicht.“

„Macht nix. Ist gut, dat du dich kümmerst.“

„Sonst haste nix zu kamellen?“

„Nee, Christel. Ich muss jetzt auch weg. Emil wartet.“

„Wenn du meinst. Aber sorg, dat alles unter uns bleibt, wat ich dir anvertraut hab.“

Noch im Bus hallt die Bitte in mir nach. Ich würde Emil gern erzählen, was Christel mir seltsamerweise erst jetzt verriet. Meistens hört er Geschichten aus meiner Familie schweigend an. Der Name Else allerdings lässt ihn frösteln, das weiß ich.

Die Unkereien, die versteckten und offenen Rüffel, die Else während der Geburtstagsfeier verlauten ließ, überhörte er großzügig, abgesehen von den abfälligen Bemerkungen über Gastarbeiter. Nach den opulenten Speisen, die er sorgfältig zubereitet und serviert hatte, gab er Marie ein Zeichen. Gemeinsam holten sie einen Plattenspieler und zahlreiche Schallplatten aus ihrem Zimmer.

Marie erklärte sich zum Diskjockey, und Emil forderte mich zum Tanzen auf. Elses Tadel, bei der Negermusik fielen ihr die Ohren ab, schien ihn so wenig zu beeindrucken wie ihre Kritik, dass Hüpfen und Stampfen mit Tanzen nichts gemein hätte. Auch Friedel und Marie, ja selbst Toni, meine Schwester, die extra aus Wackerland angereist war und über Gehbeschwerden klagte, schob er über die frei geräumte Fläche im Wohnzimmer.

Emils Bruder Quasi hielt es nach einigen Gläschen Dujardin und zwei Eierlikörchen für seine Grete auch nicht auf dem Stuhl. „Da juckt et mir quasi inne Beine", verkündete er, „Gretchen, ich muss dich gewissermaßen bitten, mit mir noch mal 'ne kesse Sohle hinzulegen."

Woraufhin Emils Freund Leo in die Hände klatschte und begann, um die beiden herumzutänzeln. Schließlich feixte Emil in Christels und Elses Richtung, er würde auch für die herumwirbeln, die ihn belächeln. Als guter Gastgeber lege er allergrößten Wert darauf, dass es allen gut gehe und auch Else sich amüsiere. Und sei es auf seine Kosten.

„Wat haste dem in den Kaffee gekippt?", wollte Toni wissen. Anstelle einer Antwort kniff ich mir in den Arm und umarmte sie. Zu guter Letzt schenkte Emil mir eine Schallplatte mit meinem Lieblingslied ‚Ich kauf mir lieber einen Tirolerhut, der steht mir so gut…' von Billy Mo. Wir sangen und tanzten bis in den späten Abend.

„Manchmal hab ich gedacht, du wärst lieber verschollen wie Friedels Mann", gestand ich Emil hinterher. „Jetzt weiß ich gar nicht mehr, was ich denken soll."

Er sah mich wehmütig an, als schmerze ihn, dass ich solche Gedanken hege, und sagte leise:

„Ein Teil von mir ist in Stalingrad verschollen, Berta. Aber was von mir übrig blieb, will bei dir und Marie sein."

Hoffnung

Ach, die Tulpen. Marie schenkte sie uns bei ihrem letzten Besuch. Ich beschnuppere sie, die Boten des Frühlings und der Freude am Leben. Sie duften nicht. Dafür glänzen sie, eingetunkt in Farbenpracht wie eine Hoffnung. Worauf? „Sie welken zu schnell und kosten zu viel“, versuchte Emil, ihren Zauber zu zerpflücken. „Das Geld hättest du sparen können, Marie.“

„Aber sie sind wunderschön, Papa, sieh sie dir doch an“, hielt sie ihm entgegen. Nicht ahnend, welche Schmerzen ihren Vater beim Sehen behindern. Weder er noch ich mögen sie damit belasten. Auch als sie hier war, quälten Emil Schmerzattacken. Er fragte kaum nach ihr, und die Schönheit der Tulpen interessierte ihn schon gar nicht.

Erst heute, während des Frühstücks, konnte ich beobachten, wie versonnen er die Blumen betrachtete. Glanz schimmerte in seinen Augen, und als er sich wieder hinlegte, war ich zuversichtlich, dass Hoffnung mit ihm unter die Decke kriechen und ihn wärmen würde.

Dankbar nicke ich den Tulpen zu. Sie spenden Trost, lauschen mit mir dem Vogelgezwitscher vor dem Haus und atmen wie ich Regenduft ein, der durch das geöffnete Fenster hinein weht. Schweigend wiegen sie die Köpfe. So traurigmunter. So feinnervig geformt und bepinselt.

Der Frühling in meiner Brust fühlt sich jung und gesund an. Als wäre ich nicht sichtlich gealtert. Als triebe mich die Angst um Emil nicht um, der mir nicht verraten mag, was ihm fehlt. Wahrscheinlich will er es selbst nicht wissen. Stattdessen beharrt er darauf, dass lediglich das

Alter zubeiße. So grimmig, dass sein Körper schrumpfe. Weil das Alter ein Schweinehund sei, der ihn verspeisen wolle. Mit Haut und Knochen.

Wäre er nicht so zäh und unbekömmlich, hätte das gierige Vieh ihn längst vertilgt. Aber so schnell gebe er nicht auf. Er verschwinde peu a peu, damit der garstige Köter und ich lange was von ihm hätten.

Schon jetzt ist Emil klapperdürr. Den Schnaps, den er todesmutig und wider besseres Wissen in sich hineinkippt, kotzt er meist sofort wieder aus. Am späten Vormittag, nach einer durchwachten Nacht, in der er stundenlang herumgeistert, rafft er sich auf, bereitet mir ein Frühstück, ignoriert die geliebte Zeitung und schleicht weiter umher, von Gliederschmerzen gebeugt und gekrümmt.

Einen Arzt aufzusuchen, weigert er sich. Die Knochen, sagt er, habe man ihm in Stalingrad ruiniert. Jetzt marterten ihn die Spätfolgen. Was solle er bei einem Arzt? Im Alter werde nichts besser. Im Gegenteil.

Sorg dich nicht, Berta, rede ich mir gut zu! Bist du nicht auch kleiner und schrumpeliger geworden? Bald wirst du ein Hutzelweibchen sein, treu an der Seite eines Hutzelmännchens. Falten, Furchen und Rillen fressen sich unweigerlich in dein müdes Gesicht. Obendrein zerstacheln einsame Barthaare dein Kinn, pechschwarz und borstig. Zupf sie weg, die drahtigdreisten Dinger. Auch wenn Emil für weibliche Reize kaum mehr empfänglich scheint, muss er die Borsten nicht entdecken, die ihn womöglich durch seine Silberstoppeln hindurch pieksen, wenn du seinen Körper vorsichtig mit Franzbranntwein einbalsamierst, um danach dein Gesicht an seine Wange zu schmiegen. Für einen kostbaren Moment.

Es hat Vorteile, schlechter zu sehen als früher. Kleine Warzen, die auf der Haut sprießen und knospen, als wollten sie die Altersflecken zu allem Überfluss krönen, bleiben der Altersweitsicht verborgen. Reicht es doch, von ihnen zu wissen. Menschen welken. Trunken macht der Frühling sie trotzdem, denn er ist mehr als eine Jahreszeit.

Solange ich die Nachtschichten bewältigen kann, will ich nicht klagen. Aber wie lange halte ich die Strapazen noch durch? Emil zuckt die Achseln und runzelt so aufsässig wie schicksalsergeben die Stirn, wenn ich laut darüber nachdenke. Vor Monaten hat Marie mir geholfen, einen Rentenbescheid anzufordern. Als der eintrudelte, befand sie die Zeit für reif, uns zum Nachdenken zu bewegen.

„Das Geld wird nicht reichen“, schlaumeierte sie. Wie wenn ihre Eltern nicht bis drei zählen könnten.

„Wird schon werden“, versuchte ich vor allem Emil zu beruhigen, aber Marie insistierte weiter.

„Bald wird Mama nicht mehr arbeiten können“, wandte sie sich direkt an ihn, „wovon lebt ihr dann? Ihr müsst zum Sozialamt gehen.“

Emil winkte mit der fingerarmen Hand ab. „Nur über meine Leiche“, knurrte er und schlich in Maries Zimmer, das seines geworden war, seit sie in der Großstadt studiert.

„Er drückt sich, Mama“, klagte Marie. „Soll ich mitkommen?“

„Nein, Kind, ich krieg das schon hin.“

Elses Schwarzmalerei, wonach wir umziehen müssten, um Unterstützung zu erhalten, weil die Wohnung zu groß für uns geworden sei, verschwieg ich ihr ebenso wie Emils qualvolle und schlafarme Nächte. Marie kennt ihren Vater.

Sie weiß, dass er die Drohung, eher vom Balkon zu springen, als umzuziehen, wahr machen könnte.

Ich schließe das Fenster und hole den Vergrößerungsspiegel und eine Pinzette. Jetzt wird gezupft, verkünde ich den Tulpen, die zu lächeln scheinen. Wenn alles so leicht aus der Welt zu rupfen wäre wie die borstigen Biester von meinem Kinn, wäre die Erde ein Paradies. Überall lachten Tulpen, kein Lächeln würde getrübt, der Frühling verlängert, die Hoffnung genährt, Schmerzen gelindert und Krankheiten geheilt. Der Tod wäre eine Fernreise ins außereuropäische Ausland, die Auferstehung ein rauschendes Fest für jedermann und nicht ein Privileg für den Sohn Gottes. Sophie, Vater und Opa wären bald wieder bei mir, und Lene dürfte endlich erwachen oder sterben.

Letztes Jahr im Frühling, Willy Brand war zu Emils Entsetzen gerade zurückgetreten, fiel Lene nach einem Schlaganfall ins Koma, aus dem sie seither nicht erwacht ist. Marie und ich machten uns auf den Weg ins Kloster, um Lene beizustehen. Man riet uns, Abschied zu nehmen und täglich für Schwester Cleta, so nennen die Nonnen nun mal meine Schwester, zu beten. Die Oberin sprach von schweren Hirnschädigungen und dass Schwester Cleta nie wieder die sein werde, die sie mal war.

„Lenchen“, fragte ich, als ich an ihrem Bett saß und nicht beten konnte, „wo bist du jetzt?“ Sie antwortete nicht. Und ich musste daran denken, dass Lene als junges Mädchen von einem Ausflug nach Köln geträumt hatte. Von einer Schiffstour auf dem Rhein und einem Eis, das sie, in der Sonne sitzend, genüsslich schlecken wollte.

„Fromm wie du bist, gehste besser in den Dom“, hatte Else geraten. „Wozu allein den Rhein runter schippern?“

„Ich schippere nicht allein“, hatte Lene im Brustton der Überzeugung erklärt. „Der Herr begleitet mich.“

Der Herr muss verhindert gewesen sein. Soweit ich weiß, hat Lene nie ihre Schiffstour gemacht. „Hol’ sie ab, großer Gott“, schickte ich dann doch noch ein Stoßgebet zum Himmel. „Ohne dich schippert Lene nirgends hin. Sie traut sich nicht zu uns zurück und wagt sich erst recht nicht übern Jordan. Wo du nicht bist, will sie nicht sein. Hol sie an Deck, gütiger Gott, und vergiss das Eis nicht!“

„Was zupfst du an dir rum?“, fragt Emil, der plötzlich hinter mir steht. Er hechelt eher, als dass er atmet. Ich muss gedanklich weit weg gesegelt sein, dass ich ihn nicht heranschleichen hörte.

„Ich mach mich fein.“

„Für wen?“

„Für dich“, lache ich verlegen, wende mich vom Fenster weg und verstaue die Zupfutensilien in den Kitteltaschen. Er schüttelt den Kopf, als wolle er verneinen, wirkt aber keineswegs abwehrend. Ich folge seinen schlurfenden Schritten in die Küche.

„Wir könnten mal ‘nen Ausflug machen, Jung.“

„Wohin? Wofür?“

„F-Für en bisschen Spaß an der Freud. Egal wohin.“

„Du siehst doch, was mit mir los ist.“

„Ich wollte immer mal mit dir und Marie in den Zoo. Wir könnten …“

„Da hättest du drauf kommen können, als Marie noch klein war. Heute reizt sie das nicht mehr.“

„Dann eben nur wir zwei, Emil. Ist fast noch schöner.“

„Was soll ich im Zoo?“

„Denkst du nie drüber nach, was du gern noch tun würdest, bevor … Na, ich mein, gibt es nix, was du immer schon mal machen wolltest?“

Er füllt den Wasserkessel mit wenig Wasser, zieht ein Gesicht, als sei das Gefäß zu schwer, um es auf den Herd zu hieven, schaltet die Elektroplatte an, runzelt die Stirn und tastet geistesabwesend nach seinen Zigaretten in der Brusttasche.

„Rauch nicht so viel.“

„Musst du gerade sagen,“

Ich fummle eine Zigarette aus der Packung, zünde sie an, inhaliere und reiche den Glimmstängel an Emil weiter.

„F-Früher haben wir oft eine zusammen gepafft.“

„Früher“, wiederholt Emil ironisch.

„Ja, da w-wären wir auch gern zusammen verreist. Wenn ich Urlaub krieg im Mai, vielleicht was länger, könnten wir ja mal an die Riviera fahren. Da wolltest du früher unbedingt hin. Ich hab en paar Groschen …“

„En paar Groschen, Berta? Die reichen nicht mal für den Zoo. Geschweige denn für die Riviera.“

„Das sind ein paar Groschen mehr. Die hab ich gebunkert. Für schlechte Zeiten. Aber jetzt denk ich, wir brauchen die nicht sparen. Wir wollten früher so viel reisen.“

„Früher ist lange her. Möchtest du noch einen Kaffee?“

„N-Nach dem Krieg, im Kohlenkeller, da hast du vom Reisen geträumt.“

„Wenn man jung ist, träumt man viel. Als wir geheiratet haben, wann war das? Neunzehnhundertschießmichtot?“

„Neunzehnhunderteinundvierzig! Was war da? Den Kaffee kannste direkt aufschütten, musste nicht filtern.“

Emil zuckt die Achseln, löffelt Kaffeepulver in zwei Becher, gießt heißes Wasser darüber, drapiert sie neben Aschenbecher und brennender Zigarette auf ein Tablett und tapert damit ins Esszimmer. Ich folge ihm.

Vorsichtig zirkelt er Tassen und Ascher zwischen Frühstücksgeschirr, Krümeln und Tulpenpracht auf den Tisch, klaubt einen Stapel Zeitungen beiseite, entsorgt sie mitsamt Tablett auf Opas verlassenen Sessel, quetscht sich selbst in die Eckbank und presst mit schmerzverzerrtem Gesicht hervor:

„Du hast vom Reisen geschwärmt, Berta. Ich wollte vor allem überleben. Wenn der Krieg vorbei ist, hast du dich gefreut, juckeln wir nach Paris. Hoffentlich, hab ich gedacht, hoffentlich bleiben wir am Leben. Das haben wir geschafft, immerhin, wenn ich auch nicht weiß, wie. Später hab ich mich gefühlt, wie zum Leben verurteilt."

Er stockt und beginnt in seiner Tasse herumzurühren, wie wenn er zu viel Milch hineingekippt hätte, die nun gründlich verquirlt werden wollte.

„Jung, du trinkst doch schwarz."

„Ich hab's nicht mehr beim Schlafittchen packen können, das Leben", fährt er fort, ohne mit Rühren aufzuhören und den Blick zu heben, der schwer auf der Tasse lastet. Als erwäge er, seine Worte darin zu versenken.

„Krieg. Brennende Tage und Nächte. Schwefelgestank. Süßlicher Geruch von Leichen. Zerfetzte Menschen. Angst. Hunger. Kälte. Ekel. Starre. In Gliedern, die nicht mehr da waren. Eiseskälte. Du wirst zur Überlebensbestie, ohne das aushalten zu können. Schneller ballern als andere, um zu überleben. Der, den du geheiratet hast, Berta, hat nicht überlebt. Der wäre gern mal auf den

Eiffelturm gekraxelt und hätte in die Seine gespuckt. Oder wär am Seineufer entlang spaziert. In der linken Jackentasche ‘ne feine Flasche Beaujolais …“

„Emil, warum …“

„Links, weil du früher drauf bestanden hast, rechts von mir zu gehen.“

„Das mein ich nicht.“

„Wenn du Beaujolais meinst, den trinkt man in Paris. Von Paris aus wär ich mit dir an die Loire gereist. Eine Schiffs- und Weintour bis in die Auvergne. Entlang der Loire hättest du Schlösser besichtigen können, da wärst du aus dem Staunen nicht mehr rausgekommen. Vor Kurzem hab ich einen Bericht im Fernsehen gesehen und war fasziniert, um nicht zu sagen geplättet. Das wär was für Berta, hab ich gedacht. Wir hätten quer durch die Auvergne bis zum Atlantik reisen können.“

„Wär toll, wirklich. Aber wäre, könnte, hätte, würde … nützen nix. Marie sagt immer: Wann, wenn nicht jetzt.“

„Dabei ist sie noch so jung.“

„Und w-wir? Sind wir alt? Auf jeden Fall haben wir ein Jetzt.“

„Eines ohne Zukunft.“

„Red nicht so, Emil. Nächste Woche geh ich ins Reisebüro und frag mal nach günstigen Fahrten und Unterkünften in Paris.“

„Grad eben wolltest du noch an die Riviera. Und in den Zoo. Berta, lass gut sein! Ich wär schon zufrieden, wenn ich Marie wenigstens mal besuchen könnte. Selbst dafür fehlt mir die Kraft.“

„Lass dat Kind besser hier antanzen! Dann bist du auch nicht so enttäuscht.“

„Wovon?"

„Davon, dass dein Kind im Prüll lebt. Hab ich dir nix davon erzählt?"

„Ich wüsste nicht."

„Haste nicht hingehört. Willste denn jetzt wat hören?"

Emil nickt, ohne den Blick von der Tasse loszueisen.

„Aber m-mach mir hinterher keine V-Vorwürfe, ich ließe deine Tochter verlottern! Ich kann nix für die Lotterwirtschaft. Da wärst du baff gewesen, Emil, wenn du das gesehen hättest: Obst- und Weinkisten, Kraut und Rüben, egal, wo du hinguckst. Und dann die Matratzenlager: Sogar in der Küche liegen welche, übereinandergestapelt, zum Rumlungern bei Tisch. Als ob du keine Möbel und kein Nix hättest, Kind, hab ich gesagt."

Emil starrt aus dem Fenster.

„W-Weißte noch, dat Blach wollt ja partout nix mitnehmen. Dat wollt in dat Durcheinander passen, wat da herrscht. In der Kuddelmuddel-Kommune, wo et da reingeraten ist. Bloß Weiber hausen da. Aber du musst nicht meinen, dass eine sauber macht. Keine Zeit für, hat ein Frauenzimmer gegrinst, als ich höflich gefragt hab, ob und wer da gelegentlich mal putzt."

Emil stöhnt.

„Die lesen den ganzen Tag Bücher und Zeitungen. Wo du gehst und stehst, fliegen die rum. Die räumt keiner weg. Die stapeln die an den Wänden. Nur eine Wand haben die frei gelassen. Uns gehört die Hälfte des Himmels, steht da dran geschmiert. An der Wand im Flur, gleich wenn man reinkommt. W-Was für 'n Himmel, hab ich wissen wollen. Der Himmel der Geschlechter, hat eine geantwortet. Seid ihr bestusst, hab ich gefragt. Was soll das sein, der Himmel der Geschlechter? Aber da ging's los, Emil. Da meinten die wohl, die müssten mich bekehren."

Emil schweigt.

„Wie wenn's um was Religiöses ging. Die hätten mich, glaub ich, gern missioniert. Die eine kriegte so 'nen stierigen Blick und quasselte was vom P-P-Patriarchat und vom M-M-Matriarchat. So geschwollen und mit Fremdwörtern gespickt, da hättest du auch die Ohren auf Durchzug gestellt. Bei allem Interesse für dein überspanntes Töchterchen, Emil, muss man sich so 'n Stuss anhören? Ich meine nicht. Was sagst du?"

Emil sagt nichts.

„Das ist mir zu fanatisch, Kind, hab ich gesagt und wollt in Maries Zimmer verduften. Aber da fläzte auch so eine rum. In lila Bollerbuxen, verfärbt und schmuddelig. Überhaupt waren die alle in F-Fummel gehüllt, die würdest du wegschmeißen. Und wenn du die einzelnen Zimmer mal siehst, Emil, ich hab mir die alle angucken dürfen, da denkst du bestimmt auch: Die sind radikal, die Weiber. Wenn da mal ein Mann auftaucht, hängt der bärtig an der Wand und ist en Revoluzzer. Oder einer, der grad erschossen wird. Wie der Soldat auf dem Poster, das Marie für dich hängengelassen hat. An der Wand im Kinderzimmer. *Why* oder was steht da drauf?"

Emil hockt versunken am Esstisch und starrt aus dem Fenster. Mit müdem Blick und tiefen Ringen unter den Augen. Seine Hände umfassen die Kaffeetasse. Jetzt erst bemerke ich, dass ich stehen geblieben bin, hochaufgerichtet. Zu echauffiert, um mich hinzusetzen. Meine Worte müssen auf Emil niedergeprasselt sein wie der

Regen, der herunter rauscht, als ginge ihn der Frühling nichts an. Hier und da brechen ein paar Sonnenstrahlen durch das Wolkennass, die ihrerseits den Regen ignorieren.

„Entschuldigung“, flüstere ich kleinlaut, „aber das bringt mich alles in W-Wallung.“

„Hock dich zu mir“, sagt Emil.

Ich gehorche, sitz ihm nun gegenüber, gieße Milch und Zucker in den inzwischen lauwarm gewordenen Kaffee, rühre lautstark um, lecke den Löffel ab, was Emil gar nicht mag, betrachte seine nachdenkliche Versunkenheit und frage schließlich: „Was sagst du dazu?“

Er schüttelt den Kopf. „Du musst Maries Leben nicht zusammenfügen, Berta. Überlass ihr das selbst.“

„Ist das alles, was du dazu zu sagen hast?“

„Ich glaub schon. Wir haben unsere Welt, kaputt wie die war, nie zusammengekriegt. Ich jedenfalls nicht. Die jungen Leute doktern auf ihre Weise rum.“

„Woran doktern die rum?“

„An sich selbst, ihrer Weltsicht, der politischen Haltung, der Liebe …“

„W-Wo du grad Liebe sagst: Da tut sich nix bei deiner Tochter.“

„Den ein oder anderen Jüngling hat sie doch schon hier angeschleppt.“

„War aber nie was Ernstes dabei. Meinst du, das Kind könnte lesbisch sein? V-Von mir hat die dat jedenfalls nicht, dat Feministische!“

Emil schaut mich belustigt, aber auch besorgt an. „Dann muss sie das wohl von mir haben!“

„Kann nur von dir kommen, Jung!“

„Bin ich Feminist?“

„Nein, aber ein Frauenliebhaber! Mit politischen Ideen im Kopf, die damit zu tun haben könnten. Ein bisschen radikal bist du auch.“

Emil zündet eine Zigarette, nippt am Kaffee und wehrt ab: „Was ich nicht alles schon war oder gewesen sein soll.“

„Vergessen hab ich die nicht, deine Liebschaften“, lege ich nach.

„Was für Liebschaften?“

„Leidest du unter Gedächtnisschwund? Denk mal an dein Storchenweib!“

„Sie war nie mein Storchenweib, sondern deins. Jedenfalls, was die Namensgebung betrifft. Kalter Kaffee, wieder und wieder aufgewärmt, schmeckt abgestanden. Tisch nicht so ‘ne Plörre auf, Berta. Wie lange liegt das zurück? Marie weiß nichts davon. Es sei denn, du …“

„M-Mit dem Kind rede ich darüber nicht. Aber glaubst du, deine Tochter war blind, taub und blöd? Über all die Jahre? Dein Techtelmechtel mit dem Storchenweib kann dem Kind nicht verborgen geblieben sein.“

„Selbst wenn? Wird ein Mädchen davon feministisch oder lesbisch?“

„Kann doch sein.“

„Sei nicht so einfältig!“

Emils Blick wird eng. Zwischen den Brauen verdunkelt sich die gefürchtete Unmutsfalte, gräbt sich ein, als wolle sie sein Gesicht spalten, und klafft im beinah selben Moment, in dem sie sich zusammenzieht, wieder auseinander.

„Ich mach mir bloß Sorgen, Emil. Weil die in den

Kommunen ja auch freie Liebe predigen. Denk mal an die Bilder mit den nackten Hintern. Die standen schon vor Jahren in der Zeitung. Oder wo haben wir die gesehen? Ich fand die fies."

„Da waren Männerärsche dabei, Berta. Die sind nicht feministisch! Wirf nicht alles durcheinander! Und komm nicht ständig von Hölzchen auf Stöckchen."

Wir schweigen beide für einen Moment und betrachten den Rauch, der die Tulpen umschwebt, als wolle er sie mit Antworten auf Fragen umlullen, die sie gar nicht gestellt haben. Während ich nicht recht weiß, was ich wissen will, und seltsam herumdruckse.

„D-Denkst du denn, Jung, dass du jemals Opa wirst? M-Meinst du …"

„Kann sein, kann nicht sein."

„Klingt, als wär dir dat piepegal."

Emil drückt die Kippe im Aschenbecher aus, richtet die Unmutsfalte, glättet sie beinah, runzelt erneut die Stirn, krächzt etwas, das ich nicht verstehe, verjagt Rauchschwaden, fächelt den Tulpen Luft zu, knetet die Hände, räuspert sich, zieht das leere Päckchen Zigaretten aus der Brusttasche, zerknüllt es, hustet heftig, verschluckt sich, schlürft Kaffee und beginnt schließlich, Worte aneinanderzureihen, die abgehackt und provisorisch klingen. Als wollten sie nicht in Sätzen zusammengefügt werden. Und Emil würde sie absichtlich ins Unreine sprechen, um das Gesagte jederzeit korrigieren zu können.

„Ich war. Kein guter Vater. Marie hab ich. Angst eingejagt. Diese Wut. Weil sie Angst hatte. Teeren und federn. Hätte ich sie mögen. Scheißangst. Vor mir? Mein Kind? Der Scheißkrieg. Wenn ich schlug. War ich drauf und dran. Marie kaputt zu schlagen. Musste mich am Riemen reißen. Sonst wär sie tot. Gewesen. Hab mich beherrscht. Wollt ihr einbläuen. Was mir wichtig schien. Mit Gewalt. Damit sie. Meine Autorität anerkennt. Dafür hab ich mich gehasst. Mich. Das Kind. Den Alkohol. Die Schwäche. Dass ich das Teufelszeug nicht aus dem Leib. Lassen kann. Dass ich nicht. Manns genug bin. Marie weiß das. Früh schon hat sie mich deshalb. Verachtet."

„Das Kind hat dich bewundert, Emil, nie im Leben hat Marie dich verachtet. Und sie lebt ja noch."

Ich greife nach seiner Hand, die er mir entzieht. Wie um der sperrigen Trauer, die in ihm schreit, einen Weg zu ebnen, ringt er um Worte. Seine Hände eilen zur Hilfe und malen kryptische Zeichen in die Luft.

„Wenn Marie ein Kind bekäme. Es wäre. Es käme. Vielleicht würde. Ach, Unsinn. Wir haben zu viel Angst in sie hinein geprügelt. Auch du, Berta. Vielleicht nicht ganz so brutal. Wie ich. Getobt hast du. Umso mehr. Sie gruselte sich. Womöglich sogar vor dem Krieg. Den sie nicht erleben musste. Gottlob. Aber in den Nächten. Ich weiß, dass ich nachts. Im Suff. Halluziniert. Und fantasiert hab. Das hat sie dir ja verraten. Dass ich das Gas. Sie hat's abgedreht. Ich weiß nicht, wie oft. Ich wusste nicht. Doch, ich wusste. Dass sie zitterte. Und wach lag. Hab sie gehasst dafür. Verstehst du? Ich hab sie gehasst."

Ich umfasse seine Hände, die er mir jetzt überlässt.

„Ruhig, Emil!"

„Sag ihr, dass es mir leid tut."

„Das kannst …, das musst du ihr selbst sagen, Mann!"

Er schaut mich so traurig an, dass es mir weh ums Herz wird, und murmelt kaum hörbar: „Kann ich nicht."

„M-Musst du auch nicht, Jung“, beschwichtige ich ihn. „Das Kind hat bestimmt alles längst vergessen. Marie ist nicht nachtragend. Und außerdem müssen wir uns nicht grämen, wenn wir kein Enkelkind kriegen. Wir haben doch uns!“

Emils Kopfschütteln zweifelt leise, seine Stimme schon lauter: „Ja. Nein. Es grämt sich doch keiner.“

Er betrachtet meine Hände. Sein Blick dunkelt. Zugleich hellt das Gesicht auf, als würden ihn die Altersflecken, die meine Handrücken bedecken, erheitern.

„Du bist der Widerspruch in Person, Emil.“

„Warum?“

„Du bist ‘ne Mischung aus allem, was nicht zusammenpasst.“

„Zum Beispiel?“

„Du müsstest mal dein Gesicht sehen. Da vermischen sich Hell und Dunkel.“

„Was an mir ist hell?“

„So manches. Als ich dich kennenlernte, warst du sogar ganz hell. War ich fast geblendet von. Später bist du …“ Ich suche ein passendes Wort.

„Verdunkelt“, sagt Emil.

„Kann man sagen. Ich würd ’s eingetrübt nennen. Wie ein helles Bier mit Schuss. Manchmal auch ein Altschuss, gut gemixt. Alles in einem. Das Dunkle konnte das Helle nie ganz verscheuchen. Auch der Krieg konnte das nicht. Umgekehrt verhält es sich genauso. Das Dunkle hellt nie ganz auf bei dir. Wenn mal was überwiegt, stimmt sich das ein. Weil du so bist: Ein Zugleich von allem. Das bist du. Wenn du schweigst, sprichst du Bände. Da kann ich drin lesen. Ob helle Freude oder dunkle Trauer, im Grunde changiert alles zusammen in deinem Charakter. So viel Verschiedenes …“

„Was denn noch?“

„Wärme und Kälte, Zartes und Grobes, Leichtes und Schweres, Spaßiges, Ernstes …“

„Meinst du nicht, so sind alle Menschen, Berta? Denkst du, du bist anders?“

„S-So extrem bin ich nicht. Und vor allem bin ich das nicht alles zugleich, sondern nacheinander.“

„Aha. Das könnte ich zwar anders beschreiben, aber was soll's. Wir sind, wie wir sind. Trotzdem frag ich mich, warum du mich geheiratet hast, wenn ich so extrem bin?“

„Weißt du das nicht? Weil dein Kern hell ist, dein Wesenskern, Emil. ‚Über den Wolken scheint die Sonne‘, sagst du doch immer, auch wenn's drunter regnet. Und weil du im Grunde sogar treu bist. Obwohl ich sagen muss, dass du die Treue gut versteckst. Bin ich fast dran verzweifelt an der treulosen Tarnung. Aber wenn einer beim Fremdgehen treu sein kann, dann du! So bekloppt das klingt und so sehr ich auch gelitten hab unter deinen Fisternöllchen, ich würde dich noch mal heiraten. Wegen der unterirdischen Verbindung zwischen uns. Kannst du auch Liebe nennen.“

Emil seufzt.

„Aber wie ich dich kenne, klingt dir das zu abgedroschen. So ‘ne Verbindung hält was aus. Die kannst du nicht einfach kappen. Sonst wär ich abgehauen. Davor war ich oft. Aber was uns zusammenhält, war stärker, Emil. Das geht nicht hops oder flöten. Man schmeißt ja auch kein Brot weg, bloß weil Geld da ist, frisches zu kaufen.“

„Apropos Geld, Berta! Wie viel hast du gebunkert?“

„Ich hab immer was in Petto, Jung. Als Opa noch lebte, konnte ich was beiseiteschaffen. Aber nun v-verrat mir mal, w-warum du mich geheiratet hast."

„Um dich abzusichern, falls ich abkratze."

„Wie romantisch!"

„Du wolltest ein Handelsabkommen, Berta, erinnere dich. Damals hab ich dir empfohlen, das Abkommen mit mir zu schließen. Ein Pakt mit dem Leben schwebte dir vor. Das sollte unser Bündnis werden. Ein Lebenspakt. Ich wollte auf dich aufpassen."

„Du hast mich doch nicht zum Aufpassen geheiratet?"

„Doch. Mein Beschützerinstinkt war so groß, wie du verängstigt warst. Du bist stärker geworden, Berta. Ich hingegen hab mich überschätzt."

Emil schaut mich an, als hätte ich ihn bei einer Peinlichkeit ertappt.

„Beim Aufpassen haste öfter mal geschludert, das ist w-wahr. Aber macht nix, schlimm wär, wenn du mich nicht geliebt hättest."

„Wie hätte ich dich sonst aushalten sollen, Berta?"

„Pass auf, Mann! Was musstest du denn aushalten?"

„Deine ständigen Zweifel, deine Angst, deine Unsicherheit. Selbstbewusst wie eine Frau, der die Hälfte des Himmels gehört, warst du nicht. Obwohl du uns ernähren musstest, also im Grunde meinen Job übernommen hast."

„Mit Komplimenten und Anerkennung geizt du auch für gewöhnlich rum."

„Wenn ich mal großzügig bin, würdigst du das nicht."

„Meinst du?"

„Die Zweifel, mit denen du dich zerfleischst, Berta, können einen krank machen. Dabei hättest du allen Grund, stolz zu sein. Aber was rede ich? Meine Worte bewirken ja nichts. Besser ich schmiere sie mir in den Bart, statt sie durch dein Sieb aus riesigen Löchern rasseln zu lassen. Wie oft hab ich dir gesagt, dass du schön bist. Geglaubt hast du mir nie. Mitunter schleichst du umher, als wärest du immer noch ein kleines Mädchen, das mal Pippi muss und Angst hat, aufs Klo zu gehen. Weil es mitten in der Nacht ist, oder weiß der Kuckuck warum."

„Stimmt", sage ich beschämt. „So fühl ich mich manchmal. Da klebt was an mir, was ich nicht wegkrieg. Es gibt Dreck, den kannst du nicht runterschrubben. Der haftet dir ein Leben lang an. Da kannst du waschen, reiben, bürsten und putzen so viel du willst. Hilft nix. Bloß ekeln tust du dich. Bis du dich gar nicht mehr waschen magst."

Ich schüttle mich. „Als Kind hatte ich tatsächlich Angst, im Dunkeln aufs Klo oder auf den Topf zu müssen. Wenn ich gestolpert bin oder w-wenn ein Tröpfchen daneben ging, hat die Mutter mich verkloppt. Nur mich. Als hätten die anderen nie aufs Klo gemusst in der Nacht. Oder im Winter auf den Topf. Die meinte, ich tät' s extra."

„Deine Mutter war ein preußischer General, Berta. Die richtete ihre Truppe generalstabsmäßig ab."

„Emil, du steckst da nicht drin!"

„Wo drin?"

„In meiner Mutter. Die hatte zehn Hungermäuler zu stopfen. Und die Zeit musst du auch bedenken, all die mageren Jahre, Weltwirtschaftskrise und acht Schreihälse. M-Möchte ich dich mal sehen! Mit Sanftmut füttern kannst du so viele Blagen nicht. Weißte selbst. Dein Töchterchen wird sich auch noch wundern beim Himmelerobern."

„Wäre schlimm“, grummelt Emil, „wenn Marie acht Kinder gebären wollte.“

„Du willst mich nicht verstehen.“

„Doch. Aber solange du glaubst, deine Mutter hofieren und verteidigen zu müssen, wie die dussligen Preußen ihren Kaiser Wilhelm, steh ich auf verlorenem Posten. Ich will nicht in die Uniform deiner Mutter schlüpfen, sondern dir klarmachen, was sie angerichtet hat.“

„Dafür müssen die Preußen hier nicht aufmarschieren. In deinem Kappes dreht sich alles um Krieg und Politik.“

„Himmelerobern klingt nicht gerade antimilitärisch.“

„Nee, gefällt mir auch nicht, das Vokabular.“

„Bleibt zu hoffen, dass nicht weibliche Generäle die Hälfte des Himmels an sich reißen.“

„Die gehört denen schon, den Weibern in der Kuddelmuddelkommune. Uns gehört die Hälfte des Himmels, stand an der Wand.“

„Sie gehört auch Frauen wie dir, Berta. Zweifle nicht an deinem Wert.“

„Ach, Emil, haste noch Z-Zigaretten?“

„Nein.“

„Dann flitz ich jetzt in den Konsum und hol welche. Brauchen wir sonst noch was?“

Emil erhebt sich schwerfällig. „Ich geh schon. Muss sowieso mal frische Luft schnappen. Wenn du magst, Berta, hau dich noch mal aufs Ohr. Die Nacht wird lang. Bevor du los musst, hab ich gekocht.“

„Was gibt ‘s denn?“

„Bratkartoffeln, Spiegeleier, Gurkensalat.“

Mit gequältem Gesicht reckt Emil die Glieder. Dann grinst er. „Gehört das gebunkerte Geld uns beiden, Berta?“

„Klar!“

„Dann frag doch mal Marie, ob sie mit dir lostuckern mag. Aber nicht zu weit und nicht zu lang. Vielleicht nur in den Zoo? Damit was übrig bleibt für mich. Ich würd mir gern ein Fernglas kaufen. Ob das noch drin wär?“

„Wie bitte?“

„Anstelle einer Tour, die ich nicht verkraften würde, könnt ich meine Augen auf Reisen schicken. Weit über die Felder. Und das nicht einmalig, nur für die Dauer weniger Tage, sondern so oft ich mag und solang ich noch existiere. Vorausgesetzt, wir schaffen es, hier wohnen zu bleiben. Ich genieße die Aussicht. In der Früh, die Welt ist kaum erwacht, zwitschern die Vögel. Manchmal kann ich sogar Hasen und Rehe beobachten. Aber mit bloßem Auge erkennt man nicht viel. Mit einem guten Fernglas könnt ich den Vögeln beim Musizieren zugucken.“

„Da muss ich Friedel mal fragen, w-was so ’n Ding kostet“, sage ich, um Zeit zu gewinnen. Wäre da nicht die Sehnsucht, ein einziges Mal mit Emil zu verreisen, würde ich mich über seinen Wunsch freuen.

„Was hat Friedel damit zu tun?“

„Wir f-fahren doch immer zusammen zum Discounter, um einzukaufen, Friedel und ich. Dann könnten wir hinterher einen Abstecher in die Stadt machen und gucken, wo es die Dinger gibt.“

„Haderst du damit, dass ich nicht reisen kann?“

„Ein bisschen.“

„Schade“, sagt Emil und wendet sich ab. Schleichenden Schrittes.

„W-Warte, Jung!“

„Was noch?“

„Wir beide fahren in die Stadt und kaufen dir ein Fernglas, ja?“

Er dreht sich um und schaut mich an. Seine Augen leuchten. Als habe er lange nichts sehnlicher gewünscht, als den Blick auf seine eng gewordene Welt mit Hilfe eines Fernglases zu weiten. Er bemerkt, wie perplex ich bin.

„Weißt du“, sagt er nachdenklich, „ich bin lang genug herumgeirrt. Lass mich jetzt hierbleiben. Hier halt ich es aus. Die Welt schrumpft auf ein Maß, das ich überschauen und ertragen kann. Ich wiege mich in Sicherheit. Das Leben schenkt mir eine Bleibe, in der Platz hat, was ich brauche. Ich kenne mich aus, kann die Geräusche im Haus zuordnen, die Klänge unterscheiden. Das Krächzen der Raben vor den Fenstern. Das Plärren der Kinder drinnen und draußen. Das Rauschen des Regens. Das Knarzen im Radio. Und wenn ich deine Schritte im Flur höre, Berta, wenn ich weiß, gleich wirst du mit Appetit verschlingen, was ich für dich gekocht hab, mangelt es mir an fast nichts. Außer an der Hoffnung, noch lange zu leben.“

Im Spiegel

Die Frau im Spiegel klagt mich an. Mit blitzbösen Blicken, die nicht zu dem Elend passen mögen, das sie wie ein Tuch umhüllt. Was gaffst du, frage ich den flach atmenden Jammerlappen. Hab ich was verbrochen? Halb verwahrlost und fahlgrau im Gesicht meinst du, mich des Jammerns, der Scheu und der Müdigkeit anklagen zu dürfen? Handelt es sich etwa um Verbrechen, derentwillen du darauf pochst, nicht mehr Ich zu sein? Als wären wir einander nicht schon lange fremd.

„Wasch dich und geh mal zum Friseur, Mama", empfahl Marie bei einer ihrer Stippvisiten. Erleichtert, mich rasch wieder fliehen zu können und in einer Welt Schutz zu suchen, in der Trübsinn, Nervenflattern, Einsamkeit und Angst sie nicht plagen Oder mit Hilfe von Wasser, Seife, Kamm und Schere vertrieben werden können.

„Nimm mich mit, Kind", flehte ich.

„Du wirst das Alleinsein lernen müssen", belehrte mich das neunmalkluge Blag. Als handle es sich dabei um ein Musikstück, das ich mit viel Fleiß auf dem Klavier einüben könne, um es schließlich fehlerfrei vorzutragen. Mit jener spielerischen Leichtigkeit, die dem Klaviervirtuosen Leo eigen war. In einer Zeit, in der es noch möglich gewesen wäre, ihn um Beistand zu bitten.

Aber Leo zog es vor, Emil in den Tod zu folgen. Wenige Wochen nach der Beerdigung seines besten Freundes, fand man Leo leblos auf der Straße. Infolge einer seiner Zechtouren, die er nach Emils Tod hatte ausufern lassen.

Ich presse die Handballen in die Augenhöhlen und weiche den Spiegelblicken aus, die nicht meine sein wollen. Die Fremdheit in mir trotzt dem Wahn. Vor allem nachts, wenn der Schlaf uns flieht, mich, den Wahn und die Fremdheit, bewachen wir einander. Mehr noch als den Klang der Stille, der in den Ohren dröhnt, fürchten wir uns gegenseitig. Wie soll das Einraumappartement, in dem wir eingepfercht hausen und uns jederzeit an die Gurgel springen könnten, ein Zuhause werden?

„Du wirst vergammeln", warnte mich Friedel, als sie mich jüngst besuchte. „Zieh eine Weile zu uns", bot sie an. „Wir peppen dich wieder auf. Du wirst sehen."

„Ich stör bloß eure Zweisamkeit", knurrte ich. „Außerdem pass ich nicht zu euch Herbstzeitlosen."

„Was soll das heißen?", fragte Friedel.

„Du blühst im Alter noch mal richtig auf", sagte ich, „während mir der Herbst durchs Gemüt gichtet."

Friedel hatte auf dem Friedhof, wohin sie mich ein einziges Mal begleitete, um Emil zu besuchen, einen reichen Witwer kennengelernt. Beim Gießkannefüllen. Ein Kerl mit leer stehenden Räumen im Haus, großem Garten und offenem Herzen, wie sie mir schwärmerisch verkündete. Vor wenigen Monaten zog sie bei ihm ein.

Dann vergammle ich eben, herrsche ich den Jammerlappen im Spiegel an, dessen Gedanken sich vor Müdigkeit krümmen. Unter einer einsturzgefährdeten Schädeldecke. Ich schaue weg und beblinzle die Uhr im Flur, die Marie mir zum Geburtstag schenkte. Ein nutzloses Scherflein gegen die schwindende Zeit. Wo liest der Baum, der sich im Herbst entlaubt, die Uhrzeit ab?

Morgens tappe ich ins Bad und lass das Licht aus, um den blitzbösen Blicken des Jammerlappens nicht begegnen zu müssen. Sie könnten verlangen, dass ich mich wasche. Oft bespritze ich mich nicht einmal. Was soll geschehen, wenn ich wacher werde, als mir lieb ist? Munterer als der Lappen im Spiegel verkraftet? Polier ich ihm dann die Fresse? Mir wäre danach. Oder ergreife ich die Flucht und hechte vom Balkon? Hinunter in den tristen Innenhof, wo ich aufklatsche und mein Blut aus allen Löchern spritzt? Nein, besser nicht. Ich muss nachdenken, was aus mir werden soll.

Vom Bad aus schleppe ich mich zum Sessel. Sofern der Tag mich nicht abweist und zurückschickt in die Koje. Müde und ungepflegt wie ich bin. Ich rauche, stehe wieder auf und inspiziere das Einraumappartement, in das Marie mich vor zwei Jahren umzog. Wie ein Möbelstück. Vielleicht finde ich beim Durchsuchen der Schubladen, Schränke, Ecken und Winkel etwas von mir wieder. Verkramt, verlegt, verschludert und plötzlich wieder aufgetaucht. Kann ja passieren. Oder bin ich mir gänzlich abhandengekommen? Muss ich ohne Emil und ohne mich den schäbigen Rest meiner Tage fristen?

Auch die Schwestern haben mich verlassen. Der Reihe nach starben sie Emil hinterher. Als hätten sie sich verabredet und gegen mich verschworen. Ein Rest von mir hungert, dürstet und vegetiert, als hinge er noch an diesem Leben. Ja, er sehnt sich sogar. Aber wonach? Nach irgendeinem Menschen, der die Luft zum Atmen mit mir teilt?

Mit der abhandengekommenen Berta teilt keiner. Wie denn auch? Sie ist fort. Den Trost des Beieinanderseins nahmen Else und Christel mit ins Grab. Wo sie wahrscheinlich weiter tuscheln und schwatzen. Und einmal in der Woche bei Antonia und Lene in den entfernten Gräbern des Bergischen und des Wackerlandes das Telefon durchläuten lassen. Oder sonst wie miteinander kuddeln und hudeln, so wundersam vertraut.

Ich gönne es ihnen. Im Leben wie im Tod ist es nicht leicht, einander nah zu sein. Und gewiss nicht so selbstverständlich wie es scheint. Nicht erst der endgültige Verlust eines Menschen schmeckt bitter. Doch Emils Tod zersetzt alles, was ich bin und war. Unentwegt strömt seine Abwesenheit in meine Lungen. Das Atmen schmerzt. Ich finde keine Zuflucht.

Sollte ich die Herbstzeitlosen öfter besuchen? Sie böten mir vermutlich einen Ehrenplatz an, von dem aus ich der Aufführung ihres späten Glücks beiwohnen darf. Bah!

Manchmal klopf ich an die Tür der Nachbarin, um sie atmen zu sehen. Eine Frau, deren Brust sich hebt und senkt, lässt hoffen, sage ich mir. Schließlich lebt auch sie allein und dreht nicht durch. Schau, wie sie's macht. Sieh zu, wie ruhig sie atmet.

Aber obschon ich mich mühe und zu lernen bereit bin, finde ich weder Hoffnung noch Trost. Wenn die Nachbarin zu plaudern beginnt, mir einen Sessel und Zigaretten anbietet, bedanke ich mich, lächle freundlich, inhaliere tief und spüre doch die blitzbösen Blicke der Frau im Spiegel mein und ihr Gesicht belasten.

Auf meiner Etage wohnt auch eine einsame, männliche Schlampe, die ab und an bei mir klingelt: „Verzeihung, gnädige Frau, ich hab kein Salz im Haus. Können Sie mir aushelfen?“ Salz, Zucker, Eier und was dem Schlamper so fehlt, hab ich meist vorrätig.

Ich hole das Gewünschte, mag den Kerl aber nicht hereinbitten. Zumal er meist im Unterhemd und zur Sommerzeit in kurzen Hosen auftaucht. Als wolle er sich zum Baden bei mir anmelden. Mit Widerwillen sehe ich seine Wampe in der offenen Tür stehen und schwadronieren. Meist über Verdauungsprobleme und Wetterfühligkeiten.

Es sieht tatsächlich aus, als würde der Kerl seinen dicken Bauch nachdenken lassen, was er essen oder besser meiden sollte, um gut abführen zu können. Denn schließlich, so lässt er die mächtige Kugel auf und nieder blubbern, wolle man die Sonne, so sie denn mal scheine, in vollen Zügen genießen, nicht jedoch mit verstopftem Gedärm. „Nur Portemonnaies, Gläser und Teller dürfen voll sein. Verstehen Sie, Madame? Hahaha."

Schalte dein Gehirn ein, du Schlamper, denke ich, und trage künftig einen Büstenhalter, der die Hängetitten auf deiner schamlosen Wampe bedeckt. Ich könnte sonst erblinden. Besser noch, du beehrst mich nie wieder. Verblöden kann ich allein.

Seit Emils Tod bin ich ein Menschenfeind, giftig und böse. Ich latsche in die Küchenzeile und fülle ein Glas mit Leitungswasser, das ich hastig leere. Mach Kaffee, fordere ich mich auf und denke an den Duft, der dich früher versöhnte, was immer der Tag verlangte.

Heute empfinde ich selbst stark gebrühten Kaffee als Plörre, die nach Gleichgültigkeit riecht. Ich zuckre sie stark, um den bittren Beigeschmack zu übertünchen. Auch die frischen Brötchen, die die Nachbarin mir samstags vom Bäcker mitbringt, büßten ihre Knackigkeit ein.

Emil liebte frische Brötchen und frisch gebrühten Kaffee. Er kochte, backte und brutzelte gegen fade Geschmäcker und Bitterkeiten an. Mit den Jahren gelang es ihm, seine Küche und unser Esszimmer in Zufluchtsorte zu verwandeln. Für mich. Oft auch für Marie. Ob Emils Kraft reichte, die eigene Qual zu lindern, weiß ich nicht.

Einmal in der Woche weht mich der Tag zum Wochenmarkt. Um einzukaufen, was Emil gern kochte. Früher hätten die wenigen Schritte, eine Katze könnte ihre Sprungkraft daran testen, mein Leben erleichtert. Heute verkümmert das Zeugs, das ich einhole, auf dem langen Weg zum Kochtopf. Ich kaufe und vergesse. Was anderes als Zeugs können Gemüse, Käse, Eier, Fleisch und andere Köstlichkeiten nicht mehr sein, wenn sie welken und verkommen. Wie ich. Ich bin widerwärtig ohne dich, Emil. Nicht einmal mehr für Lebensmittel, die du stets achtetest, mag ich Gott danken. Aber für wen soll ich kochen?

Am frühen Abend, nach unserer letzten Mahlzeit, hatte Emil sich hingelegt. Er war schmal geworden. Ein dünnes Hemd, dem man dabei zusehen konnte, wie es dem Tod die Tage klaute.

„Weck mich, bevor du zur Arbeit fährst", bat er mich. Ich nahm an, dass er die Sendung ‚Ein Platz für Tiere' anschauen wollte. Wegen seiner Vorliebe für Grzimeks Tierleben hatten wir eine gebrauchte Flimmerkiste erstanden. „Ist gut, Jung", sagte ich und zog mich in die Küche zurück. Zu meinem Erstaunen hörte ich ihn kurze Zeit später im Wohnzimmer herumschlurfen und stöhnen.

„Was machst du?", rief ich, warf das Spültuch ins Becken und eilte zu ihm. Er wankte mir entgegen. Aus seinen Augen starrte der Tod. Er musste sich Emils schon bemächtigt haben, als der sich anschickte, den vertrauten Weg in die Küche ein letztes Mal zu gehen.

„Berta“, hörte ich eine heisere Stimme raunen, die seiner kaum mehr ähnelte. Bevor ich etwas sagen oder tun konnte, sackte Emil zusammen. Ein Bündel Mensch, das meine Arme nicht aufzufangen vermochten. Sie griffen ins Leere. Was er mir noch sagen wollte, kam nicht mehr über seine Lippen.

Voller Panik holte ich die Nachbarn zur Hilfe. Sie telefonierten einen Notarzt herbei. “Herztod“, stellte der Mediziner nüchtern fest. „Mein Beileid.“ Emils Leichnam wurde auf die Couch verfrachtet. Schon nach kurzer Zeit fühlte sich seine Haut wie erkaltetes Wachs an.

Verwirrt, mit einem leichten Lodenmantel über dem Arbeitskittel und ohne einen Pfennig Geld in der Tasche, floh ich aus der Wohnung, winkte ein Taxi herbei und bat den Fahrer, mich schnellstmöglich zu meiner Tochter zu bringen. Aber dann wollte mir Maries Adresse partout nicht einfallen. Ich hätte nicht mal mehr die Stadt nennen können, in der sie lebt.

Schließlich zerstotterte ich eine Telefonnummer, ohne sicher zu sein, dass sie stimmte. Mein Herz raste, als wollte es Emil hinterherjagen. In Kopf und Mund zerfetzten Wirrnis und Stotterattacken Zahlen und Buchstaben.

Der Fahrer kritzelte etwas auf einen Zettel, bat mich, sitzen zu bleiben, fuhr zu einer Telefonzelle, quetschte sich für mich hinein, bekam Marie tatsächlich an die Strippe, notierte den Zielort und verlangte, als wir nach Ewigkeiten endlich bei ihr landeten, einen horrenden Preis, den sie anstandslos blechte.

Meine Tochter nahm mich in den Arm und flüsterte:

„Ich bin da, Mama, ich bin da.“ Es war das einzige Mal, dass ich weinen konnte.

Wenige Tage nach Emils Begräbnis riefen mich die Nachbarn ans Telefon. Eine Schwester Oberin wolle mich sprechen. Die Knie wurden mir weich.

„Der Herr hat unsere liebe Schwester in sein Reich berufen“, säuselte prompt ein Nonnenstimmchen.

„Meine Schwester Lene?“, fragte ich vorsichtshalber.

„Ja, unsere liebe Schwester Cleta“, schleimte die Nonne, „nun hat der Herr sie zu sich bestellt.“

Bestellt und jetzt erst abgeholt, dachte ich, schwieg aber und unterdrückte die Frage, ob der Herr das lange Wachkoma unserer Schwester bei seiner Bestellung berücksichtigt hätte. Stattdessen stammelte ich: „D-Dann ist s-sie jetzt erlöst.“

„Gewiss, gewiss“, zweifelte die Oberin, flötete noch eine Litanei frommer Sprüche an mein Ohr und versprach, wieder anzurufen, sobald sie wüsste, wann Schwester Cleta bestattet würde. Leck mich, dachte ich und legte auf.

Die Bosheit fing mich mit dem Lasso ein. Ich fuhr nicht zu Lenes Beerdigung. Als Else kurze Zeit später an Brustkrebs erkrankte, der sie innerhalb weniger Wochen dahinraffte, besuchte ich sie nur einmal im Krankenhaus. Auch ihrer Beisetzung blieb ich fern. In der Hoffnung, dass Gott mir faule Ausreden und das Zechgelage mit dem Teufel nachsehen würde, gab ich vor, grippekrank zu sein. Aber mit dem Teufel zecht man nicht umsonst.

Zwei Wochen nach Elses Staatsbegräbnis, wie Bubi im Nachhinein die Trauerfeier seiner Mutter taufte, die seine Schwester organisiert hatte und der er aus sicherer Entfernung, hinter dichten Büschen und Bäumen versteckt, beigewohnt hatte, exakt zwei Wochen später hielt der Satan die Klauen auf. Mit verweinten Augen und einer schrecklichen Botschaft im Gepäck stand Bubi spätnachmittags vor meiner Tür. Nach Ewigkeiten, deren Länge ich nicht ermessen konnte.

„W-Wo bist du gewesen, Junge?“, stammelte ich. „Hast du wieder eingesessen?“

„Tolle Begrüßung“, murmelte er. „Lass die ollen Kamellen stecken. Ich bin seit Jahren ein freier Mann, Tante.“

Dann verstummte er und musterte mich. Ich tat es ihm gleich, und so standen wir lange reglos in der Tür und betrachteten einander.

Unter einem nassen Ledermantel trug Bubi Anzug und Krawatte, was seine Traurigkeit untermalte und ihn beinahe seriös erscheinen ließ. Doch trotz gediegener Kleidung, italienischem Schuhwerk an den Füßen, Pomadenglanz im gut frisierten Haar und einem sorgfältig gestutzten und mit Duftwasser besprenkeltem Bart, konnte er die schiefe Bahn nicht leugnen, die er eingeschlagen hatte. Intensiver als die Duftnoten, die Puff- und Knastmief zu übertünchen versuchten, meinte ich die Erfahrungen riechen zu können, die er dort gesammelt haben musste. Eine gewittrige Schwüle aus windigen Versprechungen schien die Luft um ihn herum zu schwängern. Mir war, als könnte ich hören, was er vielen verschiedenen Frauen und Männern jederzeit versprechen würde:

‚Lade mich ein, und ich verwandle Muckefuck in echten Kaffee, billigen Sekt, diese Puffbrause, in edlen Champagner, Plastik in Leder, Scheiße in Geld … Vertrau mir, und ich versilbre, vergolde und verdopple, wonach dir gelüstet. Zeig mir eine verschlossene Tür, und ich heble sie auf. Schenk mir eine Nacht, und ich mach dir ein Kind. Glaub mir, ich verpacke und verkaufe die ollste Schrapnell als Schönheitskönigin, die du zum Anschaffen schicken kannst, und die bei richtiger Beleuchtung noch den miesepetrigsten Spießer zum spendablen Galan werden lässt.'

Schrilllaut schienen die Tätowierungen auf Bubis Handrücken solche Verheißungen zu untermalen und seinem Lebenswandel beizupflichten. Goldene Ketten klimperten und applaudierten gar, als er aus der Bewegungslosigkeit erwachte: „Darf ich reinkommen?"

„D-Deine Mutter hätte dich s-so gern noch mal gesehen, Bubi, b-bevor ..."

„Ich habe keine Mutter", unterbrach er mich und presste die Lippen zusammen wie einst *unser* Else. Mit versöhnlicher Stimme, als wolle er das Gesagte begrüßungstauglich abschwächen, fügte er hinzu: „Hab ich nie gehabt."

Nässe und Unmutsfalten aus dem Gesicht wischend, trat er von einem Bein aufs andere, umfasste meine Schultern und schob mich beiseite. „Du und Tante Christel ..."

Er brach ab, wie um Tränen zu verbergen, quetschte sich dann aber ganz selbstverständlich an mir vorbei in Richtung Esszimmer, das bereits für den Umzug in meine Einraumhaft gerüstet war. Vor den gestapelten Kisten hielt er inne und äugte umher: „Salamaleikum."

„Was heißt das?"

„So was wie Guten Tag und Friede sei mit dir."

Achselzuckend schälte sich Bubi aus der nassen Jacke, warf sie über Opas zugepackten Sessel und zwängte sich zwischen Kartons und Krimskrams auf Emils Eckbank.

Draußen trommelten und peitschten Regen und Wind Unheilvolles gegen die Fensterscheiben.

„Ach, Tantchen."

"Was is los, Bubi?"

„Versprich mir, dass du tapfer sein wirst!"

„Haste wieder was ausgefressen?"

„Nein. Aber du musst tapfer sein. Versprochen?"

„Mit Tapfersein kenn ich mich aus. Nu sag schon."

Bubi holte Luft, als wolle er sprechen, hielt aber die Hand vor den Mund und schluckte schwer.

„W-Wenn du Geld brauchst", funkelte ich ihn an, „da hab ich keins mehr. Weil ich nicht mehr arbeiten gehen kann, junger Mann. Emil ist tot. W-Weißt du das überhaupt?"

„Hab ich von gehört, tut mir so leid, Tante Berta, wirklich. Ich wollte, aber ich konnte …"

Wieder presste er die Hand vor den Mund.

„Wo warst du überhaupt?"

„Bei Alida in Holland war ich. Nicht weit weg von hier, in Nähe der Grenze. Da lebe ich jetzt."

„Haste schon wieder 'ne neue Schickse? Sind die deutschen alle durch?"

„Tante Berta, bitte!"

„Du und deine Weiber!"

„Spielt doch keine Rolle jetzt."

„Na, dann rück mal raus mit der Sprache."

Bubi runzelte die Stirn und schwieg.

„Heckst du w-wieder wat aus?"

„Ich heck nichts aus, und ich brauch auch kein Geld."

„Wirklich nicht?"

„Sicher nicht."

„Dann s-s-s …“

„Tante Christel ist tot.“

„Wer sagt das?“

„Ich. Sie hatte einen Unfall.“

„Woher weißt …?“

„Ich war in der Wohnung. Weil ich Mutters Sachen abholen wollte. Die bräuchte sie nicht mehr, hatte Tante Christel gesagt. Ich sollt gucken, wat ich da noch für kriegen kann. Mach ich, hab ich gesagt und bin extra angereist. Gestern Mittag schon. Heute früh klingelten die Bullen. Ob das die Wohnung von Christel Baumgarten sei, wie ich heiße, ob ich mich ausweisen könne, was ich in der Wohnung treibe und so weiter und so fort.“

Bubi kramte umständlich ein Taschentuch aus der linken Hosentasche und fuhr fort: „Tante Christel war unterwegs zum Friedhof gewesen. Da fährt die jeden Morgen hin, kannst du dir ja denken. Ein Stück mit dem Bus, ein Stück zu Fuß, schnell ein paar Stoßgebete und wieder nach Haus. Bin gleich zurück, hatte sie versprochen. Aber sie kam nicht zurück. Und nicht mal mehr zum Beten. Auf dem Weg neben dem Rübenfeld, bevor man zum Hauptportal am Friedhof abbiegt, weißte, dieser sandige, holprige Weg, den bist du auch schon oft gegangen, Tante Berta, lief die lang.“

Bubi schnäuzte sich. „Ich wollt nicht mit. Wat soll ich an Mutters Grab, hab ich gesagt. Ich hab da nix verloren. Wär ich dabei gewesen, hätt ’s uns beide erwischt. Ein Lastwagen soll neben Tante Christel hergefahren sein, berichtete die Bullerei. Angeblich langsam. Im Schritttempo. Als er fast vorbei war, kippte der um. Wieso kippte der um, hab ich gefragt. Wüssten sie nicht, meinten die

Bullen. Womöglich falsch beladen. Ich denk, das Arschloch, was da lang gebrettert ist, hätt' da gar nicht fahren dürfen. Ist verboten, verstehst du? Ich bring den vor 'n Kadi, den Halunken, das schwör ich. So wahr, wie ich hier hocke und schon wieder flennen könnte. Der Laster fiel auf Tante Christel drauf. Rums. Bums. Aus."

Ich weiß nicht, wie lange Bubi noch redete, und wie lange wir zusammensaßen. Jetzt, allein mit den bösen Spiegelblicken, welche die Badezimmerwand zu durchdringen scheinen, beschleicht mich wieder Eifersucht. Schamlos hatte die sich schon in mir breitgemacht, als Bubi noch schluchzend auf der Eckbank hockte und mir allmählich dämmerte, dass er den Kontakt zu Christel stets gehalten hatte. Nicht aber zu mir.

Hatten wir ihn denn nicht beide gewindelt, gehätschelt, betüddelt und gepüngelt? War mein Anteil daran nicht ungleich größer als der von Christel? Tagsüber verschwand sie in ihrer staubgrauen Fabrik, während Bubis Geschrei Tag und Nacht an meinen Nerven zerrte.

Wenn ich jetzt darüber nachdenke, kommen mir Bubis finstre Blicke, die mich zu Christels Beerdigung drängten, ebenso unwirklich vor wie die Unersättlichkeit des Teufels. Kaum hatten wir Christel unter die Erde gebracht, lechzte der Satan schon nach der nächsten Schwester. Innerhalb weniger Tage erlag Antonia, unsre Prima Ballerina im Wackerland, einer Lungenentzündung.

Zuvor hatte sie ein langes Leiden an die Wohnzimmercouch gefesselt. Kein Mensch hätte genau sagen können, was ihr fehlte, weil sie den lieben langen Tag gesungen und tiriliert haben soll. Mit einem Lied auf den Lippen sei sie auch gegangen, hieß es. Vollkommen friedlich. Ich denke, dass sie krepiert sein muss. Zum Schluss hätte sie nur noch röcheln können, verriet mir einer ihrer Söhne. Von wegen friedlich gegangen, noch dazu mit einem Lied auf den Lippen: So was faselt man, um sich zu trösten.

Trost braucht der Mensch. Weshalb er gern in Unwirklichkeiten badet. Auch ich plätschere darin herum, erinnerungsschwer und wasserscheu. Aber absaufen und umkommen werde ich an und in der Gegenwart. Sie täuscht mich nicht. Sie ist wirklich und so wahr wie das giftgallige Alleinsein und die Blicke der Frau im Spiegel, die behauptet, mein Leben hätte überhaupt nicht stattgefunden. Allen Runzeln zum Trotz.

Stimmt, murmele ich. Wenn auch ein zäher Überlebenswille mir stets eigen war. Existiert der noch? Schläft er oder versteckt er sich, weil er eine Pause braucht, um herumzulungern? Womöglich mit Nullbockallüren? Wie Bubi sie pflegt? Was macht Zähigkeit aus, und worin wurzelt sie? Verdanke ich sie meiner Sippschaft, allen voran Frau General Mutter? Als Zähnezusammenbeißerin führte sie strenges Regiment. Strammstehen hieß es oder ausziehen und das Fürchten lernen.

Ich paukte das Einmaleins des Bangseins, bläute mir Gefahrensignale ein, übte kleine Fluchten, hielt aus, widerstand, trotzte gar und probte bei Emil den Aufstand. Für Hunger, Krieg, Armut und einen verzweifelten Mann war ich gerüstet. Für Wärme und Glück bräuchte es nur eine Laterne und ein Kinderlied, hatte Emil anlässlich eines Martinzuges, den er am Fenster beobachtete, einmal von sich gegeben. Allem Elend zum Trotz.

Jenseits des pechschwarzen Risses, der mich von Emil trennt, bröckeln Wirklichkeiten ab. Wie der Putz von den

Wänden schäbiger alter Häuser, die zu renovieren keinen Sinn mehr ergibt. Auch ich bröckle. Mich aufzumöbeln und zu erneuern fehlen mir Saft und Kraft. Wobei Marie und Friedel nicht müde werden, mir gut zuzureden. Sie wollen an mich glauben. Ein Menschenleben lebt sich leichter, wenn man an etwas glaubt, behauptete Opa früher. Als in seinen Augen noch das Leuchten wohnte, das mich besänftigte.

„Durch deinen Opa sind die Würmer schon durch", feixte Emil kurz vor seinem Tod. Marie hatte Opas Pfeife im Schrank gefunden und sich erinnert.

„So schnell geht das nicht, Papa", hielt sie Emil entgegen.

„Doch, mein Kind", widersprach der und hob sein Glas. „Es geht sintflutartig schnell, glaub mir. Nach uns die Würmer! Die Viecher besiegen uns. Wohlsein, Prost oder Glück auf. Wie hättest du's gern?"

„Witzig", zischte Marie.

„Dein Vater scherzt gern", versuchte ich zu vermitteln. Obschon mir klar war, dass Emil den Tod und die Würmer bewitzelte, um Angst und Grauen zu verjagen.

Ich falte die Hände. Kann ich noch beten? Würde Gott über meine Bosheit und Zweifel hinwegsehen und mir auf die Sprünge helfen? Ich brauche etwas, woran ich anknüpfen und wieder glauben kann. Etwas, das stark genug sein wird, die dunklen Risse und den bröckelnden Putz zu ertragen. Aber Gott schweigt. Womöglich hat er anderenorts zu tun.

„Gott ist eine Frau", provozierte Marie mich jüngst.

„Spinn nicht rum", schalt ich sie. „Was ändert das? Welche Mutter lässt ihr Kind am Kreuz baumeln? Welcher

Vater schaut dabei zu?“ Marie sah mich nachdenklich an. „Gott ist ohnmächtig“, sagte sie schließlich. Wahrscheinlich hat sie recht. Gott leidet mit uns.

Ich verknote die Finger. Sie sehen aus wie das Wurzelwerk eines alten Baumes, zerfurcht, knochig, rissig und fleckig. Sind das dieselben Hände, die in jungen Jahren durch das Gesicht des Liebsten irrten, scheu und beherzt zugleich? Die nach Josefs Verschwinden zärtlich Emils Rücken streichelten, seinen Leib erkundeten und verwöhnten? Sind das, wenn nicht dieselben, so doch die gleichen Hände, mit denen ich als junge Mutter meine Babys hätschelte und liebkoste? Margot und Marie. Babybadefreuden.

Es gibt Fotos, die zeigen, wie die Kleinen in der alten Zinkwanne im Keller der Kaschemme planschen. Meine Hände ruhen im Wasser, schauen zu, freuen sich und passen auf. Zwei Bilder aus unterschiedlichen Zeiten, die sich ineinanderschieben. Sinfonien und Kakofonien von Erinnerungen fluten mich, ebben ab und verstummen. Immer wieder Emils Rückkehr aus Stalingrad, sein wunder Blick, die kaputten Schmutzstiefel, der Spruch der Tante: „Die Mutter Gottes hat weiße Füße.“

Ich schlurfe zum Herd und setze Kaffeewasser auf. Das Wasser brodelt im Kessel. Ich lausche, ob auch in mir etwas zu sprudeln und zu quellen beginnt. Wo ist die Kraftquelle, auf die ich mich zu allen Zeiten verlassen konnte? Emil hat meinen zähen Überlebenswillen oft bespöttelt, wenn auch Anerkennung in seinem Spott mitschwang. Verdrängungskünstlerin nannte er mich. Eine, die imstande sei, Wirklichkeiten schönzufärben. „Warum nicht“, antwortete ich, „wenn es dem Weiterleben dient?“

Nach Kriegsende beneidete er mich um meine Überlebenskraft. Während er in den Nächten von Kriegsgräueln heimgesucht wurde und schier verzweifelte, verdiente ich die Brötchen. Er war es, der lange Jahre am Grab unseres ersten Kindes trauerte. Ich war wenige Male dort, bereit, Margots Gesichtchen schnell zu vergessen. Ich verdusselte sogar meine Eifersucht und verzieh Emil die lange Liebschaft mit dem Storchenweib. Er war ja bei mir geblieben.

Als das Storchenweib nach Emils Tod kondolierte, es hatte die Todesanzeige in der Zeitung entdeckt und sich ganz selbstverständlich unter die Trauergäste gemischt, ignorierte ich die Tränen und den wippenden Gang der langbeinigen Stelze. „Sei höflich und nett zu der Vogelscheuche“, flüsterte ich Marie zu, die stirnrunzelnd nickte.

Emils Schweigen wehrte ich jahrelang ab. Er schwieg zu laut. Ich sehnte mich nach seinen milden Blicken und ertrug, was zu ertragen und nicht zu ertragen war. Es wog gleichviel.

Das Kaffeewasser ließ ich brodeln, so oft es ging. Immer wieder der Duft von Kaffee. In der Küche von Frau General Mutter, in der Kneipe, im Keller darunter, während des Krieges, als es kaum etwas gab, nach dem Krieg, in der Kaschemme, bei Schwestern, Nachbarn, Freunden, bei Begräbnissen, Hochzeiten, Taufen, zu Maries Kinderkommunion … Wie Ziegel schichte ich Erinnerungen aufeinander. Als wolle ich bauen.

Quasi, Emils ältester Bruder, lebt noch. Er zog ins Haus der Tochter, als seine Frau verstarb. Ich könnte ihn besuchen. Er würde mir Kaffee anbieten und Zigaretten. Vielleicht sogar einen Schnaps und Pralinen. Dann würde er mir zuzwinkern, *wir leben quasi nur einmal* sagen und kräftig zulangen. Ein runder, freundlicher, alter Herr, der nur darauf wartet, mir die Weltlage auseinanderzuklamüsern und die Verhältnisse in der BRD anzuprangern. Wie er es früher mit Emil tat. Seine Tochter würde anstandshalber zu uns stoßen und die Augen verdrehen. „Du hast es gut, Quasi“, würde ich sagen.

Ich presse den Laib Brot an den Busen, wie es mich die Mutter lehrte, und schneide Bemmen ab. Sie fallen in meinen Schoß. Ich kauere im Sessel. Und verströme Einsamkeit. Das lässt sich nicht schönschnuppern. Die Brustkörbe der einsamen Witwen und Witwer, die mein Schicksal in diesen Einraumsilos teilen, sind eng wie mein eigener. Die weitet nichts mehr. Die schrumpeln. Selbst die männliche Schlampe von nebenan käme mit kleinen Körbchen für ihre Hängetitten zurecht. Noch schneller weicht das Leben vor denen zurück, die keinen Spaß mehr haben.

Soll ich mich aufraffen, baden, schön machen, die Nägel feilen, vielleicht sogar lackieren? Friedel hat mir jüngst durchsichtigen Nagellack geschenkt. Das Haar könnte ich nach dem Waschen in Wellen legen und gut duftend der Frau im Spiegel präsentieren. Mal sehen, wie sie reagiert. Vielleicht nickt sie einfach nur? Ein Nicken wie ein amerikanisches Okay.

Maries Okays geben mir Rätsel auf, aber sie feinden mich nicht an. Vielleicht blickt das Weib im Spiegel auch freundlich und lächelt sogar? Wie wenn es mir verzeihen würde. Zur Abwechslung mal. Obwohl ein Lächeln, das milde stimmt und das Herz öffnet, nur von Emil, Sophie oder Opa kommen könnte. Na ja, ein knappes Nicken wär auch schon mal was.

Lässt sich das üben? Ich will es versuchen und grüßend

vor den Spiegel treten. Später werde ich mutig hinausgehen, frische Luft schnappen, tief atmen, wieder nicken, spazieren gehen und je nach Wetterlage ins Café einkehren, noch mal ‘ne Runde drehen, laut okay sagen und schließlich ’nen schicken Laden für Damenunterwäsche betreten. Erhobenen Hauptes. Ich brauche dringend einen Büstenhalter mit kleineren Körbchen.

Dezemberwind

Jahre schippern vorbei wie Kähne. Vollbeladen rauschen sie dahin, den Wolken verwandt, die heute vom Sturm gepeitscht umhertreiben. Der Himmel finstert. Wie vom Abend auf einen weiteren vergänglichen Tag eingestimmt. Wäre es nicht so uselig, schneite ich öfter mal bei dir vorbei, Emil. Ich meine, richtig und leibhaftig. Für ein Stelldichein mit dir und den Raben, deren Gekrächze du so liebst, wäre mir kein Weg zu weit. In Gedanken bin ich bei dir, viele Stunden meiner Tage. Ist das nicht wirklicher, oder sagen wir wahrhaftiger, als mit vor Kälte klapperndem Gebiss an einem zugeschütteten Erdloch herumzustehen, dem du, wie ich dich kenne, längst entflohen bist?

Wenn ich mich nähere, flattern die Raben davon, die sich ansonsten prächtig unterhalten und auf deinem Grab herumspazieren, als wären sie dort zu Hause. Ich mag die Vögel, werde aber das Gefühl nicht los, dass sie mit mir schelten: Wo warst du? Lass dich öfter mal blicken und so.

Krakeelt ihr ruhig, antworte ich ihnen, solange mein Mann nicht auf mir herumhackt und sich beklagt, kümmert's mich nicht.

Ich spreche lautlos mit dir, Emil, und achte die Stille, die du so magst. Du hast mein Stottern nie bemängelt, keinen Satz vorauseilend ergänzt oder zurechtgerückt. Dafür danke ich dir. Tief in meinem Innern, wo ich dich bei mir trage, hocken wir beieinander. Manchmal koche ich zwei Tassen Kaffee, eine für dich und eine für mich. Lach nicht darüber, Jung. Der Kaffee, den ich für dich aufbrühe, tröstet mich. In der Früh wünsche ich dir Guten Morgen. Natürlich weiß ich, dass es kein Morgen mehr geben wird für uns, an keinem Tag. Und der Tag, an dem wir uns wiedersehen werden, wie immer er sich gestalten mag, gleicht keinem anderen. Er fällt aus der Zeit. Ich bete, dass ich, wenn ich falle, frei von Angst und Enge sein werde, und dass unsere Seelen einander wiedererkennen.

Himmel und Erde sind voller Rätsel, die du mir nicht entschlüsselst, Emil. Dabei wüsste ich gern Genaueres. Wer stürzt schon gern ins Ungewisse? Wie oft hab ich dich gefragt, ob mein Vater dir ab und an Gesellschaft leistet. Bei einem lecker Bierchen. Erzähl mir nix von blühender Fantasie, Jung! Was bleibt mir anderes, als die wärmende Kraft der Bilder? Schweigen ist und bleibt deine Spezialität, nicht meine.

Hast du Sophie, meine geliebte Schwester, und Heinrich, deinen Lieblingsbruder, angetroffen? Dort, wo Zeit keinen mehr juckt, was treibt man da so? Ist Quasi, der vor wenigen Monaten starb, schon eingetrudelt? Er erledigt ja quasi alles mit Bedacht. Auch beim Sterben ließ er sich, wie seine Tochter wehklagte, massig viel Zeit. Natürlich wollte sie nicht, dass er rascher abnippelt, aber sein Leiden hätte sie gern verkürzt. Die Regie jedoch, belehrte Quasi sie und seine Enkel, übernähme - quasi - gewissermaßen - in etwa - der Krebs, und der käme in seinem Fell, Quasi litt an Hautkrebs, nun mal nicht schneller voran. „Ende der Durchsage."

Wo sind sie alle, die uns teuer waren? Lachst und zechst du mit ihnen, Emil? Täglich denke ich an die, die ich liebte, ohne ihre Gräber aufsuchen zu müssen. Friedhöfe umschiffe ich. Doch sei gewiss, dass ich in Gedanken herbeistürme, wolkenverhüllt und geborgen, von nichts und niemandem aufzuhalten, wenn du mich an dein Erdloch rufst, Jung. Dann knirschen die Wege in meinen Ohren, nicht aber unter den Sohlen der Schuhe, die meine ewigkalten Füße eher schlecht als recht schützen.

Weißt du noch, wie gern ich dir meine Quanten unterschob? Wie ich nach der Schicht zu dir ins Bett krabbelte, mich einrollte und querstreckte, um mein heftig bibberndes Gebein unter deinem warmen Leib verschwinden zu lassen? Du nahmst es wortlos hin. Wie so vieles.

Die Erinnerung betätigt sich gern als Koch. Täglich verquirlt sie Wahrheit und Lüge, mixt Neues unter, wärmt auf, versüßt, schmeckt ab und serviert Bekömmliches.

An dich zu denken, Emil, besänftigt und tröstet. Oft durchströmt mich Dankbarkeit für deine Wärme. Als hätte ich frieren lernen müssen, um deine Innigkeit zu spüren. Jetzt, viele Jahre später.

Als das Blut in deinen Adern pulsierte, schmachtete ich. Des Darbens, Vermissens und Frierens kundig, wenn nicht sogar darauf gedrillt, warf ich dir Kälte vor, tauchte im Alltag ab, nahm Nähe nicht wahr oder befand sie als dürftig. Zumal dein beredtes Schweigen größere Schatten warf als meine Sehnsucht. Nur wenige Menschen können mit ihren Schatten tanzen. Du konntest es, Emil.

Tanze und verzeih mir, dass ich selten persönlich aufkreuze. Ich bin nun mal, wie ich bin. Marie, ganz deine Tochter, spöttelte jüngst: „Papa wird's nicht umbringen, wenn du dich nicht mehr zum Friedhof plagst, Mama. Er ist lange woanders, und er will, dass es dir gut geht. Auf dem Friedhof schüttelt's dich vor Grauen. Sei ehrlich."

„Aber …", sagte ich, obschon ich ihr innerlich beipflichtete. „Aber …"

„Abere nicht, Mama", unterbrach sie mich. In jener lässig-resoluten Art, die mich ein wenig an Else erinnert.

„Besuch mal wieder Bubi", empfahl sie schließlich. „Da fährst du ja gern hin, seltsamerweise."

Dass Marie meine häufigen Besuche bei Bubi und seiner Familie seltsam findet, überging ich. Auch auf ihren Wink, dass sie Weihnachten Dienst schieben müsse und mir nur einen Kurzbesuch abstatten könne, reagierte ich nicht.

Früher war der vierundzwanzigste Dezember unantastbar. Selbst für dich, mein alles infrage stellender Mann, blieb der Heilige Abend dem engsten Familienkreis vorbehalten. Seit deine Tochter in einer Klinik mit Alkoholabhängigen arbeitet, hat es sich am Vierundzwanzigsten ausgeheiligt. Ich suche und finde Halt bei Bubi, Alida und dem Kleinen. Sie bilden den engen Kreis, dem ich mich zugehörig fühle.

Marie denkt nicht im Traum daran, eine Familie zu gründen. Sie könne dem nichts abgewinnen, sagt sie, und ein Kind in die Welt zu setzen, weil ich es wünsche, sei ein bisschen viel verlangt. So viel zu den Seltsamkeiten deiner Tochter, Emil. Das aufsässige Gequassel muss von deiner Seite stammen.

Wenn ich holländisch spreche, stottere ich nicht. Hab ich dir das schon erzählt? Sie klingt schön aus meinem Mund, die fremde Sprache. Obwohl Bubi behauptet, ich würde die Silben im Rachen erst 'ne Weile verwöhnen, bevor ich sie auf besonders anreizende Weise herauskullern lasse. Für diese gekullerte Silbenerotik würde er demnächst abkassieren. Eine alte Frau und Erotik! Bubi provoziert gern und zeigt dabei ein höllisch breites Grinsen.

„Jeder wie er kann", sagte ich.

Neulich wollte ich den Jungen auch mal foppen. Mich an deine Worte erinnernd, Emil, warf ich ihm vor, dass er Geschäfte und Erotik auf hinterfotzigste Weise verquicken würde. Wenn das kein Ende nähme und er seine Geldgier weiterhin über alles drüber stülpe, was zum Stülpen ganz und gar nicht geeignet sei, müsse eine alte Dame wie ich das Weite suchen. Bubi stutzte, und das höllische Grinsen gefror ihm im Gesicht. Irritiert nahm er sich meine Hand, wendete sie, hauchte einen Kuss auf den Handrücken und nölte, während sein Grinsen wieder Fahrt aufnahm: „Gnädige Frau, ich gelobe Besserung." Später am Abend schlich er wie ein Kätzchen um mich herum und schnurrte: „Das fehlt noch, Tantchen, dass du wieder abhaust. Bleib schön bei uns. Hier bist du richtig!"

Marie spendiert mir Kurse an der Volkshochschule. Einmal in der Woche tigere ich ins Zentrum, um Holländisch zu lernen. Jedenfalls im Winter, wenn ich nicht in Holland weile. Kannst du dir vorstellen, Jung, dass ich noch mal die Schulbank drücke auf meine alten Tage? Aber die Paukerei lohnt sich: Ik heb al veel geleerd!

Im Frühjahr und Sommer niste ich mich so oft wie möglich bei Alida und Bubi ein. Sie brauchen jede helfende Hand. Um Personal für Gaststätte und Pension anzuheuern, reicht das Budget noch nicht aus. Hier, an der holländisch-deutschen Grenze, kakelt man ein Kauderwelsch, von dem ich genug kapiere, um mich nützlich zu machen. Richtiges Holländisch zu lernen ist Viecherei. Man muss ochsen und büffeln. Ich übe viel und am liebsten laut, damit Alida mich verbessern kann. Sogar wenn Bubi dabei ist, mich verhohnepiepelt oder sich demonstrativ das Lachen verkneift.

Bubi radebrecht viel selbstverständlicher als ich, obschon er keine Kurse besucht. Wobei Alida stichelt, angesichts seiner Fehler würden sich ihre Fußnägel krümmen. Sie neckt ihn gern. Allerdings klingt ihr Deutsch noch drolliger als sein Holländisch. „Dat heb ik niet perfect geleerd“, sagt sie, und ihr Gesicht fließt über von ehrlichem Bedauern, auch wenn Vergnügen darin mitschwingt oder sogar Freude in ihren Augen blitzt. Vielleicht, weil sie nicht fehlerfrei sein muss. „Geen mens is perfect“, lautet einer ihrer Lieblingssätze, den ich sofort übernahm. Du weißt, ich kann ihn gebrauchen.

Am liebsten setzte ich mich heute noch in die Eisenbahn, um zu Alida, Bubi und dem Kleinen zu fahren. Aber wenn ich aus dem Fenster schaue, ahne ich, wie kalt und zugig Straßen und Bahnsteige sein müssen. Das Laub, vom Winter ausgelaugt, modert nassglänzend auf den Trottoirs. Ab und an hebt der Dezemberwind, launisch und aufbrausend, ganze Büschel tropfnasser Blätter in die

Höhe und jagt sie umher. Dunkel und mit Effet schraubt der Himmel sich tief und tiefer hinab. Ganz oben flirren noch Farben, kaum mehr kenntlich, weil schon ein neues Dunkel anrückt, sie zu vertreiben.

„Will je nu een kopje koffie, beste man? Ik deed dat snel.“ Du brauchst die Stirn nicht runzeln, Emil. Ich hab nicht vor, Holländisch mit dir te praten. Dit was alleen een steekproef, eine Kostprobe.

Proben ganz anderer Art, hauptsächlich Blut- und Urinproben, hab ich in den vergangenen Jahren oft abliefern müssen. Weil ich von jetzt auf gleich nicht mehr richtig gucken konnte und mir furchtbar kodderig war, schleppte mich Marie in eine Augenklinik. Dort stellte man fest, dass ich unter Zucker leide und Diät halten muss.

Seither kontrolliert und beobachtet der Arzt, was sich kontrollieren und beobachten lässt. Obendrein heizt er mein Muffensausen an. Ich soll nicht nur fette und süße Speisen meiden, sondern mich mehr bewegen, weniger qualmen, regelmäßiger essen, richtig kochen, zuverlässiger bei ihm auftauchen und Schlaftabletten weniger leichtfertig schlucken. Sonst tät ich's nicht mehr lang.

Die Aussicht, in meinem abgetakelten Zustand, halbblind und auch sonst recht abgewrackt, unserem Schöpfer und dir, Emil, unter die Augen zu treten, missfiel mir. Also mühte und mühe ich mich, den ärztlichen Anweisungen Folge zu leisten. Die Sehkraft des linken Auges bleibt beeinträchtigt, aber sonst erhole ich mich gut.

Inzwischen lobt der Arzt meine Proben und ich den Herrn. Mit seiner und Alidas Hilfe hab ich es sogar geschafft, nur noch abends, vor dem Schlafengehen, eine einzige Zigarette zu paffen. Mit Andacht, Emil. Nun gut, ein Nachtgebet wäre achtbarer und bekömmlicher, aber man muss ja nicht gleich übertreiben, meint auch Alida.

Sie war es, die damit begann, mir eine ‚Javaanse Jongens' für den Tag zu drehen. Während meines ersten längeren Aufenthalts in Holland. Eine einzige Zigarette, Jung, stell dir das mal vor! Verhandeln und betteln kamen nicht in Frage. Nur den Zeitpunkt des Rauchens überließ Alida mir. Ich entschied mich für die Schlafengehzeit, damit mir bis zum Ende des Tages was zum Drauffreuen blieb. Später hab ich's auch zu Hause so gehalten: ein Glimmstängel vor dem Poofen, Licht aus.

Alida würde dir gefallen, Emil. Meine Augen und mein Gemüt freuen sich an ihr. Nicht, weil sie schön ist, das spielt keine Rolle, sondern weil sie auf eine Weise nahbar und lebendig ist, die mich teilhaben lässt: an ihrer Jugend, ihrer Freude und ihrer Lust zu leben.

Wäre Frau General Mutter nicht der General gewesen, der sie nun mal war, und hätte sie Sophie nicht verschmäht und aus dem Haus gejagt, hätte ich dann auf ähnliche Weise lebendig und unbelastet sein können wie Alida? Und du, Jung, was wäre aus deinem Frohsinn geworden, den ich so liebte, hätte dir nicht der grausame Krieg die Jugend vermiest? Es ist müßig, darüber nachzudenken.

Marie lässt mich nicht teilhaben. Weder an ihrem Glück, noch an ihrer Trauer. Auch weilt sie gedanklich meist woanders, wenn sie bei mir ist. Ich kann's ihr nicht verdenken. Im Grunde ähnelt sie uns, Emil, dir mehr als mir. Sie hütet sich vor der Schwere und der Leichtigkeit der Gedanken, die verneinen, was sie zugleich bejahen.

Alida, zwanzig Jahre jünger als Bubi und vier Jahre älter als Marie, flieht nicht. Ihr Wesen wirkt unkompliziert und gegenwärtig. Es fühlt sich an, als schenke sie mir die Unbeschwertheit, die ich früh entbehrte oder selten zu spüren wagte.

Oft hab ich mich gefragt, wie unser Ganove Bubi, das ewige Sorgenkind, es angestellt haben mag, eine solche Frau für sich zu gewinnen. Versteh mich nicht falsch, Emil, du weißt, ich liebe den Jungen wie mein eigenes Kind, was immer der Kerl ausheckt und schon verbrochen hat. Aber Fakt ist, dass er beim Frauenverschleißen, Kinderzeugen, Abhauen, Unterschlagen und Krumme-Dinger-Drehen nicht zimperlich gewesen ist. Abgesehen davon, dass er ein brauner Depp war. Keine Ahnung, wie viel Alida von Bubis Gaunereien weiß, und was er ihr aus seiner Geschichte erzählt. Ich werde jedenfalls nichts verlauten lassen, so gern ich Alida vor Unheil bewahren möchte.

Vielleicht kriegt der Junge ja jetzt die Kurve. Was meinst du? Mit so einem Prachtweib an seiner Seite könnte er es schaffen. Als Alidas und Bubis Kleiner auf den Namen Guillaume getauft wurde, knöpfte ich mir den vielfachen Vater mal richtig vor und warnte ihn.

„Wenn du deiner Frau und deinem Kind jemals was zuleide tust, sie im Stich lässt oder Alida anschaffen schickst, weil's dir an Penunzen und Verstand mangelt, haste bei mir verschissen, Bubi. Auf ganzer Linie und ein für alle Mal. Dann bist du für mich gestorben, Freund der Liebe! Sollte mir was zu Ohren kommen, was nicht lupenrein ist, und sei es bloß, dat du mal wieder 'ne flotte Biene vernaschen musstest, brauchst du bei mir nicht mehr anzuklopfen. Da kannst du hämmern wie bekloppt, die Tür bleibt verrammelt. So wahr ich Berta heiße."

„Wenn's dazu kommen sollte, lass ich mich windelweich kloppen", antwortete Bubi mit ernstem Gesichtsausdruck. „Dann darfst du draufhauen, Tante Berta, volle Pulle. Aber es wird nicht dazu kommen. Glaub mir, ich bin ein anderer geworden."

Ich will ihm gern glauben und die Zweifel vertreiben. Das Leben in Holland gefällt mir. Ich bin leichtfüßig, als wäre ich wieder jung. Der Alltag, der mich oft anödete und plagte, beglückt und erheitert mich. Eine Heiterkeit, die bis hinein in meine deutsche Einraumenge weht. Ich lüfte gelegentlich kräftig durch, vertrau dem Wind die Kümmernisse an und sehe zu, wie er sie oben am Himmel davontreibt.

„De sterke wind is een goede vriend", sagt Alida, die sich gern durchpusten lässt und mich bei jedem Wetter zum Spazierengehen einlädt.

Schon bevor Guillaume auf die Welt kam, fragte ich mich, ob Alida und der Wind mein zugemauertes Leben durchgeblasen und freigeschaufelt haben könnten. Ob sie es waren, die mit vereinten Kräften verhinderten, dass ich vollends zum Jammerlappen schrumpfe und das elende Weibsbild bleiben muss, das mich nach deinem Tod im Spiegel verhöhnte, Emil.

Als dann Guillaume in meinen Armen strampelte und vor Vergnügen jauchzte, wenn ich mit ihm schäkerte, klebte meine Stimme immer wieder mal am Kehlkopf fest. Die Augen füllten sich mit Tränen, als wollten sie mögliche Restbestände von Gift und Geifer aus mir hinausspülen. Du weißt ja, Emil, wie rasant schnell mich Wut übermannt und in eine Furie verwandelt.

Dem kleinen Guillaume schwor ich, ihn nie so anzuschreien und anzukeifen, wie ich dich und Marie angebrüllt habe, nicht nur in ruppigen Zeiten. Es schmerzt, daran zu denken. Verzeih mir, Emil, und hilf Marie, ihre Mutter besser zu verstehen. Sie ist eifersüchtig, glaube ich. Weshalb sonst meidet sie den Kontakt mit Guillaume, Alida und Bubi?

Inzwischen pest der Kleine auf zwei strammen Beinchen und mit Volldampf durch die Gegend. Nichts ist vor ihm sicher. Wuselig wie Bubi und freundlich wie Alida erobert er die Welt. Mit Charme und in zwei Sprachen. Auch dein Gemüt, Emil, würde sich erhellen, wenn du das Geplapper hören könntest. Wie ich würdest du den Knirps verwöhnen und den Weihnachtsmann für ihn mimen. „Ik will kijken, kleine man, wat de Kerstman brengt“, versprach ich ihm. Schon bald feiern wir Weihnachten.

Zwar gähnt mein Portemonnaie vor Leere, aber ich bin erfinderisch. Zu irgendwas muss es ja gut sein, dass die Schwestern mich früh und gründlich mit Handarbeiten traktierten. Fähigkeiten, die während der langjährigen Nachtschichten in Müdigkeit versanken, kommen mir jetzt zugute. Ich nähe, stricke und sticke, was Wolle, Garn und Stoff hergeben. Zu Weihnachten steck ich dem Kerstman ein aus Wolle und Stoff angefertigtes Würfelspiel in den Sack, obschon man in Holland zu Santa Claas beschert.

Ich tüftle gern. Selbst aus verschlissenen Laken entsteht Brauchbares. Im Spätsommer schaffte Friedel Wolle herbei, aus der sich Schals, Socken und Pullover en masse anfertigen ließen. Sie und ihre späte Liebe wollen natürlich selbst bestrickt werden, doch sieht Friedel großzügig darüber hinweg, dass das ein oder andere Knäuel für die Holländer draufgeht.

Alida hat Guillaume beibringen wollen, Oma Berta zu mir, seiner Großtante, zu sagen. Der Kleine kreierte daraus einen neuen Namen: Omaeta heiße ich seither. Niemand vermisst verschluckte Buchstaben. Aber jedes Omaeta träufelt Glück in mich hinein.

Oma Dörte, die zweite Oma, lebt in Amsterdam und arbeitet dort als Kellnerin. Es dauert Alida, dass ihre Mutter selten zu Besuch kommen kann. Dörte wäre arg eingespannt und verdiene beim Kellnern kaum mehr als einen Hungerlohn, sagt Alida. Seit jeher hätten sie mit wenig Geld auskommen müssen. Der Vater wäre, als Alida ein Kleinkind war, nach Amerika ausgebüxt. Sie wisse nichts von ihm und wolle auch nichts wissen.

Ich dachte oft an das Amsterdamer Rotlichtmilieu und fragte mich, ob Bubi Alida dort aufgegabelt haben könnte. Aber es hieß, die beiden wären einander auf einer Autobahnraststätte in Nähe der Hauptstadt zum ersten Mal begegnet, hätten beim Kaffeetrinken und Plaudern Gefallen aneinander gefunden und schließlich kurzerhand entschieden, die Strecke in Richtung Deutschland zusammen zu trampen. Noch am selben Tag hätte Alida Bubi ins Haus des Onkels nach Venlo eingeladen und ihn als ihren Freund vorgestellt. Seither wären sie unzertrennlich und sehr bald einig geworden, in Nähe der Grenze einen frei stehenden Gasthof anzumieten und zu bewirtschaften.

Der Onkel, ebenfalls Gastwirt, unterstütze sie, so gut er könne. Wie sie selbst sei auch er überzeugt, dass Alida und Bubi den Laden wuppen würden; schließlich kämen beide aus der Gastronomie. Da wusste ich plötzlich, dass mir das Tohuwabohu des Kneipenlebens guttut und viele Jahre sogar gefehlt hat. Ein Kneipentohuwabohu ohne General, versteht sich.

Bert, Sophies Sohn, verkümmert in einer Kneipe mit seiner Frau als General. Er lädt mich oft und gern in ‚Gertis Stübchen' ein und hätte wahrscheinlich nichts einzuwenden, wenn ich darin mit seinem General herumwirbeln würde. Zu tun gäbe es genug. Aber mir hängt der Haussegen dort zu schief. Wobei Schiefhängen untertrieben ist. In ‚Gertis Stübchen' fliegen die Fetzen. Das will ich nicht aushalten, bei aller Liebe zu Sophie nicht.

Was würde sie, lebte sie noch, zum traurigen Anblick ihres Sohnes sagen? Mitzuerleben, wie Bert unter Gertis herumfliegenden Pantoffelgeschossen schrumpft, wäre für sie unerträglich. Ob sie sich deshalb beizeiten auf den Weg gemacht hat?

Der Tag verneigt sich vor dem Abend. Guillaumes Pulli braucht nur noch wenige Strickrunden, das schaffe ich vor dem Abendbrot und den Leibesübungen. Ich turne täglich. Für mein geträufeltes Glück und das holländisch-deutsche Kneipentohuwabohu muss ich fit sein. und mich bewegen können.

Um mein altes Phlegma nicht wieder einrasten zu lassen und dafür zu sorgen, dass ich nicht einroste, hat Marie mir eine Übungsmatte geschenkt. Grins' ruhig, Emil, ich muss selbst lachen, wenn ich mir beim Gymnastizieren zusehe.

„Hinaus aus den Federn“, hab ich mich früher oft beschwören müssen, um an usseligen Winterabenden in die Nachtschicht zu marschieren. „Durchhalten, nicht hudeln, Berta“, wies ich mich an. Im Nazi- und Entwertungsdeutschland, im Krieg und in den Hungerjahren danach hing der Alltag wie Blei an mir. Ich schuftete für uns, Emil. Das machte die Tage nicht leichter, aber kostbar.

Heute weiß ich, dass du unter dem Gefühl der Nutzlosigkeit untätiger Tage weitaus mehr gelitten hast, als ich unter den Anforderungen des Alltags. Ich mag Arbeit. Sogar die Malocherei in der Nacht hat mir gefallen, das Lachen der Kollegen mich belebt. Ich ackere gern inmitten von und für Menschen, zu denen ich gehören darf und will. Dafür lohnt es sich zu leben und den Alltag zu lieben, als gäbe es kein Ende.

Wie viel Zeit mir noch bleibt?

Vraag de avondwind!

Mundartliche Begriffserklärungen

Auseinanderklamüsern - entwirren, verklickern
Betüddeln - umsorgen, verwöhnen, überversorgen
Blag, Blach, Pänz - Kind(er)
Brass - Stress, Ärger, zu viel um die Ohren
Döskopp - Dussel, Tölpel, Heini
Fläzen - ungeniert oder auch unmanierlich herumliegen
Heiermann - Fünfmarkstück
Ische – junge Frau, Freundin, Braut
Jomern - anklagend jammern
Kabänes - großer, kräftiger Kerl
Kawuppdich - Stärke, Kraft, Schwung, Energie
Kiebig - gereizt, provokant, frech
Kötten - betteln, um etwas bitten
Küselken - abwertend für ein ungepflegtes Mädchen oder eine schlampige Frau
kuschen – still sein, sich beugen, nachgeben
Latzen - bezahlen
Mein lieber Kokoschinski - Mein lieber Herr Gesangsverein oder Mein lieber Scholli – Anerkennende und zugleich warnende Äußerung
Molli machen - auf der Nase herumtanzen
Pesen – schnell laufen
Plünnen – abwertend für Kleidung
Pofen - schlafen
Püngel - Bündel, Haufen von Sachen
Püngeln - herumtragen, auch ein Kind wickeln
Rumtitschen– orientierungslos herumirren, hampeln
Stenz - abwertend, werbender oder eingebildeten Kerl
Tuppes - abwertend für (neuen) Freund, den sich eine geangelt hat